You like it darker

일러두기

모든 각주는 옮긴이 주입니다.

더 어두운 걸 좋아하십니까 상

스티븐 킹
단편 소설집
———
이은선 옮김

황금가지

YOU LIKE IT DARKER
by Stephen King

Copyright © Stephen King 2024
All rights reserved.

Korean translation edition is published by arrangement with
Stephen King c/o The Lotts Agency, Ltd. through Danny Hong Agency.

Korean Translation Copyright © Minumin 2025

이 책의 한국어판 저작권은 대니홍 에이전시를 통해
The Lotts Agency, Ltd.와 독점 계약한 ㈜민음인에 있습니다.

저작권법에 의해 한국 내에서 보호를 받는 저작물이므로 무단 전재와 무단 복제를 금합니다.

차례

재주 많은 두 녀석 7
5단계 94
별종 윌리 107
대니 코플린의 악몽 124
핀 345

재주 많은 두 녀석

1.

우리 아버지(유명했던 우리 아버지)는 2023년에 90세로 세상을 떠났다. 그가 눈을 감기 2년 전에 루스 크로퍼드라는 프리랜서 작가가 인터뷰를 요청하는 이메일을 보낸 적이 있었다. 나는 그 이메일을 아버지에게 읽어 주었다. 그 무렵에는 아버지가 모든 전자 기기(처음에는 컴퓨터, 그다음은 노트북, 결국에는 사랑하던 핸드폰까지) 사용을 포기한 터라 내가 사적인 문서와 업무용 문서를 모두 읽어 주고 있었다. 시력은 끝까지 아무 문제 없었지만 아버지 말로는 아이폰 화면을 보고 있으면 머리가 아프다고 했다. 장례식을 치르고 조문객을 접대하는 자리에서 의사인 굿윈은 아버지의 경우 가벼운 뇌졸중이 연거푸 반복되다가 마지막에 심각한 뇌졸중이 발병했을 가능성도 있다고 했다.

아버지가 핸드폰을 포기했을 무렵(세상을 떠나기 오륙 년 전이었다)에 나는 캐슬 카운티 교육감으로 근무하다 조기 퇴직하고 아버지의 집으로 내려가 24시간 간병을 시작했다. 할 일이 많았다. 가사도우미가 있기는 했지만, 야간과 주말에는 내가 나서야 했다. 나는 아침에는 아버지가 옷을 입는 것을, 밤에는 옷을 벗는 것을 거들었다. 식사 준비를 거의 도맡았고 가끔 아버지가 한밤중에 화장실에 갈 때까지 참지 못하고 일을 저지르면 그 뒤처리도 했다.

아버지는 허드렛일하는 사람도 두었지만 그 무렵에는 지미 그릭스도 여든 살에 가까웠기에 지미가 미처 챙기지 못한 일(아버지가 애지중지하는 화단에 뿌리 덮개를 설치하는 것에서부터 막힌 배수구를 뚫는 것에 이르기까지)도 어느덧 내 차지가 되었다. 요양보호소 입소를 거론한 적은 한 번도 없었지만 비용 때문에 그런 건 아니었다. 40여 년 동안 출간한 초대형 베스트셀러가 10여 권은 됐으니 아버지는 경제적으로 아주 넉넉했다.

직접 쓴 '흥미진진한 벽돌책'(도나 타트가 「뉴욕 타임스」에서 쓴 표현이었다)이 마지막으로 출간됐을 때 아버지는 82세였다. 그는 의무적으로 인터뷰를 하고 의무적으로 사진 촬영에 응한 뒤 은퇴를 선언했다. 언론에다가는 '트레이드마크 격인 유머'(론 찰스가 「워싱턴 포스트」에서 쓴 표현이었다)를 섞어 가며 아주 우아하게 포장했다. 내게는 '헛소리 행진을 끝내서 속이 다 후련하다'고 했다. 아버지는 루스 크로퍼드와 격의 없이 편안하게 진행한 인터뷰를 제외하고는 다시는 공개적인 발언을 하지 않았다. 요청은 많았지만 매번 거절했다. 마음속에 담아 두는 편이 나았을지 모르는 것들까지 모두 털어놓았으니 더는 할 말이 없다고 했다.

한 번은 내게 이렇게 말한 적이 있었다.

"인터뷰를 많이 하다 보면 한두 번은 말실수를 하게 되어 있어. 그때 한 말은 영원히 박제되는데 나이를 먹을수록 실수를 할 가능성이 높아지지."

그럼에도 책은 계속 팔렸기에 처리해야 하는 업무가 끊이지 않았다. 나는 아버지와 함께 계약 갱신과 표지 콘셉트와 가끔 들어오는 영화나 텔레비전 판권 제안을 검토하고, 그가 전자 기기로 글을 읽을 수 없게 된 뒤에는 인터뷰 요청도 빠짐없이 읽어 주었다. 아버지는 모든 요청을 거절했고 루스 크로퍼드의 경우에도 마찬가지였다.

"미리 준비해 놓은 대로 답장을 보내라, 마크. 요청은 고맙지만 사양하겠다고." 아버지는 결국 이렇게 말하기는 했지만 조금 망설였는데, 이번 요청은 여느 때와 조금 달랐기 때문이었다.

크로퍼드는 우리 아버지와 2019년에 사망한 아버지의 오랜 친구 '버치' 데이비드 라버디어를 함께 소개하는 기사를 쓰고 싶어 했다. 아버지와 나는 걸프스트림 전세기를 타고 서해안에서 열린 그의 장례식에 참석했다. 항상 돈에 철저했던(인색하지는 않지만 철저했다) 아버지가 그 왕복 여행에 들인 엄청난 비용을 보면 내가 어렸을 때부터 버치 삼촌이라고 불렀던 그를 어떻게 생각했는지 알 수 있었다. 둘은 10년 이상을 만나지 못했지만 변함없는 우정을 과시했다.

아버지는 장례식에서 추도사를 부탁받았다. 인터뷰뿐만 아니라 모든 방면에서 대중의 관심을 거부했던 아버지라 거절할 줄 알았지만 내 예상은 빗나갔다. 아버지는 단상에 올라가지는 않고 지팡이의 도움을 받아 자리에서 그냥 일어나기만 했다. 원래부터 달변을 자랑했는데 그건 나이를 먹어도 달라지지 않았다.

"버치와 나는 제2차 세계 대전이 벌어지기 전에 교실 하나짜리 학교에 같이 다니던 사이였죠. 흙길에 신호등 하나 없는 동네에서 차를 고치고 때우고, 각종 운동을 하고 나중에는 그걸 가르치며 어른이 되었고요. 어른이 된 뒤에는 마을 자치에 참여했고 마을 쓰레기 처리장을 관리했죠. 이제 와 생각해 보면 그 둘은 서로 아주 비슷한 일입니다. 아무튼 우리는 사냥을 하고 낚시를 하고 여름에는 산불을 끄고 겨울에는 길에 쌓인 눈을 치웠습니다. 그러다 쓰러뜨린 우편함이 제법 많았어요. 나는 반경 30킬로미터 안에서 그의 이름을(또는 내 이름을) 아는 사람이 아무도 없던 시절부터 버치와 알고 지냈어요. 말년에 이 친구를 찾아와 얼굴을 봤어야 했는데 나도 내 일로 바빴지 뭡니까. 나중에 얼마든지 시간이 있을 거라고 생각했고요. 우리는 항상 그렇게 생각하는 것 같아요. 그러다 시간이 다 바닥나 버리죠. 버치는 훌륭한 화가였지만 동시에 훌륭한 인간이었습니다. 나는 그게 더 중요하다고 생각해요. 동의하지 않는 분도 더러 계실지 모르지만 괜찮습니다, 괜찮아요. 중요한 건 무슨 일이 생기면 나는 항상 그 친구의 편이었고, 그 친구는 항상 내 편이었다는 겁니다."

그는 말을 멈추고 고개를 숙이고 생각했다.

"내가 사는 메인의 조그만 마을에서는 그런 친구를 실오랭이와 바늘에 비유합니다. 모든 걸 함께하는 사이라고요."

과연 정말로 그랬다. 그들은 비밀도 함께 나눴다.

내가 검색한 바에 따르면 루스 크로퍼드는 활약이 대단한 기자였다. 대개 특정 인물을 소개하는 기사를 10여 군데 매체에 기고했는데, 대다수가 지역 신문이었지만 「양키」, 「다운이스트」, 「뉴잉글랜드 라이프」) 데리라는 미개한 마을을 소개한 「뉴요커」 기사를 비롯해 몇 개는 중앙일간지에 실렸다. 그녀는 레어드 카모디와 데이브 라버디어를 취재한 이력이 있기에 자신이 쓰고자 하는 기사를 쓸 근거가 충분했다. 여태껏 간간이 아버지나 버치 삼촌을 다룬 기사를 쓰면서 관심을 드러내다가, 이번 기회에 좀 더 자세히 파고들고 싶다는 것이었다. 메인의 조그만 마을에서 태어나 서로 다른 예술 영역에서 두각을 드러낸 두 남자. 그뿐 아니라 카모디와 라버디어는 대부분의 사람들이 젊은 시절의 야망을 포기하는 40대 중반에 이름을 떨쳤다. 아버지가 썼던 표현을 빌자면 다들 자기만의 틀을 만들고 그걸 꾸미기 시작할 시기에 말이다. 루스는 어떻게 그런 우연의 일치가 가능했는지 파헤치고 싶어 했다…… 우연의 일치가 맞는지는 알 수 없었지만.

"이유가 있을 수밖에 없다는 건가?" 내가 크로퍼드 씨의 편지를 끝까지 읽자 아버지가 물었다. "그 기자가 주장하려는 게 그거야? 같은 날 각자 살던 주에서 발행한 거금의 복권에 당첨된 쌍둥이 형제 이야기를 못 들은 모양이네."

"그건 완벽한 우연의 일치는 아닐 수도 있죠. 아버지가 즉석에서 이야기를 만들어 낸 게 아니라면 말이에요."

나는 아버지에게 대꾸할 시간을 주었지만 아버지는 어떤 의미도 될 수 있고 또 아무 의미도 없을 수 있는 미소만 지을 따름이었다. 그래서 나는 말을 이었다.

"그 쌍둥이가 도박에 목숨 거는 집안에서 자랐을 수도 있잖아요. 그럼 그런 일이 벌어질 확률이 조금 높아지지 않겠어요? 게다가 그들이 그때까지 샀다가 낙첨된 복권들은 또 어떻고요."

"네 말의 요지가 뭔지 모르겠구나, 마크." 아버지는 여전히 어렴풋이 미소를 짓고 있었다. "요지가 있긴 한 거냐?"

"이 여자가 이름 모를 시골에서 태어나 중년에 꽃을 피운 아버지와 버치 삼촌의 진상 파악에 관심을 가지게 된 이유를 알 것 같다는 거예요." 나는 두 손을 머리 옆으로 들어 헤드라인의 틀을 잡는 흉내를 냈다. "그것이…… 운명이었을 수도 있을까, 이거죠."

아버지는 깊은 주름살이 진 얼굴 옆에 난 희끗희끗하고 까칠한 수염을 한 손으로 문지르며 곰곰이 생각했다. 나는 아버지가 생각을 바꿔서 인터뷰 요청을 수락하려나 보다고 생각했다. 하지만 잠시 후에 그는 고개를 저었다. "그냥 좋게 답장 써서 보내 줘라. 사양하겠고 앞으로 하는 일 잘 되길 바란다고."

나는 그렇게 했지만 그때 아버지의 표정이 어딘지 모르게 기억 속에 남았다. 그와 친구 버치가 어떻게 부와 명예를 일굴 수 있었는지에 대해 할 말은 많지만…… 하지 않기로 결정한 사람의 표정이었다. 그러니까 친구하고만 비밀을 공유하기로 결정한 사람의 표정이었다.

아버지의 인터뷰 거절에 루스 크로퍼드는 실망했을지 몰라도 포기하지는 않았다. 내게도 인터뷰를 거절당했을 때도 마찬가지였다. 내가 인터뷰를 거절한 이유는 아버지가 거절한 인터뷰를 할 수는 없었던 데다 내가 아는 게 있다면 아버지는 예전부터 소설을 좋아했다는 것뿐이기 때문이었다. 그는 책을 많이 읽었고 어딜 가든 뒷주머니에 페이퍼백을 한 권씩 챙겼다. 나를 재우며 근사한 이야기를 들려주었고 가끔 스프링 노트에 그걸 적기도 했다. 버치 삼촌은? 내 방에 벽화를 그려 준 사람이 그였다. 공놀이를 하고 잠자리를 잡고 낚싯대를 든 남자아이들을 그려 준 사람이. 루스는 당연히 그 벽화를 보고 싶어 했지만 내가 오래전에, 그런 걸 유치하게 여기는 나이가 되었을 때 위에 페인트칠을 해 버렸다. 처음에는 아버지가, 뒤를 이어 버치 삼촌이 한 쌍의 로켓처럼 날아올랐을 때 나는 메인대학교에서 대학원 공부를 하고 있었다. 오래된 낭설에 따르면 아무 일도 하지 못하는 사람이 선생이 되고, 못 가르치는 사람이 선생들을 가르치기 때문이었다. 내가 그녀에게도 밝혔다시피 아버지와 그 절친의 성공은 그 마을에 살던 어느 누구 못지않게 내게도 충격이었다. 나사렛에서 무슨 선한 것이 나겠느냐는, 또 하나의 오래된 낭설도 있지 않은가.*

내가 크로퍼드 씨에게 보낸 편지에 그 말을 쓴 이유는 인터뷰를 거부하면서 마음이 (조금) 불편했기 때문이다. 나는 대부분의 사람들이 그러듯 그들에게도 분명 꿈이 있었을 테고, 대부분의 사람들이 그러듯 그들은 그 꿈을 혼자서만 간직했다고 썼다. 나는 아버지의 소설과 버치 삼촌의 유쾌한 그림이 목공이나 기타와 다를 바 없는 취미 생활이라고 생각했는데, 그들이 그걸로 떼돈을 벌기 시작했다고. 나는 이렇게 타자로 입력하고 손글씨로 추신을 덧붙였다. 두 분으로서는 다행이었죠!

캐슬 카운티에는 자치 행정 구역이 스물일곱 개 있다. 그중에서 가장 큰 곳이 캐슬록이고 두 번째로 큰 곳이 게이츠폴스다. 내가 레어드와 실리 카모디 부부의 아들로 어린 시절을 보낸 할로는 10위 안에도 들지 못한다. 하지만 이후로 상당히 규모가 커져서 아버지(역시 할로에서 평생을 보낸)의 표현을 빌자면 거의 알아보지 못할 지경이 됐다. 그는 교실 한 개짜리 학교에 다녔고, 나는 네 개짜리 학교에 다녔다(두 개 학년이 한 교실에서 수업을 받았다). 이제는 교실이 여덟 개고 지열 난방과 냉방 시설을 갖추고 있다.

아버지가 어렸을 때는 포틀랜드로(路)라고 불린 9번 도로를 제외한 모든 길이 비포장이었다. 내가 태어났을 무렵에는 딥컷과 메소디

---

* 요한복음 1장 46절 내용으로 나사렛 출신의 예수 그리스도가 사역을 시작했을 때 나다나엘이라는 인물이 별 볼 일 없는 동네에서 어떻게 메시아가 탄생할 수 있겠느냐는 뜻에서 한 말이다.

스트로(路)만 흙길이었다. 요즘은 모든 길이 포장도로다. 1960년대에는 가게가 브라우니스 하나뿐이었고 영감님들이 진짜로 피클 통을 사이에 두고 둘러앉았다. 이제는 가게가 두세 개고 퀘이커힐로(路)에 시내(그렇게 부를 수 있을지 모르겠지만) 비슷한 게 생겼다. 피자 가게가 하나, 미용실 둘, 그리고 찾는 손님이 많아 보이는(안 믿길지 모르지만 진짜다) 네일 숍도 하나 있다. 하지만 고등학교는 없다. 그 점은 바뀌지 않았다. 할로의 아이들은 셋 중 하나를 선택해야 한다. 캐슬록 고등학교, 게이츠폴스 고등학교 아니면 대개 크리스터 아카데미라고 불리는 마운틴뷰 중등학교. 여기 사람들은 시골뜨기다. 우리는 픽업 트럭을 몰고 컨트리 음악을 듣고 커피 브랜디를 마신다. 공화당을 지지하는 촌놈들이다. 내세울 만한 것이라고는 내 아버지와 그의 친구 버치 라버디어, 두 사람뿐이다. 아버지가 울타리를 사이에 두고 루스 크로퍼드와 대화를 나누었을 때 쓴 표현에 따르면 이 '재주 많은 두 녀석'뿐이다.

당신 어머니와 아버지가 평생 거기서 사셨다고요? 도시 사람이라면 이렇게 물을지도 모르겠다. 그리고 당신도 평생 거기서 살았고요? 뭐예요, 미친 거 아니에요?

아니다.

로버트 프로스트는 집이란 우리가 돌아가면 반드시 받아 주는 곳이라고 했다. 집은 그런가 하면 출발점이기도 하고, 운이 좋은 경우 마침표를 찍는 곳이기도 하다. 버치 삼촌은 시애틀이라는 낯선 땅에서 이방인으로 눈을 감았다. 그래도 상관없었을지 모르지만, 그는 좁은 흙길과 30마일 숲이라고 불린 호숫가의 숲 근처에서 눈을 감길 더 원하지 않았을까 싶다.

루스 크로퍼드의 자료 조사(수사)는 할로를 중심으로 이루어졌지만, 여기에는 모텔은커녕 민박도 없기에 그녀는 캐슬록의 게이트웨이 모텔을 작전 기지로 삼았다. 루스는 할로에 하나 있긴 한 노인 요양 시설을 찾아가 아버지와 학교를 함께 다닌 올던 투세이커라는 인물을 인터뷰했다. 데이브가 어쩌다 그런 별명으로 불리게 됐는지 알려 준 사람이 바로 올던이었다. 럭키 타이거 버치 왁스를 뒷주머니에 넣고 다니며 수시로 발라서 앞머리를 세웠기 때문이라고 말이다. 그는 (남은 머리를 가지고) 평생 그 헤어 스타일을 고수했다. 그건 그의 트레이드마크가 됐다. 유명해진 뒤에도 버치 왁스를 들고 다녔는지는 나도 잘 모르겠다. 그 왁스가 요즘도 생산되는지도 모르겠다.

"그 둘은 초등학교 때부터 붙어 다녔소." 올던은 그녀에게 이렇게 말했다. "자기 아버지랑 낚시나 사냥하러 가는 걸 좋아했던 평범한 애들이었지. 고된 일을 보면서 자랐고 자기들도 그렇게 살 거라고 생각했을 테고. 내 또래를 붙잡고 물어보면 그 둘이 뭔가 될 줄 알았다고들 할지도 모르겠지만 나는 아니오. 유명해지기 직전까진 그냥 평범했거든."

게이츠폴스 고등학교에 입학한 레드와 버치는 대학에 진학할 생각이 없는 아이들이 다니는 '일반반'에 배정됐다. 머리가 달린다는 평가를 받아서 그런 건 아니었다. 그냥 당연시됐을 뿐이다. 그들은 일일 수학과 비즈니스 영어 같은 과목을 들었다. 교과서에서는 사무용 편지를 올바르게 접는 법을 그림과 함께 몇 페이지에 걸쳐 소개했다. 그들은 목공 수업과 자동차 정비 수업을 많이 들었다. 둘 다 미식축구와 농구를 했지만, 내 아버지는 벤치 신세를 질 때가 많았다. 둘 다 평균 학점 B로 1951년 6월 8일에 함께 고등학교를 졸업했다.

데이브 라버디어는 배관공이었던 자기 아버지와 함께 일을 하러 다녔다. 레어드 카모디와 그의 아버지는 가족 농장에서 자동차를 수리해 게이츠폴스의 피위스 자동차 마트에서 팔았다. 포틀랜드로에서 청과 노점도 운영해 돈을 제법 벌었다.

버치 삼촌은 자기 아버지와 성격이 잘 맞지 않아서 결국 따로 떨어져 나와 혼자 배수관을 고치고 파이프를 깔고 가끔 게이츠와 캐슬록에 우물을 파러 다녔다. (할로의 일은 그의 아버지가 독차지했다.) 1954년에 두 친구는 L&D 홀리지를 설립해 여름 관광객이 버리는 쓰레기를 처리장까지 실어나르는 일을 했다. 1955년에 그들이 쓰레기 처리장을 매입하자 마을에서는 그걸 처분했다고 좋아했다. 그들은 처리장을 깨끗하게 청소하고, 계획적인 소각을 실시하고, 원시적인 수준이나마 재활용 시스템을 구축하고, 해충 없이 관리했다. 마을에서 지급하는 수당도 짭짤한 부수입이었다. 고철, 특히 구리선을 팔면 돈이 더 생겼다. 마을 사람들은 그들을 쓰레기 형제라고 불렀지만, 올던 투세이커가 (그리고 기억력에 아무 문제가 없는 다른 노인들도) 루스 크로퍼드에게 장담했듯이 악의 없는 별명이었고 그들도 그렇게 받아들였다.

쓰레기 처리장은 면적이 2만 제곱미터쯤 됐고 높은 판자 울타리로 에워싸였다. 데이브는 거기에 마을에서의 삶을 그린 그림을 해마다 더해 나갔다. 그 울타리는 오래전에 없어졌지만 (그리고 쓰레기 처리장도 이제는 매립됐다) 사진은 남아 있다. 그 벽화를 보면 데이브의 후기 작품이 연상된다. 퀼팅 모임이 야구 경기로 바뀌고, 야구 경기는 오래전에 세상을 떠난 할로 주민의 캐리커처로 바뀌며, 봄에 씨를 뿌리고 가을에 거두는 장면도 있다. 시골 생활의 모든 측면이 묘사됐지만 버치 삼촌은 예수와 그 뒤를 따르는 제자들(행렬의 맨 마지막에는 비열하게 웃고 있는 유다도 있었다)도 그렸다. 특별한 건 없었지만 모든 장면이 활기 넘치고 유쾌했다. 그건 이를테면 일종의 *전조*였다.

버치 삼촌이 세상을 떠난 직후에 어느 조그만 마을의 축제를 찾은 엘비스 프레슬리와 마릴린 먼로가 손을 잡고 바닥에 톱밥이 깔린 통로를 한가롭게 걸어가는 그림이 300만 달러에 팔렸다. 버치 삼촌이 쓰레기 처리장에 그린 벽화보다 1천 배 훌륭했지만 거기에 있어도 잘 어울렸을 것이다. 기저에 흐르는 절망과 (어쩌면) 경멸로 인해 더욱 부각되는 엉뚱한 유머 감각은 마찬가지니 말이다. 데이브가 쓰레기 처리장에 그린 벽화가 싹이었다면 「엘비스와 마릴린」은 꽃이었다.

버치 삼촌은 결혼을 하지 않았지만 아버지는 했다. 그에게는 고등학교 때 사귀었던 실라 와이즈라는 여자 친구가 있었다. 졸업 후에 버몬트 주립 교원대학에 진학했던 실라가 돌아와 할로 초등학교에서 5학년과 6학년을 가르치게 됐을 때 아버지는 그녀가 아직 미혼이라는 얘기를 듣고 기뻐했다. 그는 구애했고 그녀를 차지했다. 그들은 1957년 8월에 결혼했다. 데이브 라버디어가 신랑 들러리였다. 1년 뒤에 내가 태어났고 아버지의 절친은 나의 버치 삼촌이 되었다.

아버지의 첫 소설인 『천둥 번개』를 읽고 이런 서평을 쓴 사람이 있었다. "작가 카모디의 긴장감 넘치는 소설은 처음 100쪽 정도까지는 별다른 일이 벌어지지 않지만, 바이올린 연주처럼 감성을 자극하는 요소가 이어지기에 책을 내려놓을 수가 없다."

내가 생각하기에는 재치 넘치는 서평이었다. 루스 크로퍼드가 입수한 정보에는 바이올린 연주랄 게 거의 없었다. 그녀가 올던과 다른 마을 사람들에게 들은 이야기에 따르면 두 남자는 점잖고 솔직했고 이보다 더 정직할 수가 없었다. 그들은 시골 생활을 하던 시골 남자였다. 한 명은 유부남이었고 다른 한 명은 당시 표현을 빌자면 '확고

한 독신주의자'였지만 사생활 면에서 스캔들은 전혀 없었다.

데이브의 여동생 비키는 인터뷰에 응했다. 그녀는 루스에게 가끔 데이브가 '도시로 올라'가서(루이스턴을 말하는 거였다) 남쪽 리스본가(街)에 있는 부기 클럽에 다녀왔다고 말했다. "홀리에서 신나는 시간을 보내곤 했죠." 오래전에 사라진 홀리데이 라운지를 두고 한 말이었다. "리틀 조나 제이가 거기서 공연을 한다고 하면 한걸음에 달려갔고요. 아유, 그 가수를 얼마나 좋아했나 몰라요. 오빠가 그녀를 집으로 데려온 적은 없었지만(그런 행운은 따라 주지 않았어요) 항상 혼자 온 건 아니에요."

루스가 나중에 내게 전한 바에 따르면 비키는 그쯤에서 말을 멈추었다가 이렇게 덧붙였다고 했다. "당신이 무슨 생각하는지 알아요, 미즈 크로퍼드. 요즘은 어떤 남자가 꾸준히 만나는 여자 없이 산다고 하면 다들 그렇게 생각하지만 아니에요. 우리 오빠는 어쩌다 보니 유명한 화가가 됐지만 동성애자는 절대 아니었어요."

두 남자는 인기가 많았다. 다들 그렇게 얘기했다. 그리고 그들은 좋은 이웃이었다. 천둥 번개가 친다는 예보가 있었던 어느 날, 필리 루버드가 자기 밭에서 풀을 반쯤 베다 말고 심장 마비로 쓰러졌을 때 아버지가 그를 캐슬록에 있는 병원에 데려가는 동안 버치는 같이 쓰레기 줍는 동료 몇 명을 데리고 출동해 첫 빗방울이 떨어지기 전에 밭일을 모두 마쳤다. 그들은 지역 소방서 자원봉사단과 함께 산불을 끄러 다녔고 가끔 집에서 난 불도 껐다. 아버지는 수리해야 하는 차나 쓰레기 처리장에서 해야 하는 일이 많지 않으면 당시 불우이웃성금이라고 했던 것을 모금하러 나선 어머니를 따라다녔다. 그들은 청소년 스포츠팀 감독이었다. 그들은 봄에 자원봉사 소방대원들과 저녁으로 돼지고기를 구워 먹거나 여름의 끝을 알리는 닭고기 바비큐 파티가 열릴 때면 나란히 서서 고기를 구웠다.

그냥 시골 생활을 하는 시골 사람들이었다.

바이올린 연주는 없었다.

오케스트라가 통째로 등장하기 전까지는.

나는 이 시절에 대해 많이 알고 있었다. 우체국에서 약 한 블록 거리에 있는 게이트웨이 모텔 건너편, 코너 커피 컵 카페에서 루스 크로퍼드에게 들어서 추가로 알게 된 부분도 있었다. 아버지 앞으로 온 우편물은 우체국으로 배달됐고, 대개 양이 어마어마하게 많았다. 나는 우편물을 수거한 뒤에 항상 커피 컵에 들렀다. 여기 커피는 전혀 괜찮은 수준, 그 이상도 이하도 아니었지만 블루베리 머핀은 얘기가 달랐다. 그보다 더 맛있는 머핀은 세상에 없었다.

내가 우편물을 살피며 보물과 쓰레기를 분류하고 있었을 때 누군가 말했다. "여기 앉아도 될까요?"

흰색 바지와 분홍색 셸톱을 늘씬하고 깔끔하게 갖춰 입고 같은 분홍색의 마스크를 쓴(그때가 코로나 2년째였다) 루스 크로퍼드였다. 이미 부스석 맞은편에 엉덩이를 붙인 그녀를 보고 나는 웃음을 터뜨렸다. "포기할 줄을 모르는군요?"

"미녀가 소심해 봤자 노벨상을 받진 못하는 법이니까요." 그녀가 마스크를 벗으며 말했다. "여기 커피 어때요?"

"마실 만해요. 바로 길 건너편에 묵고 있으니 크로퍼드 씨도 알겠지만. 머핀이 더 낫죠. 하지만 인터뷰는 사양입니다. 미안해요, 크로퍼드 씨. 인터뷰는 할 수 없어요."

"인터뷰는 사양한다, 알겠어요. 우리가 나누는 대화는 전부 비공개로 할게요, 됐죠?"

"그러니까 자료로 쓰지 않겠다는 거지요?"

"맞아요."

웨이트리스가 왔다. 수지 맥도널드였다. 나는 그녀에게 야간 수업을 계속 듣고 있느냐고 물었다. 그녀는 마스크를 쓴 얼굴로 웃으며 그렇다고 했다. 루스와 나는 커피와 머핀을 주문했다.

"세 군데 마을 주민을 전부 아세요?" 수지가 가자 루스가 물었다.

"전부 아는 건 아니에요. 옛날에는 좀 더 많은 사람들과 알고 지냈죠. 교육감으로 근무했을 때는 더 많은 사람과 알고 지냈고요. 이거 비공개인 거 맞죠?"

"그럼요."

"수지는 열일곱 살에 임신하고 부모님 집에서 쫓겨났어요. 저 애 부모님이 구세주 예수 교회의 열성 신자거든요. 게이츠에 사는 이모네 집으로 가서 고등학교 과정을 마치고, 베이츠 대학과 연계된 카운티 확장 프로그램에서 수업을 듣고 있습니다. 나중에 수의사가 되고 싶다는군요. 나는 수지가 꿈을 이룰 수 있을 거라고 봐요. 저 애 딸도 잘 지내고 있고요. 크로퍼드 씨는 어떤가요? 재밌게 보내고 있습니까? 아버지와 버치 삼촌에 대해선 많이 알아냈고요?"

그녀는 미소를 지었다. "아버님이 어머님과 결혼하기 전에 엄청난 폭주족이었다던데요. 그나저나 조의를 전합니다."

"고마워요." 하지만 그때가 2021년 여름이었으니 어머니가 돌아가신 지 5년째였다.

"아버님이 어느 나이 많은 농부의 닷지를 몰았다가 1년 동안 면허

정지를 당한 적이 있대요. 알고 계셨나요?"

나는 몰랐고 그녀에게도 몰랐다고 말했다.

"데이브 라버디어가 루이스턴의 술집을 좋아했고 리틀 조나 제이라는 그 동네 가수를 짝사랑했다는 걸 알아냈어요. 그리고 그는 워터게이트 사건 이후에 공화당을 탈당했지만, 아버님은 그렇지 않았다는 것도요."

"맞아요. 아버지는 돌아가시는 그날까지 공화당에 투표하실 겁니다." 나는 앞으로 몸을 기울였다. "계속 비공개인 거 맞죠?"

"그럼요!" 그녀는 계속 미소를 짓고 있었지만 두 눈이 호기심으로 반짝거렸다.

나는 거의 속삭이는 수준으로 목소리를 낮췄다. "하지만 트럼프가 두 번째로 나왔을 때는 그를 뽑지 않으셨어요. 차마 바이든을 뽑지는 못했지만 도널드라면 질릴 대로 질리셨거든요. 이거, 죽을 때까지 비밀 지켜 주기 바라요."

"맹세할게요. 데이브는 1960년부터 1966년까지 해마다 지역 축제 때 열린 파이 먹기 대회에서 1등을 하고 은퇴했대요. 아버님은 1972년까지 귀향의 날 행사 때 물고문 의자 위에 앉았고요. 아버님이 고풍스러운 수영복을 입고 중산모를 쓴 재미있는 사진들이 있어요…… 모자는 방수가 되는 거였겠죠."

"창피해서 죽을 뻔했죠. 학교에서 얼마나 놀림당했는지 몰라요."

"데이브는 서쪽으로 갔을 때 필요하겠다 싶은 소지품을 할리 데이비슨 오토바이 안장 가방에 넣고 그냥 떠났다고 하더라고요. 남은 건 아버님과 어머님이 벼룩시장에서 처분해 돈을 부쳐 줬대요. 살던 집도 아버님이 팔아 주었고요."

"금액이 제법 됐죠. 그래서 다행이었어요. 버치 삼촌이 전업 화가로 변신한 이후라서 작품이 팔리기 시작할 때까지 그 돈으로 버티셨거든요."

"그리고 그 무렵에 아버님은 전업 작가였고요."

"맞아요. 그래도 쓰레기 처리장 운영은 계속하셨어요. 1990년대 초반에 마을 관계 당국에 다시 매각할 때까지 계속. 나중에 그 땅은 매립됐죠."

"피위스 자동차 마트도 샀다가 파셨어요. 그 돈은 마을에 기부하셨고."

"진짜요? 그 얘기는 못 들었는데." 하지만 어머니는 분명 알았을 것이다.

"네, 그러실 만도 했죠. 돈이 필요 없으셨을 테니까요. 그즈음에는 글을 쓰는 게 아버님 직업이고 마을에 관련된 일은 그냥 취미였을 테니까요."

"선행은 절대 취미가 아니에요."

"아버님께 배운 건가요?"

"어머니한테요."

"어머님은 갑작스럽게 달라진 집안의 형편을 어떻게 생각하셨어요? 버치 삼촌의 형편이 달라진 건 말할 것도 없고요."

내가 답을 고민하는 동안 수지가 우리 머핀과 커피를 들고 왔다. 나는 잠시 후에 말했다. "그 얘기는 하고 싶지 않은데요, 크로퍼드 씨."

"루스라고 불러 주세요."

"좋아요, 루스…… 그래도 그 얘기는 하고 싶지 않네요."

그녀는 자기 머핀에 버터를 발랐다. 날카롭지만 혼란스러워하는 눈빛(달리 뭐라고 표현하면 좋을지 모르겠다)으로 나를 쳐다보고 있어서 불편했다.

"제가 지금까지 수집한 정보로도 괜찮은 기사를 써서 「양키」 잡지에 팔 수 있어요." 그녀는 말했다. "1만 단어 안에 지역색과 재미있는 일화를 가득 담아서. 메인주 하면 흔히 생각하는 *예이* 같은 말이나 *웃으면서 돼지한테 뽀뽀하겠네* 같은 표현을 섞어 가면서 말이에요. 데이브 라버디어가 쓰레기 처리장에 그린 벽화 사진도 입수했어요. 1920년대 스타일의 수영복을 입은 유명 작가 아버님을 마을 주민들이 물탱크에 던지려고 하는 사진도 입수했고요."

"2달러를 내면 그 물고문 의자를 세 번 탈 수 있었어요. 수익금은 전액 마을의 다양한 자선 행사에 쓰였고요. 아버지가 풍덩 내동댕이쳐질 때마다 다들 환호성을 질렀죠."

"두 분이 앞치마를 두르고 '주방장에게 뽀뽀 가능'이라고 적힌 요리사 모자를 쓰고 관광객과 여름 휴가객들에게 저녁으로 닭고기를 파는 사진도 입수했어요."

"많은 여자들이 거기 적힌 대로 했죠."

"낚시를 하신 이야기, 사냥을 하신 이야기, 심근경색을 일으킨 마을 주민 대신 풀을 베어 준 것 같은 선행을 베푼 이야기도 들었어요. 난폭 운전을 하다가 면허가 취소된 이야기도 들었고요. 이런 이야기를 전부 입수했긴 하지만, 입수한 게 *아무것도 없다고도* 할 수 있어요. 알맹이가 전혀 없거든요. 다들 그 두 사람에 대해서 이야기를 들려주는 걸 좋아하더군요. 레어드 카모디가 *이랬던* 거 알아요? 버치 라버디어가 *이랬던* 건 알아요? 하지만 그들이 어쩌다가 그렇게 됐는지를 설명하는 사람은 아무도 없어요. 제가 무슨 말을 하고 싶은 건지 아시겠죠?"

나는 알겠다고 했다.

"분명 아시는 게 있을 거 아니에요, 마크 씨. 도대체 어떻게 된 거예요? 얘기 안 해 주실 거예요?"

"얘기하고 말고 할 것도 없어요." 내 말은 거짓말이었고, 그녀도 그 사실을 아는 것 같았다.

나는 1978년 가을에 받은 전화를 기억한다. 기숙사 사감(당시에는 그런 게 있었다)이 헉헉대며 로버츠 홀 3층까지 올라와 어머니한테서 전화가 왔는데 심란해하시는 것 같다고 알려 주었다. 나는 무슨 일인지 걱정하며 해서웨이 부인의 방으로 달려 내려갔다.

"엄마? 무슨 일 있는 건 아니죠?"

"응. 아니. 모르겠어. 무슨 일이 생긴 사람은 30마일 숲으로 사냥을 하러 갔던 네 아버지야." 그러고는 뒤늦게 생각났다는 듯이. "그리고 버치도."

가슴이 철렁 내려앉았다. 불알이 위로 오그라들어 가슴과 맞닿을 것 같았다. "사고가 났어요? 두 분이 다쳤어요? 아니면 다른 분이……." 나는 다른 사람이 죽었느냐고 물으면 정말 그렇게 되기라도 할 듯이 말문을 맺지 못했다.

"다들 무사해. 육체적으로는 그래. 하지만 무슨 일이 생겼어. 네 아버지가 무슨 귀신이라도 본 사람처럼 구는 걸 보면. 그리고 버치도…… 마찬가지고. 중간에 길을 잃어서 그렇다는데…… 뻥이야. 30마일 숲이라면 제 손바닥 보듯 훤한 인간들인걸. 집에 좀 와 주면 좋겠다, 마크. 지금 당장은 아니고 이번 주말에. 너라면 아버지 입을 열 수 있을지도 모르잖니."

하지만 내가 물어보자 아버지는 그냥 길을 잃었다가 쿨라시 시냇물(미크맥족(族)의 인사에 해당하는 단어를 대충 미국식으로 발음한 것이다)

로 돌아가는 길을 찾아서 할로 공동묘지 뒤편으로 깔끔하게 나왔을 뿐이라고 주장했다.

나도 엄마처럼 그 헛소리를 믿지 않았다. 나는 다시 학교로 돌아갔지만 크리스마스 방학 전에 끔찍한 생각 하나가 떠올랐다. 둘 중 하나가 다른 사냥꾼을 쏴서(사냥철에는 한 해에도 여러 번 벌어지는 사고다) 죽이고 숲속에 묻은 게 아닐까 하는 생각이었다.

크리스마스 전날, 어머니가 자러 들어가자 나는 용기를 내서 내 생각이 맞는지 물어보았다. 우리는 그때 거실에 앉아서 트리를 감상하고 있었다. 아버지는 놀란 표정을 지었다가…… 폭소를 터뜨렸다. "어휴, 그럴 리가 있나! 그런 일이 벌어졌다면 신고하고 처벌을 감수했겠지. 그냥 길을 잃었다니까. 누구에게나 생길 수 있는 일이야, 아들."

어머니가 썼던 단어가 떠올랐고 나는 하마터면 그 단어를 입 밖에 낼 뻔했다. 뻥이잖아요.

아버지는 썰렁한 유머 감각의 소유자였고 그 유머 감각은 전담 회계사가 뉴욕에서 찾아와(아버지의 마지막 소설이 출간된 즈음이었다) 그의 순자산이 천만 달러가 넘는다고 알렸을 때 최고로 빛을 발했다. 천만 달러면 J. K. 롤링은 물론이고 제임스 패터슨에도 비할 바는 아니었지만 그래도 상당한 액수였다. 아버지는 곰곰이 생각하더니 이렇게 말했다. "방을 꾸미는 것 말고도 책의 용도가 훨씬 다양한 모양이네."

회계사는 어리둥절한 표정을 지었지만 나는 출처를 알아차리고*

---

* 오스카 와일드가 쓴 『도리언 그레이의 초상』에 나온 말이다.

폭소를 터뜨렸다.

"내가 너를 빈털터리로 만들고 떠날 일은 없겠다, 마키."

아버지는 내가 움찔하는 것을 보았든지 방금 자신이 한 말이 어떻게 들릴 수도 있겠는지 알아차린 모양이었다. 그는 몸을 앞으로 내밀어 내 손을 토닥였다. 내가 어렸을 때 심란해하면 아버지가 그런 식으로 다독여 주었다.

나는 더는 어린애가 아니었지만 혼자였다. 나는 1988년에 카운티 검찰청 소속 변호사 수전 위긴스와 결혼했다. 그녀는 아이를 낳고 싶다고 하면서도 계속 미뤘다. 그러다가 열두 번째 결혼기념일 직전에 (나는 선물로 진주 목걸이를 준비해 놓았다) 다른 남자가 생겨서 내 곁을 떠나겠다고 했다. 모든 사연이 그렇듯이 구구절절 이야기할 건 많지만 중요한 건 여기까지다. 따지고 보면 이건 내 이야기가 아니지 않은가. 하지만 아버지가 나를 빈털터리로 만들고 떠날 일은 없겠다고 했을 때 어떤 생각이 들었는가 하면(우리 둘 다 같은 생각을 했을 것이다) 내 때가 찾아왔을 때는 그 천만 달러 혹은 거기서 남은 금액을 누구에게 남기느냐는 거였다.

메인주의 19학군이 될까? 학교들은 항상 돈이 부족하니 말이다.

"아드님은 아실 거 아녜요." 루스는 그날 커피 컵에서 내게 이렇게 말했다. "모를 수가 없잖아요. 비공개 처리할게요, 네?"

"비공개거나 말거나 정말 모릅니다." 내가 아는 게 있다면 1978년 11월에 연례행사로 사냥을 떠났던 아버지와 버치 삼촌에게 무슨 일인가가 벌어졌다는 것뿐이었다. 이후에 아버지는 평론가들이 3부작이라고 부르곤 하는 두툼한 소설을 쓰는 베스트셀러 작가가 되었고,

데이브 라버디어는 처음에는 일러스트레이터로, 나중에는 '프리다 칼로의 초현실주의에 노먼 록웰의 미국식 낭만을 결합한'(「아트 리뷰」) 화가로 각광받았다.

"어쩌면 두 분은 교차로에 갔을지 몰라요." 그녀는 말했다. "그 왜, 로버트 존슨이 교차로에서 그랬다고들 하잖아요. 악마와 거래를 했다고.*"

나는 폭소를 터뜨렸지만, 주로 요란한 천둥소리 때문에 잠을 이루지 못하는 여름날 밤에 그와 똑같은 생각을 한 적 없다고 하면 거짓말일 것이었다. "만약 그랬다면 계약 기간이 7년보다 훨씬 길었나 봅니다. 아버지의 첫 책이 1980년에 출간됐고 같은 해에 버치 삼촌이 그린 존 레논 초상화가 「타임」의 표지로 쓰였으니 말이죠."

"라버디어의 경우 거의 40년 동안 계약한 셈이죠." 그녀는 생각에 잠긴 투로 중얼거렸다. "그리고 아버님은 은퇴했지만 여전히 건재함을 과시하고 계시고요."

"과시까지는 아닌 것 같은데요." 나는 바로 그날 아침 캐슬록으로 나서기 전에 갈고 나온 오줌 범벅 시트를 떠올리며 말했다. "하지만 건재하신 건 맞습니다. 당신은요? 얼마나 더 이 동네에서 카모디와 라버디어의 뒤를 캐고 다닐 생각입니까?"

"그런 식으로 표현하다니 너무하네요."

"미안해요. 재미없는 농담을 했군요."

그녀는 머핀을 다 먹어 치우고(내가 맛있다고 하지 않았던가) 남은 부스러기를 집게손가락으로 으스러뜨리고 있었다. "하루나 이틀 더요. 할로에 있는 노인 요양 시설을 다시 찾아가서 라버디어의 여동생분

---

* 블루스 뮤지션 로버트 존슨이 「크로스로드 블루스」라는 곡을 발표한 뒤 그가 어느 교차로에서 악마를 만나 음악적 재능을 받는 대가로 영혼을 팔았다는 전설이 생겨났다.

과 다시 대화를 나눠 볼까 해요, 좋다고 하시면요. 아주 잘 팔릴 만한 기사로 엮을 수 있겠지만 내가 원했던 것과는 거리가 있겠어요."

"원했던 걸 찾을 수 없을지도 모릅니다. 창의력은 수수께끼로 남겨 두어야 하는 걸 수도요."

그녀는 콧잔등을 찡그리며 말했다. "그런 형이상학은 죽 식힐 때나 쓰세요. 이거 제가 계산해도 될까요?"

"아뇨."

할로에서는 벤슨가(街)에 있는 우리 집을 모르는 사람이 없다. 가끔 타지에 사는 아버지의 팬들이 휴갓길에 살짝 훔쳐보려고 들를 때도 있지만 보고 실망하기 십상이다. 마을 전체가 전형적인 뉴잉글랜드 스타일의 소금 상자 주택으로 도배되어 있고, 우리 집도 그중 하나이기 때문이다. 화단이 곳곳에 자리 잡은 널찍한 잔디밭이 전면에 있어서 대부분의 집들보다 조금 크긴 하지만. 어머니가 여기에 꽃을 심고 돌아가시기 전까지 가꾸었다. 이제는 허드렛일꾼 지미 그릭스가 물을 주고 가지를 다듬는다. 전면의 나무 울타리를 따라 자라는 원추리는 예외다. 어머니가 가장 좋아했던 꽃이라 그건 웬만하면 아버지가 직접 물을 준다. 아버지가 그 꽃에 물을 주거나 지팡이를 짚고 절뚝절뚝 천천히 이 끝에서 저 끝까지 걸을 때면, 항상 '사랑하는 나의 실라'라고 불렀던 여인을 기억하려고 그러는 것 같다는 생각이 든다. 그는 가끔 허리를 숙여서 꽃잎(화경이라고 불리는 이파리 없는 줄기에 왕관 모양으로 달려 있다)을 쓰다듬는다. 노란색, 분홍색, 주황색도 있지만 아버지는 빨간색 꽃을 가장 좋아한다. 어머니가 얼굴을 붉히면 뺨이 그 비슷한 색으로 변했기 때문이다. 아버지는 대외적으로는 신경질

적이고 조금 냉소적이었지만(여기에 그 썰렁한 유머 감각이 더해졌다) 내면은 항상 낭만적이고 조금 감상적인 편이었다. 그가 전에 내게 밝힌 바에 따르면, 내면의 그 부분은 쉽게 상처를 입기 때문에 감추어 둔다고 했다.

루스도 당연히 우리 집이 어딘지 알았다. 나는 그녀가 코롤라를 타고 여러 번 집 앞을 지나는 것을, 한 번은 차를 세우고 사진을 찍는 것을 보았다. 그녀는 아버지가 느지막한 오전에 나무 울타리를 따라 걸으며 원추리를 감상하는 시간을 좋아한다는 사실도 알았던 것이 분명하고, 그녀가 얼마나 집요한 성격인지 여러분이 아직 몰랐다면 내가 내 일을 제대로 하지 않은 거다.

커피 컵에서 비공개로 남기기로 한 대화를 나누고 이틀이 지났을 때 벤슨가를 천천히 달려온 그녀가 우리 집을 그냥 지나가지 않고 대문 양옆에 달린 팻말 바로 옆에 차를 댔다. 한쪽 팻말에는 '프라이버시를 존중해 주세요.'라고, 다른 쪽 팻말에는 '작가 카모디는 사인을 해 주지 않습니다.'라고 적혀 있었다. 아버지가 원추리를 살필 때면 으레 그랬듯이 나도 옆에서 함께 걷고 있었다. 그는 2021년이었던 그해 여름에 88세가 되었고 지팡이를 짚어도 가끔 휘청거렸다.

루스는 차에서 내려 울타리 앞으로 다가왔지만 대문을 잡고 흔들지는 않았다. 집요했지만 선을 넘지는 않았다. 그래서 나는 그녀가 좋았다. 젠장, 그렇다, 나는 그녀가 좋았다. 그녀는 꽃무늬 마스크를 쓰고 있었다. 아버지는 숨쉬기 힘들다는 이유로 마스크를 쓰지는 않았지만 백신 접종을 반대하지는 않았다.

아버지는 호기심 어린 표정으로 옅은 미소를 지으며 그녀를 쳐다보았다. 그녀는 여름날 아침 햇빛을 받고 특별히 예뻐 보였다. 체크무늬 셔츠, 데님 스커트에 흰색 양말과 운동화를 신고 머리는 10대처럼 하나로 높이 묶었다.

"팻말에도 써 있다시피 아가씨, 나는 사인을 해 주지 않아요."

"아, 저 여자분이 원하는 건 사인이 아닐 거예요." 나는 말했다. 그녀의 뻔뻔한 모습이 재미있게 느껴졌다.

"제 이름은 루스 크로퍼드입니다, 선생님. 편지로 인터뷰 요청을 드렸던. 선생님은 제 요청을 거절하셨지만 보스턴으로 돌아가기 전에 한 번 더 직접 여쭤보고 싶었어요."

"아." 아버지는 말했다. "나랑 버치, 맞죠? 여전히 뜻밖의 행운에 초점을 맞추고 있나요?"

"네. 하지만 제가 문제의 핵심에 다가간 것 같지는 않아요."

"암흑의 핵심이겠지." 그는 말하고 폭소를 터뜨렸다. "문학적 농담이에요*. 이런 농담을 여러 개 알고 있는데, 인터뷰계에서 은퇴한 뒤로 먼지만 쌓이고 있구려. 나는 그 맹세를 지킬 생각이에요. 당신은 괜찮은 아가씨 같아 보이고, 여기 내 아들의 반응을 볼 때 당신이 괜찮은 수준 이상이라는 걸 알겠지만."

나는 아버지가 울타리 위로 손을 내미는 것을 보고 놀란 동시에 기뻤다. 그녀도 놀란 듯했지만 너무 세게 쥐지 않도록 조심해 가며 그 손을 잡았다.

"감사합니다. 한번 찾아와 봐야 할 것 같았어요. 그나저나 꽃이 예쁘네요. 저도 원추리 좋아하는데."

"진심으로요, 아니면 그냥 하는 말로요?"

"진심으로요."

"내 아내도 좋아했어요. 사랑하는 나의 실라가 사랑했던 걸 칭찬했

---

* 조지프 콘래드의 소설 제목으로 인간의 어두운 본성이나 사회의 부패를 상징하는 단어로 쓰인다.

으니 내가 동화 같은 제안을 하나 하지요." 아버지의 눈이 반짝거렸다. 그녀의 출중한 외모(그리고 어쩌면 뻔뻔한 태도)가 사랑하는 그의 실라가 심은 꽃이 물을 마시고 기운을 차리듯 그의 기운을 북돋운 것이었다.

그녀는 미소를 지었다. "어떤 제안일까요, 카모디 선생님?"

"질문 세 개에 답변해 줄 테니, 기사에 쓰도록 하세요. 어때요?"

나는 반색했고 루스 크로퍼드도 마찬가지인 것 같았다. "아주 좋아요." 그녀는 말했다.

"물어봐요, 아가씨."

"잠시만요. 저 압박하지 마세요."

"그건 맞지만, 그런 압박이 있어야 석탄에서 다이아몬드가 만들어지죠."

그녀는 녹음을 해도 되느냐고 묻지 않았다. 내가 보기에는 영리한 선택이었다. 그녀는 아버지와 계속 눈을 맞추며 집게손가락으로 자기 입술을 두드렸다. "좋아요, 첫 번째 질문. 선생님은 라버디어 씨의 어떤 점을 가장 좋아하셨나요?"

그는 일말의 고민도 없이 말했다. "의리. 믿음직한 것. 그 둘은 결국 같은 거라고 봐요, 거의 같든지. 남자에겐 좋은 친구가 한 명이라도 있으면 운이 좋은 거죠. 여자들에겐 좀 더 많은 것 같지만…… 그거야 당신이 나보다 더 잘 알 테지요."

그녀는 고민했다. "저한테는 가장 깊은 비밀을 믿고 털어놓을 수 있는 친구가 두 명 있는 것 같아요. 아니다…… 셋이요."

"그럼 운이 좋네요. 다음 질문."

그녀는 머뭇거렸다. 묻고 싶은 게 최소 100개는 될 텐데 준비도 하지 않은 채로 나무 울타리를 사이에 두고 진행하는 이 짧은 인터뷰가 그녀의 유일한 기회가 될 것이기 때문이었다. 미소(100퍼센트 다정하지만은 않았다)를 짓고 있는 걸 보면 아버지는 자신이 그녀를 어떤 처지로 몰아넣었는지 알고 있었다.

"시간 없어요, 크로퍼드 씨. 나는 조만간 안으로 들어가서 이 늙고 피곤한 다리를 쉬게 해야 해요."

"알겠어요. 친구분과 함께 보낸 시간을 통틀어 가장 좋았던 추억은 뭔가요? 가장 끔찍했던 순간도 궁금하지만, 마지막 질문은 아껴 둘래요."

아버지는 폭소를 터뜨렸다. "그 대답은 거저 주지요. 아가씨가 집요한 것도 마음에 들고 얼굴도 예쁘니까. 가장 끔찍했던 순간은 시애틀에 갔을 때예요. 그때를 마지막으로 이 나라를 횡단할 일은 두 번 다시 없을 것 같은데. 그때 관을 쳐다보며, 내 오랜 친구가 그 안에 누워 있다는 생각을 했을 때요. 재주가 많았던 그 오른손이 영면에 들었다는 생각을 했을 때."

"그럼 가장 좋았던 순간은요?"

"30마일 숲에서 사냥을 했던 거." 아버지는 곧바로 대답했다. "10대가 되자마자부터 버치가 오토바이를 타고 황금을 찾아서 서부로 떠나기 전까지 해마다 11월 둘째 주가 되면 사냥을 했죠. 우리 할아버지가 숲속에 지어 놓은 조그만 오두막집에서 지냈고. 버치는 지붕을 씌울 때 자기 할아버지가 거들었다고 주장했지만 사실인지 아닌지는 몰라요. 질라시 시냇물에서 400미터쯤 가면 나오는 집이었죠. 우리는 1954년인가 55년까지 고물 윌리스 지프를 몰고 널빤지 다리를 건너가서 거기 세워 놓고 짐과 엽총을 오두막집으로 옮겼어요. 홍수 때문에 다리가 일부 유실돼서 믿을 수가 없었기 때문에 윌리스를 몰고 다시 마을 쪽으로 다리를 건너 거기 세워 두고 걸어서 넘어왔지요."

그는 한숨을 쉬며 먼 곳을 응시했다.

"다이아몬드 매치가 숲을 깨끗하게 벌목하고 누난의 집이 있었던 다크 스코어 호수를 택지로 개발하면서 30마일 숲이었던 곳이 지금은 20마일 숲에 가까워졌죠. 하지만 그 당시에는 두 명의 남자아이…… 이후에는 두 명의 청년이 충분히 쏘다닐 만큼 숲이 넓었어요. 우리는 가끔 사슴을 잡았어요. 한 번은 칠면조를 잡았다가 고기가 질기고 맛없다는 걸 알았고요. 하지만 사냥이야 해도 그만 안 해도 그만이었어요. 엿새에서 이레 정도 단둘이 있는 게 좋았던 거지. 많은 남자들이 술을 마시고 담배를 피우려고 숲에 가고 하룻밤 불사를 여자를 찾으러 술집을 찾겠지만, 우리는 절대 그런 적이 없었어요. 아, 물론 술은 조금 마셨지만 잭 대니얼스 위스키 한 병을 들고 가면 일주일 동안 마시고도 남아서 남은 걸 장작불에 부어서 불꽃이 화르륵 일어나는 걸 감상하곤 했죠. 하느님과 레드삭스 야구 팀과 정치와 핵전쟁이 벌어지면 세상이 어떤 식으로 종말을 맞이할지를 주제로 대화를 나누었고요.

한번은 우리가 통나무 위에 앉아 있는데, 가지 뿔이 열여덟 개 달렸고 내가 그때까지 본 적 없을 만큼 큰 사슴이, 적어도 이 일대에서는 어느 누구도 본 적 없을 만큼 큰 사슴이 어마어마하게 우아하게 습지를 지나 우리 쪽으로 걸어오는 거예요. 내가 엽총을 들었더니 버치가 내 팔 위에 손을 얹었죠. '쏘지 마. 제발. 저 녀석은 안 돼.' 그렇게 말하길래 총을 거두었어요.

밤이 찾아오면 벽난로를 지피고 잭 대니얼스를 한두 잔 마셨어요. 버치는 스케치북을 들고 와서 그림을 그렸죠. 가끔 그림을 그리면서 나더러 이야기를 들려 달라고 하면 내가 들려주었고요. 그중 하나가 나중에 내 첫 책이 됐어요.『천둥 번개』말입니다."

그녀가 들은 이야기를 전부 기억하려고 애를 쓰는 것이 내 눈에 보였다. 그녀에게는 금덩이와 같았을 테고 내게도 마찬가지였다. 아버지는 그 오두막집에 대해서 이야기한 적이 한 번도 없었다.

"「뗏목으로 돌아와, 내 사랑 헉!」이라는 에세이 읽은 적 없죠?"

루스는 고개를 끄덕였다.

"없어요? 당연히 그럴 테죠. 유감스럽게도 요즘은 레슬리 피들러를 아무도 읽지 않으니까. 그는 금기를 박살 내는 충격적인 인물이었고 그래서 흥미진진했어요. 그는 그 에세이에서 동성애야말로 미국 문학을 이끈 거대한 엔진이라고 주장했어요. 남자들 간의 우정을 다룬 이야기가 사실은 억압된 성욕을 다룬 이야기라며. 당연히 헛소리고, 남성의 성적 취향보다는 피들러가 어떤 사람인지를 더 잘 드러내는 일화죠. 왜냐하면…… 왜일까요? 둘 중 아는 사람?"

루스는 주문(그가 그녀뿐 아니라 자기 자신에게도 건 주문)이 깨질까 봐 불안해하는 것 같았기에 내가 대답했다. "피상적이잖아요. 남자들 간의 우정을 지저분한 농담으로 둔갑시키고."

"너무 단순화하긴 했다만 틀린 말은 아니다." 아버지는 말했다. "버치와 나는 연인이 아닌 친구였고 숲속에서 시간을 보낼 때면 그 우정을 가장 순수하게 즐길 수 있었다. 그것도 일종의 사랑이지. 그렇다고 해서 내가 실라를 덜 사랑했거나 버치가 도시로 놀러가는 걸 ('밥'이라고 불린 로큰롤에 완전히 미쳤었거든) 덜 즐거워했던 건 아니야. 하지만 30마일 숲에 있으면 세상의 모든 상처와 부산함과 소음이 사라졌지."

"실오랭이와 바늘이었네요." 내가 말했다.

"맞아. 이제 마지막 질문할 차례요, 아가씨."

그녀는 망설이지 않았다. "어떻게 된 건가요? 두 분은 어떻게 시골 남자에서 세상의 남자로 변신하게 되셨나요? 문화의 아이콘으로 말이에요."

아버지의 표정이 어딘지 모르게 달라졌다. 대학생 시절에 심란해하는 어머니의 전화를 받았을 때가 떠올랐다. *네 아버지가 무슨 귀신이라도 본 사람처럼 구는 걸 보면.* 그 말이 사실이라면 지금 그의 눈앞에 그 귀신이 다시 나타난 것 같았다. 하지만 잠시 후에 아버지는 미소를 지었고 귀신은 사라졌다.

"우리는 그냥 재주 많은 두 녀석이었을 뿐이에요. 그냥 그렇다고 해둡시다. 이제 그만 이 눈부신 태양을 피해 안으로 들어가야겠어요."

"하지만……"

"아니." 아버지가 퉁명스럽게 쏘아붙이자 루스는 살짝 움찔했다. "이제 끝냅시다."

"내가 보기에는 기대하셨던 것보다 더 많은 걸 얻은 것 같은데요." 내가 말했다. "그걸로 만족하시죠."

"그래야겠네요. 감사합니다, 카모디 선생님."

아버지는 알겠다는 뜻에서 관절염에 걸린 한쪽 손을 들어 보였다. 나는 그를 다시 집 쪽으로 데려가 현관 앞 계단을 올라갈 수 있게 부축했다. 루스 크로퍼드는 그 자리에 잠시 서 있다가 다시 차에 올라타 사라졌다. 나는 두 번 다시 그녀를 만나지 못했지만 아버지와 버치 삼촌을 다룬 그녀의 기사는 당연히 읽었다. 진정한 통찰은 부족했을지 몰라도 생생하고 재미있는 일화들로 가득했다. 「양키」에 실렸는데 통상적인 기사보다 분량이 두 배 더 많았다. 나는 그녀가 이 집 앞에 들렀다가 정말 기대했던 것보다 더 많은 것을 얻은 게 분명하다고 확신했다. 그 점이 제목으로도 표현되어 있었다. '재주 많은 두 녀석.'

내 어머니(실라 와이즈 카모디, 원추리의 여인)는 2016년에 78세를 일기로 세상을 떠났다. 그녀를 알았던 모든 이에게는 충격이었다. 그녀는 담배를 피우지 않았고, 술이라고는 어쩌다 한 번 특별한 경우 와인 한 잔이 전부였고, 과체중도 저체중도 아니었다. 그녀의 어머니는 97세, 할머니는 99세까지 살았는데, 어머니는 차 트렁크에 식료품을 잔뜩 싣고 캐슬록에 있는 IGA 마트에서 집으로 오던 길에 심각한 심장 마비를 일으켰다. 그녀는 시로이스 언덕 갓길에 차를 세우고, 핸드브레이크를 채우고, 시동을 끄고, 무릎 위로 두 손을 포개어 놓은 채 우리가 삶이라고 부르는 눈부신 섬광을 감싸고 있는 어둠 속으로 건너갔다. 아버지는 오랜 친구 데이브 라버디어의 죽음으로 충격을 받았다면 아내의 죽음으로는 슬픔을 가누지 못했다.

"이렇게 갈 사람이 아닌데, 천국의 행정 부서에서 끔찍한 착오가 있었나 봅니다." 아버지는 그녀의 장례식에서 이렇게 말했다. 유려하지도 않았고, 그의 실력이 제대로 발휘된 문장도 아니었지만 그만큼 충격이 컸다는 뜻이었다.

아버지는 6개월 동안 1층의 접이식 소파에서 잠을 청했다. 결국에는 나의 성화에 못 이겨 두 분이 2만 1천 일이 넘는 밤을 함께 보낸 침실을 나와 둘이서 정리했다. 옷은 대부분 어머니가 가장 좋아하는 자선단체였던 루이스턴 소재의 굿윌에 기증했다. 보석은 어머니의 친구분들에게 나누어 주었고 약혼반지와 결혼반지만 아버지가 죽는 날까지 청바지의 시계 주머니에 넣고 다녔다.

이것만으로도 힘든 일이었는데(우리 둘 모두에게 그랬다) 신발 벗는 방 바로 옆의 벽장 크기였던 어머니의 조그만 서재를 정리할 시점에 이르자 아버지는 딱 잘라서 거부했다.

"못하겠다, 마크. 못하겠어. 손을 댔다가는 내가 무너질 거야. 네가 해 줘야겠다. 문서를 전부 상자에 넣어서 지하실로 옮겨. 나중에 내가 살펴보고 뭐는 두고 뭐는 버릴지 정리하마."

하지만 내가 알기로 아버지는 그 상자들을 살펴본 적이 없었다. 그것들은 내가 놔둔 그대로 탁구대 아래에 쌓여 있다. 지금은 그 탁구대를 아무도 쓰지 않지만, 예전에 나와 어머니는 둘이서 열띤 경기를 벌였다. 내 스매싱을 받지 못할 때마다 어머니는 다채롭게 욕을 했었더랬다. 어머니가 '생각의 방'이라고 불렀던 조그만 공간을 정리하는 일은 힘들었다. 먼지가 쌓였고 초록색 네트는 늘어진 탁구대를 마주하는 건 더 힘들었다.

아버지가 나무 울타리를 사이에 두고 루스 크로퍼드와 특이한 인터뷰를 한 지 하루인가 이틀이 지났을 때, 나는 빈 수납 상자를 두 개 들고 생각의 방으로 들어가기 전에 발륨으로 마음을 다잡았던 기억을 떠올렸다. 책상 맨 아래 서랍을 열어 보니 스프링 공책이 쌓여 있었다. 그중 하나를 들추어 보자 뒤로 비스듬히 누운 글씨가 나타났다. 누가 봐도 아버지의 필체였다. 아버지에게 돌파구가 등장하기 전에, 그러니까 첫 책부터 모든 작품이 베스트셀러가 되기 전에 쓴 공책이었다.

워드프로세서와 컴퓨터가 일상화되기 전에 탄생된 아버지의 처음 세 작품은 그가 매일 오후마다 할로 읍사무소에서 낑낑대며 들고 온 IBM 셀렉트릭 타자기로 작성됐다. 아버지가 타자로 친 원고를 읽어 보라며 주었기 때문에 생생하게 기억이 났다. 단어를 긁어서 지우거나 줄과 줄 사이에 다른 단어를 추가한 부분이 있었고, 문단이 너무 길어지면 중간에 펜으로 사선을 그었다. 삭제 버튼이 개발되기 전에는 이런 식이었다. 가끔 x 키를 써서 예컨대 *눈부시게 화창한 날*을 *xxxx 화창한 날*로 둔갑시킨 적도 있었다.

이런 이야기를 계속 늘어놓는 이유는 『천둥 폭풍』과 『끔찍한 세대』
와 『19번 고속도로』의 완성 원고에는 삭제됐거나 수정된 부분이 거
의 없었기 때문이다. 반면 스프링 공책은 X자투성이었고 공책이 찢
어질 정도로 힘을 주어서 벅벅 그어 놓은 곳도 있었다. 그런가 하면
화가 났는지 낙서로 도배한 페이지도 있었다. 여백에 '토미는 어떻게
될까?' 아니면 '서랍장을 기억해!!!'라고 적어 놓은 곳도 있었다. 이런
공책이 모두 합해서 열몇 권이었고 맨 마지막 공책은 누가 봐도 『천
둥 폭풍』의 습작이었다. 끔찍하지는 않았지만…… 아주 훌륭하지도
않았다.
    나는 루스의 마지막 질문을(그리고 1978년에 심란해하는 어머니에게
받은 전화를) 떠올리며 묵은 공책이 담긴 상자를 찾았다. 원하던 걸 끄
집어내자 나는 알전구 아래에 책상다리를 하고 앉아서 일부분을 읽
어 보았다.

    폭풍이 오고 있었다!
    ~~제이슨~~ 잭은 현관에 서서 서쪽에서 다가오는 시커먼 먹구름을 바라보았
다. 지축을 뒤흔드는 천둥소리! ~~온 사방에~~ 작렬하는 공성퇴처럼 지면을 강
타하는 번개! 바람이 불켜 울부짖기 시작했다. 잭은 무서워서 죽을 것 같
았지만 눈을 뗄 수가 없었다. 비를 예보하는 불이로구나. 그는 생각했다. 비
를 예보하는 불이야!

    읽으면 그림이 그려졌고 서술도 있었지만 기껏해야 상투적인 수준
이었다. 그 페이지와 다음 페이지를 보면 아버지가 자신이 본 장면을
묘사하려고 얼마나 끙끙댔는지 알 수 있었다. 자기 실력이 그다지 출
중하지 않다는 걸 알면서도 계속, 계속, 계속 노력하는 것 같았다.

나는 1층으로 내려가 아버지의 작업실 책꽂이에서 『천둥 번개』 가제본을 꺼냈다. 첫 페이지를 펼쳐서 읽었다.

폭풍이 점점 다가오고 있었다.
잭 엘웨이는 주머니에 손을 넣고 현관에 서서 서쪽에서 연기처럼 일어나 별을 덮으며 점점 다가오는 시커먼 먹구름을 바라보았다. 천둥이 중얼거렸다. 번개가 구름을 때려 바람이 점점 거세지기 시작했다. *비를 예보하는 불이로구나.* 이런 생각이 들자 무서워졌지만 그는 눈을 뗄 수가 없었다.

손으로 쓴 수준 낮은(하지만 더 잘 써 보려고 너무나 열심히 애를 쓰는) 원고와 책으로 완성된 원고를 비교하자 처음에는 버츠 라버디어의 쓰레기 처리장 벽화가, 그다음에는 300만 달러에 팔린 엘비스와 마릴린의 그림이 떠올랐다. 이번에도 하나는 싹이라면 다른 하나는 꽃이라는 생각이 들었다.
이 나라 곳곳(*이 세상 곳곳*)에서 남자와 여자들이 그림을 그리고 소설을 쓰고 악기를 연주하고 있다. 이 스타 지망생들 가운데 일부는 세미나와 워크숍과 수업을 듣는다. 일부는 선생님에게 배운다. 친구와 친척들은 그 노력의 결실을 대하면 "우와, 진짜 멋지다!" 같은 말로 의무적으로 감탄하고는 잊어버린다. 나는 어렸을 때 아버지의 소설을 항상 재미있게 읽었다. 아주 푹 빠져서 '우와, 아빠 진짜 멋지다!'라고 생각했다. 쓰레기 처리장 앞을 지나다 시골 생활을 요란하고 야단스럽게 그린 버치 삼촌의 벽화를 본 사람들도 '우와, 진짜 멋지다!'라고 생각하고는 그냥 제 갈 길을 갔을 것이다. 그림을 그리고 이야기를 하고 기타로 「콜 미 더 브리즈」를 치는 사람은 항상 있으니까. 그들 대부분은 기억에 남지 않는다. 일부는 역량이 뛰어나다. 아주 소수는 잊히지 않는다. 왜 그런지는 나도 모른다. 그리고 그 두 시골 남자가 어쩌다 훌륭함에서 아주 훌륭함을 거쳐 위대함으로 도약하게 됐는지…… 그것 역시 나는 몰랐다.
하지만 나중에는 알게 됐다.

루스 크로퍼드와 간단하게 인터뷰를 하고 2년이 지난 어느 날, 아버지는 또다시 나무 울타리를 따라서 자라는 원추리를 살피고 있었다. 못 보던 녀석들이 울타리 저편은 물론 벤슨가 저편에까지 나타나기 시작했다는 것을 아버지가 보여 주고 있었을 때, 나는 뭔가가 부러지는 듯한 희미한 소리를 들었다. 처음에는 아버지가 떨어진 나뭇가지를 밟은 줄 알았다. 그가 눈을 동그랗게 뜨고 입을 떡 벌리고 나를 쳐다보자 '아버지가 어렸을 때 이렇게 생겼겠구나.' 하는 생각이 들었다(그랬던 걸 분명하게 기억한다). 아버지는 나무 울타리를 잡으려고 했다. 나는 아버지의 팔을 붙잡았다. 우리 둘 다 잡았던 손을 놓쳤다. 아버지는 풀밭 위로 쓰러져 비명을 지르기 시작했다.
어디든 휴대 전화를 들고 다니는 편은 아니었지만(나는 휴대 전화 없이 나가는 것을 속옷 없이 나가는 것과 동일시하는 세대가 아니다) 그날은 들고 나왔다. 911에 전화해 아버지가 사고를 당했으니 벤슨가 29번지에 구급차를 보내 달라고 했다.
나는 무릎을 꿇고 옆에 앉아서 아버지의 다리를 똑바로 펴 주려고 했다. 그는 악을 쓰며 하지 마, 하지 마, 하지 마, 아프다, 마키, 아파, 라고 했다. 얼굴이 방금 내린 눈처럼, 모비딕의 배처럼, 기억이 지워진 머릿속처럼 새하얬다. 훨씬 나이가 많은 사람과 살아서 그런지 내가 늙었다는 생각이 든 경우가 거의 없었는데, 그때는 늙은이가 된 느낌이었다. 정신을 놓으면 안 된다고 속으로 중얼거렸다. 심장 마비를 일으키면 안 된다고. 그러면서 (아버지와 버치가 비용을 지원한) 할로 응급구조센터 구급차가 권내에 있길 바랐다. 게이츠폴스에서 구급차가 출동하려면 30분, 캐슬록에서는 그보다 더 오래 걸릴 것이기 때문이었다.

아버지의 비명 소리가 아직도 귓가에 선하다. 그는 할로 응급구조센터 구급차가 등장하기 직전에 정신을 잃었다. 다행이었다. 구조대원들이 전동 리프트로 아버지를 뒤에 실어서 세인트스티븐스로 이송했고, 거기서 그는 안정 조치를 받고(아흔 살 먹은 남자가 안정을 취할 수 있을지는 모르겠지만) 엑스레이를 찍었다. 왼쪽 고관절이 부러졌다. 원인은 불명이었다. 그냥 그렇게 됐다. 정형외과 의사의 설명에 따르면 그냥 부러진 게 아니라 터졌다고 했다.

"치료를 어떤 식으로 진행하면 좋을지 잘 모르겠네요." 의사인 파텔은 이렇게 말했다. "아드님의 연령이라면 당연히 고관절 치환술을 추천했겠지만 카모디 씨는 심한 골다공증 환자라서요. 뼈가 유리 같아요. 모두 다. 그리고 물론 연세도 많으시고요." 그는 엑스레이 위로 손바닥을 펼쳤다. "아드님이 결정해 주시죠."

"아버지가 깨어나셨나요?"

파텔은 전화를 걸었다. 물었다. 답을 들었다. 전화를 끊었다. "진통제 때문에 몽롱하긴 하지만 의식이 있으시고 질문에 답을 할 수 있으시다고 하네요. 아드님을 만나고 싶어 하신답니다."

코로나가 진정세로 접어들었지만 세인트스티븐스 병원에서는 병실이 귀했다. 그럼에도 아버지는 1인실을 배정받았다. 그럴 만한 여력이 되기도 하지만 유명 인사이기 때문이었다. 게다가 그는 캐슬 카운티에서 인기가 많았다. 내가 선물한 록스타 작가라고 적힌 티셔츠를 입고 다닌 적도 있었다.

아버지의 얼굴은 이제는 모비딕의 배처럼 새하얗지는 않았지만 쪼그라든 듯했다. 얼굴이 초췌했고 땀으로 번들거렸다. 머리칼은 온 사방으로 삐쳤다. "빌어먹을 고관절이 부러졌단다, 마키." 목소리가 거의 속삭이는 수준이었다. "그 파키스탄인 의사 말로는 우리가 버치 장례식에 참석했을 때 부러지지 않은 게 기적이래. 너도 그때 기억하지?"

"그럼요." 나는 아버지의 옆에 앉아 주머니에서 빗을 꺼냈다.

아버지는 손을 들어 습관처럼 고압적으로 됐다고 손짓했다. "그러지 마라, 내가 무슨 갓난쟁이도 아니고."

"알아요, 하지만 정신 나간 사람처럼 보이셔서 그래요."

손이 시트 위로 떨어졌다. "알았다. 하지만 내가 전에 네가 똥 싼 기저귀를 갈아 준 적 있기 때문에 허락하는 거야."

그 일은 엄마의 몫이었을 것 같지만 왈가왈부하지 않고 그의 머리를 최대한 단정하게 빗기는 데 집중했다. "아버지, 의사 선생님이 고민 중이래요. 고관절 치환술을……"

"쉿. 벽장 안에 내 바지가 있거든."

"아버지, 지금 이 상태로는 아무 데도……"

그는 눈을 부라렸다. "어이구, 나도 알아. 열쇠고리 좀 가져다 달라고."

찾아보니 왼쪽 앞주머니에서 짤그랑거리는 동전 아래에 열쇠고리가 깔려 있었다. 아버지는 떨리는 손으로(손이 그렇게 떨리는 걸 보고 있자니 싫었다) 열쇠고리를 잡아서 눈앞에 바짝 대고는 다른 열쇠를 헤집어 가며 조그만 은색 열쇠를 찾았다.

"내 책상 맨 아래 서랍 열쇠거든. 내가 이 염병할 난국을 이겨 내지 못하면……"

"아버지, 괜찮아지실……"

그는 또다시 열쇠를 쥔 손을 들어 보였다. "내가 이겨 내지 못하면 그 서랍을 열어 봐. 나의, 그리고 버치의 성공 비결이 들어 있으니까. 그 여자가…… 이름이 퍼뜩 생각이 나지 않는다만…… 궁금해했던 모든 것. 그 여자는 들어도 못 미더워했을 테고 너도 그럴 테지만 진짜야. 이 세상에 띄우는 나의 마지막 서한으로 여겨 다오."

"알겠어요. 그럴게요. 그럼 수술은 어찌할까요?"

"흠, 글쎄다. 고민해 보자꾸나. 수술을 받지 않으면 어떻게 될까? 휠체어? 그리고 간병인을 써야겠지. 예쁘장한 간호사가 아니라 머리를 밀고 잉글리시 레더 향수를 뿌리고 다니는 털북숭이 미식축구 선수로. 네가 그 나이에 나를 이리저리 지고 나를 수 없을 테니."

맞는 말이었다.

"한번 받아 볼까 싶다. 수술대 위에서 죽을 수도 있겠지만. 무사히 견디고 6주 동안 물리 치료를 받은 뒤에 다른 쪽 고관절이 부러질 수도 있겠지만. 아니면 팔. 아니면 어깨. 조물주가 워낙 혐오스러운 장난을 좋아하잖니."

아버지의 뼈는 연약할지 몰라도 머리는 약에 취했을지언정 여전히 쌩쌩 잘 돌아갔다. 그가 결정의 책임(그리고 결과의 책임)을 내게 떠넘기지 않아서 고마웠다.

"파텔 선생님께 말씀드릴게요."

"그래. 그리고 진통제 계속 준비해 달라고 하고. 사랑한다, 아들."

"저도요, 아버지."

"내가 깨어나면 열쇠 다시 들고 와. 못 깨어나면 서랍 열어 보고."

"알겠어요."

"그 여자 이름이 뭐였더라? 크로킷?"

"크로퍼드요. 루스 크로퍼드."

"그녀는 답을 듣고 싶어 했지. 설명을. 창의력의 통일장 이론*을 원했다고 할까. 주여, 굽어살피소서. 따지고 보면 내가 줄 수 있었던 건 더 심오한 수수께끼뿐이었다만." 아버지의 눈이 스르르 감겼다. "내 몸에 무슨 약을 넣었는지 몰라도 효과가 강력한가 보다. 이제는 아프지 않아. 다시 아프겠지만 지금은 잠을 잘 수 있을 것도 같네."

아버지는 잠이 들었고 그 뒤로 깨어나지 않았다. 잠이 혼수상태로 바뀌었다. 그는 예전에 연명 치료 거부 신청서를 작성해 놓았다. 나는 다음 날 밤 9시 19분에 아버지의 심장이 멈추었을 때 침대 옆에 앉아 그의 손을 잡고 있었다. 전직 국무장관이 같은 날 밤에 교통사고로 사망했기 때문에 아버지의 부고는 「뉴욕 타임스」 맨 위에 실리지도 않았다. 아버지가 알았다면 일상다반사라고 했을 것이다. 살아서나 죽어서나 정치가 거의 항상 예술을 능가하는 법이라고 말이다.

할로 주민 거의 전원이 그레이스 침례교회에서 열린 장례식에 참석했고 언론사에서도 대거 출동했다. 루스 크로퍼드는 캘리포니아 출장 중이라 오지 않았지만 조화와 근사한 조문을 보냈다. 다행히 장례지도사가 이런 사태를 예견하고 넘치는 조문객에 대비해 교회 마당에 스피커를 설치했다. 그는 스크린도 추가하자고 제안했지만 나는 장례식이지 록 콘서트가 아니라는 이유를 들어 거부했다. 하관식

---

* 자연에 존재하는 네 가지 힘, 즉 중력, 전자기력, 약한 상호작용, 강한 상호작용이 같은 근원에서 시작됐다는 물리학 이론이다.

은 더 짧고 참석 인원도 더 적었고, 일주일 뒤에 꽃(당연히 원추리였다)을 들고 찾아가 보니 나 혼자였다. 카모디 가문의 마지막 이파리가 갈색으로 변해 가고 있었다. 식 트랜시트 글로리아 문디(세상의 영광은 이렇게 지나간다).

    나는 무릎을 꿇고 앉아 꽃병을 묘비에 기대어 놓았다. "저 왔어요, 아빠. 그때 주신 열쇠 제가 가지고 있어요. 아빠의 유언을 존중하는 뜻에서 그 서랍을 열어 보긴 하겠지만, 거기에 뭐든 설명할 수 있는 게 들어 있다면…… 아빠가 이런 때 항상 뭐라고 하셨더라…… 차라리 원숭이 불알을 만질게요."

    그 안에서 가장 먼저 보인 건 마닐라 폴더였다. 이 음흉한 노인이 노트북을 완전히 포기하지 않았든지 도서관에서 누군가에게 인쇄를 부탁했는지 맨 위에 놓인 것이 2022년 5월 23일 「타임」 기사였다. 헤드라인은 이랬다. 의회, 드디어 UFO를 진지하게 받아들이기 시작하다.

    기사를 대충 훑어보니 요즘에는 UFO를 UAP, 즉 미확인 항공 현상이라고 부르는 모양이었다. 50년 전 블루북 프로젝트 이래 처음으로 애덤 시프 상원 의원의 주재 아래 그 현상을 논의하는 의회 청문회가 열렸고, 중요한 건 화성이나 다른 행성에서 온 조그만 초록색 인간이 아니라고 모든 증인들이 적극적으로 강조했다. UAP가 외계에서 날아온 비행체일 가능성을 배제할 수는 없지만 그럴 가능성은 매우 낮다고 하나같이 입을 모았다. 그들이 걱정하는 건 다른 나라(러시아, 중국)에서 우리보다 훨씬 성능이 좋은 극초음속 기술을 개발했을 가능성이었다.

    인쇄한 그 기사 아래에 누레지고 조금 바스락거리는 종이가 있었다. 1978년 9월과 10월의 신문에서 오려 낸 기사였다. 「프레스 헤럴드」 기사는 헤드라인이 다음과 같았다. 마지널 웨이 상공에서 목격된 정체불명의 불빛. 「캐슬록 콜」에 실렸던 기사의 헤드라인은 캐슬뷰 상공에서 목격된 시가 모양의 'UFO'였다. 녹슨 자살 계단(버치 삼촌이 쓰레기 처리장에 그린 벽화처럼 오래전에 사라졌다)이 옆면을 타고 지그재그로 이어지는 캐슬뷰 사진도 있었다. 하지만 날아다니는 화이트 아울 시가는 코빼기도 보이지 않았다.

신문 기사를 모아 놓은 파일 아래에 스프링 공책이 있었다. 나는 표지를 들추며 다시 아버지의 습작(『끔찍한 세대』나 『19번 고속도로』를 향한 몸부림)이 담겨 있겠거니 했다. 누가 봐도 틀림없는 아버지 특유의 뒤로 누운 필체가 이어졌지만 X자로 긋거나 휘갈겨 쓴 부분, 아버지가 머릿속에 담긴 이야기를 표현할 방법을 찾느라 끼적인 낙서도 없었다. 돌아가신 어머니의 서랍 안에 들어 있었던 초창기의 그 공책과 전혀 달랐다. 글씨가 더러 흔들린 곳이 있었지만 자신의 필력을 마음껏 뽐내는 레어드 카모디의 원고였다. 확신할 수는 없었지만 은퇴를 선언하고 얼마 후에 쓴 이야기 같았다.

아버지는 주로 뛰어난 이야기꾼으로 정평이 난 절정의 소설가였는데, 나는 겨우 세 페이지 만에 이것이 전혀 다른 작품임을 알아차렸다. 실존 인물(레어드 카모디와 데이브 라버디어)을 가상의 인물로 설정한, 말하자면 메타픽션이었다. 파격적인 시도는 아니었다. 이런 콘셉트(콘셉트가 아니라 장치라고 해야 할지 모르겠지만)를 시도한 유명 작가들이 많았다. 아버지는 데이브가 반발하지 못할 거라는 사실도 염두에 두었을 것이다. 옛 친구가 고인이 되었으니 말이다. 아버지가 병실에서 이걸 실화라고 주장했다면 오로지 진통제와 통증으로 제정신이 아니었기 때문이었다. 너새니얼 호손도 말년에 자신을 딤스데일 목사*로 착각했지 않은가. 에밀리 디킨슨은 눈을 감는 순간 "이제 들어가야 해. 안개가 피어오르고 있어."라는 말을 남기지 않았던가.

아버지는 판타지나 메타픽션을 쓴 적이 없었고 이 작품은 양쪽 모두에 해당했지만 그래도 기존의 수법을 능수능란하게 활용했다. 나는 당장 빨려 들어갔고 공책의 마지막 부분까지 단숨에 읽어 내려갔다. 등장인물들뿐만 아니라 할로의 풍경도 익숙했기 때문만은 아니었다. 레어드 카모디가 탁월한 이야기꾼이라는 건 가장 가혹한 평론가도 인정하는 부분이었고 이 작품은 훌륭했다. 하지만 실화냐고?

그건 헛소리였다.

2.

예전에 버치와 내가 쓰레기 처리장을 운영했던 시절에 우리 쓰레기 처리장에는 쓰레기 줍는 화요일이 있었다. 버치가 내놓은 아이디어였다. (쥐 잡는 토요일도 있었지만 그건 다른 얘기다.)

"만약 쓰레기를 줍겠다고 찾아오는 사람들이 있으면 하루 동안 일을 하게 하고 우리는 옆에서 살피는 거야. 알코올 중독자나 마약쟁이가 다리를 베어서 괴저가 생기지 않게."

화요일에 자주 찾아온 넝마주이 중에 레니 래카시라는 나이 많은 알코올 중독자가 있었다. 그는 메인주 사람들이 따발총이라고 부르는 부류로, 잠을 자는 동안에도 말을 했을 것이다. 옛날이야기를 할 때마다 말머리가 항상 똑같았다. "그 강경은 내 기억 속에서 절대 사

---

* 그의 대표작 『주홍 글자』의 등장인물.

라지지 않아."

우리 인생을 바꾸어 놓은 1978년의 사냥 여행을 떠올릴 때 내가 느끼는 심정이 그거다. 그 강경은 내 기억 속에서 절대 사라지지 않았다.

우리는 그해 11월 11일 토요일에 출발했고 17일 아니면 18일, 둘 중 아무라도 사슴을 잡으면 그보다 일찍 돌아올 예정이었다. 사슴을 잡으면 게이츠폴스의 오드웨이 정육점에 손질을 맡길 시간적 여유가 충분할 것이었다. 추수감사절에 사슴고기가 상에 오르면 다들 좋아했고 21일에 학교에서 집으로 내려오기로 한 마크가 특히 그랬다.

버치와 나는 1950년대 초반에 돈을 모아서 군용 윌리스 지프를 장만했다. 1978년에 그 녀석은 늙다리가 되었지만 그래도 장비와 식료품을 싣고 숲으로 출발하기에 부족함이 없었다. 실라는 해마다 30마일 숲 어딘가에서 넬리벨의 엔진 로드가 부러지거나 변속기가 떨어져 나올 거라고 했지만 한 번도 그런 적이 없었다. 버치가 서부로 거처를 옮길 때까지 우리는 그 윌리스를 타고 다녔다. 다만 1978년 이후로 사냥은 별로 하지 않았을 뿐더러 사냥이라는 단어 자체도 입에 담지 않았다. 두말하면 잔소리지만 생각은 계속했다. 하지 않을 수가 없었다. 그 무렵 나는 첫 책을 계약했고 버치는 만화와 그래픽 노블로 돈을 벌고 있었다. 그가 나중에 번 돈만큼은 아니었지만 레니 래카시라면 괜찮은 시골 축제급이라고 표현했음 직한 금액이었다.

나는 실라에게 입을 맞추고 버치는 그녀를 안아 주고 출발했다. 채플 길을 지나면 세메터리 길이 나왔고 그 뒤로 숲길 세 개가 이어지는데, 갈수록 잡초가 더 무성했다. 그 무렵 우리는 30마일 숲 안쪽으로 깊숙이 들어왔고 얼마 지나지 않아 질라시 시냇물이 흐르는 소리가 들렸다. 소리가 빙그레 웃는 수준인 해도 있었지만 그해에는 여름과 가을에 비가 많이 왔기 때문에 질라시가 포효했다.

"다리가 무너지지 않았어야 할 텐데." 버치가 말했다.

무너지지는 않았지만 우측으로 살짝 기우뚱했다. 기둥에 딱 한 마디가 적힌 노란색 팻말이 못 박혀 있었다. 위험. 이듬해 봄에 시냇물이 넘쳤을 때 그 다리는 완전히 쓸려서 없어졌다. 이후로는 질라시를 건너려면 하류 쪽으로 30킬로미터 넘게 돌아가야 했다. 거의 베설까지 말이다.

팻말이 없어도 위험하다는 걸 알 수 있었다. 위험을 무릅써 가며 차로 그 다리를 건넌 지 몇 년 되었지만 그날은 걸어서 건너도 될지조차 자신할 수 없었다.

"흠." 버치가 말했다. "119번 국도를 타고 아래로 30킬로미터를 갔다가 30킬로미터를 거슬러 오긴 싫은데."

"그랬다가는 경찰이 차를 옆으로 대라고 할걸?" 나는 말하고 지프 옆면을 손으로 찰싹 때렸다. "이 넬리벨로 말할 것 같으면 1964년 이후로 차량 검사 완료 스티커를 붙이고 다닌 적이 없잖아."

그는 배낭과 침낭을 챙겨 들고, 오래돼서 덜거덕거리는 나무다리 끝으로 다가갔다. 그런 다음 걸음을 멈추고 돌아보았다. "같이 갈 거야?"

"네가 무사히 건너는지 여기서 지켜볼까 봐. 다리가 무너지면 건져 줄게. 그 전에 물살에 쓸려가면 잘 가라고 손 흔들어 주고." 사실 우리 둘이 동시에 그 다리 위로 올라가는 상황은 피하고 싶었다. 그건 운을 시험하는 일이 될 것이었다.

버치는 다리를 건너기 시작했다. 시냇물 흐르는 소리 위로 그의 부츠 뒤꿈치가 쿵쿵거리며 둔탁하게 바닥을 밟는 소리가 들렸다. 건너편에 도착하자 그는 짐을 내려놓고 바지를 벗어 내 쪽으로 엉덩이를 내밀었다.

　이번에는 내가 건너는데, 다리가 살아 있고 아파하는 듯 떠는 것이 느껴졌다. 우리는 다시 반대편으로 건너가(한 번에 한 명씩) 식량이 담긴 상자를 옮겼다. 그 안에는 남자들이 숲에서 먹는 것들이 가득했다. 딘티무어 캔 비프스튜, 깡통 수프, 정어리, 달걀, 베이컨, 컵 푸딩, 커피, 원더 브레드 식빵 잔뜩, 여섯 캔들이 맥주 두 팩, 연례행사로 마시는 잭 대니얼스 한 병. 그리고 티본 스테이크 두 개. 우리는 당시 대식가였지만 건강식과는 거리가 멀었다. 마지막으로 다리를 건널 때는 엽총과 구급상자를 들고 갔다. 구급상자가 큼지막했다. 우리 둘 다 할로 소방서 자원봉사단원이었는데, 응급구조사 응급처치 교육 과정 이수가 필수였다. 실라는 숲속에서 사고가 날 수가 있으니 사냥을 할 때 소방서 자원봉사단 구급상자를 꼭 들고 가라고 했다. 가끔은 정말이지 끔찍한 사고가 벌어질 수도 있었다.

　비가 들이차지 않게 넬리벨 위로 방수천을 씌우는데 버치가 말했다. "이번에는 우리 둘 중 한 명이 물에 빠질 거야, 두고 봐."

　막판에는 무게가 13킬로그램에 달하고 크기가 막사용 사물함만 한 구급상자를 둘이 한쪽씩 들고 다리를 건너야 했지만 우리 둘 다 물에 빠지지 않았다. 구급상자를 지프에 두고 갈까 고민했지만 결국에는 들고 갔다.

　다리 저편에 조그만 공터가 있었다. 근사한 낚시터가 될 수도 있었겠지만, 질라시는 멕시코와 럼퍼드를 거쳐오는 물줄기라 어떤 물고기를 잡든 섬유 공장에서 흘러나온 폐수에 오염됐을 것이었다. 공터 너머는 잡초가 무성한 오솔길이었고 그 길을 따라 400미터 걸으면 우리 오두막집이 나왔다. 그 당시만 해도 방이 두 개고, 거실의 절반을 차지하는 주방에 장작 난로가 있고, 뒤편에 재래식 화장실이 있는 깔끔한 집이었다. 당연히 전기는 들어오지 않았지만, 물은 조그만 펌프장에서 길어 썼다. 두 명의 훌륭한 사냥꾼에게 필요한 모든 것이 갖추어져 있었다.

짐을 오두막집까지 모두 옮겼을 즈음에는 해가 거의 졌다. 내가 음식을 준비하는 동안 (버치는 언제든 일을 분담하려 했지만 실라의 표현에 따르면 물도 태워 먹을 인간이었다) 버치가 난로에 불을 지폈다. 나는 책과 함께 자리를 잡고 앉았고(숲속에서는 애거서 크리스티만 한 게 없다) 버치는 스트라스모어 스케치북을 만화, 캐리커처, 숲속의 풍경으로 가득 채웠다. 니콘 카메라는 그의 옆 식탁 위에 놓여 있었다. 엽총은 장전이 되지 않은 채 한쪽 구석에 기대어져 있었다.

우리는 숲으로 나가면 항상 그러듯 과거에 대해, 미래의 소망에 대해 잠깐 대화를 나눴다. 그 무렵 우리의 소망은 점점 희미해져 가고 있었지만(우리 나이가 중년의 초입이었다) 숲속에 있으면 그것들이 전보다 현실적이고 실현 가능하게 느껴졌다. 워낙 조용하고 삶이 좀 더…… 한가하게 느껴져서였을까? 그건 아니다. 좀 더 단순해서였다. 울리는 전화벨도 없고 꺼야 하는 불(문자 그대로든 상징적으로든)도 없으니 그럴 수밖에. 내가 생각하기에 우리가 숲을 찾은 이유는 사실 사냥을 하기 위해서가 아니었다. 사슴이 눈앞을 지나가면 마다하지야 않겠지만, 우리가 거길 찾은 이유는 자신의 가장 바람직한 모습을 찾기 위해서였다. 어쩌면…… 가장 솔직한 모습일 수도 있겠다. 나는 실라 앞에서 항상 가장 바람직한 모습을 보이려고 노력했다.

그날 밤에 침대에 누워 이불을 턱밑까지 끌어 올리고 나무 사이를 지나는 바람의 한숨 소리를 들었던 기억이 난다. 소망과 야망이 희미해져 가는 것이 그다지 고통스럽지 않다는 생각을 했던 기억이 난다. 다행이었지만 조금 끔찍하기도 했다. 나는 작가가 되고 싶었지만 훌륭한 작가는 내 능력 밖이라는 생각이 들기 시작했다. 만약 그렇더라도 세상은 계속 돌아갈 것이었다. 손의 힘을 풀고…… 손가락을 펴면…… 뭔가가 날아가 사라졌다. 어쩌면 그래도 *상관없을지 모른다*는 생각을 했던 기억이 난다.

창밖에서는 흔들리는 나뭇가지 사이로 별이 몇 개 보였다.

그 강경은 내 기억 속에서 절대 사라지지 않았다.

12일에 우리는 주황색 조끼에 주황색 모자를 쓰고 숲속으로 들어갔다. 오전에 헤어졌다가 다시 만나 점심을 먹고 정보(무엇을 보았고 무엇을 보지 못했는지)를 교환했다. 첫날은 오두막집에서 다시 만났고 내가 치즈와 베이컨 200그램을 넣어서 파스타를 한 냄비 만들었다. (나는 이걸 헝가리안 굴라시라고 불렀지만 자존심이 있는 헝가리인이라면 보자마자 자기 눈을 가렸을 것이다.) 그날 오후에는 같이 사냥하러 나섰다.

다음 날 점심때는 공터에서 시냇물(그날은 강에 좀 더 가까웠다) 너머에 세워 둔 넬리벨을 쳐다보며 도시락을 먹었다. 버치가 샌드위치를 만들었는데, 그건 믿고 맡겨도 됐다. 우물에서 길어 온 맛있는 물이 있었고 후식은 호스티스 과일 파이였다. 나는 블루베리, 버치는 사과였다.

"사슴 봤어?" 손가락에 묻은 설탕을 핥으며 버치가 물었다. 정확히 따지자면…… 과일 파이에 설탕이 뿌려지지는 않았지만 겉에 발린 글레이즈가 제법 맛있었다.

"아니. 오늘도 어제도 못 봤어. 하지만 너도 고참들이 뭐라고 하는지 알지? 사슴은 언제 11월이 오는지 알고 숨는다."

"나는 솔직히 그게 진짜일 수 있다고 생각해. 핼러윈이 지나면 사슴들이 정말로 사라지잖아. 하지만 총소리는? 들은 적 있어?"

나는 곰곰이 기억을 더듬었다. "어제 두어 번. 오늘은 못 들었고."

"30마일 숲 안에 사냥꾼이 우리 둘뿐이라는 거야?"

"어휴, 그럴 리가. 이 카운티에서 여기랑 다크 스코어 호수 사이의 숲보다 더 나은 사냥터가 없다는 걸 너도 알잖냐. 오늘 아침에도 시작한 지 얼마 되지 않아서 남자 둘을 봤어. 그쪽에서는 나를 보지 못했지만, 둘 중 한 명이 프레디 스킬린스였던 것 같아. 자칭 목수라는 그 친구 말이야."

그는 고개를 끄덕였다. "나는 그 꼽추처럼 굽은 산등성이 건너편에서 남자 셋을 봤어. 엘엘빈 모델처럼 차려입고 조준경이 달린 엽총을 들고 있어서 딱 봐도 외지인이더라. 우리가 만난 한 사람당 그 뒤에 다섯에서 열 명이 더 있다고 봐야 할 거야. 그렇다면 여기저기서 총소리가 들려야 할 거 아냐. 사슴들이 전부 짐을 싸서 캐나다로 떠났을 리도 없고, 안 그래?"

"그럴 리는 없겠지. 사슴들은 저 밖에 있어, 버치."

"그럼 왜 한 마리도 보이질 않냐고? 그리고 들어 봐!"

"도대체 뭘 들으라는······."

"1분만 입 다물고 있으면 들릴 거야. 아마도 그러지 못할 거다만."

나는 입을 다물었다. 질라시가 포효하며 흘러가는 소리가 들렸다. 우리가 풀밭에 앉아 남은 과일 파이를 먹는 동안에도 교각이 흔들리고 있을 게 분명했다. 멀리서 웅웅거리는 비행기는 아마도 포틀랜드 제트기 비행장으로 향하는 것이었다. 그것 말고는 아무 소리도 들리지 않았다.

나는 버치를 쳐다보았다. 그도 나를 보고 있는데 웃는 얼굴이 아니었다. 표정이 진지했다.

"새소리가 안 들리네." 나는 말했다.

"응. 숲속은 새로 가득해야 맞는데."

바로 그때 까마귀 한 마리가 요란하게 딱 한 번 까악거렸다.

"들리네." 나는 말했고 솔직히 마음이 놓였다.

"까마귀 한 마리. 그뿐이잖아. 개똥지빠귀들은 어디 갔을까?"

"남쪽으로 날아갔나?"

"아직은 전부 그럴 때가 아니지. 동고비랑 홍관조 소리도 들려야 하는데. 어쩌면 황금방울새하고 박새도 득시글거려야 하고. 그런데 심지어 빌어먹을 딱따구리조차 없어."

나는 원래 숲의 사운드트랙을 무시하는 편이지만(익숙해지면 그렇게 된다) 듣고 보니 새들이 다 어디 갔을까 싶었다. 그리고 그뿐만이 아니었다.

"다람쥐. 다람쥐들이 사방에서 뛰어다니면서 겨울 준비를 해야 하잖아. 두어 마리 본 것 같긴 하지만……." 그마저도 확실치 않았기에 나는 말끝을 흐렸다.

"외계인 때문이야." 버치가 장난스럽게 으스스한 목소리로 나지막이 말했다. "그들이 지금 숲을 헤치며 우리 쪽으로 슬금슬금 다가오고 있어. 분해 광선총을 들고."

"「콜」에 실린 이야기를 읽었구먼. 비행접시 이야기 말이야."

"접시 아니었어, 시가였지. 비행시-가."

"행성 X에서 온 티파릴로.*"

"지구 여자들을 향한 욕망으로 이글거리는**!"

우리는 서로 쳐다보며 키득거렸다.

---

* 시가 브랜드.

** 「스타 트렉」 시리즈에 나온 대사.

그날 오후에 소설로 쓰면 좋을 아이디어가 떠올랐기에(훨씬 나중에 『끔찍한 세대』라는 작품으로 탄생됐다) 저녁에 스프링 공책에 메모를 적었다. 이야기의 주인공인 젊은 악당의 이름을 뭐라고 하면 좋을지 고민하고 있었을 때 오두막집 문이 쾅 하고 닫히는 소리에 이어 버치가 달려 들어왔다. "나와 봐, 레어. 이거 네 눈으로 봐야 해." 그는 카메라를 집었다.

"뭔데 그래?"

"얼른 그냥 나와!"

나는 버치의 동그래진 눈을 보고 공책을 내려놓고 그를 따라 문밖으로 나갔다. 공터와 시냇물까지 400미터를 걸어가는 동안 버치는 다리가 더 기울었는지 확인하러 나왔다가 (완전히 무너졌으면 소리가 들렸을 테니) 하늘 위에 떠 있는 뭔가를 보고 다리 생각은 까맣게 잊었다고 했다.

"봐." 공터에 도착하자 그가 손으로 가리켰다.

가벼운 보슬비가 내리기 시작했다. 원래는 캄캄해서 낮게 드리워진 구름을 볼 수 없어야 하는데, 천천히 원을 그리면서 움직이는 밝은 빛 때문에 구름이 보였다. 동그라미는 다섯 개였다가 일곱 개였다가 아홉 개가 되었다. 크기는 각기 달랐다. 가장 작은 건 지름이 10미터 정도였다. 가장 큰 건 30미터도 될 수 있음 직했다. 그 빛은 눈부신 스포트라이트나 초강력 손전등처럼 구름을 비추는 것이 아니라 구름 안에 있었다.

"저게 뭐야?" 나는 거의 속삭이는 수준으로 물었다.

"나도 모르겠지만 티파릴로가 아닌 것만큼은 분명해."

"화이트 아울도." 나는 말했고 우리는 웃음을 터뜨렸다. 뭔가가 재밌을 때 나는 웃음이 아니라 너무 놀라서 정신이 하나도 없을 때 나는 웃음이었다.

버치는 사진을 찍었다. 이때는 즉각적으로 사람을 만족시켜 주는 칩 테크놀로지가 개발되기 전이었기에 버치는 자기 집 암실에서 인화한 사진을 나중에 보여 주었다. 대실망이었다. 울퉁불퉁하고 시커먼 숲의 윤곽선 위로 커다란 빛의 동그라미들이 떠 있을 뿐이었다. 이후로 내가 본 UFO(아니면 취향에 따라 UAP) 사진들도 대개 실망스러웠다. 뭐든 갖다 붙일 수 있는 흐릿한 형체들, 사기꾼들이 조작한 사진. 현장에서 목격해야 그게 얼마나 근사하고 얼마나 이상한지 깨달을 수 있었다. 거의 왈츠를 추는 듯 구름 속에서 소리 없이 움직이는 거대한 빛의 동그라미.

가장 선명하게 기억이 나는 건(경외감은 차치하고) 그 현상이 벌어진 5분에서 10분 동안 내 머릿속에서 벌어진 갈등이었다. 그 빛의 출처가 어디인지 확인하고 싶은 한편…… 확인하고 싶지 않았다. 아무래도 다른 세계에서 건너온 인공물(아니면 심지어 지적인 존재)이 우리 바로 앞에 있는 것 같았다. 그래서 흥분이 되는 동시에 겁이 났다. 그 첫 만남(분명 첫 만남이었다)을 돌아보면 우리의 반응은 둘 중 하나일 수밖에 없었다. 웃든지 비명을 지르든지. 나 혼자였다면 99퍼센트의 확률로 비명을 질렀을 것이다. 그러고는 도망쳐 어린애처럼 침대 아래에 숨어서 아무것도 보지 못했다고 부인했을 것이다. 하지만 우리는 같이 있었고 다 큰 어른이었기에 웃었다.

위에서 5분 아니면 10분이라고 했지만 15분이었을 수도 있다. 보슬비가 굵어져서 비다운 비로 바뀔 만한 시간이었다. 빛의 동그라미 중에서 둘이 점점 작아지더니 사라졌다. 그리고 잠시 후 둘인가 셋이 또 없어졌다. 가장 큰 동그라미가 가장 오래 남았지만 그것도 작아지기 시작했다. 좌우로 움직인 게 아니라 처음에는 접시 크기로, 그다음은 50센트 동전, 그다음은 1센트 동전, 그다음은 환한 점으로 그냥 크기가 줄더니…… 자취를 감추었다. 위로 똑바로 솟구쳐 날아가기라도 한 것처럼 그랬다.

우리는 비를 맞으며 그 자리에 서서 다른 무슨 일이 벌어지길 기다렸다. 아무 일도 벌어지지 않았다. 잠시 후에 버치가 내 어깨를 잡았다. 나는 꽥 비명을 질렀다.

"미안, 미안." 버치가 중얼거렸다. "이제 들어가자. 라이트 쇼는 끝났고 우리는 쫄딱 젖었어."

맞는 말이었다. 나는 재킷도 없이 달려 나갔던 참이라 숯만 남은 불을 다시 지피고 젖은 셔츠를 벗었다. 팔을 문지르며 벌벌 떨었다.

"다른 사람들한테 우리가 뭘 봤는지 얘기해도 안 믿겠지?" 버치는 말했다. "어깨를 으쓱하면서 특이한 기상 현상이었을 거라고 하겠지."

"실제로 그랬을 수 있어. 아니면…… 여기서 캐슬록 공항까지 거리가 얼마나 되지?"

그는 어깨를 으쓱했다. "동쪽으로 30에서 40킬로미터쯤 될걸?"

"활주로 불빛에…… 구름과…… 습기가 더해지면…… 그 뭐이냐…… 프리즘 현상이……"

그는 카메라를 무릎 위에 올려놓고 소파에 앉아서 나를 쳐다보고 있다가 살짝 미소를 지었다. 아무 말도 하지는 않았다. 할 필요가 없었다.

"말도 안 되는 소리지?" 나는 물었다.

"응. 그게 무슨 현상인지는 모르겠지만 공항에서 비춘 불빛이 아니었고 염병할 기상 관측 기구도 아니었어. 그런 게 여덟 개 아니면 열 개, 어쩌면 열두어 개 있었고 *커다랬잖아.*"

"숲속에 다른 사냥꾼들도 있지. 나는 프레디 스킬린스를 봤고 너도 외지인처럼 생긴 남자 셋을 봤다고 했잖아. 그들도 그걸 봤을 거야."

"가능성은 있지만 과연 봤을까 싶어. 내가 마침 딱 알맞은 때, 딱 알맞은 곳, 그러니까 개울가 공터에 있었던 거라. 아무튼 이제 끝났으니까 나는 자러 들어가야겠다."

다음 날(그러니까 14일이었다)에는 하루 종일 비가 왔다. 우리 둘 다 나가서 비를 맞아 가며 있을지 없을지 모르는 사슴을 찾으러 다니고 싶지 않았다. 나는 책을 읽고 소설에 쓸 아이디어를 조금 발전시켰다. 주인공 악당에 어울릴 만한 이름을 계속 고민했지만 소득이 없었다. 그 악당이 악당인 이유가 명확하지 않기 때문인 것 같았다. 버치는 거의 오전 내내 스케치북에 대고 끼적였다. 구름 속의 빛을 서로 다르게 세 번 그렸다가 넌더리를 내며 포기했다.

"사진을 인화할 수 있으면 좋겠네, 이건 너무 구려." 그가 말했다.

나는 쓱 훑어보고 잘 그렸다고 말했지만 사실은 그렇지 않았다. 구리지는 않았지만 우리가 목격한 광경의 오묘함을, 그 광대함을 제대로 전달하지는 못했다.

나는 악당의 이름 후보로 올렸다가 X표를 그은 모든 이름들을 쳐다보았다. 트리그 애덤스. 아니야. 빅 엘런비. 아니야. 잭 클래가트. 너무 노골적이야. 카터 캔트웰. 으, 토 나온다. 내가 머릿속에 그린 이야기는 형태가 없는 것처럼 느껴졌다. 아이디어만 있을 뿐 구체적인 부분들은 정해진 게 없었다. 붙들 만한 것이 하나도 없었다. 전날 밤에 본 광경과 비슷했다. 뭔가가 있었는데, 구름으로 덮여 뭔지 알 수가 없었다.

"너는 뭐 하냐?" 버치가 물었다.

"빈둥거리는 중. 망할, 낮잠이나 자야겠다."

"점심은 어쩌고?"

"생각 없어."

그는 내 말을 듣고 곰곰이 생각하더니 창밖으로 꾸준히 내리는 비를 내다보았다. 11월의 차가운 비보다 차가운 건 없다. 누가 이걸 가지고 곡을 써야 하는 거 아닌가 하는 생각이 들었는데…… 결국 누군가가 썼다.

"낮잠이 딱인 것 같네." 버치는 스케치북을 옆으로 내려놓고 자리에서 일어났다. "있잖아, 레어. 나는 평생 그림을 그릴 테지만 화가는 되지 못할 거야."

그날 오후 4시쯤 비가 멈췄다. 6시가 되자 구름이 걷혔고 별과 조각달이 보였다. 옛날 사람들은 하느님의 손톱이라고 부르는 달이었다. 우리는 저녁으로 스테이크를 먹은 다음(원더 브레드로 육즙을 닦아가며) 공터로 나갔다. 아무 말도 없이 그냥 나갔다. 목을 길게 빼고 한 30분 정도 서 있었다. 불빛도 접시도 날아다니는 시가도 보이지 않았다. 우리는 다시 안으로 들어갔고 버치가 거실 수납장에서 찾은 바이시클 카드로 거의 10시까지 크리비지를 했다.

"이 안에서까지 질라시 소리가 들리네." 마지막 판을 끝냈을 때 내가 말했다.

"그러게. 비가 와서 다리에는 도움이 안 됐겠네. 그나저나 거기에 빌어먹을 다리가 있는 이유가 뭘까? 이유를 생각해 본 적 있어?"

"1960년대에 누가 이 일대를 개발하려고 했던 거 아닐까? 아니면 제지회사가 제1차 세계대전 이전에 이 숲을 깨끗이 밀어 버린 게 분명해."

"사냥을 하루 더 하고 돌아가면 어때?"

내가 보기에 빈손으로 집에 돌아가기 싫어서 그런 건 아니었다. 구름에 가려진 그 불빛을 본 것이 그에게 어떤 변화를 일으켰다. 우리 둘 모두에게 어떤 변화를 일으켰을 수도 있었다. 중대한 깨달음의 순간이었다고 하지는 않겠다. 그냥 살다 보면 뭔가가 보일 때가 있다. 하늘의 불빛 또는 하루 중 어떤 시간의 그림자, 그것이 어떤 식으로 내 앞길 위로 드리워졌는지가. 그러면 그걸 어떤 징조로 받아들이고 따라가기로 마음을 먹는 거다. 어렸을 때는 어린애처럼 말하고 어린애처럼 이해하고 어린애처럼 생각했지만 이제 어린애 같은 것들을 버려야 하는 때가 찾아왔다고 속으로 중얼거리면서.

아니면 아무것도 아닐 수도 있었다.

"레어?"

"그래. 하루 더 하고 돌아가자. 눈이 내리기 전에 하수구를 청소해야 하는데 계속 미루고 있거든."

다음 날은 서늘하고 맑아서 사냥하기에 완벽했지만 우리 둘 다 흰색 꼬리가 획 지나가는 것조차 보지 못했다. 새소리도 들리지 않고 까마귀만 어쩌다 한 번씩 울고 그만이었다. 다람쥐를 찾으려고 눈에 계속 힘을 주었지만 한 마리도 보이지 않았다. 심지어 얼룩다람쥐조차 보이지 않았다. 원래는 쪼르르 달리는 그 녀석들로 숲속이 가득해야 하는데도 그랬다. 총소리는 더러 들렸지만 멀리, 호수 근처였고 사냥꾼들이 총을 쏜다고 해서 반드시 사슴을 쏘는 건 아니었다. 가끔 남자들은 심심해지면 그냥 한두 번씩 방아쇠를 당기곤 했다. 놀라서 도망칠 사냥감도 없다 싶으면 특히 그랬다.

우리는 오두막집에서 만나 점심을 먹고 같이 다시 나갔다. 사슴을 만날 수 있을 거라는 기대는 버렸고 실제로도 만나지 못했지만 야외 활동을 하기에 좋은 날이었다. 우리는 시냇물을 따라 일이 킬로미터 정도 걷다가 쓰러진 통나무 위에 걸터앉아 캔 맥주를 땄다.

"이상해." 버치가 말했다. "그리고 어째 찜찜해. 오늘 오후에 그냥 출발하자고 하고 싶지만 짐을 다 챙기고 나면 날이 어두워질 테고 넬리벨의 전조등을 믿고 숲길을 달릴 수가 있어야 말이지."

갑자기 불어온 바람이 나뭇잎을 흔들어 떨어뜨렸다. 그 소리에 나는 화들짝 놀라 어깨 너머를 돌아보았다. 버치도 마찬가지였다. 잠시 후에 우리는 서로 쳐다보며 폭소를 터뜨렸다.

"많이 놀랐냐?" 나는 물었다.

"조금. 전에 담력 체험한다고 스파이어 씨네 집 들어갔던 거 생각나? 1946년인가 그랬지?"

생각났다. 스파이어는 오키나와에서 한쪽 눈을 잃고 돌아와 자기 집 응접실에서 엽총으로 머리를 쏴서 죽은 주민이었다. 온 마을을 떠들썩하게 만든 사건이었다.

"그 집에서 귀신이 나온다고 그랬잖아." 나는 말했다. "그때 우리가…… 몇 살이었지? 열세 살이었나?"

"아마도. 들어가서 친구들한테 증거로 보여 줄 걸 들고 나왔지."

"나는 액자를 들고 나왔어. 벽에 걸려 있던 오래된 풍경화를. 너는 뭐 들고 나왔어?"

"빌어먹을 소파 쿠션." 버치는 폭소를 터뜨렸다. "멍청하기는! 스파이어 씨네 집이 생각난 이유가 뭐냐면, 지금 느낌이 그때랑 같아서야. 사슴도 없고 새도 없고 다람쥐도 없고. 그 집에는 귀신이 없었을지 몰라도 이 숲은…….” 그는 어깨를 으쓱하고는 맥주를 조금 마셨다.

“오늘 출발해도 돼. 전조등은 아마 괜찮을 거야.”

“안 돼. 내일. 오늘 저녁에 짐 싸고 일찍 자고 날이 밝자마자 출발하자. 너만 괜찮으면.”

“좋아.”

우리가 넬리벨의 전조등을 믿었다면 상황은 전혀 달라졌을 것이다. 나는 가끔 우리가 전조등을 믿고 출발했다고 상상한다. 그림자 인생을 사는 그림자 레어드와 그림자 버치가 있다고 상상한다. 그림자 버치는 시애틀로 가지 않았다. 그림자 레어드는 소설을 열 몇 권은커녕 한 권도 쓴 적 없었다. 이 그림자들은 할로에서 평범한 삶을 사는 건실한 남자였다. 쓰레기 처리장을 운영했고 쓰레기 운송업체 사장이었고 마을의 일을 절차에 맞게 처리했다. 그러니까 3월에 열리는 마을 회의 때 수입과 지출을 맞춰 빈민 구제 농장을 부활시키려는 극단적인 보수주의자들의 투덜거림을 막았다는 뜻이다. 그림자 버치는 루이스턴의 디스코 클럽에서 만난 여자와 결혼해 그림자 아이들을 낳았다.

나는 그런 일이 벌어지지 않아서 다행이라고 이제 와 속으로 중얼거린다. 버치도 마찬가지였다. 내가 그걸 아는 이유는 둘이서 전화 통화를 하거나 나중에 스카이프나 페이스타임으로 화상 통화를 했을 때 얘기한 적이 있기 때문이다. 모두 다행이었다. 두말하면 잔소리였다. 우리는 유명해졌다. 우리는 부자가 됐다. 꿈을 이루었다. 잘못된 건 아무것도 없다. 내가 내 삶의 형상에 대해 의구심을 갖는다 할지라도 인간이라면 누구나 그렇지 않나?

당신은 어떤가?

그날 저녁에 버치는 남은 재료를 냄비에 때려 넣고 끓인 걸 스튜랍시고 내놓았다. 우리는 원더 브레드를 곁들여 그걸 먹고 우물물로 입가심을 했는데, 제일 맛있었던 게 그 물이었다.

"두 번 다시는 너한테 요리를 맡기지 않을 테다." 같이 설거지를 하며 버치에게 말했다.

"그 쓰레기를 만든 죄인으로서 네가 그 다짐을 지켜 주길 바라는 수밖에 없겠네." 그가 대꾸했다.

짐을 싸서 문 옆에 두었다. 버치가 운동화 신은 한쪽 발을 들어 큼지막한 구급상자를 모로 찼다. "우리는 왜 이걸 항상 들고 다니는 걸까?"

"실라가 우겨서. 우리 둘 중 하나가 싱크홀에 빠져서 다리가 부러지거나 총에 맞을 거라고 확신하거든. 아마도 조준경이 달린 엽총을 들고 다니는 외지인에게 말이지."

"무슨 헛소리야. 내가 보기에 실라는 그냥 미신 신봉자야. 딱 한 번 이걸 들고 오지 않으면 꼭 이게 필요한 일이 생길 거라고 믿는 거지. 가서 다시 한번 볼래?"

그게 무슨 소리냐고 물을 필요도 없었다. "좋지."

우리는 하늘을 쳐다보러 공터로 나갔다.

하늘에 불빛은 없었지만 다리 위에 뭔가가 있었다. 아니, 누군가라고 해야겠다. 어떤 여자가 널빤지 위에 엎드리고 있었다.

"망할, 뭐지?" 버치는 말하고 다리 위로 달려갔다. 나도 따라갔다. 우리 셋이 동시에, 그것도 따닥따닥 붙어서 있어야 한다는 게 불안했지만 정신을 잃고 쓰러진 여자를 그냥 내버려둘 수는 없었다. 어쩌면 여자가 죽었을지도 모를 일이었다. 그녀는 머리가 검고 길었다. 바람이 선선한 저녁이었다. 나는 바람이 불 때 그녀의 머리카락이 풀로 붙이기라도 한 것처럼 뭉텅이로 날린다는 사실을 알아차렸다. 얇은 천처럼 한들한들 날리는 게 아니라 그냥 덩어리 채로.

"발을 잡아. 망할 다리가 망할 시냇물 위로 무너지기 전에 여자를 옮겨야 해." 버치의 말이 맞았다. 다리가 끙끙대는 소리와 비 때문에 불어난 질라시가 지축을 뒤흔들며 흐르는 소리가 들렸다.

나는 여자의 발을 잡았다. 그녀는 부츠를 신고 코듀로이 바지를 입었는데 그것도 어딘지 모르게 이상한 부분이 있었다. 하지만 날은 어두웠고 무서워서 얼른 단단한 땅으로 자리를 옮기고 싶은 생각뿐이었다. 버치가 그녀의 어깨를 잡고 들어 올리더니 으웩 하고 비명을 질렀다.

"왜 그래?" 나는 물었다.

"아무것도 아니야. 얼른 옮기자!"

우리는 그녀를 공터로 옮겼다. 20미터밖에 안 되는데 천년만년이 걸리는 느낌이었다.

"이제 내려놔, 내려놔. 망할! 이런 망할!"

버치가 여자의 상반신을 떨어뜨리자 여자의 얼굴이 땅에 부딪혔지만 그는 전혀 신경 쓰지 않았다. 버치는 뭔지 모를 더러운 걸 지우려는 사람처럼 팔짱을 끼고 손을 겨드랑이 안에 넣어서 문지르기 시작했다.

나는 그녀의 다리를 내려놓으려다가 맞닥뜨린 광경을 믿을 수가 없어서 그대로 얼어붙었다. 부츠가 가죽이 아니라 찰흙으로 만들어지기라도 한 것처럼 손가락이 그 안으로 파고든 것 같이 보였던 것이다. 내가 손가락을 빼서 거기 남은 자국을 멍하니 쳐다보는 동안 부츠가 다시 매끈해졌다. "맙소사!"

"이 여자 무슨…… 빌어먹을 지점토나 그런 걸로 만들어진 것 같아."

"버치."

"왜? 어우 씨, 왜?"

"이 여자 옷이…… 옷이 아니야. 무슨…… 보디 페인트 같아. 아니면 위장이거나. 아니면 다른 어떤 망할 것일 수도 있고."

그는 여자를 향해 허리를 숙였다. "어두컴컴해서 모르겠네. 너 혹시 그거 들고……"

"손전등? 아니. 안 들고 나왔어. 이 여자 머리칼이……."

나는 건드렸다가 손을 뺐다. 머리칼이 아니었다. 뭔지 모를 고체이긴 한데 낭창낭창했다. 가발은 아니었고 그보다는 새긴 무늬에 가까웠다. 뭔지 정체를 알 수 없었다.

"이 여자 죽었을까?" 나는 물었다. "죽었어. 그렇지 않고서야……."

하지만 바로 그때 여자가 길고 거칠게 숨을 들이마셨다. 한쪽 다리가 실룩거렸다.

"이 여자 뒤집게 도와줘." 버치가 말했다.

나는 그 섬뜩하고 물컹물컹한 느낌을 애써 무시하며 그녀의 한쪽 다리를 잡았다. 어떤 생각 하나(검비*다!)가 내 머릿속을 유성처럼 가르고 사라졌다. 버치가 그녀의 어깨를 잡았다. 우리는 그녀를 굴렸다. 어둠 속에서도 젊고 예쁘고 유령처럼 하얀 여자라는 것을 알 수 있었다. 그리고 다른 것도 알 수 있었다. 얼굴이 백화점 마네킹처럼 반질반질하고 주름 하나 없다는 것이었다. 눈은 감고 있었다. 다만 눈꺼풀에 색이 있어서 멍이 든 것처럼 보였다.

이건 인간이 아니야. 나는 생각했다.

---

* 1950년대 애니메이션 시리즈의 주인공으로 녹색 점토로 만든 사람 모양의 캐릭터.

그녀가 다시 거칠게 숨을 들이마셨다. 숨을 내뱉을 때는 갈고리에 채이기라도 한 것처럼 캑캑거렸다. 그러고는 다시 숨을 들이마시지 않았다.

나 혼자였다면 그 자리에 얼어붙은 사람처럼 서서 그녀가 죽도록 내버려 두었을 것이다. 그녀를 살린 사람은 버치였다. 그는 무릎을 꿇고 앉아서 두 손가락으로 그녀의 턱을 벌리고 자기 입을 그녀의 입에 갖다 댔다. 그러고는 여자의 코를 잡고 인공호흡을 했다. 그녀의 가슴이 부풀어 올랐다. 버치는 한쪽으로 고개를 돌리고 침을 뱉은 다음 다시 숨을 크게 마셨다. 다시 인공호흡을 하자 그녀의 가슴이 다시 부풀어 올랐다. 그가 고개를 들고 왕방울만 한 눈으로 나를 빤히 쳐다보았다. "플라스틱이랑 키스하는 느낌이야." 그는 이렇게 말하고 다시 인공호흡을 했다.

그가 그 위로 몸을 숙이고 있는 동안 여자가 눈을 떴다. 그녀는 바짝 깎은 버치의 뻣뻣한 머리칼 사이로 나를 쳐다보았다. 버치가 몸을 뒤로 빼자 그녀는 다시 그르렁거리며 거칠게 숨을 들이마셨다.

"구급상자." 버치가 말했다. "에피펜. 이노젠도. 얼른! 젠장, 뛰어가!"

나는 휘청거렸다. 순간 기절할 것 같다는 생각이 들었다. 뺨을 때려서 정신을 차리고 오두막집으로 달려갔다. *여자인지 그것인지는 내가 돌아갈 때쯤이면 죽어 있을 거야.* 나는 생각했다(위에서 말하지 않았던가, 그 어떤 순간도 내 기억 속에서 절대 사라지지 않았다고). *그러면 차라리 다행일지 몰라.*

구급상자는 문 바로 안쪽에 있었고 그 위에 우리 짐이 얹혀 있었다. 나는 짐을 옆으로 밀치고 뚜껑을 열었다. 접이식 서랍이 두 개였다. 위 칸에 에피펜이 세 개 있었다. 나는 그중 두 개를 꺼내고 서랍을 닫다가 오른쪽 집게손가락을 집혔다. 나중에 그 손톱이 시커메졌다가 빠졌지만 당시에는 아픈 줄도 몰랐다. 머리가 욱신거렸다. 열이 나는 것 같았다.

이노젠 산소통은 딸린 마스크와 조절기와 함께 아래 서랍에 들어 있었다. 그 안에는 조명탄, 붕대, 거즈, 플라스틱 부목, 발목 보호대, 각종 튜브와 연고도 있었다. 그리고 펜라이트도 있었다. 나는 그것도 챙겨 들고, 좌우로 흔들리는 불빛으로 앞을 비춰 가며 오솔길을 달렸다.

버치는 여전히 무릎을 꿇고 앉아 있었다. 여자는 여전히 간헐적으로 숨을 헐떡였다. 눈도 여전히 뜨고 있었다. 내가 버치 옆에 무릎을 꿇고 앉자 그녀는 다시 숨을 쉬지 않았다.

그가 허리를 숙이고 자기 입으로 그녀의 입을 막고 숨을 불어넣었다. 고개를 들고 말했다. "허벅지, 허벅지!"

"알아, 나도 강의 들었어."

"그럼 얼른 해!"

그는 숨을 다시 크게 마시고 여자의 위로 허리를 숙였다. 나는 에피펜 뚜껑을 따서 그녀의 허벅지에 대고(코듀로이 바지가 아니라 허벅지였다) 딸깍 소리가 나는지 확인했다. 그런 다음 10까지 세기 시작했다. 5까지 셌을 때 여자의 몸이 심하게 움찔거렸다.

"꽉 잡아, 레어, 꽉 잡아!"

"꽉 잡고 있어. 하나 더 쏠까?"

"됐어, 다시 숨을 쉬고 있으니까. 이 여자 정체를 모르겠네. 망할, 맛이 진짜 이상해. 가구에 씌우는 투명 커버 같아. 산소 들고 왔지?"

"여기."

나는 버치에게 마스크와 통을 건넸다. 그는 그녀의 입과 코 위로 마스크를 씌웠다. 나는 조절기의 전원 스위치를 누르고 초록색 불이 켜지는 것을 확인했다. "고속으로 할까?"

"응, 응, 최대한 때려 부어야지." 버치의 이마에서 떨어진 땀방울이 플라스틱 마스크를 때리고 옆으로 눈물처럼 흐르는 것이 내 눈에 들어왔다.

나는 슬라이더를 고속 쪽으로 끝까지 밀었다. 쉭쉭 하는 소리와 함께 산소가 나오기 시작했다. 고속이니 5분이면 산소가 바닥날 것이었다. 그리고 구급상자 안의 거의 모든 약품에 예비용이 있었지만(그 상자가 그렇게 무거웠던 것도 이유가 있었다) 이노젠은 그거 하나였다. 우리는 여자를 사이에 두고 서로 쳐다보았다.

"이건 인간이 아니야." 나는 말했다. "뭔지는 모르겠어. 일급 기밀 사이보그일 수도 있고. 인간은 아니야."

"사이보그 아니야."

그는 엄지손가락으로 하늘을 가리켰다.

산소가 다 떨어지자 버치는 마스크를 치웠다. 여자(여자라고 부르는 편이 낫겠다)는 자가 호흡을 했다. 거칠었던 숨소리가 잠잠해졌다. 내가 펜라이트로 얼굴을 비추자 그녀는 환한 불빛에 눈을 감았다.

"저것 좀 봐." 나는 말했다. "저 여자 얼굴 좀 봐, 버치."

그는 여자의 얼굴을 보고 내게로 시선을 돌렸다. "달라졌네."

"이제는 좀 더 인간에 가까워졌다, 이 말이지? 그리고 옷을 봐. 옷도 괜찮아졌어. 좀 더…… 뭐랄까, 현실적이 됐다고 할까?"

"이 여자를 어떻게 하면 좋지?"

나는 펜라이트를 껐다. 그녀가 눈을 떴다. 내가 물었다. "내 말 들려요?"

그녀는 고개를 끄덕였다.

"당신 누구예요?"

여자는 눈을 감았다. 나는 그녀의 어깨를 잡고 흔들었다. 이제는 손가락이 안으로 움푹 들어가지 않았다.

"당신 *뭐예요?*"

묵묵부답이었다. 나는 버치를 쳐다보았다.

"오두막집으로 데려가자." 그가 말했다. "내가 옮길게. 너는 이 여자가 다시 숨을 못 쉬고 헐떡거리면 남은 에피펜을 투여할 수 있게 준비하고 있어."

그가 그녀를 두 팔로 안았다. 그러고는 안으로 들어가 소파에 여자를 내려놓은 뒤, 무릎에 두 손을 얹고 허리를 숙여서 숨을 골랐다. "카메라가 있으면 좋겠어. 내 배낭 안에 있는데 좀 가져다줄래?"

나는 티셔츠로 둘둘 말아 놓은 카메라를 찾아서 그에게 가져다주었다. 여자(이제는 *거의* 여자처럼 보였다)는 그를 올려다보고 있었다. 눈이 오래된 청바지 무릎처럼 빛바랜 파란색이었다.

"예쁘게 웃어 봐요." 버치가 말했다.

그녀는 웃지 않았다. 버치는 그래도 사진을 찍었다.

"이름이 뭐예요?" 내가 물었다.

아무 대꾸가 없었다.

버치는 다시 사진을 찍었다. 나는 몸을 앞으로 숙여 여자의 목에 손을 얹었다. 내 예상과 달리 그녀는 몸을 뒤로 빼지 않았다. 피부처럼 보였지만(가까이서 들여다보지 않는 이상) 만져 보니 느낌이 달랐다. 나는 20초쯤 손을 얹어 놓고 있다가 거두었다. "맥이 안 잡혀."

"그래?" 그는 놀란 목소리가 아니었고 나도 놀라지 않았다. 우리는 충격을 받는 바람에 상황 파악 능력에 과부하가 걸린 상태였다.

버치는 그녀의 코듀로이 바지 오른쪽 앞주머니에 손을 넣으려고 했지만 넣을 수가 없었다. "진짜 주머니가 아니야. 뭐든 진짜가 아니야. 전부…… 코스튬 같아. 이 여자 *자체가* 코스튬인 것 같아."

"이 여자를 어떻게 하면 좋을까, 버치?"

"젠장, 난들 알겠냐."

"경찰에 연락할까?"

그는 두 손을 들었다가 다시 내렸다. 이렇게 우유부단한 태도를 보이다니 버치답지 않았다. "전화를 쓸 수 있는 제일 가까운 데가 브라우니 스토어야. 여기서 몇 킬로미터는 가야 해. 그리고 브라우니는 7시에 문을 닫아. 지프에 태우려면 내가 그녀를 안고 다시 다리를 건너야 할 테고……."

"나랑 번갈아 옮기자." 나는 씩씩하게 말했지만, 손가락이 부츠처럼 보이지만 부츠가 아니었던 것 속으로 움푹 들어갔던 일이 자꾸 생각났다.

"그러자면 다리에 다시 운을 걸어야 할 텐데. 저 여자를 옮기는 문제에 대해서라면 지금은 안정을 되찾았지만…… 뭐야? 왜 그렇게 웃어?"

나는 소파 위에 누워 있는 여자(여자처럼 보이는 존재)를 가리켰다. "저 여자는 맥이 안 잡혀, 버치. 임상적으로는 죽은 상태라고. 이보다 어떻게 더 안정적일 수 있겠어?"

"하지만 숨을 쉬고 있잖아! 게다가……" 그는 맞는지 확인했다. "우리를 쳐다보고 있어. 저기, 레어드, 메인주나 미국뿐만이 아니라 전 세계 모든 신문의 1면을 장식하고 모든 방송사의 머리기사로 보도될 준비됐냐? 우리가 저 여자를 데리고 나가면 그렇게 될 것 같거든. 저 여자는 외계인이야. 빌어먹을 *외계*에서 왔다고. 그리고 지구 여자들을 향한 욕망으로 이글거리지도 않아."

"레즈비언이 아닌 이상 그렇지. 레즈비언이라면 지구 여자들을 향한 욕망으로 이글거릴지 모르지만."

우리는 폭소를 터뜨렸다. 이러다 실성하겠다 싶을 때 터뜨림 직한 웃음이었다. 그녀는 우리를 계속 쳐다보고 있었다. 웃지도 찡그리지도 않았고 어떤 표정도 없었다. 맥은 잡히지 않지만 숨은 쉬고, 옷처럼 보이지만 실은 옷이 아닌 옷을 입고 있는, 여자이지만 실은 여자가 아닌 존재. 버치가 이번에 주머니에 손을 넣으려고 하면 넣을 수도 있겠다는 생각이 들었다. 심지어 동전이나 먹다 만 라이프 세이버스 사탕이 들어 있을 수도 있었다.

"어쩌다 다리 위에서 쓰러지게 됐을까? 무슨 일이 벌어진 걸까?"

"모르겠어. 내 생각에는……"

나는 그의 생각을 듣지 못했다. 바로 그때 오두막집 거실의 동쪽 창문으로 빛이 쏟아져 들어왔기 때문이다. 내 머릿속에서 떠오른 여러 가지 생각들이 도미노처럼 서로 부딪치며 와르르 쓰러졌다. 맨 처음 든 생각은 어떻게 된 일인지 몰라도 시간이 흘러 해가 뜨고 있나 보다는 거였다. 두 번째로 든 생각은 동쪽에 나무가 너무 많아서 해가 뜨더라도 우리 오두막집에 이렇게 환하게 햇빛이 든 적이 없다는 거였다. 세 번째로 든 생각은 이 여자를 찾으러 온 어떤 정부 조직이 서치라이트를 비추고 있나 보다는 거였다. 네 번째로 든 생각은 누군가가 그녀를 찾으러 온 건 맞지만…… 정부 조직은 아니라는 거였다.

불빛이 계속 점점 환해졌다. 버치는 실눈을 뜨고 손을 들어 눈 앞을 가렸다. 나도 똑같이 했다. 우리가 방사능을 심하게 쐬고 있는 건 아닌가 싶었다. 방 안이 너무 환해서 눈앞이 하얘지기 직전에 나는 소파 위에 누워 있는 여자 쪽으로 고개를 돌렸다. 내가 레니 래카시처럼, 그 강경은 내 기억 속에서 절대 사라지지 않는다고 했던 걸 여러분도 기억할 것이다. 그건 예외였다. 그 끔찍하게 환한 빛 속에서 그녀 쪽으로 고개를 돌렸을 때 내가 무엇을 보았는지는 기억이 나지 않는다. 어쩌면 내가 기억을 차단했을 수도 있다. 어찌 됐든 간에 나는 그녀를 *쳐다*보지 않았다. 그녀를 *들여다*보았다. 그때 무엇을 보았는지에 대해서는 한 단어를 떠올렸던 기억이 난다. *신경절.*

 나는 눈을 가렸다. 소용이 없었다. 빛이 손과 감은 눈꺼풀을 그대로 뚫고 들어왔다. 뜨겁지는 않았지만 그래도 내 머리를 새까맣게 태울 것이었다. 버치의 비명 소리가 들렸다. 그때 나는 정신을 잃었고 그래서 감사했다.

 정신을 차려 보니 그 끔찍하게 환한 빛은 사라지고 없었다. 여자도 마찬가지였다. 그녀가 있었던 소파 위에 자로 그은 듯 가르마를 내서 금발을 단정하게 빗은 젊은 남자(서른 살이 안 되어 보였다)가 앉아 있었다. 카키색 바지와 누빔 조끼를 입었고, 조그만 숄더백의 끈을 가슴에 둘러매고 옆으로 늘어뜨렸다. 맨 처음 든 생각은 그가 외지에서 온 사냥꾼이고 가방에는 탄약이, 가까이에 조준경 달린 엽총이 있나 보다는 거였다.

 두 번째로 든 생각은 아닐 것 같다는 거였다.

 오두막집에는 건전지를 넣어서 쓰는 전등이 대여섯 개 있었는데, 그가 전부 켜 놓았다. 그래서 사방이 환했지만 좀 전에 우리 오두막집에 들이닥쳤던 (말 그대로) 초자연적인 빛과는 전혀 달랐다. 좀 전이 얼마나 전이었는지는 나도 알 수 없었다. 심지어 같은 날 저녁인지도 자신할 수 없었다. 손목시계를 보았지만 멈추어져 있었다.

버치가 똑바로 앉아서 주위를 두리번거리다 나를 보고 새로 등장한 인물을 보았다. 그가 황당한 동시에 (그때 상황을 감안하면) 전적으로 말이 되는 질문을 했다. "당신이 그 여자예요?"
"아뇨." 젊은 남자는 말했다. "그자는 갔어요."
나는 조심스럽게 발을 디뎌 보았고 무사히 일어섰다. 숙취도 없고 어지럽지도 않았다. 오히려 활기가 넘쳤다. 나는 외계에서 온 사악한 침략자를 다룬 영화를 열 편도 넘게 보았지만 이 젊은 남자는 우리를 해치려는 의도가 없어 보였다. 그리고 다리에 쓰러져 있었던 여자가 젊은 여자가 아니었듯 그도 젊은 남자가 아니었다.
소형 아이스박스에 물 한 주전자와 남은 맥주 세 캔이 들어 있었다. 나는 고민하다가 맥주를 꺼냈다.
"나도 하나 줘." 버치가 말했다.
내가 던져 주자 그는 한 손으로 받았다. "당신도 마실래요?" 나는 물었다.
"좋죠."
나는 그에게 마지막 맥주를 주었다. 우리 손님은 평범해 보였지만 (그냥 친구들이나 아버지와 사냥하러 온 젊은 남자 같았다) 그래도 나는 그의 손가락을 건드리지 않으려고 주의를 기울였다. 어떤 일이 벌어졌는지는 글로 표현할 수 있지만 어떤 기분이었는지는…… 훨씬 복잡하다. 그저 나는 위협을 느끼지 않았고 나중에 버치도 똑같이 말했다는 것만 다시 한번 강조할 수 있을 뿐이다. 물론 우리 둘 다 충격은 받았지만.
"당신은 인간이 아니죠?" 버치가 물었다.
젊은 남자는 맥주를 땄다. "네."
"그런데 그 여자보다 상태가 좋네요."

"그자는 심하게 다쳤으니까요. 당신이 그녀를 살렸어요. 당신들이 '운'이라고 부르는 게 따라 줬던 것 같아요. 당신들이 놓은 주사를 맞고 그녀가 죽었을 수도 있었을 텐데."

"하지만 에피펜이 효과가 있었어요." 내가 말했다.

"그걸 그렇게 부르나 보죠? 에피? 에피펜?"

"에피네프린의 약자예요. 그러니까 그녀가 알레르기 때문에 쓰러졌던 거네요."

"벌에 쏘였던 것일 수도 있어요." 버치는 말하고 어깨를 으쓱했다. "벌이 뭔지 알아요?"

"네. 당신은 그녀에게 숨을 불어 넣기도 했잖아요. 사실 그게 그녀를 살렸어요. 숨이 생명이니까. 생명 이상이니까."

"나는 배운 대로 했을 뿐이에요. 레드라도 똑같이 했을 거예요."

나도 진짜 그랬을 거라고 생각하고 싶다.

젊은 남자는 맥주를 한 모금 마셨다. "이 캔 가지고 가도 될까요?"

버치는 두 개 있는 낡은 안락의자의 팔걸이에 앉아 있었다. "뭐, 그러면 보증금 5센트를 못 받겠지만 상황이 상황이니만큼 허락할게요. 오로지 당신이 다른 행성에서 왔기 때문이에요, 알죠?"

우리 손님은 사람들이 농담이라는 건 알아들었지만 뭐가 재미있는지 모르겠을 때 짓는 미소를 지었다. 그는 억양이 없었고, 메인주 동부 해안 특유의 발음은 절대 쓰지 않았다. 나는 그가 고급 언어를 구사한다는 느낌을 분명히 받았다. 그가 자기 가방을 열었다. 지퍼는 없었다. 손가락을 대고 위에서 아래로 내리자 가방이 그냥 열렸다. 그는 맥주 캔을 그 안에 넣었다.

"대부분의 사람들은 당신들처럼 하지 않았을 거예요. 도망쳤을 거예요."

버치는 어깨를 으쓱했다. "본능적인 반응이었어요. 그리고 약간 교육을 받은 것도 있고. 레어드하고 내가 지역 소방서 자원봉사단이거든요. 그게 무슨 뜻인지 알아요?"

"연소된 불이 번지기 전에 멈추는 일을 한다는 거죠."

"그런 식으로 표현할 수도 있겠네요."

젊은 남자는 가방 깊숙이 손을 넣더니 안경집처럼 생긴 것을 꺼냈다. 회색이었고 뚜껑에 사인 곡선처럼 생긴 은색 무늬가 새겨져 있었다. 그가 그걸 잡고 무릎 위에 올려놓았다. 그가 아까 했던 말을 반복했다. "대부분의 사람들은 당신들처럼 하지 않았을 거예요. 우리가 신세를 졌네요. 일라를 대신해서요."

내가 아는 이름이었고 그는 '옐라'라고 발음했지만 나는 철자가 뭔지 알았다. 그리고 그의 눈빛을 보니 그는 내가 안다는 걸 알았다.

"그건 『화성 연대기』에 나오는 이름인데요. 하지만 당신들은 화성에서 온 게 아니죠, 맞죠?"

그는 미소를 지었다. "맞아요. 그리고 우리가 지구 여자들을 향한 욕망 때문에 여기 온 것도 아니에요."

버치는 세게 내려놓으면 캔이 박살 나기라도 할 듯이 조심스럽게 맥주를 내려놓았다. "우리 생각을 읽는군요."

"가끔요. 항상은 아니에요. 설명하자면 이래요." 그는 한 손가락으로 회색 케이스의 무늬를 더듬었다. "생각은 우리에게 중요하지 않아요. 왔다가 지나가고 다른 것들로 대체되니까요. 수명이 짧아요. 우리는 그 생각을 만들어 내는 장치에 더 관심이 많아요. 지적인 존재들에게는 그게 뭐랄까…… 핵심이다? 힘이다? 중요하다? 알맞은 단어를 모르겠네요. 어쩌면 당신들에게는 알맞은 단어가 없을 수도 있겠어요."

"근원적이다?" 내가 말했다.

그는 고개를 끄덕이고 미소를 짓고 맥주를 마셨다. "네. 근원적이다. 좋아요."

"당신들은 어디서 왔어요?" 버치가 물었다.

"그건 중요하지 않아요."

"이유가 뭐예요?" 나는 물었다. "여기 온 이유."

"그게 훨씬 흥미로운 질문이네요. 당신들이 일라를 살려 주었으니 알려 줄게요. 우리는 수집해요."

"뭘요?" 나는 물었고, 책에서 읽은 (그리고 텔레비전에서 본) 외계인들이 인간을 납치해 엉덩이에 탐침을 꽂는 장면을 떠올렸다. "사람들이요?"

"아뇨. 다른 것들요. 물품들. 하지만 이런 건 아니에요." 그는 가방 안에 손을 넣어 빈 맥주 캔을 보여 주었다. "이건 내게 특별하지만 아무 의미도 없어요. 이런 걸 표현하는 좋은 단어가 있던데, 프랑스어인가 싶은. 브니어?"

"수브니어*요." 내가 말했다.

"맞아요. 이건 이 놀라운 저녁을 기억하는 내 기념품이에요. 우리는 벼룩시장을 찾아다녀요."

"농담이죠?" 나는 물었다.

"그게 다른 곳에서는 다른 이름으로 불려요. 이탈리아에서는 *벤디타 인 칸티에레*. 사모아에서는 *파누아 파타우*. 우리는 어떤 건 기억하려고, 어떤 건 연구하려고 들고 가요. 우리 수중에는 당신네 케네디가 총격으로 사망하는 장면을 담은 영화도 있어요. 주 판사의 사인이 적

---

* 프랑스어로 기념품이라는 뜻.

힌 사진도 있고요."

"잠깐." 버치는 눈살을 찌푸리고 있었다. "주디 판사** 말이에요?"

"맞아요, 주 판사. 에밋 틸의 사진도 있어요, 얼굴이 날아간 그 남자 아이 말이에요. 미키 마우스와 미키 마우스 클럽도. 제트 엔진도 있어요. 폐품을 보관하는 데서 입수했죠."

넝마주이로군. 나는 생각했다. 레니 래카시와 별반 다를 바 없는.

"우리는 조만간 사라질 당신네 세계를 기억하려고 이런 것들을 들고 가요. 다른 세계에서도 똑같이 하지만, 그런 곳이 많지는 않아요. 우주는 춥거든요. 지적인 생명체가 귀하죠."

그게 얼마나 귀한지는 내게 관심 밖이었다. "우리 세계가 얼마 있으면 사라지는데요? 확실히 아는 거예요, 아니면 그냥 넘겨짚는 거예요?" 그리고 그가 대답하기도 전에. "당신들도 모르죠? 정확히는."

"당신들이 1세기라고 부르는 시간 정도 남았을 거예요, 그러니까 소위 말해서 '운이 좋다면'. 쏜살같이 흐르는 시간 속에서 눈 깜빡하면 끝나는 순간이죠."

"나는 안 믿어요." 버치가 단호하게 말했다. "우리에게 문제가 있긴 하지만 자살할 정도는 아니니까." 그러다 얼마 전에 베트남에서 자기 몸에 불을 지른 승려들이 생각났는지 이렇게 덧붙였다. "대부분은요."

"필연적인 과정이에요." 젊은 남자는 말했다. 아쉬워하는 표정이었다.「모나리자」나 피라미드를 떠올리고 있었을지도 모를 일이다. 아니면 맥주 캔도 주디 판사의 사인이 적힌 사진도 더는 구하지 못한다는 사실을. "지능이 정서적인 안정을 앞지르면 항상 그저 시간문제일 뿐이에요." 그는 오두막집 구석을 가리켰다. "당신들은 무기를 가지고

** 법정 드라마 형식의 리얼리티 프로그램 「주디 판사」의 진행을 맡은 법률 전문가.

노는 어린애거든요." 그는 자리에서 일어섰다. "이제 그만 가야겠네요. 이걸 두 분께 드릴게요. 선물로. 일라를 살려 줘서 감사한 마음을 여기에 담았어요."

그는 회색 케이스를 내밀었다. 버치는 받아서 이리저리 살펴보았다. "어떻게 여는지 모르겠는데요."

내가 건네받았다. 그의 말이 맞았다. 케이스에 경첩도 뚜껑도 없었다.

"무늬 위에 대고 숨을 불면 돼요." 젊은 남자가 말했다. "지금은 말고 내가 떠난 뒤에. 당신이 일라에게 당신의 숨을 불어 넣었으니 우리도 숨결의 열쇠를 선물하는 거예요. 그녀에게 당신 삶의 일부를 주었으니까요."

"우리 둘 모두에게 주는 선물인가요?" 내가 물었다. 따지고 보면 그 여자에게 인공호흡을 한 사람은 버치 혼자였다.

"네."

"이게 어떤 역할을 하는데요?"

"*근원적인* 역할을 한다는 것 말고는 표현할 단어가 없네요. 당신이 여러 가지 이유로 인해 쓰지 못하고 있는 걸 쓰게 해 준다고 할까요……." 그는 미간을 찌푸리고 몸을 앞으로 숙였다가 위를 올려다보았다. "*삶* 속의 소음 때문에, 머릿속 *생각* 때문에 쓰지 못하고 있는 걸. 생각들은 아무 쓸모가 없어요. 아니, 오히려 위험하죠."

나는 어리둥절했다. "이게 소원을 들어주나요? 동화처럼?"

그는 폭소를 터뜨리더니…… 자기가 웃을 수도 있다는 걸 몰랐던 사람처럼 놀란 표정을 지었다. "없는 걸 줄 수 있는 건 없어요. 그건 자명한 이치잖아요."

그는 문 쪽으로 가다가 돌아보았다.

"안타깝네요. 당신들 세계는 죽은 빛으로 가득한 우주 안에서 살아 있는 숨결인데."

그는 떠났다. 나는 빛이 쏟아져 들어오길 기다렸지만 그런 일은 없었다. 이제는 버치가 들고 있는 회색 케이스 말고는 막간극의 흔적이 없었다.

"레어, 그거 진짜일까?"

나는 케이스를 가리키며 물었다.

그는 미소를 지었다. 어렸을 때 우리 운동화 아래에서 계단이 쿵쾅쿵쾅 흔들리는 걸 느끼며 캐슬록의 자살 계단을 오르락내리락 질주했을 때 지었던 그 무모한 미소였다. "시험해 볼래?"

"선물을 들고 오는 그리스인들을 조심하라는 옛날 속담이 있는데……."

"그런데 뭐?"

"에라, 모르겠다, 나는 준비됐어. 너의 그 소중하고 근원적인 숨결을 불어 넣어 줘, 버치."

그는 미소를 짓고 고개를 흔들며 케이스를 내밀었다. "너한테 양보할게. 네가 죽으면 실라하고 마크는 내가 잘 보살필게."

"마크는 이제 자기 혼자 건사할 수 있는 나이가 거의 됐어." 나는 말했다. "좋아. 열려라, 참깨."

나는 무늬에 대고 조심스럽게 입김을 불었다. 케이스가 열렸다. 안에 아무것도 없었다. 하지만 숨을 들이마시자 페퍼민트 향이 희미하게 느껴졌다. 내가 보기엔 그게 다였다.

케이스가 저절로 닫혔다. 뚜껑과 본체가 만나는 선이 없었고 정말로 경첩도 없었다. 전혀 속이 빈 것 같아 보이지 않았다.

"아무것도 없어?" 버치가 물었다.

"응. 너도 한번 해 봐." 나는 케이스를 그에게 내밀었다.

그는 받아서 무늬에 대고 조심스럽게 입김을 불었다. 케이스가 탁 하고 열렸다. 그는 허리를 숙여서 소심하게 킁킁거리다 심호흡을 했다. 케이스가 닫혔다. "윈터그린인가?"

"나는 페퍼민트라고 생각했는데, 그게 그거인 것 같아."

"선물을 들고 오는 그리스인은 개뿔. 레어…… 이게 무슨 장난은 아니겠지? 한 쌍의 남녀가 외계인인 척하는…… 그러니까 사기극……." 버치는 말을 멈추었다. "아니겠지, 그치?"

"응."

버치는 회색 케이스를 작은 테이블 위, 자기 스케치북 옆에 내려놓았다. "실라한테는 뭐라고 할 거야?"

"아무 말도 안 할 거야. 아내한테 실성한 사람으로 보이긴 싫거든."

그는 폭소를 터뜨렸다. "행운을 빈다. 네 머릿속을 자기 손바닥처럼 읽는 여자잖아."

당연히 그의 말이 맞았다. 실라가 (예상했던 대로) 꼬치꼬치 캐묻자 나는 아니라고, 길을 잃지 않았다고, 숲속에서 하마터면 큰일 날 뻔했다고 말했다. 어떤 사냥꾼이 사슴인 줄 알고 쏜 총알이 우리 둘 사이를 지나갔다고. 누군지는 보지 못했다고 말했고…… 그녀가 버치에게 묻자 그도 맞장구를 쳤다. 아마 다른 주에서 온 외지인이었을 거라고 했다. 버치가 실제로 외지인을 두어 명 보았으니 그것만큼은 사실이었다.

버치는 하품을 했다. "나 들어가서 잘게."

"잘 수 있겠어?" 잠시 후 나도 하품을 했다. "그나저나 지금 몇 시지?"

버치는 자기 손목시계를 확인하고 고개를 저었다. "멈췄어. 네 시계는 어때?"

"내 것도. 하지만······." 나는 다시 하품을 했다. "······태엽식이란 말이지. 멀쩡해야 하는데 멈췄네."

"레어? 우리가 마신 게······ 일종의 진정제였나 봐. 독이 들어 있었으면 어쩌지?"

"그럼 우리 둘 다 죽겠지. 들어가서 잘게."

그래서 우리 둘 다 들어가서 잤다.

나는 불 꿈을 꾸었다.

일어나 보니 환한 대낮이었다. 버치는 마루의 주방 쪽에 있었다. 커피 주전자가 스토브 위에서 김을 뿜어내고 있었다. 그가 컨디션이 어떠냐고 물었다.

"좋아." 나는 말했다. "너는?"

"페인트를 새로 칠한 것처럼 멀쩡해······ 그게 제대로 된 비유인지는 모르겠지만. 커피 마실래?"

"응. 커피 마시고 나가서 다리가 아직 무사한지 확인하자. 무사하면 출발해야지. 원래 계획보다 일찍 돌아가는 걸로."

"몇 년째 그래오고 있듯이." 그는 말하고 커피를 따랐다. 진한 블랙 커피였다. 다른 세계에서 온 존재들과 만난 이후에 안성맞춤이었다. 해가 떴으니 모든 게 환영처럼 느껴져야 하는데 그렇지가 않았다. 내가 느끼기에는 그랬고 버치에게 물어보니 그도 마찬가지였다.

원더 브레드는 다 먹었지만 남은 사과 파이가 두어 개 있었다. 나는 아침으로 호스티스 과일 파이를 먹는 사람은 숲속에 있는 남자들밖에 없을 거라며 실라가 고개를 젓는 광경을 상상했다.

"맛있다." 버치가 우적우적 씹어먹으며 말했다.

"응. 끝내준다. 우리가 마신 그것 때문에 꿈꾼 거 있어, 버치?"

"아니." 그는 곰곰이 생각했다. "내가 기억하기로는 없어. 하지만 이것 좀 봐."

그는 스케치북을 집어서 지난 며칠 저녁 동안 그린 그림을 휙휙 넘겼다. 노상 그리던 스케치와 캐리커처인데, 풍선 머리로 함박웃음을 지으며 프라이팬에 담긴 팬케이크를 뒤집는 나도 있었다. 거의 끝장으로 갔을 때 그는 넘기던 걸 멈추고 스케치북을 내 앞으로 내밀었다. 어제저녁에 만난 젊은 손님이었다. 금발, 조끼, 카키색 바지, 숄더백. 캐리커처가 아니었다. 그 남자(이렇게 부르는 편이 좋겠다)를 고스란히 재현했는데…… 한 군데만 예외였다. 눈 대신 별을 그려 놓았다.

"망할, 멋진데?" 나는 말했다. "그나저나 일어난 지 얼마나 됐어?"

"1시간쯤. 그건 20분 만에 그렸어. 어떻게 하면 되는지 알겠더라고. 마치 머릿속에 이미 있는 것처럼. 선을 한 번도 고치지 않았어. 미쳤지?"

"미쳤네." 나는 동의했다.

나는 불길에 휩싸인 헛간이 등장하는 꿈을 꾸었다고 말할까 고민했다. 믿기지 않을 만큼 선명한 꿈이었다. 나는 꽤 오래전부터 만지작거리고 있던 소설의 도입부를 다각도로 고민하는 중이었다. 사실 몇 년째였다. 원래 아이디어가 떠오른 건 내가 내 아들 나이였을 때다. 그 이후로 이런 등장인물, 또 저런 등장인물, 그다음에는 무대로 삼고 싶은 마을의 개관을 시도해 보았다. 한번은 심지어 일기예보와 함께 이야기를 시작해 보기도 했다.

아무 방법도 효과가 없었다. 비밀번호를 잊어버린 금고를 열려고 하는 심정이었다. 그런데 오늘 아침에 꿈에서 번개가 헛간을 내리치는 광경을 보았다. 화염이 헛간 지붕을 따라 번지자 그 열기로 풍향계(수탉 모양이었다)가 벌겋게 변하는 광경을 보았다. 그 뒤로 어떤 일이 벌어질지 모두 생각이 났다. 아니, 알았다.

나는 안경집처럼 보이는 것을 간밤에 놓아둔 자리에서 집어 이 손에서 저 손으로 던졌다. "이거 효과네." 나는 그걸 버치에게 던졌다.

그는 그걸 받고 말했다. "당연하지. 그게 아니면 뭐겠어?"

이 모든 게 40년도 더 된 일이지만 세월이 아무리 지났어도 그날 밤의 기억에는 오류가 없다고 확신할 수 있다. 단 한 번도 의구심이 스멀스멀 고개를 든 적이 없었고 그 강경은 내 기억 속에서 절대 사라지지 않았다.

버치도 나만큼 생생하게 기억했다. 일라, 그 빛, 기절, 젊은 남자, 안경집. 내가 알기로 그 안경집은 아직 오두막집에 있다. 버치가 서부로 떠나기 전에 둘이서 몇 번 더 11월에 사냥하러 갔고, 거기에 새겨진 무늬를 각자 번갈아 불어 보았지만 그 케이스는 두 번 다시 열리지 않았다. 다른 사람이 불어도 열리지 않을 거라고 확신한다. 누가 훔쳐가지 않은 이상(뭐하러 그럴까?) 버치가 마지막에 놓은 그대로 벽난로 선반을 지키고 있을 것이다.

그날 오두막집을 나서기 전에 버치가 마지막으로 한 말은 적어도 당분간은 스케치북을 쓰고 싶지 않다는 것이었다. "제대로 된 그림을 그리고 싶어. 떠오르는 아이디어가 수천 개야."

나는 딱 하나였지만(『천둥 폭풍』의 첫 장면이 된 불길에 휩싸인 헛간) 다른 아이디어가 잇따라 떠오를 거라고 확신할 수 있었다. 문이 열렸다. 나는 그 안으로 걸어 들어가기만 하면 됐다.

가끔 지금의 나는 가짜라는 생각이 엄습할 때가 있다. 버치도 죽기 전에 인터뷰에서 몇 번 같은 말을 반복했다.

그게 놀라운 사실인가 하면 나는 그렇지 않다고 본다. 우리는 1978년 가을에 그 숲에 들어갔을 때는 과거의 어떤 존재였다. 그 이후에 다른 존재가 되었다. 지금의 이런 인물이 되었다. 관건은 재능일 수밖에 없을 것이다. 원래 우리 안에 있었던 것일까, 아니면 일라의 목숨을 구했기에 사탕 봉지처럼 우리에게 주어진 걸까? 우리의 업적을 자력으로 일군 성과로 간주하고 자랑스러워해도 되는 걸까, 아니면 그날 저녁에 그런 일이 없었다면 불가능했을 결과를 가지고 거드름을 부린 걸까?

그런데 재능이 도대체 뭘까? 나는 면도할 때 아니면 (도서 홍보를 다니던 시절에는) 텔레비전에 등장해 넘쳐나는 상상으로 채워진 신간을 소개하는 순간을 기다리는 동안 아니면 죽은 아내가 남긴 원추리에 물을 주는 동안 가끔 자문한다. 그중에서도 특히 세 번째 경우에. 정말이지 그게 뭘까? 죽어라 노력하고 선택받을 수만 있다면 뭐든 내줄 다른 사람들도 많은데 내가 왜 선택을 받았을까? 피라미드 꼭대기에는 사람이 몇 명밖에 없는 이유가 뭘까? 재능이 해답일 수밖에 없겠지만 그건 어디에서 비롯되고 어떤 식으로 자라날까? 자라나는 *이유*는 뭘까?

뭐. 나는 속으로 중얼거린다. 우리는 그걸 선물이라 부르지만 선물은 사실 노력으로 얻어지는 게 아니지 않나? 주어지는 거지. 재능은 눈에 보이는 은혜다.

젊은 남자는 없는 걸 줄 수 있는 건 없어요, 그건 자명한 이치잖아요, 라고 했다. 나는 그 말을 단단히 믿는다.

물론 그는 우리를 생각하면 안타깝다고도 했다.

3.

아버지의 이야기는 거기에서 끝이 났다. 1978년에 떠난 사냥을 판타지로 각색하는 데 흥미를 잃어서였을 수도 있지만 그건 아니라고 본다. 마지막 몇 문장이 내게는 클라이맥스로 느껴졌다.

나는 그의 책상 위 책꽂이에서 『천둥 폭풍』 가제본을 꺼냈다. 어머니가 돌아가시고 얼마 되지 않았을 때 훑어본 게 아마 그것이었을 것이다.

톱니 모양의 번개가 헛간에 꽂혔다. 그러자 담요로 둘둘 만 엽총의 총성처럼 둔탁하게 쿵 하는 소리가 났다. 잭이 그걸 받아들일 겨를도 없이 포효하는 천둥소리가 잇따랐다. 그는 뜨거워져서 벌겋게 변한 풍향계(쇠로 만든 수탉이었다)가 빙글빙글 돌며 아래로 고꾸라지고 화염이 도랑처럼 헛간 지붕 위로 번지는 것을 보았다.

손으로 쓴 원고와 정확히 일치하지는 않지만 거의 비슷했다. 그리고 내가 보기에는 더 훌륭했다.

그게 중요한 건 아니야. 나는 속으로 중얼거렸다. *아버지는 그 문장과 그 이미지를 붙잡았어. 훌륭했으니까…… 아니면 충분히 훌륭했으니까. 중요한 건 그뿐이야.*

1978년 11월의 그날에 어머니와 한 통화를 떠올렸다. 수십 년 전에 있었던 일이지만 어머니의 첫 마디는 선명하게 기억이 났다. *무슨 일이 생긴 사람은 30마일 숲으로 사냥을 하러 갔던 네 아버지야…… 그리고 버치도.* 그녀는 당장 집으로 올 필요는 없다고, 둘 다 멀쩡하다고 했다. 하지만 주말에는 꼭 와 달라고 했다. 그들은 길을 잃었을 뿐이라고 하지만 30마일 숲을 그렇게 잘 아는 사람들이 그럴 리 있느냐고 했다.
"제 손바닥 보듯 훤한 인간들이라고." 나는 중얼거렸다. "어머니는 그렇게 말씀하셨지. 하지만……."
나는 다시 아버지의 원고로 돌아갔다.

실라가 꼬치꼬치 캐묻자 나는…… 숲속에서 하마터면 큰일 날 뻔했다고 말했다. 어떤 사냥꾼이 사슴인 줄 알고 쏜 총알이 우리 둘 사이를 지나갔다고.

어느 쪽이 진실일까? 원고에 따르면 둘 다 거짓말이었다. 나는 그때부터 아버지의 이야기를 믿기 시작했던 것 같다. 아니면…… 아니다, 그건 아니다. 여전히 너무 황당했으니까. 하지만 그 지점에서 믿어지는 쪽으로 추가 기울었다.
아버지는 자신이 실화라고 믿는 그 이야기를 어머니에게 했을까? 했을 가능성이 있을까? 나는 있다고 생각했다. 결혼은 정직이다. 그런가 하면 공유하는 비밀의 보고이기도 하다.
그는 스프링 공책의 절반밖에 쓰지 않았다. 나머지는 백지였다. 내가 맨 아래 서랍에 다시 넣으려고 그걸 집는데, 마지막 장과 뒤표지 사이에 끼워져 있던 종이가 나풀나풀 떨어졌다. 주워 보니 할로 자치 행정구역에서 L&D 홀리지에 보낸 영수증이었다. L&D라면 내가 최소 50년 전에 진작 폐업한 줄 알았던 회사인데, 비법인이 소유한 질라시 시냇물 인근 땅의 토지세를 2010년부터 2050년까지(2010년 세율 기준으로) 납부했다고 되어 있었다.
나는 적힌 액수를 빤히 쳐다보며 아버지의 의자에 몸을 묻었다. 헐,

대박이라고 중얼거렸던 것 같다. 2010년 세율로 선납한 것이 탁월한 선택이었겠지만 *40년치* 선납이라니(그것도 대부분의 주민들이 납부 기한을 넘기는 마을에서) 듣도 보도 못한 일이었다. 이 영수증에 따르면 L&D 홀리지(그러니까 레어드 카모디와 데이브 라버디어)는 11만 달러가 넘는 금액을 납부했다. 물론 그 무렵의 그들로서는 감당할 수 있는 금액이었지만 이유가 뭐였을까?

정답은 하나일 수밖에 없는 듯했다. 그들은 그 조그만 사냥용 오두막집 일대가 개발되지 않도록 막고 싶었다. 이유는? 그 다른 세계에서 건너온 안경집이 계속 거기 있기 때문일까? 그럴 가능성은 낮아 보였다. 좀도둑들이 조금이라도 값이 나가 보이는 것은 이미 오래전에 싹 쓸어갔을 것이었다. 그보다 더 가능성이 있어 보이는 (그리고 이제 와 생각해 보니 조금 더 믿기 쉬운) 답이 있다면 아버지와 그의 친구가 다른 세계에서 온 존재를 만난 곳을 보존하기로 결심했다는 것이었다.

나는 거길 찾아가 보기로 했다.

아버지와 버치 삼촌이 질라시 시냇물까지 갈 때 애용했던 그물 같은 숲속 길은 이미 오래전에 사라졌다. 이제 그곳에는 헴록 런이라고 불리는 주택 단지와 트레일러하우스 주차장이 생겼다. TR-90도 존재하지 않는다. 요즘은 베트남에서 전사한 그 지역 출신의 영웅의 이름을 따서 프리처드 자치 행정 구역으로 불린다. 지도와 GPS상에는 여전히 30마일 숲으로 기록돼 있지만 이제는 면적이 기껏해야 10마일밖에 안 된다. 어쩌면 5마일밖에 안 될 수도 있다. 흔들리던 다리는 오래전에 사라졌지만 하류 쪽으로 좀 더 가면 다른 다리(좁지만 튼튼한)가 나온다. 그 다리의 존재 이유는 프리처드 쪽 시냇물가에 자리 잡은 예수은혜 침례교회다. 나는 다리를 건너 교회 주차장에 차를 댔지만 그 날은 긴 장화를 챙겼더라면 걸어서 건널 수도 있었을 만큼 질라시의 수위가 낮긴 했다.

상류 쪽으로 되짚어 올라가 보니 해체된 다리의 잔재가 잡초와 양치류 깊숙이 박혀 있었다. 고개를 돌리자 심하게 자란 관목과 가시덤불로 뒤덮인, 오두막집으로 가는 오솔길이 보였다. 사냥 금지, 무단 침입 금지, 수렵 감시관 백이라고 적힌 팻말이 있었다. 나는 덤불을 헤치며 (옻나무나 덩굴옻나무가 있을 경우에 대비해 조심스럽게) 걸어갔다. 아버지는 400미터쯤 된다고 썼고 나도 여기 몇 번 온 적이 있었기에 (반격할 능력이 없는 생명체를 쏘는 데 관심이 없었기 때문에 몇 번 되지는 않았다) 그쯤 된다는 걸 알았다.

내 기억에는 없는, 자물쇠 달린 출입문이 나왔다. 거기에 또 다른 팻말이 걸려 있는데, 이번에는 개구리 아래로 폴짝폴짝 내 땅에서 나가라고 적혀 있었다. 아버지의 열쇠 뭉치 중에 이 출입문 열쇠가 있었다. 굽은 길을 돌아가자 오두막집이 등장했다. 그동안 관리한 사람이 아무도 없었다. 오래된 소나무와 가문비나무 가지가 그 위로 얼기설기 엮여 있어서인지 수년 동안 내린 눈에도 지붕이 꺼지지는 않았지만 한쪽으로 기울어서 오래 못 버티게 생겼다. 전에는 갈색이었던 넓은 면이 이제는 빛바랜 무색이었다. 유리창은 먼지와 꽃가루로 부옇게 뒤덮였다. 폐가 그 자체였지만 털린 적은 분명 없는 듯했다. 내가 보기에는 기적이었다. 아마도 고등학생 때 읽었을 시 구절이 떠올랐다. *그를 세 겹의 원으로 감싸고 눈을 감아라, 신령한 두려움으로.**

나는 뭉치에서 맞는 열쇠를 찾아 문을 열고 곰팡이와 먼지와 더위가 기다리는 안으로 들어갔다. 세입자들이 이곳에 세 들어 살며 여기

---

* 새뮤얼 콜리지가 쓴 「쿠블라 칸」의 구절이다.

저기 할퀴어 놓은 흔적도 보였다. 쥐 아니면 다람쥐였다. 아마 둘 다 였다. 굴뚝을 타고 불어온 돌풍의 소행인지 바이시클 카드가 식탁과 바닥 위에 흩뿌려져 있었다. 아버지와 그의 친구가 전에 바로 이 카드로 크리지비를 했었다. 벽난로 앞에 부채꼴 모양으로 재가 쌓여 있었지만 낙서나 빈 캔이나 술병은 없었다.

이 집이 원으로 감싸져 있었네. 나는 생각했다.

나는 황당한 생각을 다 한다고 속으로 중얼거렸지만(스스로를 나무라며) 어쩌면 황당한 생각이 아닐 수 있었다. 헴록 런의 주택 단지와 트레일러하우스 주차장이 양쪽 모두 가까이에 있었다. 아이들이 숲 속 여기까지 와 봤을 테고 폴짝폴짝 내 땅에서 나가라고 적힌 팻말이 그 아이들을 막을 수 있었을 리 만무했다. 그런데 막은 모양이었다.

나는 소파를 쳐다보았다. 지금 거기 앉으면 먼지가 구름처럼 피어오르고 그 아래 있던 쥐들이 도망칠지 모르지만 금발의 젊은 남자, 버치 삼촌이 눈 대신 별을 그렸다던 이방인을 상상할 수 있었다. 아버지와 삼촌이 돈을 내가며 이 세기의 중반까지 안전하게 (든든하게는 아닐지 몰라도) 지키려고 했던 여기 이 오두막집에 오고 보니 그 이야기를 실화로 받아들이기가 쉬워졌다.

훨씬 쉬워졌다.

둘 중 아무라도 안경집처럼 생긴 케이스를 들고 가려고 여길 다시 찾은 적이 있었을까? 버치 삼촌은 적어도 서부로 떠난 뒤에는 그런 적 없었을 테지만…… 아버지도 마찬가지였을 것 같다. 그것과의 인연은 거기까지였고 나는 아버지의 상속인임에도 이곳에 불법으로 침입한 느낌이었다.

방을 가로질러 벽난로 선반을 훑어보니 내 예상과 달리 먼지를 막처럼 뒤집어쓴 회색 케이스가 거기 있었다. 나는 손을 내밀었고 그걸 감싸 쥐며 전기 충격이라도 예상했던 사람처럼 움찔했다. 전기 충격은 없었다. 위에 쌓인 먼지를 닦아 내 보니 회색 스웨이드였을지 모를 표면에 밝은 금색으로 물결무늬가 새겨져 있었다. 하지만 감촉은 스웨이드도 정확히 금속도 아니었다. 케이스에는 이음새가 없었다. 완벽하게 아무것도 없었다.

이건 나를 기다리고 있었어. 나는 생각했다. 그 모든 게, 그 모든 단어가 진실이었고 이제 이건 내가 물려받은 유산의 일부야.

나는 그때 아버지의 이야기를 믿었을까? 거의 그랬다. 아버지는 나를 위해 그 케이스를 남겼을까? 거기에 대해서는 답을 하기가 좀 더 어렵다. 1978년에 사냥하러 여길 찾았던 재주 많은 두 녀석이 죽어 버렸으니 그들에게 물어볼 수도 없었다. 그들은 세상에 족적을 남기고(그림과 이야기로) 떠나 버렸다.

남자가 아니었던 젊은 남자는 그들을 위한 선물이라고, 아버지는 여자가 아니었던 여자에게 에피펜을 주사했고 버치 삼촌은 그의 (그대로 옮겨 적겠다) '값진 숨결'을 주었으니 선물하는 거라고 했다. 하지만 오로지 그들만을 위한 선물이라고 하지는 않았다. 그리고 아버지가 숨결을 불어 넣었을 때 이게 열렸다면 나도 그렇지 않을까? 같은 피, 같은 DNA니까. 나한테도 열려라, 참깨이지 않을까? 나는 그걸 시도해 보았을까?

내가 지금까지 나에 대해 뭐라고 했던가? 어디 한번 따져 보자. 그대들은 내가 캐슬 카운티 교육감으로 수년 동안 근무하다 퇴직해 아버지의 대필자가 되었고…… 그가 밤중에 실수하면 침구를 교체한 사람도 나였다는 걸 안다. 결혼한 전적이 있지만 아내가 내 곁을 떠났다는 것도 안다. 쇠락해 가는 그 오두막집 안에 서서 다른 세계에서 건너온 회색 케이스를 보았던 날 내가 혼자였다는 것도 안다. 부모님은 돌아가시고 아내는 떠났고 아이도 없었으니. 여기까지는 알지만 그대들은 모르는 것들이 온 우주만큼 많다. 이건 지구상의 모든 남자와 여자에게 해당하는 말일 것이다. 그대들에게 많은 이야기는 하지 않겠다. 그러면 너무 길어질 뿐 아니라 재미가 없을 테니까. 수전이 떠난 뒤에 내가 술을 너무 많이 마셨다고 하면 그대들의 관심이 동할까? 인터넷 포르노와 잠깐 연애를 했었다고 하면? 자살을 생각했지만 심각하게 고민한 적은 없다고 하면?

나는 이제 두 가지 이야기를 하려는데, 양쪽 모두 거의 (하지만 완전히는 아니다!) 창피할 지경으로 멋쩍은 이야기다. 슬픈 이야기다. 내가 생각하기에 '일정 연령'에 달한 남자와 여자들의 몽상은 항상 슬프다. 우리가 예견하는 평범한 미래와 정면으로 배치되기에 그렇다.

나는 글쓰기에 소질이 있고 (이 회고록이 증거가 됐으면 한다) 수백 년 동안 읽힐 걸작 소설의 작가를 꿈꾸었다. 나는 아버지를 사랑했고 지금도 사랑하지만, 그의 그늘 안에서 사는 것이 지긋지긋해졌다. 나는 이런 서평을 상상했다. "마크 카모디의 깊이 있는 소설에 비하면 그의 아버지의 작품은 비루하게 느껴진다. 진정한 청출어람이다." 나는 그런 감정을 느끼고 싶지 않고 대체로 그러지도 않지만, 내 안의 어떤 부분은 지금도 그렇게 상상하고 앞으로도 그런 감정을 느낄 것이다. 그것은 많이 웃지만 절대 미소 짓지는 않는, 동굴 속의 인간 같은 부분이다.

나는 피아노를 칠 줄 알지만 잘 치지는 못한다. 스탠호프 부인이 멀리 여행을 갔거나 몸이 안 좋으면 콩고 교회 반주를 내가 대신 맡는다. 나는 느릿느릿 건반을 때린다. 내 악보 보는 실력은 3학년 수준이다. 나는 악보를 외운 세 곡 내지 네 곡만 갈고닦았고 신도들은 그 곡을 지겨워한다.

나는 걸작 소설을 쓰는 상상을 하지만 그게 가장 어마어마한 상상은 아니다. 가장 어마어마한 상상은 뭔지 듣고 싶은가? 여기까지 온 마당에 알려 주지 못할 것도 없다.

나는 나이트클럽에 있고 친구들이 모두 거기 같이 있다. 아버지도 있다. 밴드가 무대에서 퇴장하자 나는 피아노로 곡을 하나 연주해도 되느냐고 묻는다. 밴드 리더가 물론이라고 한다. 아버지가 앓는 소리를 낸다. 윽, 마키, 설마 또 「브링 잇 온 홈 투 미」는 아니겠지! 나는 (적당히 겸손하게) 말한다. 아니에요, 다른 곡을 배웠어요. 그러고는 앨버트 애먼스의 고전 「부기 우기 스톰프」를 연주하기 시작한다. 내 손가락이 날아다닌다! 대화가 끊긴다! 그들은 놀란 눈빛으로 감탄하며 나를 빤히 쳐다본다! 드러머가 자기 자리로 돌아가 비트를 타기 시작한다. 호른 연주자는 「테킬라」에 나오는 연주처럼 거칠게 알토 색소폰을 불기 시작한다. 청중은 박자에 맞춰 박수를 치기 시작한다. 그중 일부는 지르박을 춘다. 내가 제리 리 루이스처럼 서서 글리산도*로 연주의 마침표를 찍자 그들은 벌떡 일어나 앙코르를 외친다.

그대들 눈에는 보이지 않겠지만 나는 이렇게 쓰며 얼굴을 붉히고 있다.

나의 가장 소중한 상상이자 워낙 흔한 상상이기 때문이다. 심지어 지금도 전 세계 녹음실에서 여자들은 조운 제트처럼 기타 치는 흉내를 내고, 남자들은 베토벤 5번 교향곡을 지휘하는 척한다. 선택받을 수만 있다면 뭐든 내줄 수 있지만 선택받지 못한 사람들의 흔한 상상

---

* 피아노 건반을 이쪽에서 저쪽까지 미끄러지듯 연주하는 주법.

이다.

먼지로 뒤덮여 당장이라도 무너지게 생긴 그 오두막집에서, 두 남자가 다른 세계에서 건너온 존재를 만난 그곳에서 나는 딱 한 번만이라도 앨버트 애먼스처럼 「부기 우기 스탬프」를 연주하고 싶다는 생각을 했다. 한 번이면 충분하다고 속으로 중얼거렸지만 충분하지 않을 것을 알았다. 절대 그럴 리는 없으니까.

나는 물결무늬에 대고 숨을 뱉었다. 케이스 한가운데에 선이 등장해…… 잠깐 머물다…… 사라졌다. 나는 케이스를 들고 그 자리에 서 있다가 선반 위에 다시 내려놓았다.

젊은 남자가 했던 말을 떠올렸다. 없는 걸 줄 수 있는 건 없어요.

"괜찮아." 나는 말하고 살짝 웃음을 터뜨렸다.

괜찮지는 않았고 속이 쓰렸지만 상처는 사라질 것이었다. 나는 일상으로 돌아갈 테고 상처는 사라질 것이었다. 유명한 아버지의 뒷일을 매듭지어야 했으니 그걸로 정신이 없을 테고 거금을 소유하게 될 것이었다. 그걸로 아루바로 갈 수도 있었다. 가질 수 없는 걸 원하는 게 잘못은 아니다. 그걸 감수하며 살아가는 법을 배우면 된다.

나는 속으로 그렇게 중얼거리고 나를 설득하는 데 거의 성공한다.

5단계

뉴욕시 위생국 소속 수석 엔지니어였던 해럴드 제이미슨은 퇴직 후 인생을 즐겼다. 몇 명 안 되는 친구들을 통해 그렇지 않은 경우도 있다는 것을 알았기에 스스로 운이 좋다고 생각했다. 그는 마음이 맞는 몇몇 원예사들과 함께 북맨해튼에서 조그만 텃밭을 가꾸었고, 넷플릭스라는 것을 알게 됐고, 전부터 읽고 싶었던 책들을 하나씩 해치웠다. 아내(5년 전에 유방암으로 세상을 떠났다)는 여전히 그리웠지만 그 집요한 통증만 제하면 그의 삶은 제법 충만했다. 제이미슨은 매일 아침 일어나기 전에 그날 하루를 즐겁게 보내자고 다짐했다. 예순여덟 살이었으니 앞으로도 남은 길이 많다고 생각하고 싶었지만 그 길이 좁아지기 시작했다는 것만큼은 부인할 수 없는 사실이었다.

하루 중 가장 즐거운 시간은 (비가 오거나 눈이 내리거나 너무 춥지 않은 이상) 아침 식사를 마친 뒤에 센트럴 파크까지 아홉 블록을 걸어가는 시간이었다. 그는 휴대 전화를 들고 다녔고 태블릿 PC를 썼지만 (사실 의존도가 점점 높아지고 있었다) 여전히 「타임스」 종이 신문을 더 좋아했다. 공원에 도착하면 좋아하는 벤치에 앉아 1시간 동안 뒤에서부터 앞으로 신문을 읽으며, 탁월한 기사에서 출발해 황당한 기사로 넘어가고 있다는 생각을 했다.

쌀쌀하지만 벤치에 앉아서 신문을 읽기에 완벽했던 5월 중순의 어느 날, 신문을 읽던 제이미슨이 고개를 들어 보니 근처에 빈자리가 많은데도 짜증 나게 굳이 그의 벤치 저쪽 끝에 중년의 남자가 앉아 있었다. 제이미슨의 오전 공간을 침범한 남자는 40대 중반에서 후반인 것 같았고, 잘생기지도 못생기지도 않았으며 사실상 평범 그 자체였다. 복장도 마찬가지였다. 뉴밸런스 워킹화, 청바지, 양키스 야구모자, 후드를 뒤로 젖힌 양키스 후드티. 제이미슨은 짜증 섞인 눈빛으로 그를 곁눈질하고 다른 벤치로 자리를 옮기려고 했다.

"가지 마세요." 남자가 말했다. "제발요. 부탁드릴 일이 있어서 여기 앉았어요. 어려운 부탁은 아니지만 대가는 드릴게요." 그는 후드티 앞주머니에서 20달러짜리 지폐를 꺼냈다.

"모르는 사람의 부탁은 들어주지 않아요." 제이미슨은 말하고 벤치에서 일어났다.

"하지만 중요한 건 그게 아니에요. 저희 둘이 서로 모르는 사이라는 건요. 제 이야기를 들어 보세요. 싫다고 하시면 잡지 않을게요. 하지만 부탁드릴게요. 어쩌면……." 남자는 헛기침을 했고 제이미슨은 그가 마음을 졸이고 있다는 사실을 알아차렸다. 어쩌면 그 정도가 아니라 겁에 질렸을 수도 있었다. "어쩌면 선생님이 저를 살려 주실 수도 있어요."

제이미슨은 고민하다가 벤치에 앉았다. 하지만 엉덩짝을 벤치에 붙일 수 있는 한도 안에서 남자와 최대한 거리를 두었다. "1분 주겠어요. 하지만 정신 나간 소리처럼 들리면 일어날 거예요. 그리고 돈은 치워요. 필요도 없고 받고 싶지도 않으니까."

남자는 그걸 아직까지 들고 있다는 데 놀란 사람처럼 지폐를 쳐다보다가 앞주머니에 다시 넣었다. 두 손을 허벅지 위에 얹고 제이미슨이 아니라 그 손을 내려다보았다. "저는 알코올 중독자예요. 술을 끊은 지 4개월 됐어요. 정확히는 4개월 12일이요."

"축하합니다." 제이미슨은 말했다. 진심이었지만 일어나야겠다는 생각이 더욱 굳어졌다. 필요하다면 공원에서도 나갈 작정이었다. 남자가 멀쩡해 보이기는 했지만, 제이미슨은 나이가 나이인지라 광기가 나중에 드러나는 경우도 있다는 것을 알았다.

"전에도 세 번 시도한 전적이 있고 한 번은 거의 1년 동안 끊었어요. 이번이 마지막 기회일지 모른다는 생각이 들어요. AA*에도 참석하고 있어요. 그게 뭐냐 하면……"

"그게 뭔지는 나도 알아요. 이름이 어떻게 되지요, 4개월 동안 술을 끊으신 분?"

"그냥 잭이라고 불러 주세요, 그러면 됩니다. AA에서는 성을 쓰지 않거든요."

제이미슨은 그것도 알았다. 넷플릭스를 보면 알코올 문제가 있는 사람들이 숱하게 등장했다. "그래서 부탁하고 싶은 게 뭔가요, 잭?"

"전에 세 번 시도했을 때는 AA에서 후원자의 도움을 받지 않았어요. 내 이야기를 들어 주고 질문에 답을 해 주고 가끔은 어떻게 하면 되는지 알려 주는 그런 사람이요. 이번에는 도움을 받기로 했어요. 바

---

* 알코올 중독자의 회복을 돕는 단체.

워리 선다운 모임에서 어떤 남자를 만났는데, 정말 좋은 이야기를 하더라고요. 그리고 처신도 마음에 들었어요. 12년 동안 술을 끊었다는데 현실적이고 저처럼 영업 일을 해요."

그는 고개를 돌려서 제이미슨을 보고 있다가 다시 자기 손 쪽으로 시선을 돌렸다.

"제가 전에는 영업의 귀재였어요. 5년 동안 영업부장으로…… 음, 이제는 의미 없는 일이지만 이름을 대면 알 만한 큰 회사에서 근무했어요. 샌디에이고에서요. 이제는 다섯 개 자치구의 편의점과 식품점에 축하 카드와 에너지 음료를 납품하는 신세로 전락했죠. 제일 밑바닥이라고 할까요."

"본론으로 들어가시죠." 제이미슨은 이렇게 말했지만 가시 돋친 말투는 아니었다. 자기도 모르게 호기심이 동했다. 모르는 사람이 같은 벤치에 앉아서 자신의 속내를 쏟아내는 것이 날마다 벌어지는 일은 아니었다. 특히 뉴욕에서는 더욱 그랬다. "메츠의 경기 결과를 확인하려던 참이었거든요. 올 시즌 출발이 좋아서."

잭은 손바닥으로 자기 입을 문질렀다. "선다운에서 만난 남자가 마음에 들어서 모임이 끝난 뒤에 용기를 내서 후원자가 되어 달라고 부탁했어요. 그게 3월이었어요. 그는 나를 훑어보더니 후원자가 되어 주겠지만 두 가지 조건이 있다고 했어요. 자기가 시키는 대로 전부 하고 술을 마시고 싶으면 자기한테 전화를 해야 한다고요. '그러면 매일 저녁 전화할 텐데요.' 하고 말했더니 그가 이러더군요. '그럼 매일 저녁 전화해요. 내가 안 받으면 자동응답기에 대고 얘기하고.' 그러더니 나더러 단계를 잘 따르고 있느냐고 묻더군요. 그게 뭔지 아세요?"

"어렴풋이요."

"저는 그럴 여유가 없었다고 말했죠. 그는 자기 후원을 받고 싶으면 시작해야 된다고 했어요. 처음 3단계가 가장 어렵고도 쉽다고도 했고요. 그 3단계를 간단하게 요약하면 '나 스스로는 끊을 수 없지만 하느님의 도움을 받으면 끊을 수 있으니 그의 도움을 구하겠다'예요."

제이미슨은 끙하는 소리를 냈다.

"저는 하느님을 믿지 않는다고 말했죠. 이 남자, 이름이 랜디예요, 랜디는 상관없다고 했어요. 매일 아침 무릎을 꿇고 믿지도 않는 이 하느님에게 오늘 하루도 술을 마시지 않도록 도움을 청하라고 했어요. 술을 마시지 않았으면 잠자리에 들기 전에 다시 무릎을 꿇고 하루 동안 금주하게 해 주셔서 감사하다고 하고요. 랜디가 그럴 수 있겠느냐고 묻길래 저는 알았다고 했어요. 안 그러면 그의 후원을 받지 못할 테니까요. 이해되시죠?"

"그럼요. 그만큼 절박했으니까요."

"바로 그거예요! '절박이라는 선물'. AA에서는 그렇게 표현해요. 랜디는 제가 이런 기도를 하지 않으면서 했다고 하면 자기가 알아차릴 거라고 했어요. 본인도 30년 동안 온갖 거짓말을 일삼았다고."

"그래서 했어요? 하느님을 믿지 않는데도?"

"했고 효과가 있었어요. 하느님은 없다는 믿음은…… 술을 끊은 기간이 길어질수록 점점 흔들리네요."

"나더러 같이 기도해 달라는 부탁을 할 생각이면 꿈도 꾸지 말아요."

잭은 자기 손을 내려다보며 미소를 지었다. "아니에요. 저는 아직도 무릎을 꿇을 때 옆에 아무도 없어도 부끄러워요. 지난달, 그러니까 4월에는 랜디가 4단계를 실행에 옮길 때가 됐다고 했어요. 자신이 어떤 사람인지 이왕이면 철저하고 과감하게 리스트를 작성해 가며 도덕적으로 파악하는 단계예요."

"시킨 대로 했나요?"

"네. 랜디가 말하길 단점을 적은 다음 페이지를 넘겨서 장점을 나열하면 된다고 하더군요. 단점을 찾는 데에는 10분이 걸렸어요. 장점을 찾는 데에는 1시간이 넘게 걸렸고요. 처음에는 장점이 하나도 생각이 나지 않아서 결국 '최소한 유머 감각은 있다'라고 적었지 뭐예요. 그건 사실이거든요. 그렇게 적고 났더니 다른 게 몇 개 더 생각이 나더라고요. 랜디에게 장점이 생각나지 않아서 애를 먹었다고 말했더니 그게 정상이라고 하더군요. '술을 거의 30년 동안 마셨잖아요.' 그가 말했어요. '그럼 자아상에 흉터와 상처가 생길 수밖에 없죠. 하지만 술을 계속 끊으면 상처가 치유될 거예요.' 그러더니 그 리스트를 태우라고 했어요. 그러면 홀가분해질 거라며."

"홀가분해지던가요?"

"이상하게도 그렇더라고요. 아무튼 그래서 이제 랜디가 이번 달에는 뭘 요청했는지 얘기할 때가 되었네요."

"내가 보기에는 요구에 가까운데요." 제이미슨은 말하고 살짝 미소를 지었다. 그는 신문을 접어서 옆으로 내려놓았다.

잭도 미소를 지었다. "후원자와 피후원자 간의 역학 관계를 제대로 파악하셨네요. 랜디는 이제 5단계를 실행할 때가 됐다고 했어요."

"그게 뭔데요?"

"'하느님과 자기 자신과 다른 사람에게 우리가 어떤 잘못을 저질렀는지 정확하게 고백하라.'" 잭은 손가락으로 따옴표를 만들어 가며 말했다. "저는 좋다고, 하나씩 적어서 그에게 읽어 주겠다고 했어요. 하느님도 같이 들을 수 있을 테니 일석이조라고요."

"그가 안 된다고 했을 것 같은 예감이 드는군요."

"안 된다고 했어요. 생판 모르는 사람에게 다가가 고백하라며. 처음에 그는 신부님이나 목사님이 어떻겠느냐고 했지만 저는 열두 살 이후로 교회에는 발을 끊었고 다시 돌아갈 마음도 없어요. 내가 뭘 믿게 됐건 간에, 그게 뭔지도 아직 모르겠지만 교회 신도석에 앉아 있어야 그걸 발전시킬 수 있다고 생각하지는 않아요."

제이미슨은 자신도 교회를 다니지 않았기에 고개를 끄덕였다.

"랜디가 이렇게 말했어요. '그냥 그랜트 파크나 워싱턴 스퀘어 파크나 센트럴 파크에서 아무한테나 다가가 당신이 어떤 잘못을 저질렀는지 나열할 테니 들어 달라고 해요. 필요하면 돈을 몇 푼 쥐어 주고요. 들어 주겠다는 사람이 나올 때까지 계속 물어봐요.' 그는 물어보는 게 가장 힘든 부분일 거라고 하더니 그 말이 맞더라고요."

"내가……" 머릿속에 떠오른 구절은 *첫 번째 피해자*였지만 제이미슨은 그건 올바른 표현이 아니라는 결론을 내렸다. "내가 첫 번째 사람인가요, 당신에게 부탁을 받은?"

"두 번째요. 어제 비번인 택시 기사에게 접근했는데 꺼지라고 하더라고요."

제이미슨은 뉴욕에 얽힌 오래된 우스갯소리를 떠올렸다. 타지 주민이 렉싱턴가(街)에서 어떤 남자에게 다가와 이렇게 묻는다. "시청에 가는 길을 알려 주실 수 있을까요, 아니면 제가 그냥 꺼질까요?" 그는 양키스 옷을 입은 남자에게 꺼지라고 하지 않기로 마음먹었다. 그가 하는 말을 들어 주면 다음번에 친구 앨릭스(그 역시 퇴직자였다)를 만나 같이 점심을 먹을 때 들려줄 재미있는 이야깃거리가 생길 것이었다.

"좋아요, 어디 한번 들어 봅시다."

잭은 후드티 주머니 안에서 종이를 꺼내 펼쳤다. "저는 4학년 때……"

"일대기를 늘어놓을 작정이면 아까 그 20달러를 받는 편이 좋겠네요."

잭이 종이를 쥐지 않은 쪽 손을 후드티 주머니 안에 넣자 제이미슨은 손을 저었다. "농담이에요."

"진심이세요?"

"네. 하지만 짧게 끝냅시다. 내가 8시 30분에 약속이 있거든요." 이건 거짓말이었고 제이미슨은 자신에게 알코올 문제가 없어서 다행이라는 생각을 했다. 그가 본 텔레비전 프로그램에 따르면 알코올 중독자들에게는 정직이 중요한 문제라고 하니 말이다.

"후딱 해치우라는 말씀이죠? 알겠습니다. 시작할게요. 4학년 때 저는 친구와 싸움을 벌였어요. 입술과 코에서 피가 나게 했죠. 교무실로 불려 갔을 때 저는 그 아이가 우리 어머니를 욕했기 때문에 싸움을 벌였다고 했어요. 그 아이는 당연히 그런 적 없다고 했지만 우리 둘 다 부모님에게 전하는 쪽지와 함께 집으로 돌아가는 벌을 받았어요. 제 경우에는 어머니에게 전하는 쪽지였다고 해야겠네요. 아버지는 제가 두 살 때 집을 나갔으니까요."

"그럼 어머니를 욕했다는 건?"

"거짓말이었어요. 그날 일진이 사나워서 평소 싫어했던 친구에게 싸움을 걸면 기분이 괜찮아질 것 같았거든요. 그 아이를 왜 싫어했는지는 모르겠어요. 이유가 있었을 텐데 기억이 나지 않네요. 그때를 기점으로 거짓말이 습관이 됐다는 것만 알겠어요.

술은 중학생 때부터 마시기 시작했어요. 어머니가 보드카를 냉장고에 넣어 두었거든요. 그걸 몰래 마시고 대신 물을 섞었죠. 그러다 결국 어머니에게 들통이 났고 냉장고에서 보드카는 사라졌어요. 어머니가 그걸 어디에 숨겼는지 알았지만 (전기레인지 위 찬장이요) 이후로는 손을 대지 않았어요. 그때쯤에는 이미 거의 맹물이었거든요. 용돈과 집안일을 하고 받은 돈을 모아서 늙은 주정뱅이에게 술 심부름을 시켰죠. 그는 네 병을 사서 한 병을 가지곤 했어요. 내가 그에게 술을 댄 셈이었어요. 내 후원자가 들었다면 그렇게 말했을 거예요."

잭은 고개를 저었다.

"그 사람은 어떻게 됐는지 모르겠네요. 이름이 랠프였는데, 나는 한심한 랠프라고 생각했어요. 애들이 그렇게 잔인할 수가 있어요. 모르긴 몰라도 죽었을 것 같은데 내가 죽인 걸 거든 셈이에요."

"옆길로 새지 말아요." 제이미슨이 말했다. "가상의 시나리오를 쓰지 않아도 죄책감을 느낄 일은 많을 것 같으니."

잭은 고개를 들고 씩 웃었다. 그러자 제이미슨은 그의 눈에 고인 눈물을 볼 수 있었다. 흐르지는 않고 그저 그렁그렁 맺혀 있었다. "그렇게 말씀하시니까 꼭 랜디 같네요."

"그게 칭찬인가요?"

"아마도요. 선생님을 찾다니 제가 운이 좋았던 것 같아요."

제이미슨은 그가 찾아 줘서 자신이야말로 운이 좋았다는 생각이 들었다. "또 뭐라고 적었어요? 시간이 계속 흐르고 있어요."

"저는 브라운대학교에 입학했고 우등으로 졸업했지만 거짓말과 부정행위로 거둔 성적이었어요. 제가 그런 데 소질이 있었거든요. 그리고 이게 결정타인데, 4학년 때 만난 상담 교사가 코카인 중독자였어요. 선생님이 말씀하신 것처럼 시간이 없으니 그걸 어떻게 알아냈는지 자세히 설명하지는 않겠지만 아무튼 알아내서 그와 협상을 맺었어요. 훌륭한 추천서와 코카인 한 덩어리를 맞바꾸기로. 물론 돈은 그가 댔죠. 제가 자선사업가는 아니었으니까요."

"한 덩어리면 1킬로그램인가요?" 제이미슨의 눈썹이 거의 이마 끝까지 솟구쳤다.

"맞아요. 제 포드 자동차 스페어타이어 안에 숨겨서 캐나다에서 밀반입했어요. 방학을 맞아 토론토에서 신나게 놀고 하룻밤 사랑도 나누려는 여느 대학생처럼 보이려고 애를 썼지만 심장이 미친 듯이 쿵쾅거려서 혈압이 위험 수치였을 거예요. 국경 검문소에서 내 앞차는 구석구석 수색을 당했는데, 나는 면허증을 보여 줬더니 그냥 통과시키더라고요. 물론 그 당시에는 지금보다 단속이 훨씬 느슨했죠." 그는 말을 잠깐 멈췄다가 덧붙였다. "그에게 바가지도 씌웠어요. 차액은 제가 슬쩍했고요."

"하지만 당신이 코카인을 하지는 않았죠?"

"네, 그건 제 취향이 아니었어요. 가끔 마리화나는 조금 피웠지만 제가 원했던 건, 그리고 지금도 원하는 건 에틸알코올이에요. 저는 상사에게도 거짓말을 했지만 결국에는 들통났어요. 대학교하고는 달라서 코카인으로 매수할 수 있는 사람이 없더라고요. 아무튼 제 주변에서는 찾지 못했어요."

"정확히 무슨 짓을 저질렀길래요?"

"영업 실적을 조작했어요. 숙취가 너무 심해서 출근할 수 없는 날에는 있지도 않은 미팅을 만들어 냈어요. 지출 결의서를 날조했어요. 그 첫 번째 직장이 좋은 회사였거든요. 가능성이 무궁무진했던. 그걸 내가 날려 버렸어요.

그 회사에서 퇴사 처리된 뒤에 내게 정말로 필요한 건 장소의 변화라는 결론을 내렸죠. AA에서는 그걸 지리적인 치유라고 표현해요. 절대 효과가 없는데, 저는 그걸 몰랐죠. 이제 와 생각해 보면 간단한데 말이에요. 어떤 쓰레기를 보스턴에서 비행기에 태운들 LA로 옮기는 것밖에 더 되겠어요? 거기가 아니면 덴버. 아니면 디모인. 두 번째 회사에서도 저는 개판을 쳤어요. 첫 번째만큼은 아니어도 좋은 곳이었는데. 그게 샌디에이고에서 있었던 일이에요. 그러자 저는 결혼해서 정착해야겠다는 결론을 내렸죠. 그러면 문제를 해결할 수 있을 거라고요. 그래서 과분한 여자를 만나 결혼했어요. 결혼 생활은 2년 만에 끝이 났고 저는 처음부터 끝까지 거짓말을 했죠. 늦게 퇴근하는 이유를 대느라 있지도 않은 업무상 미팅을 만들어 내고, 늦게 출근하거나 아예 출근하지 않는 이유를 대느라 있지도 않은 독감 핑계를 대고. 알토이즈, 브레스 세이버스 같이 입 냄새 없애 주는 사탕 만드는 회사 주식을 사도 됐을 정도였는데, 아내가 속아 넘어갔을까요?"

"아니었을 거라고 봐요. 저기, 이제 거의 끝나 가고 있는 건가요?"

"네. 5분이면 됩니다. 약속할게요."

"좋아요."

"말다툼이 점점 심해졌어요. 가끔 물건이 내동댕이쳐지기도 했는데, 아내만 던진 게 아니었어요. 어느 날 자정쯤 술에 절어서 집에 들어갔더니 아내가 저를 몰아붙이더군요. 아시잖아요, 똑같은 레퍼토리로 따따부따하는데 모두 사실인 거. 아내가 저에게 독화살을 날리는데 그게 백발백중인 것처럼 느껴졌어요."

잭은 다시 자기 손을 쳐다보고 있었다. 입꼬리가 하도 아래로 처져서 순간 슬픈 표정의 광대로 유명한 에밋 켈리 같았다.

"아내가 소리를 지르는 동안 제 머릿속에 뭐가 떠올랐는지 아세요? 4학년 때 두들겨 팬 글렌 퍼거슨이요. 곪은 종기에서 고름을 짜내는 듯이 기분이 좋았던 거요. 아내를 두들겨 패도 기분이 좋겠다는 생각이 들었는데, 이번에는 아무도 제 손에 어머니에게 보내는 쪽지를 들려서 집으로 돌려보낼 수 없었죠. 어머니는 제가 브라운을 졸업하던 그해에 돌아가셨으니까요."

"와우." 제이미슨은 청하지 않은 자백을 듣게 돼서 좋았던 기분이 사라졌다. 불안이 그 자리를 채웠다. 그는 이어지는 이야기를 계속 들고 싶은지 확신이 서지 않았다.

"저는 떠났어요. 하지만 겁이 나서 알코올 중독을 어떻게 해야겠다는 생각이 들더군요. 그때 처음으로 AA를 찾아갔어요, 거기 샌디에이고에서요. 뉴욕으로 돌아왔을 때 술을 끊은 상태였지만 결국에는 무너졌어요. 다시 시도했지만 그때도 무너졌고요. 세 번째도 마찬가지였어요. 하지만 지금은 랜디가 있으니 이번에는 성공할지 몰라요. 선생님 덕분도 있고요." 그는 손을 내밀었다.

"이런, 별말씀을요." 제이미슨은 말하며 그의 손을 잡았다.

"말씀드릴 게 하나 더 남았어요." 잭이 말했다. 손아귀 힘이 아주 셌다. 그는 제이미슨의 눈을 들여다보며 미소를 짓고 있었다. "제가 떠나긴 했지만 그 전에 그년의 목을 땄어요. 술을 끊지 않았지만 그랬더니 기분이 좋아지더군요. 글렌 퍼거슨을 두들겨 팼더니 기분이 좋아졌던 것처럼요. 그리고 아까 주정뱅이 얘기가 나왔잖아요. 그 인간을 괴롭혀도 기분이 좋아지더군요. 그래서 그 인간이 죽었는지는 모르겠지만 심하게 다친 건 분명해요."

제이미슨은 손을 빼려고 했지만 잭의 힘이 너무 셌다. 다른 쪽 손은 다시 양키스 후드티 주머니 안에 들어가 있었다.

"저는 진심으로 술을 끊고 싶은데, 5단계를 완수하려면 고백을 해야 하거든요. 제가……"

뜨거운 백색 광선 같은 것이 제이미슨의 갈비뼈 사이로 미끄러져 들어왔고, 잭이 피가 뚝뚝 떨어지는 얼음 송곳을 거두어 후드티 주머니 안에 다시 넣자 제이미슨은 숨을 쉴 수 없다는 사실을 깨달았다.

"……살인을 즐기는 것 같다는 걸요. 그게 제 단점이라는 건 알아요. 그리고 어쩌면 저의 가장 큰 악덕일지도 모르고요."

그는 벤치에서 일어섰다.

"감사했습니다. 선생님 이름은 모르지만 도움이 아주 많이 됐어요."
 그는 센트럴 파크 서쪽으로 걸음을 옮기다 말고 뒤를 돌아보았다. 제이미슨은 「타임스」를 집으려고 이리저리 마구잡이로 더듬고 있었다. 예술과 취미 난을 얼른 훑어보면 모든 문제가 해결되기라도 할 것처럼.
 "오늘 밤에는 선생님을 위해 기도할게요." 잭이 말했다.

별종 윌리

윌리의 엄마와 아빠는 아들이 이상하다고 생각했다. 죽은 새를 꼼꼼하게 관찰하는 것도 그렇고, 죽은 곤충을 수집하는 것도 그렇고, 흘러가는 구름을 1시간도 넘게 구경하는 것도 그랬다. 하지만 그 생각을 입 밖으로 표현하는 사람은 록시뿐이었다. "너 진짜 별종이다." 어느 날 저녁 식탁에서 윌리가 그레이비소스를 눈으로 삼아 으깬 감자로 광대 얼굴을 만드는 것(만들려고 애를 쓰는 것)을 보고 그녀가 외쳤다. 그때 윌리는 열 살이었다. 록시는 열두 살이었고 가슴이 나오기 시작했고 그걸 아주 자랑스럽게 여겼다. 윌리가 그걸 빤히 쳐다볼 때는 섬뜩해졌지만.

"그런 식으로 말하지 마." 어머니가 말했다. 그녀의 이름은 샤론이었다.

"하지만 사실이잖아요." 록시가 말했다.

아버지가 말했다. "학교에서 당하는 걸로 충분해." 그의 이름은 리처드였다.

그 가족은 가끔 (종종) 윌리를 없는 사람 취급하며 대놓고 그의 이야기를 했다. 식탁 말석에 앉아 있는 노인만 예외였다.

"학교에서 그렇게 당하고 있니?" 할아버지가 물었다. 그는 손가락으로 코와 윗입술 사이를 문질렀다. 질문을 한 뒤에 (아니면 질문에 답한 뒤에) 나오는 습관이었다. 할아버지의 이름은 제임스였다. 대개 그는 가족끼리 식사를 하는 동안 말이 없었다. 천성이 그렇기도 했고 먹는 것이 번거로운 일이 돼서 그렇기도 했다. 그는 로스트비프를 천천히 씹고 있었다. 남은 이가 거의 없었다.

"모르겠어요." 윌리는 말했다. "가끔 그런 것 같기도 해요." 그는 으깬 감자를 관찰하는 중이었다. 이제는 광대가 반짝이는 갈색으로 함박웃음을 짓고 있는데, 조그맣고 동그란 기름 덩어리가 이빨이었다.

저녁 식사가 끝나자 샤론과 록시가 식탁을 정리했다. 록시는 어머니와 함께 설거지하는 것을 좋아했다. 성차별적인 분업이기는 했지만 그러면 단둘이서 중요한 문제에 대해 대화를 나눌 수 있었다. 예를 들면 윌리 문제 같은.

록시가 말했다. "걔 이상한 거 맞아요. 인정하세요. 걔가 보충 수업을 받는 이유가 그래서잖아요."

샤론은 좌우를 두리번거리며 아무도 없는지 확인했다. 리처드는 걸으러 나갔고 윌리는 리처드가 어떨 때는 영감이라고, 또 어떨 때는 하숙생이라고 부르는 남자와 함께 할아버지 방에 들어갔다. 리처드가 그를 아빠나 아버지라고 부르는 경우는 없었다.

"윌리가 다른 애들이랑 다르긴 하지." 샤론은 말했다. "하지만 그래도 우리는 걔를 사랑하잖니. 안 그래?"

록시는 곰곰이 생각했다. "저도 걔를 사랑하는 것 같지만 걔를 좋아*하지는* 않아요. 할아버지 방에 반딧불이를 가득 담은 병을 가져다 놓았잖아요. 죽을 때 빛이 사라지는 걸 구경하면 재밌다고 하면서. 그러니까 이상하다는 거예요. 『어린이 연쇄 살인범』이라는 책에 나오는 사례랑 비슷하다고요."

"그런 말은 하지도 마. 걔가 마음만 먹으면 얼마나 다정하다고."

록시는 윌리가 다정하다고 표현할 수 있을 만한 일을 경험한 적이 없었지만 아무 말도 하지 않기로 했다. 게다가 그 조그만 빛이 하나씩 꺼져 가는 반딧불이 생각이 아직 머릿속에서 떠날 줄 몰랐다. "그리고 할아버지가 걔랑 같이 그걸 지켜봐요. 둘이 그 방에서 계속 대화를 나누고요. 할아버지는 다른 사람하고는 거의 아무 말도 하지 않는데."

"너희 할아버지는 힘들게 사셨어."

"어쨌거나 진짜 할아버지도 아니잖아요. 그러니까 피가 섞인 사이는 아니라고요."

"진짜 할아버지나 다름없지. 제임스 할아버지와 엘리스 할머니가 너희 아빠를 갓난아이 시절에 입양했으니까. 아빠가 고아원에서 자라다 열두 살이나 뭐 그때쯤 입양된 것도 아니잖니."

"아빠 말로는 엘리스 할머니가 돌아가신 뒤에는 할아버지랑 대화를 나눈 적이 거의 없다던데요. 저녁에 서로 여섯 마디도 주고받지 않은 적도 있었다고. 그런데 우리랑 같이 살기 시작한 뒤로 할아버지는 윌리랑 그 방에서 폭풍처럼 수다를 떨고 있어요."

"둘이 잘 맞으니 다행이지 뭐니." 샤론은 이렇게 말했지만 비눗물을 내려다보며 미간을 찌푸리고 있었다. "덕분에 너희 할아버지가 이승에 발을 붙이고 계시다고 봐. 연세가 워낙 많으시잖니. 두 분이 이미 50대가 되시고 나서야 리처드가 뒤늦게 이 집에 들어왔으니."

"그렇게 나이가 많은 사람들에게도 입양을 허용하는지 몰랐어요." 록시는 말했다.

"절차가 어떤 식인지는 나도 잘 모르겠네." 샤론이 마개를 뽑자 비눗물이 콸콸 배수구 안으로 흘러 들어가기 시작했다. 식기세척기가 있었지만 고장 났고 아버지(리처드)가 계속 고쳐 주지 않았다. 할아버지가 들어와 같이 살게 된 뒤로 살림이 빠듯해졌다. 그가 보탤 수 있는 건 쥐꼬리만 한 연금밖에 없었다. 그뿐만 아니라 록시도 알다시피 엄마와 아빠는 벌써부터 그녀의 대학 등록금을 모으기 시작했다. 하지만 윌리는 보충반에 있고 하니 그의 몫은 없을 수도 있었다. 그는 구름과 죽은 새와 죽어가는 반딧불이를 좋아했지만 학자는 아니었다.

"아빠는 할아버지를 별로 좋아하지 않는 것 같아요." 록시가 조그맣게 말했다.

샤론은 그보다 더 조그맣게, 비눗물이 마지막으로 빠져나가는 소리에 묻혀 거의 들리지 않을 정도로 작게 말했다. "맞아. 하지만 록스?"

"네?"

"가족이 원래 이런 거야. 너도 네 가정을 꾸릴 때가 되면 기억하기 바란다."

록시는 아이를 낳을 생각이 없었지만, 낳았는데 그중 윌리 같은 아이가 있으면 차에 태워 세상에서 가장 깊고 가장 어두컴컴한 숲속으로 데려가 버리고 오고 싶은 유혹을 느낄 것 같았다. 동화에 나오는 못된 새엄마처럼. 그녀는 그러면 *자기*도 이상한 사람이 되는 건 아닌지 잠깐 고민하다가 아니라는 결론을 내렸다. 전에 그녀는 아버지가 어머니에게 나중에 월리는 크로거스 슈퍼마켓의 계산원이 될지 모른다고 말하는 걸 들은 적이 있었다.

　제임스 조너스 피들러(할아버지 또는 영감이라고도 불리는)는 식사 시간이 되면 자기 방(샤론은 그의 아지트라고 부르고 리처드는 굴이라고 부르는)에서 나오고 가끔 뒤편의 베란다에 앉아서 담배를 한 대 피울 때도 있었지만(하루에 세 대 피운다) 대개는 작년까지 어머니의 서재로 쓰였던 조그만 뒷방에 틀어박혀 있었다. 가끔 서랍장 꼭대기에 놓인 조그만 텔레비전(채널이 세 개고 케이블은 없었다)을 보기도 했다. 대개는 잠을 자거나 두 개 있는 고리버들 의자 중 하나에 말없이 앉아서 창밖을 내다보았다.
　하지만 월리가 들어오면 그는 문을 닫고 말을 했다. 월리는 그의 말을 귀담아들었고 그가 뭘 물어보면 할아버지는 항상 대답해 주었다. 월리는 대답이 대부분 거짓이라는 것과 할아버지의 충고가 대부분 나쁜 충고라는 것을 알았지만 (월리가 보충반 수업을 듣는 이유는 지능이 달려서가 아니라 그러면 좀 더 중요한 일을 생각할 시간을 벌 수 있기 때문이었다) 그래도 그의 대답과 충고를 듣는 것을 좋아했다. 대답이나 충고가 황당할수록 오히려 더 좋았다.
　그날 저녁 어머니와 누나가 단둘이 주방에서 속닥거리는 동안 월리는 할아버지에게 게티즈버그에서는 날씨가 어땠느냐고 또다시 (전에 들은 이야기와 일치하는지 확인하기 위해) 물었다.
　할아버지는 까칠하게 자란 수염을 만져 보려는 사람처럼 한 손가락으로 코와 윗입술 사이를 문지르며 곰곰이 생각했다. "첫째 날, 구름이 많고 기온은 23도에서 24도. 나쁘지 않았어. 둘째 날, 구름이 살짝 꼈고 27도. 이날도 나쁘지 않았지. 셋째 날, 피켓의 돌격*이 이루어진 날에는 30도였고 태양이 머리 위에서 작열했지. 그리고 잊지 마라, 우리가 양모 군복을 입고 있었다는 거. 하나같이 땀 냄새가 코를 찔렀단다."

일기예보는 일치했다. 여기까지는 통과였다. "할아버지가 정말로 그 전투에 참전했어요?"

"그럼." 할아버지는 일말의 주저함도 없이 대답했다. 한 손가락으로 코와 윗입술 사이를 쓸고 지나간 다음 누레진 손톱으로 남은 이빨을 쑤셔 로스트비프 몇 가닥을 끄집어냈다. "그리고 살아남았지. 대다수가 그러지 못했는데. 7월 4일, 독립기념일에 대해 듣고 싶니? 전쟁이 끝나서 그날을 기억하는 사람이 별로 없긴 하다만." 그는 윌리가 대답할 때까지 기다리지도 않았다. "폭우, 군화를 삼키는 진창, 갓난쟁이처럼 울어 대던 남자들. 말 위에 오른 리는……"

"트래블러요."

"그래, 트래블러. 우리를 등지고 있었어. 모자와 반바지 엉덩이에 피가 묻었고. 하지만 그의 피는 아니었지. 그는 멀쩡했으니까. 그자는 악마였어."

윌리는 창턱에 놓인 병을 집어 (희미해져 가는 라벨에 하인츠 렐리시라고 적혀 있었다) 좌우로 기울이며 죽은 반딧불이들이 건조하게 바스락거리는 소리를 들었다. 무더운 7월의 어느 날 묘지의 풀 위로 부는 바람 소리가 이렇지 않을까 상상했다.

"깃발을 든 소년 이야기를 들려주세요."

할아버지는 손가락으로 코와 윗입술 사이를 훑었다. "그 이야기는

---

* 미국 남북전쟁에서 게티즈버그 전투 마지막 날, 남군이 북군의 방어선을 향해 돌격한 것

스무 번쯤 들었잖니."

"마지막 부분만요. 저는 그 부분이 좋아요."

"그 아이는 열두 살이었어. 펄럭이는 남부연맹기를 높이 치켜들고 나와 함께 언덕을 올라갔지. 깃대 끝이 그 아이의 허리띠에 달린 조그만 주석 컵에 꽂혀 있었어. 내 전우 미카 르블랑이 만들어 준 컵이었지. 세메터리 언덕을 반쯤 올라갔을 때 그 아이는 목을 제대로 맞았어."

"피 이야기를 들려주세요!"

"그 아이는 입술을 벌렸지. 이를 악물고 있었어. 아파서 그랬을 테지. 피가 이 사이로 뿜어져 나왔단다."

"그리고 반짝거렸고요……."

"맞아." 손가락이 코 아래를 잽싸게 쓸고 지나간 뒤 성가신 힘줄이 한 가닥 남은 이빨 사이로 돌아갔다. "어떤 식으로 반짝거렸는가 하면……."

"햇빛을 받은 루비처럼요. 그리고 할아버지는 진짜 거기 있었고요."

"내가 그렇게 얘기하지 않았던? 그 아이가 쓰러졌을 때 남부연맹기를 집은 사람이 나였어. 그걸 들고 스무 걸음을 더 달려갔다가 퍼렝이들이 숨어 있었던 바위벽 코앞에서 돌아섰지. 후퇴하는 동안 내가 그걸 들고 언덕을 다시 내려갔어. 시신을 밟지 않으려고 애를 썼지만 하도 많아서 그럴 수가 있어야 말이지."

"뚱보 얘기 들려주세요."

할아버지는 뺨을 (벅벅) 문지르더니 다시 코 아래를 (쓱쓱) 훑었다. "내가 그의 허리를 밟았더니 방귀를 뀌었지."

윌리는 얼굴을 일그러뜨리며 소리 없이 웃음을 터뜨리고 자기 몸을 끌어안았다. 그는 신나면 그렇게 했고 록시는 그 일그러진 얼굴과 자기 몸을 끌어안는 동작을 볼 때마다 동생이 이상하다는 걸 알았다.

"성공!" 할아버지는 외치며 긴 쇠고기 힘줄 한 가닥을 마침내 끄집어냈다. "반딧불이들에게 먹여라."

할아버지가 힘줄을 윌리에게 건네자 그는 받아서 하인츠 병에 든 죽은 반딧불이 위로 떨어뜨렸다. "이제 클레오파트라 얘기 들려주세요."

"어느 부분을?"

"바지선이요."

"아하, 바지선 말이냐?" 할아버지는 인중을, 이번에는 손톱으로 (벅벅) 문질렀다. "뭐, 나야 어디든 상관없지. 나일강은 워낙 넓어서 반대편이 거의 보이지가 않았는데, 그날은 갓난아기 배처럼 매끈했지. 나는 키를 잡았고……"

윌리는 넋을 잃고 몸을 앞으로 내밀었다.

로스트비프와 으깬 감자로 광대 얼굴을 만들고 얼마 지나지 않은 어느 날, 윌리는 폭풍우가 지나간 길가에 앉아 있었다. 또다시 집으로 가는 버스를 놓쳤지만 상관없었다. 그는 배수로에 누워 있는 죽은 사마귀를 지켜보며 물이 콸콸 흐르면 하수구로 쓸려 내려가는지 확인하려고 기다렸다. 덩치 큰 남자아이들이 서로 팔을 때리고 욕설이 섞인 농담을 주고받으며 멀리서 걸어왔다. 그들은 윌리를 보고 걸음을 멈추었다.

"쟤 봐라, 자기 몸을 끌어안고 있네." 한 아이가 말했다.

"제정신 박힌 여자라면 안아 줄 리가 없으니까 그렇지." 다른 아이가 말했다.

"또라이잖아." 첫 번째 아이가 말했다. "단춧구멍만 한 분홍색 눈을 보니까 맞네."

"그리고 헤어스타일도." 두 번째 아이가 말했다. "누가 조각한 것 같잖아. 야, 저능아!"

윌리는 자기 몸을 감싸고 있던 팔을 풀고 그들을 올려다보았다.

"네 얼굴이 수상하게 내 궁둥이를 닮았네." 첫 번째 아이는 그렇게 말하고 친구가 내민 손바닥을 마주쳤다.

윌리는 다시 죽은 사마귀 쪽으로 시선을 돌렸다. 하수구 쪽으로 움직이고 있었지만 속도가 아주 느렸다. 아무래도 성공하지 못할 것 같았다. 다시 비가 내리지 않는 이상.

1번이 그의 엉덩이를 걷어차더니 두들겨 패자고 했다.

"내버려둬." 2번이 말했다. "내가 얘 누나를 좋아하거든. 몸매가 쌔끈해서."

둘은 갈 길을 갔다. 윌리는 그들이 시야에서 사라질 때까지 기다렸다가 일어나 축축하게 들러붙은 바지를 엉덩이에서 떼어 내고 집까지 걸어갔다. 어머니와 아버지는 아직 퇴근 전이었다. 록시는 친구를 만나는지 집에 없었다. 할아버지는 자기 방에서 텔레비전으로 게임 쇼를 보고 있었다. 윌리가 들어가자 그는 텔레비전을 껐다.

"어째 걷는 뽄새가 덜거덕거리냐." 할아버지가 말했다.

"네?"

"절뚝절뚝거린다고. 뒤 베란다로 나가자. 담배 한 대 피우고 싶다. 어찌 된 일이야?"

"어떤 애가 발로 찼어요. 사마귀를 구경하고 있었거든요. 죽은 사마귀요. 하수구까지 쓸려 갈지 궁금해서요."

"쓸려 갔어?"

"아뇨. 제가 일어난 뒤에 쓸려 갔으면 모르겠는데, 그랬을 것 같지는 않아요."

"어떤 애가 발로 찼단 말이지?"

"네."

"아하." 할아버지는 말했고 그것으로 상황 종료였다. 그들은 베란다로 나갔다. 바닥에 앉았다. 할아버지는 담배에 불을 붙였고 한 모금을 빨고 여러 번 기침으로 뱉어 냈다.

"옐로스톤 아래 있는 화산 얘기 들려주세요." 윌리가 말했다.

"또?"

"네, 제발요."

"흠, 화산이 크지. 어쩌면 제일 큰 화산일 수도 있어. 그리고 언젠가는 폭발할 거야. 그러면 와이오밍주 전체와 아이다호 일부, 몬태나주 대부분이 날아갈 거야."

"하지만 그게 다가 아니죠." 윌리가 말했다.

"그렇고말고." 할아버지는 담배를 빨고 기침을 했다. "수십억 톤의 화산재를 대기로 뿜어낼 테니 전 세계 농작물이 죽을 거야. 전 세계 *사람들*도 죽을 테고. 다들 그렇게 자랑스러워하던 인터넷도 펑 하고 나갈걸?"

"굶어 죽지 않더라도 숨 막혀 죽겠죠." 윌리의 눈이 반짝거렸다. 그는 자기 목을 부여잡고 그르르르 하는 소리를 냈다. "공룡들이 죽은 그때처럼 멸종 사태가 벌어질 수 있어요. 이번에는 *우리*라는 것만 다를 뿐."

"맞아. 그때가 되면 너를 발로 찬 아이는 아무도 발로 찰 생각을 하지 못할 거다. 울면서 자기 엄마를 찾겠지."

"하지만 걔네 엄마는 죽었겠죠."

"맞아."

그해 겨울에 야간 뉴스의 단신에 불과했던 중국의 무슨 병이 전염병으로 변해 전 세계 사람들의 목숨을 앗아 가기 시작했다. 병원과 영안실이 포화 상태에 이르렀다. 유럽에서는 사람들이 웬만하면 외출을 삼갔고 나갈 일이 있으면 마스크를 썼다. 미국에서도 일부는 대개 슈퍼에 갈 때 마스크를 썼다. 옐로스톤 국립공원의 대규모 화산 폭발만큼은 아니었지만 그래도 윌리가 보기에는 상당히 훌륭했다. 그는 사망자 숫자를 휴대 전화에 계속 기록했다. 학교들이 일찍 방학에 돌입했다. 록시는 학년말 댄스 파티를 못하게 됐다며 울었지만 윌리는 상관없었다. 보충반 학생은 한 학년이 끝나도 춤을 출 수 없었다.

그해 3월에 할아버지가 기침을 전보다 심하게 하기 시작했고 가끔 각혈도 했다. 아버지가 그를 병원에 데려갔는데, 사람들을 죽이는 바이러스 때문에 호명될 때까지 주차장에서 기다려야 했다. 어머니와 아버지는 할아버지가, 록시 아니면 윌리가 옮겨 가지고 온 그 바이러스에 감염된 것이 분명하다고 확신했다. 대부분의 아이들은 증상을 보이지 않는 듯했고 보이더라도 그렇게 심하지 않았지만 아이들이 옮긴 바이러스에 노인들이 전염되면 대부분 죽었다. 뉴스 보도에 따르면 뉴욕의 병원에서는 냉동 트럭에 시신을 보관한다고 했다. 대개 할아버지처럼 나이가 많은 노인들의 시신이었다. 윌리는 그 트럭 안의 풍경이 궁금했다. 죽은 사람들을 시트로 둘둘 말아 놓았을까 아니면 시신 운반용 가방에 넣었을까? 아직 살아 있었는데 얼어 죽는 사람이 생긴다면? 그러면 텔레비전 프로그램으로 만들기에 좋은 소재가 될 것이다.

알고 보니 할아버지는 그 바이러스에 감염된 것이 아니었다. 암이었다. 췌장에서 시작돼 폐로 번졌다고 했다. 어머니가 같이 설거지를 하면서 록시에게 전부 말했고 록시가 윌리에게 알려 주었다. 원래는 그런 경우가 거의 없었다. 저녁 식사가 끝난 뒤의 주방은 라스베이거스 같아서 거기서 오간 말은 밖으로 새어 나오지 않았지만, 록시는 별종 윌리에게 사랑하는 할아버지가 살날이 얼마 남지 않았다는 소식을 전하고 싶어서 입이 근질거릴 지경이었다.

"아빠가 입원해야 되느냐고 물었대. 그랬더니 의사가 6개월이나 1년이 아니라 2주 안으로 죽길 바라는 게 아닌 이상 집으로 모시고 가라고 했대. 병원이 세균 소굴이라 거기서 일하는 사람들은 모두 SF 영화에 나오는 것처럼 단단히 무장하고 있다고. 그래서 할아버지가 계속 여기서 사는 거야."

"아하."

록시는 팔꿈치로 윌리를 찔렀다. "슬프지 않아? 아니, 너한테 친구는 할아버지뿐이잖아, 안 그래? 그 학교에서 너랑 비슷한 괴짜들이랑 친하게 지내고 있지 않은 이상. 그 학교도……" 록시는 *와, 와* 하고 구슬픈 트럼펫 소리를 냈다. "……우리 학교처럼 지금은 문을 닫았지만."

"할아버지가 더 이상 화장실에 못 가게 되면 어떻게 될까?"

"아, 돌아가실 때까지 똥이랑 오줌은 계속 싸실 거야. 다만 침대에 누운 채로 싸시겠지. *기저귀*를 차야 할 거야. 엄마 말로는 호스피스에 모시고 싶은데 돈이 없대."

"아하." 윌리는 말했다.

"울어야 하는 거 아니야? 너는 진짜 이상한 놈이야."

"할아버지는 옛날에 셀마라는 데서 경찰이었어." 윌리는 그녀에게 말했다. "거기서 흑인들을 두들겨 팼어. 할아버지 말로는 정말 싫었지만 어쩔 수가 없었대. 명령은 명령이니까."

"그러셨겠지. 그리고 *진짜* 옛날에는 뾰족귀였고 앞코가 들린 신발을 신고 산타의 공방에서 일하셨겠지."

"그건 아니야. 산타클로스는 없는 사람이니까."

록시는 자기 머리를 움켜쥐었다.

할아버지는 1년도 6개월도 심지어 4개월도 버티지 못했다. 급격히 상태가 나빠졌다. 그해 봄이 한창이었을 때 이미 자리보전을 했고 잠옷 속에 성인용 기저귀를 찼다. 기저귀를 가는 건 당연히 샤론의 몫이었다. 리처드는 냄새를 참을 수가 없다고 했다.

윌리가 자기도 도울 테니 방법을 알려 달라고 하자 그녀는 미친 사람 대하듯 그를 쳐다보았다. 그녀는 기저귀를 갈기 위해서나 이제는 블렌더에 갈아서 만드는 간단한 식사를 들고 들어갈 때면 마스크를 썼다. 그가 바이러스에 감염된 게 아니었으니 그게 걱정돼서 그런 건 아니었다. 냄새 때문이었다. 그녀가 악취라고 불렀던.

윌리는 그 악취를 좋아하는 편에 속했다. 사랑하지는 않았지만(그건 선을 넘는 거였다) 좋아는 했다. 오줌, 빅스 코막힘 연고, 서서히 썩어 가는 할아버지의 조합은 죽은 새를 보는 것처럼, 배수로를 따라 마지막 여행을 하는 죽은 사마귀를 관찰하는 것처럼 흥미로웠다. 일종의 슬로 모션으로 펼쳐지는 장례식이었다.

할아버지 방에는 고리버들 의자가 두 개였지만 이제는 하나만 쓰였다. 윌리는 그걸 침대 옆으로 끌고 가서 할아버지에게 말을 걸곤 했다.

"이제 얼마나 남았어요?" 어느 날 그는 물었다.

"정말 얼마 안 남았다." 할아버지가 말했다. 그는 떨리는 손가락으로 코 아래를 훑었다. 손가락이 이제는 노랬다. 암 말고 황달이라는 것까지 생겨서 온몸의 피부가 노랬다. 그는 담배를 끊어야 했다.

"아파요?"

"기침할 때는." 할아버지의 목소리는 개가 으르렁거리는 것처럼 낮고 거칠어졌다. "약이 제법 잘 들지만 기침하면 몸이 찢기는 것 같다."

"그리고 기침하면 똥 맛이 나고요." 윌리는 덤덤하게 말했다.

"맞아."

"슬퍼요?"

"아니. 준비는 다 끝났다."

샤론과 록시가 창밖 마당에 있는데 허리를 숙이고 있어서 윌리 쪽에서는 위로 치켜든 엉덩이만 보였다. 그로서는 상관없었다.

"할아버지가 돌아가시면 죽었다는 걸 알게 될까요?"

"눈을 떴을 때 알겠지."

"마지막으로 어떤 생각을 하고 싶으세요?"

"잘 모르겠네. 게티즈버그에서 그 깃발을 들고 있던 소년이려나?"

윌리는 자신이 아니라서 조금 실망했지만 많이 하지는 않았다. "제가 볼 수 있어요?"

"여기 있으면 볼 수 있지." 할아버지가 말했다.

"보고 싶거든요."

할아버지는 아무 말도 하지 않았다.

"하얀 빛이 보일까요?"

할아버지는 윗입술을 문지르며 답을 고민했다. "아마도. 뇌가 멈추면서 생기는 화학적인 반응이거든. 근사한 사후 세계로 건너가는 문이라고 생각하는 사람들은 그냥 자신을 속이는 거야."

"하지만 사후 세계는 있잖아요. 그렇지 않아요, 할아버지?"

제임스 조너스 피들러는 그 길고 노란 손가락으로 코 아래의 얇은 피부를 다시 문지른 다음 몇 개 남지 않은 이를 드러내며 미소를 지었다. "네 생각과는 다를걸."

"어쩌다 클레오파트라의 찌찌를 보게 됐는지 들려주세요."

"안 돼. 너무 피곤하다."

그로부터 일주일이 지난 어느 날 저녁 샤론은 폭찹을 차려 놓고 가족들에게 맛있게 먹으라고 했다. 한 입, 한 입 꼭꼭 씹어 먹으라고. "당분간 폭찹이 없을 예정이거든. 베이컨도. 직원들이 대부분 바이러스에 감염돼서 돼지고기 가공 공장들이 문을 닫고 있대. 가격이 천정부지로 뛸 거야."

"『돼지가 한 마리도 죽지 않던 날』!" 록시는 폭찹을 썰며 외쳤다.

"뭐라고?" 아버지가 물었다.

"책 제목이에요. 제가 그걸로 독서 감상문을 썼거든요. B 플러스 받았어요." 그녀는 한 조각을 입에 넣고 윌리를 돌아보며 미소를 지었다. "요즘 읽은 괜찮은 1학년용 입문서 있어?"

"입문서가 뭔데?" 윌리는 물었다.

"걔 건드리지 마." 어머니가 말했다.

아버지는 새장 만들기에 심취해 있었다. 동네 선물 가게에서 위탁 판매 형식으로 들고 갔는데, 정말로 몇 개가 팔렸다. 저녁 식사가 끝나자 그는 새장을 하나 더 만들기 위해 차고의 조그만 작업장으로 나갔다. 어머니와 록시는 설거지를 하며 수다를 떨기 위해 주방으로 들어갔다. 윌리에게 주어진 일은 식탁 정리였다. 정리가 끝나자 그는 할아버지 방에 들어갔다. 제임스 피들러는 이제 거죽만 남은 해골이었다. 윌리는 벌레들이 그의 관 속으로 들어가더라도 먹을 게 별로 없겠다는 생각이 들었다. 병실 냄새는 여전했지만 썩어 가는 할아버지 냄새는 거의 사라진 듯했다.

할아버지가 손을 들어 윌리에게 이리 오라고 손짓했다. 윌리가 침대 옆에 앉자 할아버지는 더 가까이 오라고 했다. "오늘이야." 그가 속삭였다. "나의 중요한 날이."

윌리는 의자를 바짝 당겼다. 할아버지의 눈을 들여다보았다. "기분이 어때요?"

"좋아." 할아버지는 소곤소곤 말했다. 윌리는 할아버지 눈에 그가 점점 멀어지고 희미해지는 것처럼 보일지 궁금했다. 전에 영화에서 그런 장면을 본 적 있었다.

"더 가까이 와라."

윌리는 의자를 그보다 더 바짝 당길 수 없었기에 할아버지의 마른 입술에 입을 맞출 수 있을 만큼 가깝게 허리를 숙였다. "할아버지가 떠나시는 걸 보고 싶어요. 할아버지 눈에 마지막으로 보이는 것이 저면 좋겠어요."

"네가 떠나는 걸 보고 싶구나." 할아버지가 그의 말을 따라 했다. "네 눈에 마지막으로 보이는 것이 나면 좋겠다."

그의 손이 위로 올라와 윌리의 뒷덜미를 놀라우리만치 세게 잡았다. 그의 손톱이 살을 파고들었다. 그가 윌리를 끌어당겼다. "죽음이 궁금하냐? 맛을 보여 주마."

몇 분 뒤에 윌리는 주방 문 앞에서 걸음을 멈추고 귀를 기울였다. "내일 할아버지를 병원으로 옮길 거야." 샤론이 말했다. 금방이라도 울음을 터뜨릴 것 같은 목소리였다. "돈이 얼마가 들건 간에 더는 못

하겠어."

록시가 뭐라고 웅얼거리며 위로했다.

윌리는 주방 안으로 들어갔다. "할아버지 병원으로 옮길 필요 없어요. 방금 돌아가셨거든요."

그들은 그를 돌아보았다. 똑같이 놀란 한편으로 희망 어린 표정을 짓고 있었다.

샤론이 물었다. "확실하니?"

"네." 윌리는 말하고, 한 손가락으로 입술과 코 사이를 훑었다.

대니 코플린의 악몽

1.

 이건 악몽이다. 전에도 몇 번 꾼 적 있고 사람은 누구나 가끔 악몽을 꾸지만 이번은 최악이다. 처음에는 나쁜 일이 전혀 벌어지지 않지만 그래 봐야 소용없다. 불길한 예감이 너무 강해서 동전 무더기를 쪽쪽 빠는 것처럼 입안에서 실제로 그 맛이 느껴질 정도다.
 대니는 먼지가 날리지 않도록 단단히 다지고 기름칠한 흙길을 따라 걷고 있다. 밤이다. 반달이 막 고개를 내밀었다. 대니가 보기에는 삐딱하게 웃는 입술 같다. 아니면 비웃는 입술이거나. 그는 COUNTY ROAD F라고 적힌 표지판을 지나지만 누군가가 O와 Y 위에 스프레이 페인트를 뿌리고 F 오른편에 UCK을 욱여넣어서 CUNT ROAD FUCK으로 바꾸어놓았다. 거기에 총알구멍까지 두어 개 뚫려 있다.
 길 양쪽은 옥수수밭인데, 키가 코끼리 눈높이는 아니더라도 1.2미터는 되는 걸 보면 초여름이다. F 국도는 일직선으로 뻗은 완만한 오르막길이다(캔자스에서는 모든 오르막길이 완만하다). 대니에게 까닭 모를 두려움을 유발하는 시커멓고 육중한 건물이 그 꼭대기에 있다. 뭔지 모를 깡통 같은 것이 땡그랑, 땡그랑, 땡그랑거린다. 그는 멈춰 서고 싶지만, 그 네모나고 시커먼 건물과 떨어져 있고 싶지만, 다리가 계속 저절로 움직인다. 막을 방법이 없다. 그가 통제할 수 없는 상황이다. 산들바람이 옥수수를 흔들자 뼈처럼 덜거덕거리는 소리가 난다. 뺨과 이마에서 한기가 느껴진다. 이제 보니 그가 땀을 흘리고 있다. 꿈속에서 땀을 흘리다니!

오르막길 꼭대기(거길 '산마루'라고 하면 바보 같은 표현이다)에 다다라 보니 그렇게 어두컴컴하지는 않아서 콘크리트 블록 건물에 달린 팻말에 힐톱 텍사코라고 적혀 있는 것이 보인다. 그 앞에 금이 간 콘크리트 섬이 두 개 있다. 전에 주유기가 있었던 곳이다. 땡그랑, 땡그랑, 땡그랑 하는 소리는 그 앞 장대에 걸린 녹슨 팻말에서 흘러나온다. 하나는 일반 1.99달러, 다른 하나는 보통 2.19달러, 그리고 맨 아래 달린 팻말에는 고급 2.49달러라고 쓰였다.

여긴 걱정할 게 아무것도 없어. 대니는 생각한다. 여긴 무서운 게 아무것도 없어. 그리고 그는 걱정하지 않는다. 무서워하지 않는다. 그가 느끼는 감정은 공포다.

오래전에 사라진 주유소의 기름값을 알리는 팻말이 땡그랑, 땡그랑, 땡그랑거린다. 큼지막한 사무실 창문은 깨졌고 문에 달린 유리창도 마찬가지지만, 대니는 달빛을 반사하는 유리 조각 주변으로 잡초가 자란 것을 보고 유리창이 깨진 지 한참 됐다는 걸 알아차린다. 기물 파손범(심심해진 시골 아이들일 가능성이 크다)들이 신나게 놀고 자리를 옮겼다.

대니도 자리를 옮긴다. 버려진 주유소 옆면을 빙 둘러 간다. 그러고 싶어서가 아니라 어쩔 수 없어서다. 그가 통제할 수 없는 상황이다. 이제 다른 소리가 들린다. 뭔가를 긁는 소리와 숨을 헐떡이는 소리다.

이게 뭔지 보고 싶지 않아. 그는 생각한다. 만약 소리 내 표현했다면 이 생각은 신음으로 나왔을 것이다.

그는 빈 자동차 오일 캔(텍사코에서 생산하는 해보라인) 두어 개를 발로 차서 치워 가며 건물 옆면을 돌아간다. 녹슨 철제 쓰레기통이 쓰러져 안에 있던 캔과 쿠어스 맥주병과 용케 날리지 않은 종이가 바닥으로 쏟아졌다. 주유소 뒤편에서는 지저분한 잡종 개가 기름 얼룩이 진 흙을 파헤치고 있다. 녀석이 대니의 소리를 듣고 고개를 돌리자 눈이 달빛을 받고 동그란 은색으로 반짝인다. 녀석은 주둥이를 뒤로 찡그리며 으르렁거린다. 그 으르렁거림은 한 가지 뜻일 수밖에 없다. 내 거야, 내 거.

"그건 네 몫이 아니야." 대니는 말하며 생각한다. 내 몫도 아니면 좋겠지만 내 몫인 것 같네.

개가 뛰어오르려는 듯이 궁둥이를 내리지만 대니는 무섭지 않다(아무튼 그 개는 무섭지 않다). 요즘은 도시에서 살지만 개 천지였던 콜로라도의 시골 마을에서 어린 시절을 보냈기에 알맹이 없는 협박은 보면 안다. 그는 허리를 숙여서 빈 오일 캔을 집는다. 꿈이 어찌나 생생하고 어찌나 상세한지 옆면에 묻은 오일까지 느껴질 정도다. 그걸 던질 필요도 없다. 들어 올리는 것만으로도 충분하다. 개는 꼬리를 내리고 절뚝절뚝 달려서 도망친다. 뒷다리에 문제가 생겼든지 발바닥이 찢어진 모양이다.

대니의 두 발이 그를 앞으로 움직인다. 이제 보니 개가 땅을 파서 손과 팔뚝 일부분을 꺼내 놓았다. 손가락 두 개는 뼈만 남았다. 손바닥의 살점 역시 이제는 그 개의 뱃속으로 사라졌다. 손목(먹을 수 없으니 배고픈 개에게는 아무 쓸모없는 부위다)에 참 팔찌가 걸려 있다.
대니는 숨을 들이마시고 입을 벌리고

2.

비명을 지르며 깨어나 침대에서 벌떡 일어나 앉는다. 전에 없던 일이다. 다행히 혼자라 아무도 그 소리를 듣지 못했다. 처음에 그는 거기가 어딘지도 알지 못한다. 그 방치된 주유소가 현실 같고 커튼 사이로 쏟아져 들어오는 아침 햇살이 꿈같다. 그는 심지어 해보라인 캔 옆면에 묻어 있던 오일을 닦아 내려고 요즘도 잠옷 삼아 입는 로열스 티셔츠에 손을 문지르고 있다. 몸의 이쪽 끝에서 저쪽 끝까지 소름이 돋았다. 불알은 위로 말려 올라가 호두처럼 단단히 뭉쳤다. 잠시 후에 그는 자기 방을 알아보고 그렇게나 생생했던 광경이 전부 현실이 아니었음을 깨닫는다.

그는 티셔츠와 사각팬티를 벗고 면도와 샤워를 하며 꿈을 지워 버리려고 트레일러하우스의 손바닥만 한 화장실로 향한다. 그는 얼굴에 비누 거품을 칠하며, 악몽의 좋은 점이 있다면 금세 사라진다는 거라는 생각을 한다. 꿈은 솜사탕과 같다. 그냥 녹아서 없어져 버린다.

3.

그런데 이건 녹지 않는다. 샤워하는 동안에도, 깨끗한 디키스 세트를 입고 열쇠를 벨트 고리에 거는 동안에도, 낡은 도요타 픽업트럭을 몰고 고등학교로 출근하는 동안에도 선명함을 잃지 않는다. 트럭은 계기판의 주행 거리가 조만간 다시 0으로 돌아가게 생겼는데도 여전히 쌩쌩하다. 올가을이면 그럴 것 같은데도 말이다.

몇 주 일찍 방학이 시작됐기에 윌더 고등학교의 학생 및 교직원 주차장은 거의 비어 있다시피 하다. 대니는 뒤로 돌아가 평소처럼 스쿨버스 라인 끝에 차를 댄다. 청소 책임자의 자리라는 팻말은 없지만 다들 거기가 그의 자리라는 걸 안다.

그는 1년 중에서 이 시기를 가장 좋아한다. 일을 마치면 그 상태를…… 잠깐이나마 유지할 수 있는 때. 왁스로 광을 낸 복도 바닥은 앞으로 1주 정도는, 어쩌면 2주 뒤에도 계속 반짝거릴 것이다. 남학생과 여학생 탈의실 바닥에 붙은 껌을 떼어내면 8월까지 다시 뗄 일이 없을 것이다. 깨끗하게 닦은 창문에는 사춘기 아이들의 지문이 묻지 않을 것이다. 대니가 보기에 여름 방학은 아름다운 것이다.

한 개 카운티 건너편의 힝클 고등학교에서는 여름 수업을 운영하고 그 학교는 상근 관리인이 세 명이다. 그 학교는 상근 관리인을 그 정도 두어도 된다. 그에게는 여름 아르바이트생이 둘 있다. 대니가 비품실 안으로 들어가는데, 둘 중에서 일을 잘하는 제시 잭슨이 마침 출근 카드를 찍는다. 다른 녀석은 코빼기도 보이지 않는다. 대니가 보기에는 아무짝에도 쓸모없는 녀석이다.

언덕. 그는 생각한다. 힐톱 텍사코.

"팻은 어디 있니?"

제시는 어깨를 으쓱한다. 그는 키가 크고 호리호리한 흑인이고 몸놀림이 빠르다. 미식축구가 아니라 야구와 농구를 위해 태어난 몸이다. "몰라요. 차가 없던데요. 주말을 하루 일찍 시작하기로 마음먹었나 보죠."

어처구니없는 발상인데, 대니는 생각하지만 팻 그레이디는 온갖 어처구니없는 발상을 하고도 남을 녀석이다.

"신관 교실 바닥에 왁스를 칠할 거야. 12번 교실부터 시작해라. 책상은 전부 한쪽으로 밀어서 두 개씩 쌓아. 다 끝나면 10번 교실로 가서 반복. 나는 바닥 연마기 돌리면서 뒤쫓아 갈게. 팻이 출근하면 네 일을 분담하고."

"네, 코플린 씨."

"그렇게 부를 필요 없어. 그냥 대니라고 해라. 그 정도는 기억할 수 있을 거라고 본다만?"

제시는 씩 웃는다. "네, 선생님."

"선생님도 됐다. 이제 일 시작해라. 커피 마시면서 정신 차리고 싶으면 그렇게 하고."

"오는 길에 토탈에서 한 잔 마셨어요."

"잘했네. 나는 도서관에서 체크할 게 있어서 그거 하고 따라갈게."

"제가 연마기도 같이 꺼낼까요?"

대니는 씩 웃는다. 이 아이를 좋아하게 될 수도 있겠다. "월급 인상을 노리는 거냐?"

제시는 폭소를 터뜨린다. "설마요."

"다행이네. 여기 윌더 카운티는 공화당 정부라 지갑 단속을 철저히 하거든. 그래, 연마기도 꺼내서 12번 교실로 밀고 가. 네 이름의 유래가 그 제시 잭슨이냐고 물어본다는 걸 계속 깜빡했네. 그 유명한 인권 운동가 말이다."

"맞아요, 선생님. 아니, 대니."

"너도 그렇게 될 거다. 나는 믿어."

대니는 커피가 담긴 서모스 보온병을 들고 도서관에 간다. 이것도 여름 방학의 또 다른 혜택이다.

4.

 그는 컴퓨터를 켜고 사서용 암호를 입력해 잠금을 해제한다. 아이들이 쓰는 암호를 입력하면 포르노 비슷한 건 뭐든 차단되고 SNS에도 접속할 수 없다. 골든 씨의 암호로는 어디든 들어갈 수 있다. 성인 사이트에 접속하려는 건 아니지만. 그는 파이어폭스를 띄우고 힐톱 텍사코라고 입력한다. 엔터키 위에 손가락을 두고 머뭇거리다 F 국도를 추가한다. 꿈이 아직까지도 처음 깼을 때처럼 선명하고 자꾸 신경이 쓰이는데 (사실은 창문 너머로 아침 햇살이 쏟아지는데도 조금 무섭다) 검색 결과 없는 곳으로 밝혀지면 상황이 종료되지 않을까 싶다.
 엔터 버튼을 누르자 잠시 후 회색 콘크리트 건물이 그의 눈 앞에 펼쳐진다. 이 사진에서는 구축이 아니라 신축이고 텍사코 간판이 아주 깨끗하다. 사무실 유리창과 문도 멀쩡하다. 주유기는 반짝거린다. 팻말에 적힌 가격을 보면 일반이 1.09달러, 보통이 1.21달러다. 이 사진을 찍었을 당시(오래전이었을 것이 분명하다) 힐톱 텍사코에서는 고급 휘발유를 팔지 않았던 모양이다. 주유기 앞에 서 있는 차는 보트만 한 뷰익이고 그 앞 도로는 기름을 뿌린 흙길이 아니라 아스팔트가 깔린 2차로다. 대니가 보기에 그 뷰익은 디트로이트에서 1980년경에 출시됐을 것이다.
 F 국도는 거널이라는 마을에 있다. 들어 본 적 없는 지명이지만 놀랄 일은 아니다. 캔자스는 워낙 넓어서 그가 이름을 들어 본 적 없는 조그만 마을이 수백 개는 될 것이다. 거널이 주 경계선을 넘어 네

브래스카에 있는 마을일 수도 있다. 영업시간은 오전 6시에서 오후 10시까지다. 시골 주유소 기준으로 일반적인 영업시간이다. 그 아래에 빨간색으로 한 단어가 적혀 있다. 폐업.

대니는 꿈이 현실로 바뀐 이 장면을 보고 공포에 가까울 정도로 깊은 경악을 느낀다. 아니다, 어쩌면 공포일지 모른다. 힐톱 텍사코(그리고 땅바닥에서 튀어나온 손, 그 손을 잊으면 안 된다)가 그의 잠든 뇌가 만들어 낸 헛것이길 바랐건만 이걸 보라. 이걸 보란 말이다.

내가 예전에 그 앞을 지난 적이 있나 보네. 그는 생각한다. 그렇지, 그랬겠지. 인간의 뇌는 아무것도 잊어버리지 않는다고, 오래된 사소한 기억은 뒤 칸에 보관할 뿐이라고 어딘가에서 나도 읽은 적이 있지 않나?

그는 힐톱 텍사코에 대해 더 검색해 보려 하지만 아무것도 없다. 힐톱 베이커리(디모인에 있다), 힐톱 스바루(매사추세츠주 댄버스에 있다) 그리고 뉴햄프셔주에 있는 체험형 동물원을 비롯해 마흔일곱 개의 다른 힐톱만 있을 뿐이다. 각 항목의 F 국도 부분에는 줄이 그어져 있다. 그의 조건과 일치하는 검색 결과가 없다는 뜻이다. 좀 더 많은 정보가 있어야 하는 이유도 없다. 어디 저짝(그의 아버지가 이름 모를 마을을 지칭할 때 쓰던 단어였다)에 있는 평범한 주유소에 불과하지 않은가. 아마도 1990년대에 망한 텍사코 가맹점.

메인 페이지에 다른 항목이 몇 개 더 있다. 뉴스, 동영상, 쇼핑…… 그리고 이미지. 그는 이미지를 클릭하고 의자에 몸을 묻는다. 등장한 화면이 아까보다 더 충격적이다. 여러 힐톱을 찍은 사진이 무수히 많고 텍사코 사진도 네 장 있다. 첫 번째 사진은 메인 페이지에 뜬 사진과 똑같지만 다른 사진 속에서는 주유소가 방치됐다. 주유기는 사라지고 유리창은 깨지고 쓰레기가 사방에 나뒹군다. 그가 꿈속에서 찾아갔던 바로 거기다. 의심의 여지가 없다. 유일한 관건은 기름에 적셔진 그 뒤편 땅속에 시신이 묻혀 있는지 여부다.

"돌아 버리겠네."

대니에게는 생각나는 말이 이것뿐이다. 그는 서른여섯 살이고, 고등학교를 졸업했지만 대학 졸업장은 없고, 이혼남이고, 아이는 없고, 성실한 직장인이고, 로열스 팬이고, 치프스 팬이고, 한동안 술독에 빠져 지내다 마조리와 헤어진 뒤로(적어도 그게 일조한 부분이 있었다) 술을 끊었다. 낡은 픽업트럭을 몰고 다니며, 정해진 시간만큼 일을 하고, 월급을 받고, 가끔 넷플릭스를 몰아 보며, 가끔 남동생 스티비의 집에 놀러 가고, 뉴스는 챙겨 보지 않고, 지지하는 정당은 없고, 심령 현상에도 관심이 없다. 귀신은 본 적 없고, 악령이나 저주를 다룬 영화는 시간 낭비로 간주하며, 거기가 지름길이라면 해가 진 뒤에도 공동묘지를 아무 거리낌 없이 가로지를 수 있다. 교회에 다니지 않고, 하느님에 대해서 아무 생각이 없고, 사후 세계에 대해서도 아무 생각이 없고, 이 생을 주어지는 대로 받아들이며, 현실에 결코 의문을 제기하지 않는다.

그런데 오늘 아침에는 의문을 제기하고 있다. 그것도 많이.

머플러가 맛이 간 (아니면 아예 없는) 차에서 나는 요란한 소음이 그를 최면에 가까운 상태에서 화들짝 깨운다. 모니터에서 고개를 들어 보니 고물 머스탱이 학생용 주차장 안으로 들어서고 있다. 여름 방학 아르바이트생 중 한 명인 팻 그레이디가 윌러 고등학교 관리인에게 그를 알현하는 영광을 하사하기로 마음을 먹은 모양이다. 대니는 손목시계를 확인한다. 7시 45분이다.

흥분하지 말자. 그는 생각하며 자리에서 일어난다. 전에도 흥분했다가 곤란해진 적이 있으니 훌륭한 조언이다. 하룻밤 유치장 신세를 지고 술을 끊은 이유가 그 때문이다. 결혼 생활은 어찌 됐건 파경을 맞이할 운명이었다…… 그 일이 없었다면 일 년 더 절뚝거리며 유지됐을지 모르지만.

그는 신관 끝에 달린 출입문 쪽으로 걸어간다. 제시가 연마기를 가져다 놓고 12번 교실에서 열심히 책상을 옮기고 쌓고 있다. 대니가 손을 흔들어 주자 제시도 바로 손을 흔든다.

팻이 청바지에 밑단을 자른 티를 입고 월더 와일드캣츠 모자를 뒤로 돌려쓴 차림으로 어슬렁어슬렁 (아무 근심도 걱정도 없이) 문 쪽으로 걸어오고 있다. 대니는 문 앞에서 그를 기다린다. 흥분하지 않으려고 꾹 참고 있지만 만사태평한 녀석의 태도에 부아가 치민다. 게다가 바닥에 흠집을 내기 쉬운 모터사이클 부츠를 신고 있다.

"여어, 대니. 좋은 아침이에요."

"늦었네." 대니는 말한다. "그런데 좋은 아침일 리가. 출근은 7시 반까지야. 지금은 8시가 다 돼 가고 있고."

"죄송해요." 팻은 실수했다는 듯이 어깨를 으쓱하고 골반에 걸쳐 입은 청바지 차림으로 옆을 지나쳐 간다.

"오늘이 세 번째야."

팻은 고개를 돌린다. 이제는 느긋하게 웃는 표정이 아니다. "핸드폰 알람 맞추는 걸 깜빡해서 늦잠 잤는데 어쩌라고요?"

"어떻게 할지 알려 줄게. 한 번만 더 늦으면 너는 아웃이야. 알아들었니?"

"지금 장난해요? 20분 늦었다고요?"

"지난주 수요일에는 30분이었어. 그리고 장난 아니야. 출근 카드 찍고 신관에서 제시가 책상 나르는 거 돕도록 해."

"선생님들의 딸랑이 말이죠." 팻은 말하며 눈을 부라린다.

대니는 아무 대꾸도 하지 않는다. 이 시점에서는 무슨 말을 하든 도움이 되지 않는다는 걸 알기 때문이다. 여름 방학 때 아르바이트를 하는 학생들은 학교에서 보수를 받는다. 대니는 팻 그레이디가 (또는 그의 부모가) 직장에서 괴롭힘을 당했다고 교육청에 민원을 접수할 만한 빌미를 제공하지 않을 것이다. 그러니까 팻을 게을러터진 멍청이라고 혼내지 않을 것이다. 어쩌면 그럴 필요가 없을지도 모른다. 팻은 그의 표정을 읽고 한 손으로 청바지를 추슬러 가며 출근 카드를 찍으려고 비품실로 향한다. 팻이 다른 쪽 손은 가슴에 대고 가운뎃손가락을 내밀고 있을지 모르지만, 그렇다 한들 대니는 놀라지 않을 것이다.

저 녀석하고는 7월이면 안 볼 테니까. 대니는 생각한다. *그리고 걱정할 일이 이것 말고도 많잖아, 안 그래?*

제시는 12번 교실 문 앞에 서 있다. 대니는 그를 보며 어깨를 으쓱한다. 제시는 조심스럽게 웃어 보이고 다시 책상을 옮기기 시작한다. 대니는 연마기 코드를 꽂는다. 팻이 출근 카드를 찍고 오자 (이번에도 역시 어슬렁어슬렁 한가하게) 대니는 그에게 얼른 10번 교실로 가서 책상을 옮기라고 한다. 팻이 시건방진 소리를 한마디라도 하면 그 자리에서 당장 잘라야겠다고 생각한다. 하지만 팻은 입을 놀리지 않는다.

어쩌면 아주 멍청한 녀석은 아닐지 모른다.

대니는 일하는 동안 휴대 전화를 들여다보지 않으려고 (팻과 제시 둘 다 그러는 걸 그도 본 적 있다. 제시는 딱 한 번, 팻은 여러 번) 툰드라 트럭 사물함에 넣어 둔다. 점심시간이 되자 그는 트럭으로 나가서 거널이라는 마을에 대해 찾아본다. 북쪽으로 150킬로미터쯤 가면 나오는 다트 카운티에 있다고 한다. 네브래스카로 주 경계선을 넘어가지는 않지만 거의 그 근처다. 대니는 평생 다트 카운티는커녕 북쪽으로는 리퍼블릭 카운티까지도 가 본 적이 없다고 장담할 수 있었는데, 가

본 적이 있는 모양이다. 그는 휴대 전화를 다시 사물함에 넣고 체육관 그늘 아래에 놓인 피크닉 테이블에서 (한 손에 휴대 전화를 들고) 점심을 먹고 있는 제시에게로 다가간다.

"트럭 문 안 잠그셨어요. 삑 하는 소리가 안 들리던데."

대니는 씩 웃는다. "그 안에서 뭐든 훔쳐 가는 사람이 있으면 행운을 빌어 줘야지, 들고 갈 게 뭐가 있는지 궁금하네. 게다가 트럭 자체도 달릴 만큼 달린 녀석이야. 주행거리가 32만 킬로미터가 넘거든."

"그래도 그 차를 사랑하시나 봐요. 저희 아빠도 포드에서 만든 0.25톤짜리 트럭을 애지중지하시는데."

"그런 셈이지. 팻 봤니?"

제시는 어깨를 으쓱한다. "아마 차 안에서 점심 먹고 있을 거예요. 그 고물 머스탱을 애지중지하거든요. 좀 더 신경 써서 관리해야 할 것 같은데, 그거야 뭐 제 생각이고요. 오늘 중으로 신관 끝낼 건가요?"

"그러려고 해 봐야지." 대니는 말한다. "못 끝내더라도 우리에게는 월요일이 있으니까."

5.

그날 저녁에 대니는 전처에게 전화한다. 가끔 있는 일이다. 지난 4월에 그녀의 생일 때는 위치타로 찾아가 스카프(그녀의 눈동자와 같은 파란색이었다)를 선물하고 그녀의 새 남자 친구와 케이크와 아이스크림까지 먹고 왔다. 그와 마지는 헤어진 뒤에 사이가 훨씬 좋아졌다. 가끔은 그래서 안타깝다는 생각이 든다. 또 가끔은 원래 그런 거라는 생각이 든다.

둘이 알고 지내는 사람들, 녹내장을 앓고 있는 그녀의 어머니의 병세, 대니의 남동생의 직장 생활(기가 막히게 잘 해내고 있다)을 주제로 이런저런 얘기를 나누다가 그는 그들이 북부에 간 적이 있는지, 네브래스카로 넘어가서 프랭클린이나 비버 시티에 간 적이 있는지 묻는다. 비버 시티에서 한 번 점심을 먹은 적이 있지 않았느냐고.

그녀는 웃음을 터뜨린다. 예전에 그의 부아를 돋우었던 그 아니꼬운 웃음은 아니지만 거의 비슷하다. "내가 당신이랑 네브래스카에 갈 일이 있었겠어, 대노? 캔자스도 충분히 재미없는데?"

"확실해?"

"완전." 마지는 대답하고, 핼(새 남자 친구)이 조만간 청혼할 것 같다고 말한다. 결혼식에 오겠느냐고 묻는다.

대니는 가겠다고 한다. 그녀는 건강 잘 챙기고 있느냐고 묻는다. 요즘도 술을 안 마시느냐는 뜻이다. 대니는 그렇다고 대답한 뒤 길 건널 때 좌우를 잘 살피라고 하고는(둘만 아는 오래된 농담이다) 전화를 끊는다.

내가 당신이랑 네브래스카에 갈 일이 있었겠어, 대노? 그녀는 이렇게 말했다.

대니는 링컨에는 두어 번, 오마하에는 한 번 가 본 적이 있지만 이 둘은 윌더 동쪽이고 거널은 북쪽 끝이다. 하지만 거기 분명 가 봤는데 잊어버린 모양이다. 술 마시던 시절에 그랬나? 하지만 그는 술이 떡이 됐을 때는 면허가 취소되거나 사람을 칠까 봐 운전대를 잡은 적이 없었다.

거기 갔었어. 분명해. 국도가 다져진 흙길이 아니라 아스팔트 도로였을 때.

그는 평소보다 늦게까지 뒤척이다 그 꿈을 다시 꿀까 걱정하며 마침내 잠이 들었다. 그러지는 않지만 다음 날 아침이 되어도 그 꿈이 전처럼 선명하다. 방치된 주유소, 반달, 떠돌이 개, 손, 참 팔찌.

6.

나이와 하는 일이 비슷한 수많은 남자들과 다르게 대니는 술도 담배도 하지 않는다. 프로 스포츠를 좋아하며, 재미 삼아 슈퍼볼에 5달러 정도 거는 거라면 모를까 도박도 하지 않는다. 심지어 월급날 2달러짜리 즉석 복권도 산 적이 없다. 여자를 밝히지도 않는다. 같은 트레일러하우스 주차장에서 살고 예전 같으면 생과부라고 불렸을 베키라는 여자의 집에 가끔 놀러 가기는 하지만, 오후에 방송되는 토크쇼에서 '부적절한 관계'라고 지칭하는 사이라기보다 가벼운 친구에 더 가깝다. 가끔 베키의 집에서 자고 올 때도 있다. 가끔 식료품을 사다 주기도 하고 베키에게 볼 일이 있거나 저녁 일찍 미용실 예약이 있으면 딸을 봐주기도 한다. 그들은 서로 죽이 잘 맞지만 사랑하는 사이는 아니다.

토요일 아침에 그는 도시락통에 샌드위치 두 개와 베키의 혼다 시빅 배기관을 고쳐 주고 받은 케이크 한 조각을 넣는다. 보온병 가득 블랙커피를 담고 북쪽으로 출발한다. 그 방치된 주유소 뒤편에 아무것도 없는 걸 확인하고 나면 식욕이 생길 것이다. 꿈속에서 본 광경이 그를 맞이하면 그렇지 않겠지만.

휴대 전화 내비게이션의 안내를 따라가자 10시 30분에 거널에 도착한다. 캔자스 특유의 날씨라 무덥고 화창하고 맑고 별로 재미가 없다. 그 마을에는 슈퍼 하나, 농업용품점 하나, 카페 하나, 옆면에 거널이라고 적힌 녹슨 급수탑 하나가 전부다. 거길 통과하고 10분이 지나자 F 국도가 등장하고, 그는 그쪽으로 핸들을 돌린다. 다져진 흙길이 아니라 아스팔트 길이다. 그럼에도 뱃속이 뭉치고 심장이 어찌나 쿵쾅거리는지 목과 관자놀이로 맥이 느껴질 정도다.

양쪽으로 옥수수가 즐비하다. 식용이 아니라 사료용 옥수수다. 꿈 속에서 보았던 것처럼 코끼리 눈높이는 아니지만 6월 말치고 작황이 좋아 보이고 8월이 끝나갈 무렵이면 키가 2미터에 육박할 것이다.

길에 아스팔트가 깔려 있는 건 그 빌어먹을 꿈하고 다르네. 그는 생각하지만 3킬로미터 만에 아스팔트가 끝나고 다져진 흙길이 등장한다. 거기서 1.5킬로미터를 더 가서 도로 한복판에 차를 세운다(오가는 차량이 없으니 전혀 문제 될 게 없다). 바로 앞 오른편에 국도 표지판 있는데, 누가 스프레이 페인트를 뿌려서 CUNT ROAD FUCK이라고 훼손해놓았다. 이걸 꿈에서 보았다니 말도 안 되는 일인데, 그런 일이 벌어졌다. 이제 길이 오르막으로 바뀐다. 여기서 400미터쯤 가면 방치된 주유소의 땅딸막한 형체가 등장할 것이다.

차를 돌려. 그는 생각한다. 너도 거기 가고 싶지 않고 누가 강요하는 것도 아니잖아. 그냥 차를 돌려서 집으로 돌아가.

그런데 그럴 수가 없다. 궁금해서 미칠 것 같다. 게다가 개도 감안해야 한다. 개가 정말 있다면 시신을 파헤쳐 안 그래도 살해라는 궁극의 모독을 당한 여자에게 더한 모독을 안길 수 있다. 그 사태를 방치한다면 그는 꿈 자체보다 더 심하게 (그리고 더 오랫동안) 괴로움에 시달리게 될 것이다.

그 손이 여자의 손이라고 단정할 수 있을까? 참 팔찌를 보면 그렇다. 그녀가 살해당했다고 단정할 수 있을까? 살해당한 게 아니라면 외지고 외진 곳의 방치된 주유소 뒤편에 묻힐 이유가 없지 않을까?

그는 계속 차를 몰고 간다. 주유소가 보인다. 전면에 걸린 녹슨 양철 팻말에 꿈에서처럼 일반 1.99 달러, 보통 2.19 달러, 고급 2.49 달러라고 적혀 있다. 오르막길 꼭대기에서는 가벼운 산들바람이 불고 팻말이 걸려 있는 강철 막대에 부딪혀 땡그랑, 땡그랑거린다.

대니는 깨진 유리 조각을 피해 가며, 금이 가고 잡초가 자란 아스팔트 바닥에 조심스럽게 차를 댄다. 타이어가 새것이 아니고 스페어 타이어는 너무 닳아서 두어 군데 철심이 보인다. 여기서 발이 묶이는 사태만큼은 (무슨 일이 있더라도) 피하고 싶다.

그는 트럭에서 내려 문을 세게 닫았다가 그 소리에 놀라 움찔한다. 바보 같지만 어쩔 도리가 없다. 무서워서 죽을 것만 같다. 저 멀리 어딘가에서 트랙터가 요란하게 털털거리고 있다. 대니에게는 다른 행성에서 나는 소리나 다름없다. 이토록 처절하게 외로웠던 적이 언제였는지 기억조차 나지 않는다.

주유소를 돌아가는 것은 꿈속으로 다시 들어가는 것과 같다. 관제실의 지시 없이 다리가 저절로 움직이는 느낌이다. 그는 버려진 오일 캔을 발로 차서 치운다. 당연히 해보라인 오일이다. 콘크리트 건물 모퉁이에서 걸음을 멈추고 아무것도, 전혀 아무것도 보이지 않는다고 상상하고 싶지만 다리가 그대로 그를 모퉁이 너머로 데려간다. 인정사정없다. 쓰러져 쓰레기를 쏟아 낸 녹슨 쓰레기통이 보인다. 개도 보인다. 옥수수밭 가장자리에 서서 그를 쳐다보고 있다.

빌어먹을 똥개가 나를 기다리고 있었네. 대니는 생각한다. 내가 오는 걸 알고 있었어.

바보 같은 발상처럼 느껴져야 하는데, 아니다. 반경 몇 킬로미터 이내에서 인간이라고는 (그러니까 살아 있는 인간이라고는) 볼 수 없는 이곳에 서 있는 그는 이게 바보 같은 발상이 아니라는 걸 안다. 그는 꿈속에서 개를 보았고 개는 꿈속에서 그를 보았다. 간단하다.

"저리 꺼져!" 대니는 고함을 지르고 손뼉을 친다. 개는 사나운 눈빛으로 그를 쳐다보고는 절뚝절뚝 옥수수밭 속으로 멀어진다.

대니가 왼쪽으로 고개를 돌리자 손이, 또는 손의 남은 부분이 보인다. 그리고 그뿐만이 아니다. 떠돌이 개가 열심히 다리를 놀렸는지 팔뚝 일부분까지 파헤쳐졌다. 살 사이로 뼈가 번뜩거리고 벌레들이 들러붙었지만 여기 묻힌 사람이 백인이라는 것을 알 수 있을 정도는 되고 참 팔찌 위로 문신이 보인다. 밧줄이나 가시철사로 만든 왕관 같다. 좀 더 가까이 다가가서 보면 뭔지 알 수 있겠지만 그러고 싶은 마음이 없다. 여기서 도망치고 싶을 뿐이다.

하지만 그가 떠나면 개가 돌아올 것이다. 보이지는 않지만 대니는 녀석이 가까이 있다는 것을 안다. 가까이서 지켜보고 있다는 것을. 혼자서 이른 점심을 먹을 수 있는 순간을 기다리고 있다는 것을.

그는 트럭으로 돌아가 사물함에서 휴대 전화를 꺼내 그냥 쳐다보기만 한다. 전화를 걸면 그가 아주 수상해 보일 것이다. 하지만 그 망할 개를 어쩐다!

좋은 생각이 떠오른다. 쓰레기통이 옆으로 쓰러져 있다. 그는 쓰레기통을 완전히 뒤집어 쓰레기를 전부 쏟아 낸다(다행히 쥐는 없다). 녹은 슬었어도 그 아래는 강철이고 무게가 13킬로그램에서 15킬로그램은 될 것이다. 그는 배에 대고서 쓰레기통을 움켜쥐고 뺨 위로 땀을 흘려 가며 손과 팔이 묻혀 있는 쪽으로 쓰레기통을 들고 간다. 손과 팔 위로 내려놓고 셔츠에 묻은 녹가루를 털며 뒷걸음질 친다. 그거면 충분할까 아니면 개가 쓰레기통을 쓰러뜨릴 수 있을까? 모르겠다.

대니는 주유소 전면으로 돌아가 큼지막한 콘크리트 조각을 두 개 줍는다. 그걸 들고 다시 가서 뒤집어 놓은 쓰레기통 위에 얹는다. 이 정도면 충분할까? 그럴 것 같다. 당분간은. 개가 그 아래에 있는 걸 차지하려고 쓰레기통에 달려들었다가는 녀석의 머리 위로 콘크리트가 떨어질 것이다.

여기까지는 됐다지만 이제 어쩐다?

7.

트럭에 다시 올라탔을 무렵 머리가 조금 맑아지며 앞으로 어떻게 해야 하는지 생각 난다. 그는 시동을 걸고 이번에도 깨진 유리 조각을 밟지 않게 조심해 가며 남쪽을 향해 후진으로 방향을 바꾼다. 북쪽으로 가는 농장용 트럭이 그의 앞을 지나간다. 목재를 가득 실은 조그만 오픈 트레일러가 뒤에 매달려 있다. 회사 이름이 새겨진 모자를 귀 위까지 눌러쓴 기사는 음산한 표정으로 앞만 쳐다볼 뿐, 대니에게는 전혀 관심이 없다. 다행이다. 농장용 트럭이 오르막 꼭대기를 넘어가자 대니는 주유소에서 빠져나와 왔던 길을 되짚어 달린다.

톰슨 외곽에서 달러 제너럴이 보이자 차를 대고 선불 휴대 전화가 있느냐고 물어본다. 그가 보는 몇몇 텔레비전 프로그램에서는 일회용이라고 부르는 휴대 전화다. 그런 걸 사 본 적이 없기에 점원이 벨빌의 월마트 같은 곳에 가 보라고 할 줄 알았더니 5번 통로를 가리킨다. 종류가 많지만 트랙폰이 가장 저렴한 것 같고 개통 수수료도 없고 설명서가 있다.

대니는 뒷주머니에서 지갑을 꺼내 카드로 결제하려다 자기가 원래 바보로 태어났는지 아니면 커 가면서 바보가 됐는지 자문한다. 그는 지갑을 다시 주머니에 넣고 왼쪽 앞주머니에서 지폐를 꺼낸다. 그걸로 계산한다.

점원은 여드름이 났고 입술과 턱 사이에 지저분하게 수염을 기른 젊은 남자다. 그는 대니를 보고 씩 웃으며, 틴더에서 허벌나게 놀아볼 작정이냐고 묻는다. 그러면서 대니를 '브로'라고 부른다.

대니는 그게 무슨 말인지 알 수가 없기에 그냥 봉지는 필요 없다고 말한다.

젊은 남자는 더 이상 아무 말도 하지 않고, 그냥 가격을 찍고 영수증을 준다. 대니는 밖으로 나와서 근처 쓰레기통에 영수증을 버린다. 이번 거래의 기록은 남기고 싶지 않다. 그저 시신이 있다고 신고하고 싶을 뿐이다. 나머지는 수사를 업으로 하는 사람들 몫이다. 이 일은 빨리 해치울수록 좋다. 그대로 방치하겠다는 생각은 한 번도 한 적이 없다. 조만간 그 개가 (어쩌면 다른 녀석들과 함께) 그 아래에 숨겨진 고기를 먹으려고 쓰레기통을 쓰러뜨릴 것이다. 그런 사태는 막아야 한다. 누군가의 아내나 딸이 그 방치된 주유소 뒤편에 묻혀 있다.

8.

그는 3킬로미터쯤 더 가서 조그만 쉼터로 들어간다. 피크닉 테이블 두 개와 이동식 화장실이 있다. 그게 전부다. 그는 차를 대고 트랙폰 비닐 포장을 벗기고 설명서를 읽는다. 아주 간단하고 전화기는 50퍼센트 충전이 되어 있다. 3분 뒤면 전원이 들어오고 쓸 수 있다. 대니는 뭐라고 할지 적을까 하다가 그럴 필요가 없다는 결론을 내린다. 위치 추적이 되지 않게 짧게 끝낼 것이다.

처음에는 벨빌 경찰서에 신고할까 싶었지만 이곳은 벨빌의 관할

구역이 아니며 마침 그는 캔자스 고속도로 순찰대의 비상 연락처를 안다. 윌더 고등학교 교무실과 구관과 신관, 양쪽 복도에 적혀 있다. 아마 그 주 전역의 고등학교가 그럴 것이다. 총격 사건에 대비한 조치라는 건 말하지 않아도 모두 안다.

그는 *47을 누른다. 신호 한 번 만에 전화가 연결된다.

"캔자스 고속도로 순찰대입니다. 긴급 상황인가요?"

"땅속에 묻힌 시신이 있어서 신고하려고요. 살해된 피해자인 것 같아요."

"성함이 어떻게 되십니까?"

그는 하마터면 이름을 밝힐 뻔한다. 바보 같으니라고. "시신이 묻힌 곳은 거널에 있는, 문 닫은 텍사코 주유소 뒤편이에요."

"선생님, 성함을 말씀해 주실 수 있을까요?"

"F 국도를 타고 가다 보면 오르막길이 나올 거예요. 그 길 꼭대기에 있는 주유소요."

"선생님……"

"그냥 듣기만 해요. 시신은 그 주유소 뒤편에 있다고요, 알겠어요? 묻힌 사람이 누군지 몰라도 개가 손을 뜯어 먹었어요. 여자예요, 나이는 모르겠고, 쓰레기통으로 손을 덮어 놨지만 개가 조만간 그걸 쓰러뜨릴 거예요."

"선생님, 성함과 현재 위치를 말씀해 주셔야……"

"거널이요. F 국도, 고속도로를 빠져나와서 약 5킬로미터. 텍사코 주유소 뒤편. 그 여자를 거기서 꺼내 주세요. 부탁드릴게요. 그녀를 그리워하는 사람이 있을 거예요."

그는 전화를 끊는다. 심장이 가슴을 쇠망치처럼 두드린다. 얼굴이 땀으로 젖었고 셔츠도 축축하다. 방금 마라톤을 뛴 느낌이고 손에 들린 일회용 전화기는 방사성 물질 같다. 그는 피크닉 테이블 사이에 놓인 쓰레기통으로 전화기를 들고 가 그 안에 버렸다가 생각을 바꾸고 주워서 셔츠로 구석구석 닦은 다음 다시 버린다. 8킬로미터쯤 달렸을 때 유심칩을 제거하고 버렸어야 했다는 사실(그것도 어느 텔레비전 프로그램인가에서 주워들은 거다)을 떠올린다. 그게 뭔지는 모르겠지만. 하지만 차를 돌리지는 않을 것이다. 경찰에서 일회용 전화기로 건 전화를 추적할 수 있을 것 같지도 않지만 범죄 현장으로 돌아가는 위험을 감수할 수는 없다.

무슨 범죄? 네가 범죄를 신고한 거잖아, 정신 차려!

그럼에도 불구하고 집에 가서 텔레비전 앞에 자리를 잡고 앉아 이런 일이 벌어졌다는 사실 자체를 잊고 싶은 마음뿐이다. 그는 싸 온 점심을 먹을까 고민하지만 입맛이 없다.

9.

이제 술을 끊었다 보니 대니는 주말에도 늦잠을 자지 않는다. 그는 일요일 아침 6시 30분에 일어나 시리얼을 한 그릇 먹고 7시에 KSNB 모닝 리포트를 켠다. 윌슨의 서쪽, 70번 주간 고속도로에서 벌어진 9중 연쇄 추돌 사고가 헤드라인 뉴스다. 방치된 주유소 뒤편에서 발견된 시신 이야기는 없다. 그가 막 텔레비전을 끄려는 찰나, 술집에서 맥주를 마시려면 신분증을 보여 줘야 하게 생긴 앵커가 말한다. "방금 전에 들어온 속보입니다. 네브래스카주 경계선 근처에 있는 거널이라는 조그만 마을의 빈 건물 뒤편에서 시신이 발견됐다고 합니다. 경찰에서 마을 북쪽의 국도를 봉쇄하고 현재 그 일대를 수사 중이라고 하는데요, 자세한 내용은 자사 홈페이지와 저녁 뉴스 시간에 보도하겠습니다."

대니는 아침 내내 그 방송국의 홈페이지와 샐리나에서 송출되는 KAAS의 홈페이지에 수시로 들락거린다. 12시 15분 전에 KAAS 홈페이지에 F 국도 입구를 가로막은 경찰차를 촬영한 40초짜리 영상이 뜬다. 오전에 들은 뉴스에 추가된 사항이 하나 있다. 여성의 시신으로 밝혀졌다는 것. 대니에게는 새로운 사실이 아니긴 하다.

그는 트레일러하우스 주차장을 가로질러 베키를 만나러 간다. 달라진이라는 아홉 살짜리 귀염둥이 딸이 그를 기분 좋게 안아 준다. 베키가 스낵 색에서 햄버거를 사다 줄 수 있느냐고 묻는다. "내 차 끌고 가도 돼요." 그녀가 말한다.

"나도 갈래요!" 달라 진이 말한다.

"그래." 베키가 말한다. "하지만 들어가서 티셔츠 먼저 갈아입어. 그거 너무 더럽잖아."

"갈아입으라고 할 필요 없어요." 대니가 말한다. "드라이브스루로 사 오면 되니까."

그들은 햄버거에 프렌치프라이와 라임에이드까지 사다가 베키의 트레일러하우스 뒤편 그늘에서 먹는다. 그곳은 분위기가 근사하다. 베키는 자카란다 나무를 키우고 있는데, 수시로 물을 줘야 한다. 그녀의 말에 따르면 이런 식물은 캔자스에 어울리지 않기 때문이다. 그녀는 그에게 무슨 고민이 있느냐고 묻는다. 같은 말을 두 번씩 해야 하기 때문이다. "아니면 노망이 들어가고 있든지 둘 중 하나겠네요."

"다음 주에 해야 할 일을 생각하느라 그래요." 그는 말한다.

"마지 생각하는 건 아니고요?"

"마지하고는 어제 통화했어요. 남자 친구가 청혼할 것 같대요."

"아직 마지에게 마음이 있어요? 그래서 그래요?"

대니는 폭소를 터뜨린다. "그건 아니에요."

"대니!" 달라 진이 외친다. "공중에서 두 바퀴 도는 거 보여 줄게요!" 그래서 그는 그걸 본다.

10.

그날 저녁에 KSMB에서 기자를 현장에 파견했다. 자신 없어 보인다. 주말 대체 인력인 게 분명하다. 그녀는 회차 지점에서 F 국도를 막고 있는 경찰차 앞에 서 있다.

"캔자스 고속도로 순찰대에서는 익명의 제보에 따라 어제 늦은 오후 거널의 방치된 주유소에 인력을 파견했습니다. 경찰이 주유소 뒤편에 매장된 신원 불명의 여성의 시신을 발견했는데요, 이곳은……." 그녀는 메모를 들여다보며 눈을 덮은 머리칼을 넘긴다. "……2012년에 119번 도로가 4차로로 확장되었을 때 문을 닫았다고 합니다. 경찰 측에서는 여성의 신원이 밝혀졌는지 여부에 대해 함구하고 있는데요. 물론 그녀의 신원은 가장 가까운 가족에게 통보된 이후에 언론에 공개될 겁니다. 경찰 측에서는 그녀가 살해당했는지 여부에 대해서도 함구하고 있습니다만, 외딴 위치로 볼 때……." 그녀는 그럴 수밖에 없지 않겠느냐는 듯이 어깨를 으쓱한다. "그럼 스튜디오로 마이크를 넘기겠습니다."

조만간 신원이 밝혀지겠지. 대니는 생각한다. 중요한 부분이 있다면 그의 신원은 밝혀지지 않았다는 것이다. 그는 그저 '익명의 제보자'다.

올해의 선행 완수. 그는 생각한다. 선행을 베풀면 화를 부르게 되어 있다고 한 사람, 이리 나오라 그래.

하지만 혹시 모르니 잠시 후에는 부정을 타지 않길 빈다.

11.

그다음 주에는 팻 그레이디가 매일 제때 출근한다. 대니는 팻이 교훈을 깨달았길 바라지만 그가 제시 잭슨 같은 일꾼이 될 일은 없을 것이다. 옛사람들 표현을 빌자면 녀석은 농땡이를 부릴 줄 안다.

그동안 대니의 꿈에 등장했던 여자에 관한 정보가 점점 늘어난다. 이름은 소개되지 않았지만 스물네 살이고 오클라호마시티에서 살았다고 한다. 친구의 증언에 따르면 이 이름 모를 아가씨는 부모님과 커뮤니티 대학에 염증을 느끼고 히치하이크로 로스앤젤레스에 건너가 미용 학교에 등록하고 영화나 텔레비전 프로그램 엑스트라로 일을 해 볼 생각이었다고 한다. 그녀의 여행은 캔자스에서 막을 내렸다. 시신은 거기 묻힌 지 제법 됐다. 캔자스 고속도로 순찰대에서 정확한 기간을 밝히지는 않았지만 '심하게 부패될' 정도였다고 한다.

개가 일조한 부분도 있을지 몰라. 대니는 생각한다.

경찰 관계자에 따르면 그녀는 '수차례 칼에 찔렸다'. 성폭행도 당했다는데, 조금 점잖게 표현했다 뿐이지 강간을 당했다는 뜻이다.

지역 방송국의 목요일 저녁 뉴스 말미에 나온 보도를 보고 대니는 불안해졌다. 현장에 출동한 기자는 주말에 사건을 보도한 기자보다 나이가 많은 남자였고 누가 봐도 에이스였다. 그는 아스팔트 바닥이 노란색 폴리스 라인으로 봉쇄된 주유소 앞에 서 있었다. "캔자스 수사국에서는 전화로 시신의 위치를 알린 최초 제보자를 적극적으로 찾고 있습니다. 그의 신원을 아는 분이 계시면 제보해 주시기 바랍니다. 그의 음성을 아는 분의 제보도 받습니다. 들어 보시죠."

SNS에서 사람들이 자기 얼굴을 가릴 때 쓰는 실루엣 비슷한 것이 화면에 등장했다. 그리고 잠시 후 대니는 자신의 목소리를 들었다. 거의 왜곡되지 않았고 어마어마하게 또렷했다. 시신이 묻힌 곳은 거널에 있는, 문 닫은 텍사코 주유소 뒤편이에요……. F 국도, 고속도로를 빠져나와서 약 5킬로미터. 텍사코 주유소 뒤편. 그 여자를 거기서 꺼내 주세요. 부탁드릴게요. 그녀를 그리워하는 사람이 있을 거예요.

그냥 그대로 내버려둘 걸 그랬다는 생각이 들기 시작했다. 하지만 썹긴 손과 땅바닥에서 삐져나온 팔뚝이 떠오르자 그냥 그대로 내버려둘 수 없었다는 걸 알 수 있었다. 그는 텔레비전을 얼른 끄고 아무도 없는 트레일러하우스에 대고 중얼거렸다. "내가 진심으로 원하는 건 그 빌어먹을 꿈을 꾸기 전으로 돌아가는 거야." 그는 말을 멈추었다가 다시 덧붙였다. "그리고 그 꿈을 다시 꾸지 않는 거."

12.

금요일 오후에 대니가 목이 긴 대걸레로 교무실 형광등 위쪽을 닦고 있을 때 감색 세단이 교직원용 주차장으로 들어선다. 흰색 셔츠에 파란색 바지를 입은 여자가 운전석에서 내린다. 어깨에 책가방 크기의 핸드백을 메고 있다. 검은색 캐주얼 재킷에 엉덩이가 헐렁한 아저씨 청바지를 입은 남자가 조수석에서 내린다. 대니는 학교 현관문을 향해 걸어오는 그들을 보자마자 생각한다. *잡혔군.*

그는 대걸레를 구석에 기대어 놓고 그들을 맞으러 간다. 그들의 등장에서 유일하게 놀라운 부분이 있다면 그가 전혀 놀라워하지 않는다는 것이다. 마치 예상이라도 했다는 듯하다.

체육관 스피커에서 흘러나오는 록 음악이 희미하게 들린다. 제시와 팻이 거기서 관람석 의자를 뒤로 접어 벽 쪽으로 치우면 등장하기 마련인 쓰레기를 치우고 있다. 다음 주에 바닥에 니스칠을 다시 할 예정인데, 언제 해도 골이 지끈거리는 일이다. 이제 그는 다음 주에도 여기로 출근할 수 있을지 궁금해진다. 무슨 소리냐고, 너는 잘못한 게 아무것도 없지 않으냐고 속으로 중얼거려 보지만 별로 도움은 되지 않는다. 오래전에 방영된 시트콤의 유명한 대사가 떠오른다. *설명을 좀 해 줘야겠어.*

여자가 바깥쪽 문을 열고 남자가 들어올 수 있게 잡아 준다. 대니는 교무실에서 나와 앞쪽 복도를 따라 걸어간다. 손님들은 로비의 트로피 장식장 옆에 서 있다. 위에 파란색과 금색으로 된 와일드캣 프라이드 플래카드가 걸린 장식장이다. 여자는 30대로 보이고 검은색 머리를 하나로 묶어서 단단히 말았다. 왼쪽 허리춤에 찬 권총의 개머리판이 바깥쪽을 향하고 있다. 오른쪽 허리춤에는 배지를 달았다. 파란색과 노란색이고 중앙에 캔자스 수사국이라고 적혀 있다. 강한 인상을 풍기는 미녀인데, 대니의 시선이 향한 곳은 남자 쪽이다. 처음에 그는 이유를 알지 못하지만 나중에 깨달을 것이다. 숙적을 만나면 본능적으로 알아차리게 되어 있다는 것을 말이다. 나중에 쓸데없는 생각이라고 애써 무시하겠지만 그는 그들에게 다가가는 동안 무슨 생각이 들었는지도 또렷하게 기억한다. *이 남자를 조심해.*

둘 중에서 남자 쪽이 더 나이가 많지만 얼마나 많은지는 미지수다. 대니는 원래 사람들 나이를 몇 살 안쪽으로 알아맞히는 재주가 있는

데, 이 남자는 가늠이 되지 않는다. 마흔다섯 살쯤 됐을까? 은퇴를 앞둔 나이일까? 어디 아픈 걸까 아니면 그냥 피곤한 걸까? 빨간색과 회색이 정확히 반씩 섞인 거친 곱슬머리가 반도 모양으로 이마의 거의 끝 선까지 덮고 있다. 그 머리를 뒤로 빗어서 거대한 V자로 보인다. 그 양쪽으로 크림색 두피가 티끌 하나 없이 하얗게 번들거린다. 눈은 까맣고 움푹 들어갔으며 아래가 불룩하다. 검은색 캐주얼 재킷은 드라이클리닝을 수십 번 한 옷처럼 팔꿈치가 하얘졌다. 그도 허리춤에 캔자스 수사국 배지를 달았지만 총은 없다. 대니는 그가 총을 휴대했다면 그 무게 때문에 아저씨들이나 입을 청바지가 발목까지 내려가 펄럭거리는 늙다리 사각팬티가 드러났을지 모른다는 생각을 한다. 남자는 배도 없고 옆구리살도 없이 호리호리하니, 뒤로 돌면 그런 체질로 태어난 중서부 백인 남자들이 으레 그렇듯 납작한 궁둥이 위로 청바지가 늘어져 있을지도 모른다. 아랫입술이 불룩하도록 담배를 씹고 있기만 하면 완벽하겠다.

그가 손을 내밀며 앞으로 다가온다. "대니얼 코플린? 나는 캔자스 수사국의 프랭클린 젤버트 경위라고 합니다. 이쪽은 내 파트너, 엘라 데이비스 경위고."

젤버트의 손은 힘이 세고 열이라도 나는 것처럼 뜨끈뜨끈하다. 대니는 악수하는 시늉만 하고 놓는다. 여자는 악수를 청하지 않고 재는 눈빛으로 그를 쳐다보기만 한다. 용의자로 이송되는 대니의 슬픈 발걸음을 이미 떠올리는 듯한 눈빛이지만, 오히려 더 심란한 쪽은 젤버트의 시선이다. 대니와 같은 사람을 전에 수백 번이라도 본 것처럼 무미건조하다.

"저희가 왜 찾아왔는지 아시나요?" 엘라 데이비스가 묻는다.

대니는 이런 질문의 정체를 안다. 어떤 남자에게 요즘도 아내를 때리느냐고 묻는 것처럼 정답이 없는 질문이다. "두 분께서 말씀해 주시죠."

그들이 대답할 겨를도 없이 구관 끝에 달린 문이 끼이익 열렸다가 쾅 닫힌다. 제시다. "관람석 다 쓸었어요, 대니. 쓰레기가 얼마나 많았는지……." 그는 빛바랜 검은색 캐주얼 재킷을 입은 남자와 파란색 바지를 입은 여자를 보고 말을 멈춘다.

"제시, 청소 다 끝냈으면……."

그의 말이 끝나기도 전에 문이 끼이익 열렸다가 다시 쾅 닫힌다. 이번에는 청바지를 골반에 걸쳐 입고 모자를 거꾸로 뒤집어쓰고 유행의 끝을 보여 주는 팻이다. 그는 제시 바로 뒤에 서서 고개를 모로 꼬고 대니를 찾아온 손님들을 쳐다본다. 여자의 총을 목격하고 배지를 알아본 그의 얼굴 위로 희미한 미소가 번진다.

대니는 다시 말문을 연다. "청소 다 끝냈으면 너희 둘 다 주말을 일찍 시작하면 어떨까? 내가 4시에 퇴근 카드 찍어 줄게."

"진심이에요?" 팻이 묻는다.

제시는 그래도 되느냐고 묻는다. 팻은 *나대지 말*라는 뜻에서 그의 어깨를 한 대 친다. 팻은 계속 미소를 짓고 있는데, 주말이 1시간 일찍 시작돼서 그런 건 아니다. 경찰이 상사를 찾아온 상황이 재밌어서 그런 거다.

"그럼. 비품실에 소지품 둔 거 있으면 나가는 길에 챙겨서 들고 가."

그들은 떠난다. 제시가 어깨 너머로 흘끗 돌아볼 때 걱정하는 눈빛인 것을 보고 대니는 감동을 받는다. 문이 쾅 닫히자 그는 잴버트와 데이비스를 돌아보며 했던 말을 반복한다. "두 분께서 말씀해 주시죠."

데이비스는 에둘러 말한다. "코플린 씨에게 몇 가지 여쭤보고 싶은 게 있어서요. 잠깐 저희와 동행해 주시겠습니까? 매니토 경찰서에서 고맙게도 휴게실을 내주었거든요. 20분이면 갈 수 있습니다."

대니는 고개를 젓는다. "아까 그 아이들에게 4시에 퇴근 카드를 찍어 주겠다고 약속을 해서요. 도서관에서 말씀하시죠."

엘라 데이비스가 흘끗 쳐다보자 젤버트는 어깨를 으쓱하고 잠깐 치아를 보이며 미소를 짓는다. 치아가 하얗지만 (그러니까 씹는 담배 애호가는 아니로군, 대니는 생각한다) 어찌나 작은지 못보다 클까 말까 하다. 이를 가는구먼. 대니는 생각한다. 그래서 저렇게 된 거야.

"도서관도 괜찮을 것 같은데." 젤버트가 말한다.

"이쪽으로 오시죠."

대니는 복도를 따라 걸음을 옮기지만 앞장서지는 않는다. 젤버트를 왼쪽, 데이비스를 오른쪽에 두고 걷는다. 도서관 테이블에 자리를 잡고 앉자 데이비스가 대화를 녹음해도 되느냐고 묻는다. 대니는 상관없다고 한다. 그녀는 핸드백에서 휴대 전화를 꺼내 대니 앞쪽의 테이블 위에 내려놓고 말한다.

"참고로 말씀드리자면 우리가 묻는 말에 대답하실 *의무*는 없어요. 묵비권을 행사하셔도 됩니다. 선생님께서 하시는 말씀은 전부……"

젤버트가 테이블 위에 올려놓았던 손가락 두 개를 들어 올리자 그녀는 당장 말을 멈춘다. "여기 이 코플린 씨에게…… 아, 대니라고 불러도 되겠습니까?"

대니는 어깨를 으쓱한다. "좋을 대로 하세요."

"지금 이분에게 미란다 원칙을 고지할 필요는 없을 거라고 보는데. 들어 보셨을 테니까. 그렇지 않습니까, 대니?"

"맞습니다." 고소는 *취하됐고*, 마지는 합의했고, 그 무렵에 나는 술을 *끊고* 더는 그녀를 괴롭히지 않았어요, 라고 덧붙이고 싶다. 하지만 젤버트는 이미 알고 있을 것이다. 이 둘은 제보 전화를 건 사람의 정체를 파악한 지 좀 됐을 것이다. 그의 과거를 파헤치고, 마지가 접근 금지 명령을 신청한 적 있다는 정보를 입수할 만큼은.

그들은 그의 말이 이어지길 기다린다. 대니가 아무 말도 하지 않자 데이비스는 책가방이나 다름없는 핸드백에서 태블릿 PC를 꺼내 사진을 보여 준다. 비닐봉지에 담긴 트랙폰이고, 발견된 날짜와 발견한 경관(G.S. 랭, 캔자스 수사국 감식반)의 이름이 꼬리표에 적혀 있다.

"톰슨시 바이필드 도로에 있는 달러 제너럴 가게에서 이 전화기를 사셨나요?" 데이비스가 묻는다.

거짓말해 봐야 소용없다. 이들은 그가 접근 금지 명령을 어겼을 때 경찰서에서 찍은 상반신 사진을 달러 제너럴 점원에게 보여 줄 것이다. 그는 한숨을 쉰다. "네. 그 무슨 카드를 뒤에서 뺐어야 했나 보네요."

"그래 봐야 상관없었을 겁니다." 잴버트가 말한다. 그는 대니가 아니라 제시와, 배꼽이 빠져라 웃고 있는 팻을 창문 너머로 쳐다보고 있다. 팻은 제시의 어깨를 한 대 찰싹 때리고 자기 차로 걸어간다. "당신의 전화를 받은 경관의 모니터에 전화번호와 어느 기지국인지가 떴으니까요."

"아. 내가 생각이 짧았네요, 그렇죠?"

"맞습니다, 대니. 정말 짧았죠." 데이비스는 진지한 표정으로 그를 쳐다본다. 정색하고 있지만 그가 좀 더 협조를 잘하면 자기도 미소를 지을 수 있음을 강조하고 있다.

대니는 자기 질문을 곰곰이 생각해 보다가 바보 같은 질문이었다는 결론을 내린다. "그러게요. 내가 생각이 짧았네요."

"하지만 전화를 걸었다고 시인하시는 거죠? 이본 위커가 묻힌 곳을 제보한 전화요. 그게 피해자 이름이에요. 죽은 여성분이요."

"네."

골치 아프게 됐고 그도 그렇다는 걸 안다. 살인죄로 체포되지는 않을 것이다. 그건 말도 안 된다. 그가 지금까지 살면서 저지른 가장 끔찍한 짓이 있다면 조만간 전처가 될 여자의 집 앞에서, 그녀가 위치타 경찰서에 신고할 때까지 소리를 지른 거다. 처음 두 번은 그대로 풀려났다. 세 번째(그녀가 접근 금지 명령을 신청한 뒤였다)에는 체포돼 하룻밤 동안 카운티 유치장 신세를 졌다.

그들은 그의 말이 이어지길 기다리고 있다. 대니는 팔짱을 끼고 아무 말도 하지 않는다. 설명을 좀 해야겠지만, 그건 분명하지만, 그 순간이 두렵다.

"그러니까 거널의 텍사코에 가셨다는 거네요?" 잴버트가 묻는다.

"네."

"몇 번이요?"

두 번. 대니는 생각한다. *한 번은 꿈속에서, 한 번은 실제로.*

"한 번이요."

"당신이 그 가엾은 아가씨의 유해가 동물에 의해 훼손되는 것을 막기 위해 쓰레기통으로 그 위를 덮었나요?" 잴버트가 신뢰감을 주는 낮고 부드러운 목소리로 묻는다.

대니는 훼손이라는 단어를 모르지만 무슨 뜻인지는 누가 들어도 분명하다. "네. 개가 있었거든요. 그 녀석이 어떻게 됐는지 아세요?"

"처분됐어요." 엘라 데이비스가 말한다. "출동한 경관들이 녀석을 막을 수가 없었는데, 벨빌의 동물 관리 센터에서 담당자가 올 때까지 기다릴 수가 없어서……."

잴버트가 그녀의 팔에 손을 얹자, 손을 *다정하게* 얹자 데이비스는 당장 입을 다물고 얼굴을 살짝 붉히기까지 한다. 용의자에게 정보를 흘리지 말라는 거겠지. 대니는 생각한다. 정보를 흘리는 게 아니라는 걸 알면서도. 그는 다시 생각한다. 이 남자를 조심해.

데이비스가 다른 사진을 보여 주려는지 태블릿 화면을 옆으로 넘긴다. "흰색 2010년형 토요타 툰드라 픽업트럭을 소유하고 계신가요?"

"2011년형이에요. 뒤편의 스쿨버스 옆에 주차되어 있어요." 그들은 그 트럭을 보지 않았지만 연식과 모델을 안다. 그리고 그는 그녀가 어떤 사진을 보여 주려는 건지 안다. 전화기를 산 달러 제너럴 앞에 주차되어 있는 그의 트럭이다. 번호판이 선명히 찍혔다.

"보안 카메라에 찍힌 건가요?"

"네. 선생님이 찍힌 다른 사진도 있는데 보여 드릴까요?"

대니는 고개를 젓는다.

"좋습니다. 하지만 이 사진에는 관심이 있으실지 몰라요." 이번에는 텍사코의 금이 간 아스팔트 마당에 남은 타이어 자국을 고해상으로 촬영한 흑백 사진이다. "이걸 선생님의 트럭 타이어와 비교하면 일치할까요?"

"일치할 것 같은데요." 그는 자국을 남겼을 줄 꿈에도 몰랐는데, 남긴 모양이다. 그 아스팔트 마당 너머 F 국도는 흙길이다. 범죄를 저지르지 않지만 (그야말로) 자기 흔적을 지우는 데 이렇게 무성의할 수도 있구나 하는 생각이 머리를 스치고 지나간다.

데이비스는 고개를 끄덕인다. "그리고 델로이 퍼거슨이라는 농부가 그 주유소 앞에 서 있는 흰색 트럭을 봤다고 했어요. 선생님이 톰슨에서 그 전화를 건 날에요. 그는 고속도로 순찰대에 연락해 누가 빈 건물을 털러 온 것 같다고 했어요. 아니면 마약 거래를 하든지."

대니는 한숨을 쉰다. 그 농부가 헛간 나무판자가 실린 트레일러를 매달고 인적 없는 국도를 따라 북쪽으로 달리는 동안 길에서 눈을 뗀

적이 없다고 장담할 수 있었건만. 그는 다시 생각한다. 잡혔군.

"내 트럭이었고 내가 거기 있었고 내가 그 전화기를 샀고 내가 전화를 했어요. 그러니까 쓸데없는 말은 생략하면 어떨까요? 내가 왜 거기에 찾아갔는지 물어보세요. 그럼 알려 드릴 테니까." 들어도 못 믿으실 테지만, 이라고 덧붙일까 생각하지만, 두말하면 잔소리 아닐까?

데이비스는 물어보려고 한 것 같은데 검은 재킷을 입은 남자가 가로막는다. "그 전화기의 희한한 점이 뭐였는가 하면요. 지문이 깨끗하게 지워졌다는 겁니다."

"네, 제가 지웠습니다. 말씀하시는 걸 들어 보니 그럼에도 제 지문을 찾으신 모양이지만."

"네, 네. 반면에 결제는 현금으로 하셨단 말이죠." 잴버트가 그냥 지나가는 말처럼 흘린다. "그건 영리했어요. 보안 카메라 영상이 없었다면 당신을 찾는 데 시간이 걸렸을 겁니다. 아예 찾지 못했을 수도 있고요."

"제가 생각이 짧았어요. 그랬다고 말씀드렸잖습니까." 도서관이 시원한데도 땀이 나기 시작한다. 뺨도 벌게지고 있다. 자신이 바보 같았다는 생각이 든다. 선행을 베풀면 화를 부르게 되어 있다더니 정말이지 맞는 말이다.

잴버트는 팻 그레이디가 망가진 밸브에서 새는 기름을 배기구로 뿜어내며 요란한 엔진 소리와 함께 출발하는 것을 지켜본다. 그러다 잠시 후 왠지 모르게 부연 눈빛을 대니에게로 돌린다. "체포되고 싶었던 거죠, 그렇죠?"

"아뇨." 대니는 이렇게 말하지만 속으로는 궁금해한다. 잴버트의 눈빛은 무시무시하다. 나는 확신해. 그 눈빛은 이렇게 말하고 있다. 내가 이 바닥에 몸담은 지 오래야, 순진한 양반아. 나는 확신해. "그냥 그 여자가 거기 있다는 걸 어떻게 알게 됐는지 설명하고 싶지 않았을 뿐이에요. 아무도 내 말을 믿어 주지 않을 게 뻔해서. 만약 그 상황으로 다시 돌아간다면 익명의 편지를 쓰겠어요."

그는 말을 멈추고 자기 손을 내려다보며 입술을 씹는다. 잠시 후 다시 고개를 들고 사실대로 말한다.

"아뇨. 똑같이 할 겁니다. 개 때문에요. 놈이 그녀를 건드렸거든요. 그냥 내버려두면 더 심하게 건드릴 테니까요. 놈이 손과 팔을 땅에서 파냈으니 다른 개들도 달려들 테니까요. 냄새를 맡고……."

그는 말을 멈춘다. 잴버트가 도와준다. "시신 말이죠? 가엾은 이본 양의 시신 말이에요."

"그렇게 방치하고 싶지 않았어요." 그는 아직도 그녀의 이름에 적응이 되지 않는다. 이본. 예쁜 이름이다.

엘라 데이비스는 무슨 보균자 대하듯 그를 쳐다보고 있지만 잴버트의 왠지 모르게 부연 눈빛은 절대 바뀌지 않는다. 그가 말한다. "그럼 들어 봅시다. 그게 거기 있다는 걸 어떻게 알았는지."

그래서 대니는 꿈 이야기를 한다. CUNT ROAD FUCK이라고 훼손된 표지판, 달, 가격표가 기둥에 *땡그랑, 땡그랑, 땡그랑* 부딪치던 소리에 대해. 그의 다리가 어떤 식으로 자기들 마음대로 그를 앞으로 데려갔는지에 대해. 그 손, 그 참 팔찌, 그 개에 대해. 전부 이야기하지만 그 꿈이 얼마나 선명했고 얼마나 현실처럼 느껴졌는지는 전할 방법이 없다.

"깨고 나면 대부분의 꿈들이 그러듯이 점점 희미해질 줄 알았어요. 그런데 아니더라고요. 그래서 결국 찾아갔어요. 내 상상이 만들어 낸 어떤 황당한 영화라는 걸 직접 확인하고 싶었거든요. 그런데…… 그녀가 있었어요. 그 개도 있었고요. 그래서 전화를 했어요."

그들은 아무 말 없이 그를 쳐다보고 있다. 그를 가늠하고 있다. 엘라 데이비스는 우리가 그걸 믿을 거라고 생각하는 건 아니겠죠, 라고 묻지 않는다. 그럴 필요가 없다. 표정이 대신 묻고 있다.

정적이 계속 이어진다. 대니는 자신이 그걸 깨야 한다는 것을, 좀 더 자세한 디테일을 제공함으로써 그들을 설득하려고 애를 써야 한다는 것을 안다. 말을 더듬고 주절거리기 시작해야 한다는 것을 안다. 하지만 침묵을 지킨다. 쉽지 않은 일이다.

잴버트가 미소를 짓는다. 놀랍게도 보기가 좋다. 따뜻하다. 눈은 예외다. 눈은 좀 전과 똑같다. 그는 엄청난 진실을 밝히는 사람처럼 말한다. "초능력자로군요! 미스 클레오 같은."

데이비스는 눈을 부라린다.

대니는 고개를 젓는다. "아뇨."

"맞아요! 초능력자 맞아요! 하느님이 보내신! 삼위일체 하느님이! 낸시 웨버나 피터 허코스처럼 경찰의 다른 수사도 도운 적 있겠어요. 심지어 사람들이 무슨 생각을 하고 있는지도 알고!" 그는 파란색 정맥이 으르렁거리며 펄떡이는, 움푹 꺼진 한쪽 관자놀이를 톡톡 두드린다.

대니는 웃으며 엘라 데이비스를 가리킨다. "낸시 웨버와 피터 허코스는 전혀 모르겠지만 이분이 무슨 생각을 하고 있는지는 알겠어요. 구라도 유분수다."

데이비스도 억지 미소를 짓는다. "정답이에요."

데이비스는 다시 잴버트를 돌아본다. "경찰은 도운 적 없어요. 그러니까, 이번이 처음이에요."

"그래요?"

"이런 꿈을 꾼 것도 이번이 처음이고요."

"뭔가가 번득 스치고 지나가고 그런 적 없어요? 친구한테 지하실 계단에 뭐가 있으니 조심하지 않으면 구를 수 있다고 알려 줬다든지."

"네."

"5월 12일 자정에는 절대 집 밖으로 나가면 안 된다든지."

"네."

"없어진 반지는 화장실 수납장 위에 있다든지."

"네."

"이번 한 번뿐이란 말이죠!" 잴버트는 깜짝 놀란 척한다. 두 눈은 놀란 눈빛이 아니다. 좌우로 스멀스멀 움직이며 대니의 표정을 살핀다. 거의 무게가 느껴질 정도다. "이번 한 번!"

"네."

잴버트는 고개를 젓고 (여전히 놀라워하는 표정으로) 자기 파트너를 쳐다본다. "이분을 어쩌면 좋을까?"

"이본 위커 살인범으로 체포할까요? 어떻게 생각하세요?"

"아니, 왜 이러세요! 내가 시신의 위치를 알려 드렸잖아요. 내가 범인이라면 뭐하러 그랬겠어요?"

"주목을 받고 싶어서?" 그녀는 이 말을 거의 내뱉다시피 한다. "어때요, 내 말이? 방화범들이 늘 그러거든요. 불을 지르고, 신고하고, 불을 끄고, 신문에 사진이 실리고."

잴버트가 갑자기 몸을 앞으로 내밀더니 대니의 손을 잡는다. 촉감이 불쾌하다. 너무 건조하고 너무 뜨겁다. 대니는 손을 빼려고 하지만 잴버트의 아귀힘이 워낙 세다. "맹세할 수 있어요?" 그가 수상한 공모를 하듯 속삭인다. "맹세, 맹세, 맹세, 하나 더하기 둘 해서 세 번을 할 수 있어요? 이본 위커 양을 죽이지 않았다고?"

"네!" 대니는 손을 휙 잡아뺀다. 처음에는 당황스럽고 겁이 났다면

대니 코플린의 악몽

지금은 충격적이다. 프랭클린 젤버트가 정신병자일 수도 있겠다는 생각이 든다. 아마도 연극이겠지만 아니라면 어쩔 건가? "그녀의 시신이 어디 있는지 꿈에서 본 게 전부예요!"

"있잖아요." 엘라 데이비스가 말한다. "지금까지 이 일을 하면서 형편없는 알리바이를 여러 번 들었지만 이번이 최고예요. 개가 숙제를 먹어 버렸다는 평계보다 한 수 위예요."

젤버트는 계속 고개를 저으며 슬픈 표정을 짓고 있지만…… 눈빛은 변함이 없다. 계속 대니의 표정을 스멀스멀 살핀다. 이리저리 왔다 갔다 하며. "엘라, 이 양반에 대한 혐의를 거두어야겠어."

"하지만 시신이 묻힌 곳을 알고 있었는걸요!"

각본대로 움직이고 있어. 대니는 생각한다. 아니라면 내 손에 장을 지진다.

젤버트는 계속 고개를 젓는다. "아니야…… 아니야…… 혐의를 거두어야겠어. 딱 한 번뿐이었다는 초능력자 수위의 말을 믿어 줘야지."

"관리인입니다!" 대니는 이렇게 말하고 당장 바보 같은 짓을 저질렀다고 생각한다.

"미안합니다, 딱 한 번뿐이었다는 초능력자 관리인 님. 우리가 혐의를 거둘 수 있는 이유는 이본 양을 강간한 남자가 예방 조치를 취하지 않아서 DNA를 노다지처럼 남겼기 때문이에요. 샘플을 추출해도 될까요, 대니? 당신을 용의선상에서 제할 수 있게? 부담도 없고 아프지도 않아요. 면봉으로 뺨 안쪽을 살짝 긁기만 하면 되는데, 괜찮으실까요?"

대니는 힘을 풀고 자리에 기댄 다음에서야 자기가 얼마나 꼿꼿하게 앉아 있었는지 알아차린다. "네! 하세요!"

데이비스가 당장 자기 핸드백 안에 손을 넣는다. 준비가 철저한 홀

류한 걸 스카우트다. 그녀가 면봉 통을 꺼낸다. 대니는 잴버트를 쳐다본 순간, 찰나처럼 지나가는 (아마도) 실망한 기미를 포착한다. 확실하지는 않지만 성폭행 살인범은 콘돔을 착용했고 잴버트가 뻥을 치고 있었던 모양이다.

"입을 크게 벌려 주세요, 초능력자 관리인 님." 데이비스가 말한다.

대니가 입을 크게 벌리자 데이비스가 뺨 안쪽을 면봉으로 긁는다. 그녀는 흡족해하며 면봉을 쳐다보고 통에 넣는다. "세포는 거짓말을 하지 않아요. 항상 그래요."

"운반차가 도착했네." 잴버트가 말한다.

대니가 창밖을 내다보니 플랫베드 트레일러가 주차장으로 들어서고 있다. 엘라 데이비스는 잴버트를 쳐다보고 있다. 그가 고개를 끄덕이자 그녀가 다시 핸드백을 뒤진다. 클립으로 고정한 얇은 서류 뭉치를 두 개 꺼낸다. "수색 영장이에요. 하나는 트럭, 하나는……" 그녀는 한쪽 서류를 확인한다. "오크 드라이브 919에 있는 집이요. 읽어 볼래요?"

대니는 고개를 젓는다. 당연한 것을, 괜한 기대를 했다.

잴버트가 말한다. "나가서 픽업트럭은 뒤편에 있다고 알려 줘. 트럭 싣는 거 영상으로 찍어 놓고. 우리 관리인 님께서 나중에 우리가 뭘 슬쩍 넣었다고 주장하지 못하게."

그녀는 휴대 전화를 들고 자리에서 일어나지만 의심스러워하는 표정을 짓는다. 잴버트는 치아 역할을 하는 못을 드러내며 미소를 지어 보이고, 문 쪽을 향해 손을 내젓는다. "여기는 별일 없을 거야. 그렇죠, 대니?"

"경위님께서 그러시다면야."

"열쇠는요?" 그녀가 묻는다.

"시트 아래에 있어요." 그는 벨트 고리에 매달린 열쇠고리를 툭 친다. "여기 열쇠로도 충분해서 더 추가할 필요가 없거든요. 트럭 문은 열려 있어요." 그가 이번만큼은 휴대 전화를 가지고 있다.

그녀는 고개를 끄덕이고 나간다. 문이 닫히자 잴버트가 말한다. "저 트레일러가 당신 트럭을 싣고 그레이트벤드로 가면 앞 범퍼에서부터 배기관에 이르기까지 샅샅이 뒤질 거예요. 그러면 이본 양의 것이라고 할 만한 게 나올까요?"

"당신들이 슬쩍 넣지 않는 한 그럴 일은 없을 겁니다."

"머리카락은요? 금발 한 가닥이라도?"

"당신들이……"

"우리가 슬쩍 넣지 않는 한 그럴 일은 없다고요, 알겠습니다. 아무래도 우리랑 같이 가 주셔야겠는데요, 대니 씨. 매니토 경찰서가 아니라 대니 씨의 집으로요. 그냥 궁금해서 묻는 건데 오크 그로브 트레일러하우스 주차장에는 오크나무가 있나요? 네댓 그루? 아니면 딱 세 그루라도?"

"아뇨."

"그럴 줄 알았어요. 경찰과 감식반이 거기로 출동할 겁니다. 집 열쇠도 트럭 열쇠랑 같은 고리에 있나요?"

"네, 하지만 문을 안 잠그고 다녀요."

잴버트는 눈썹을 추어올리는데, 눈썹도 거대한 V자 머리처럼 빨간색에 회색이 섞여 있다. "사람을 잘 믿나 봐요?"

"밤에는 잠그죠. 낮에는……" 대니는 어깨를 으쓱한다. "훔쳐 갈 것도 없고 해서요."

"가볍게 다니나 봐요? 그냥 평범한 초능력자가 아니라 소로의 종자로군요!"

대니는 틴더가 뭔지 모르듯 그자도 누군지 모른다. 잴버트는 틴더를 알지 않을까 싶다. 그의 시선은 계속 스멀스멀 움직인다. 대니는 이 남자의 시선이 부옇게 느껴졌던 이유를 깨닫는다. 반짝임이나 생기라고는 전혀 없이 탐욕뿐이기 때문이다. *이자는 배경 소음 같은 인간이야.* 엉뚱한 생각이지만 얼추 들어맞는다. 그는 젤버트도 꿈을 꾸는지 궁금해진다.

"내가 뭐 하나 물어볼게요, 대니. 이미 물어봤고 당신도 대답한 질문인데요, 이번에는 권리를 먼저 고지할게요. 당신은 묵비권을 행사할 수 있어요. 당신이 하는 말은, 말을 꼭 해야 하는 건 아니지만 만일 한다면 법정에서 불리하게 쓰일 수 있어요. 당신은 변호사를 선임할 권리가 있어요. 변호사를 선임할 여력이 안 되면 국선변호인이 선임될 거고요." 그는 말을 멈춘다. 조그맣고 하얀 못들이 등장한다. "들어본 문구죠?"

"그러네요." 대니는 젤버트와 함께 트레일러하우스에 도착해 보면 경찰이 충돌해 있겠다는 생각을 하고 있다. 출근하지 않은 주민들이 보고 수군댈 것이다. 경찰이 대니 코플린의 트레일러를 뒤지고 있었어. 해가 떨어질 무렵이면 오크 그로브 전체에 소문이 다 날 것이다.

"어떤 권리들이 있는지 이해해요?"

"네. 그런데 녹음을 안 하시네요. 여자 경위님이 휴대 전화를 들고 갔으니."

"상관없어요. 이건 그냥 우리 둘이서 하는 얘기니까." 젤버트는 일어나 몸을 앞으로 내밀더니 손가락을 텐트처럼 펼쳐 도서관 테이블을 짚고 대니의 표정을 살핀다. "자, 한 번 더 물을게요. 당신이 이본 위커를 살해했나요?"

"아뇨."

젤버트가 처음으로 진짜 같아 보이는 미소를 짓는다. 거의 애무하는 듯한 목소리로 나지막이 속삭인다. "나는 당신이 살해했다고 생각하는데. 당신이 살해했다는 걸 *아는데*. 당신은 거기에 대해서 아무 얘기도 하고 싶지 않겠지?"

대니는 손목시계를 확인한다. "이제 아까 그 두 아이의 퇴근 카드를 찍어 줘야겠네요. 제 것도 같이요."

13.

오크 그로브에 도착해 보니 대니가 예상했던 대로다. 경찰차 두 대와 흰색 감식반 밴이 그의 트레일러하우스 앞에 주차돼 있다. 이웃 대여섯 명이 동그랗게 서서 구경하고 있다. 엘라 데이비스도 네 명의 정복 경관과 흰색 점프 수트에 장갑을 끼고 부츠를 신은 두 명의 감식반원과 함께 있다. 그의 트럭을 견인한 플랫베드 트레일러를 얻어 타고 여기까지 왔을 테니 이웃 주민들이 그 차도 보았을 것이다. 훌륭하다. 그나마 베키는 없어서 다행이다. 그녀는 월요일, 수요일, 금요일에는 프레디스 워시테리아에서 아르바이트를 한다. 베키가 세탁기와 건조기 안의 세탁물을 꺼내고 잔돈을 거슬러 주고 옷을 개는 동안 달라 진은 옆에서 색칠 공부를 하거나 책을 읽는다.

하지만 그녀도 알게 될 거야. 대니는 생각한다. *누군가가 득달같이 알려 줄 테니까. 어쩌면 그 촉새 신시아 뱁슨이.*

트레일러하우스 문이 안 잠겨 있는데도 그들은 젤버트를 기다리고 있다. 데이비스가 차 쪽으로 걸어온다. 대니가 뒷좌석이 아니라 앞좌석에서 내리자 그녀는 젤버트를 보며 미간을 찌푸리고 그는 그저 어깨를 으쓱한다.

그녀가 말한다. "저 안에 무기가 있을까요, 코플린 씨?"

그녀는 대니뿐만 아니라 구경꾼이 다 들을 수 있게 큰 소리로 묻는다. 대니 코플린이 어떤 심각한 범죄의 용의자라는 걸 알리고 싶어서 그런 걸까? 두말하면 잔소리다.

"침대 옆 협탁 안에 38구경 반자동이 있어요. 콜트 커맨더요." 자신은 호신용 무기를 보유할 완벽한 권리가 있다고, 중범으로 기소된 적이 없다고 덧붙이고 싶지만, 그는 입을 꾹 다물고 있다. 우람한 팔로 팔짱을 끼고 이도 저도 아닌 표정으로 자기 트레일러하우스 옆에 서 있는 빌 덤프리스가 보인다. 대니는 나중에 기회가 닿으면 빌과 대화를 나눠 보기로 마음을 먹는다.

"장전이 되어 있고요?"

"네."

"약물이나 주사기나 다른 약물 관련 용품이 있을까요?"

"아스피린밖에 없어요."

그녀는 감식반원들을 향해 고개를 끄덕인다. 그들은 케이스를 들고 안으로 들어간다. 경관 하나가 비디오카메라를 들고 뒤따라간다. 그는 부츠를 신고 니트릴 장갑을 꼈지만 점프 수트는 입지 않았다.

"나도 들어가도 됩니까?" 대니는 묻는다.

데이비스는 고개를 젓는다.

"문 앞에 서서 보게 해." 젤버트가 말한다. "그래도 되잖아."

데이비스가 젤버트를 보며 다시 미간을 찌푸리지만 대니는 그들이 이런 춤을 한두 번 같이 춘 사이가 아니라고 장담할 수 있다. 좋은 경찰, 나쁜 경찰이 아니라 공격적인 경찰과 중립적인 경찰이다. 다만 젤버트가 중립적인지는 잘 모르겠다. 데이비스도 마찬가지다.

대니는 계단을 올라간다. 콘크리트 블록이고 그는 오크 그로브에서 지낸 지 3년이 지났어도 여전히 여긴 임시 거처라고 생각하지만 양옆에 화단이 있다. 그가 베키에게 돈을 주고 씨앗을 사다 달라고 했다. 그 씨앗을 그와 달라 진이 거기 심었다.

그는 문 앞에 서서 감식반원들이 서랍과 찬장을 열어 보며 그의 사적인 공간을 뒤지는 것을 지켜본다. 그들은 냉장고, 오븐, 조리대 위에 놓인 전자레인지도 들여다본다. 화가 나서 속이 부글거린다. 그는 계속 생각한다. 남을 도우려고 하면 이런 꼴이 나는 거야, 이런 꼴이.

그의 뒤에서 젤버트가 가만히 말한다. "검사하러 들고 가는 물건이 있으면 보관증을 줄 겁니다."

대니는 살짝 움찔한다. 젤버트가 다가오는 소리를 못 들었던 것이다. 소리를 내지 않는 놈이다.

결국 그들이 들고 간 건 총과 고기 써는 칼이 전부다. 한 감식반원이 그걸 봉지에 넣고 다른 감식반원이 사진을 찍는다. 비디오로는 부족한 모양이다. 대니에게는 스테이크 칼도 세 개 있는데, 그건 들고 가지 않는다. 날이 톱니 모양이라 이본 위커의 시신에서 발견된 상흔과 일치하지 않는 모양이다.

대니는 계단을 내려간다. 데이비스와 젤버트가 머리를 맞대고 있다. 그녀가 젤버트에게 뭐라고 웅얼거리고, 그는 대니에게 시선을 고정한 채 그 말을 듣고 있다. 젤버트가 고개를 끄덕이며 웅얼웅얼 답을 하고 둘이서 다시 대니에게로 다가온다. 호기심 어린 시선들이 그들을 지켜보고 있다. 경찰 출동이 트레일러하우스 주차장에서 보기 드문 일은 아니지만 대니의 경우는 처음이다.

엘라 데이비스가 인사를 건네듯 심상한 투로 말한다. "그전에도 누구 죽인 적 있어요, 대니? 마음의 짐이 너무 컸나 봐요? 관심이 아니라 죄책감 때문이었나? 위커라는 아가씨가 마지막 결정타였어요?"

대니는 그녀의 눈을 똑바로 쳐다보며 말한다. "나는 사람 죽인 적 없습니다."

데이비스는 미소를 짓는다. "내일 매니토 경찰서로 와 주셔야겠어요. 물어볼 게 몇 가지 더 있어서요. 10시 괜찮으실까요?"

내가 바라던 완벽한 토요일 아침이로군. 대니는 생각한다. "거부하면요?"

그녀는 눈을 치켜뜬다. "뭐, 그야 당신 선택하기 나름이죠. 아직은요. 하지만 시신을 신고한 것밖에 없다면 이 상황을 정리하고 싶을 것 같은데요."

"깔끔하게 털어 버리는 거지." 잴버트는 말하고 설명 삼아 양손을 비벼서 턴다. "10시요, 오케이?"

"몰랐나 본데, 당신들이 내 트럭을 끌고 갔어요."

"차를 보내 줄게요." 잴버트가 말한다.

"버짓에서 렌트하고 청구서를 보내면 어떨까 하는데요."

"그걸 결제해 줄 사람이 있을지 행운을 빌게요." 잴버트가 말한다. "경찰이 관료 사회가 돼 놔서." 못처럼 생긴 치아가 반짝거리다 사라진다. "하지만 잘 찾아봐요."

데이비스가 말한다. "오늘 저녁에는 어디 멀리 가지 말아요. 이 도시에서는 벗어나도 되지만 카운티는 안 돼요." 그녀는 미소를 짓는다. "우리가 감시하고 있을 거예요."

"그러시겠죠." 대니는 잠깐 망설이다가 말한다. "도와준 사람을 이런 식으로 대하다니 나쁜 짓을 저지른 사람한테는 어떻게 굴지 상상하고 싶지도 않네요."

"우리는 알아요……"

대니는 더 이상 참지 못한다. "당신은 아는 게 아무것도 없어요, 데이비스 경위님. 이제 나가 주시죠. 두 분 다."

데이비스는 꿋꿋하게 책가방처럼 생긴 핸드백 옆 주머니 지퍼를 열고 명함을 건넨다. "내 휴대 전화예요. 낮이고 밤이고 연결이 돼요. 내일 아침에 추가로 면담하기 싫으면 연락 주세요. 하지만 추천하지는 않을게요."

그녀와 젤버트는 감색 세단에 올라탄다. 트레일러하우스 주차장 입구를 향해, 감속: 아이들을 사랑해 주세요, 라고 적힌 표지판을 지난다.

대니는 빌 덤프라이스에게 다가간다. "이게 도대체 무슨 일이야?" 빌이 묻는다.

"간단히 요약하자면 제가 여기서 북쪽으로 가면 나오는 조그만 마을에서 살해당한 아가씨의 시신을 발견했거든요. 거널이라는 마을에서. 그래서 익명으로 신고를 했는데 저들이 알아냈어요. 이제는 제가 범인이라고 생각하고요."

"맙소사." 빌이 고개를 젓는다. "경찰이라니!"

빌의 말투는 호탕하게 들린다. 그의 눈에서 의심의 빛이 보인다는 것은 대니의 상상일 것이다. 어쨌거나 상관없다. 빌은 덤프라이스 도급업체에 다니다 3년 전에 퇴직했고, 오크 그로브에서 이 지역 변호사를 아는 사람이 있다면 빌이다. 그의 물음에 빌이 자기 휴대 전화를 체크하고 대니는 감색 세단이 고속도로로 진입하기도 전에 변호사 이름과 연락처를 입수한다. 그는 정보를 휴대 전화에 입력한다.

"저 사람들이 웬일로 내 휴대 전화는 달라고 하지 않더라고요." 대니는 말한다. "평소처럼 트럭 사물함에 넣어 뒀더라면 압수당했을 텐데."

빌은 그걸 들고 가려면 별도의 영장이 필요할 거라고 말하고는 이렇게 덧붙인다. "내일 제출하라고 할 수도 있어. 저 사람들한테 보여 주고 싶지 않은 게 있으면 지워."

"없어요." 대니는 조금 큰 소리로 대답한다. 사람들이 계속 그를 쳐다보고 있고 트레일러하우스 문은 열려 있다. 더럽혀진 기분이 든다. 바보 같은 생각이라고 자신을 다독이지만 그 기분은 사라질 줄 모른다.

"빌리!" 그들의 트레일러하우스 문 안에 서 있던 덤프라이스 부인이 외친다. 그 집은 두 대가 연결돼서 이 주차장을 통틀어 가장 으리으리하다. "들어와요, 저녁 다 식겠네!"

빌은 돌아보지 않고 대니에게 얼른 엄지손가락을 들어 보인다. 아무 반응도 없는 것보다는 낫다고, 대니는 그렇게 생각한다.

14.

트레일러하우스 안에 들어가 문을 닫자 갑자기 온몸이 사시나무처럼 떨려서 자리에 앉아야 한다. 술을 마시던 시절에는 과음한 다음 날, 커피 한 잔을 마시기 전까지 온몸이 부들거렸는데 그때 이후로 이런 건 처음이다. 이 증상이 나타날 땐 아스피린도 필수였다. 위치타의 유치장에서 눈을 떴을 때도 당연히 같은 증상이 나타났지만 커피도 아스피린도 없어서 가라앉힐 수가 없었다. 그가 술을 끊지 않으면 이보다 더 심각한 문제를 일으킬 수도 있겠다고 결단한 순간이 그때였다. 그래서 끊었는데 지금 이 개 같은 상황을 보라. 선행을 베풀면 어쩌고저쩌고.

커피를 끓일 기운도 없지만 냉장고에 여섯 팩짜리 펩시 콜라가 있다. 하나를 따서 벌컥벌컥 마시고 요란하게 트림을 하자 떨림이 가라앉기 시작한다. 변호사의 이름은 에드거 볼이고 이 지역에 산다. 그는 볼과 연결이 될 거라고 기대하지는 않지만 (금요일 오후 5시가 지났다)

녹음된 메시지가 번호를 알려 주며 급한 일이면 거기로 연락하라고 한다. 대니는 그 번호로 연락한다.

"여보세요?"

"에드거 볼 씨 되시나요? 변호사로 일하시는?"

"맞습니다. 그런데 아내와 함께 해피 잭스에서 저녁을 먹으려고 나가려던 참이라서요. 전화하신 이유를 간단하게 말씀해주세요."

"저는 대니 코플린이라고 합니다. 경찰에서 제가 어떤 아가씨를 살해했다고 믿는 것 같아서요." 그는 다시 생각해 본다. "그렇게 믿고 있어요. 저는 살인범이 아니라 시신이 묻혀 있는 곳을 알려 줬을 뿐이에요. 내일 매니토 경찰서에 와서 심문을 받으라고 하네요."

"매니토 경찰서에서……"

"매니토 경찰서가 아니고 캔자스 수사국이에요. 매니토 경찰서의 방 하나를 빌려서 저를 심문할 거라고 해요. 오늘 밤에 고민해 보라는데, 내일 날이 밝으면 체포하러 올 수도 있을 것 같아요. 그래서 변호사가 필요해요. 연락처는 빌 덤프라이스에게 받았어요."

뒤에서 여자가 뭐라고 외친다. 볼은 금방 가겠다고 말하고 대니에게 이야기한다. "나는 부동산 전문 변호사예요, 빌이 그 얘기는 안 하던가요? 간판을 건 첫해 이후로 형사 소송은 처리한 적이 없고 그 당시에도 대부분 음주 운전 아니면 경절도죄였어요."

"아는 변호사가 없어서……"

"심문이 몇 시인가요?"

"10시까지 오래요."

"램파트가(街)에 있는 매니토 경찰서로 말이죠?"

"아마 그렇겠죠?"

"심문 때 배석할게요, 그 정도는 할 수 있어요."

"감사합……"

"나중에 경찰 측에서 소를 취하하지 않으면 형사 사건을 다루는 변호사를 소개해 줄게요."

대니는 다시 고맙다고 인사하고 혹시 경찰서까지 그를 태워 줄 수 있느냐고 물으려고 하지만 볼은 이미 전화를 끊었다.

대단한 성과는 아니지만 그래도 의미가 있다. 그는 베키에게 전화한다.

"베크, 나예요." 그녀가 전화를 받자 그는 이렇게 말한다. "내가 사소한 문제가 생겨서요, 혹시……"

"무슨 사소한 문제인지 알아요." 베키는 말한다. "그리고 내가 보기에는 사소한 문제가 아닌 것 같은데요. 방금 신시아 뱁슨하고 통화하고 끊은 참이에요."

어련하실까. 대니는 생각한다.

"신시아 말로는 경찰이 북쪽에서 발견된 그 아가씨를 당신이 죽였다고 생각한다던데요."

그녀는 이쯤에서 말을 끊고 그가 아니라고, 무슨 말도 안 되는 소리냐고 하길 기다리지만 그건 불필요한 절차다. 그들은 3년 전부터 알고 지낸 사이고 매주 한 번, 가끔은 두 번씩 잠자리를 하며, 그가 그녀의 딸을 학교에서 데려오기도 하니 그럴 필요가 없다. 더 이상 무슨 말이 필요할까.

그는 말한다. "내일 캔자스 수사국에서 파견된 경위 두 명하고 이야기를 나누어야 하는데, 당신 차를 빌려 탈 수 있을까 해서요. 경찰이 내 트럭을 그레이트밴드로 끌고 가서 언제 돌려줄지 모르겠어요."

한참 동안 정적이 흐른 뒤 베키가 말했다. "내일 딸 데리고 하이 뱅크스 명예의 전당 가기로 했거든요. 걔가 거기 있는 특이한 차를 얼마나 좋아하는지 알죠?"

가 본 적은 없지만 대니도 아는 곳이다. 그는 달라 진이 적어도 그에게는 난쟁이 레이싱 카에 대해 일말의 관심조차 표현한 적이 없다는 것도 안다. 인형 박물관이었다면 얘기가 달라졌을 텐데.

"그래요. 알겠어요."

"당신은 그 아가씨랑 아무 상관없는 거 맞죠, 그렇죠, 대니?"

그는 한숨을 쉰다. "맞아요, 베크. 그녀가 어디 묻혔는지 알게 됐을 뿐이에요."

"어떻게요? 그건 어떻게 알았어요?"

"꿈을 꿨어요."

그녀는 흥분한다. "「인사이드 뷰」에 소개된 레티셔처럼요?"

"네. 딱 그 여자처럼요. 이제 그만 끊을게요, 베키."

"건강 잘 챙겨요, 대니."

"베크, 당신도요."

그녀는 적어도 꿈에 대해서는 믿어 주었어. 그는 생각한다. 그런데 베키는 슈퍼마켓에서 파는 그 가십 잡지에 실린 기사라면 전부 믿는 여자다. 엘리자베스 여왕의 유령이 밸모럴성을 배회하고, 아마존 열대 우림 깊숙한 곳에서는 지능을 갖춘 개미 인간이 살고 있다는 것까지 말이다.

15.

엘라 데이비스는 파트너를 태우고 라이언스에 있는 그의 호텔로 가서 차양 아래에 차를 세운다. 젤버트는 낡고 찌그러진 서류 가방(캔자스 전역을 상하좌우로 20여 년 누비는 동안 항상 함께했던 친구다)을 집어 들며 그녀에게 내일 9시까지 매니토 경찰서로 가겠다고 말한다. 자기 차를 타고 갈 테니 데리러 올 필요 없다고 한다. 코플린이 10시에 도착할 테니 그 전에 공격 작전을 다시 한번 점검하자고 한다. 데이비스는 언니의 집이 있는 그레이트밴드로 갈 것이다. 거기서 성대한 생일파티가 열릴 예정이다. 그녀의 딸이 이제 여덟 살이 된다.

"이 정도면 그 남자를 체포할 수 있을까요, 프랭크?"

"감식반이 그의 트럭에서 뭘 찾을지 기다려 봐야지."

"그가 범인이라고 100퍼센트 확신하시는 거죠?"

"응. 운전 조심해, 엘라."

그녀는 출발한다. 젤버트는 손을 한 번 흔들어 주고 자기 방으로 가는 길에 그의 셰비 캐프리스를 한 번 토닥여 준다. 서류 가방처럼 캐프리스도 그와 함께 캔자스주 이편의 캔자스시티에서부터 저편의 스코트시티에 이르기까지 숱한 사건 현장을 누볐다.

방 두 개짜리 스위트룸은 으리으리한 것과는 거리가 멀고 전형적인 '캔자스 평원'이다. 살균제 냄새가 나고 그보다는 희미하게 곰팡이 냄새도 풍긴다. 변기는 물을 내린 뒤 레버를 잡고 여러 번 흔들어 주지 않으면 킥킥 웃는 소리를 내곤 한다. 에어컨은 살짝 덜컹거린다. 그는 이보다 좋은 데도 있어 봤지만 훨씬 열악한 데도 있어 봤다. 젤버트는 서류 가방을 침대 위에 던지고 번호를 돌려서 잠금장치를 푼다. 인덱스에 위커라고 적혀 있는 파일을 꺼낸다. 커튼이 잘 닫혀 있는지 확인한다. 문에 체인을 걸고 잠금장치를 돌린다. 그런 다음 옷을 하나씩 전부 벗어서 서류 가방 위에 개켜 놓는다. 알몸으로 문 옆 의자에 앉는다.

"1."

그는 손바닥만 한 (무용지물에 가까운) 책상 옆 의자로 자리를 옮겨서 거기 앉는다. "1 더하기 2, 더하기 3은. 6."

그는 침대로 가서 서류 가방과 접어 놓은 옷 옆에 앉는다. "1, 2, 3, 4, 5, 그리고 6은 21."

그는 욕실로 가서 닫아 놓은 변기 뚜껑 위에 앉는다. 앙상한 엉덩이에 닿는 플라스틱이 서늘하게 느껴진다.

"1, 2, 3, 4, 5, 6, 7, 8, 9 그리고 10은 55."

그는 앙상한 성기를 추처럼 흔들며 다시 첫 번째 의자로 돌아가서 앉는다. "이제 11, 12, 13, 14 그리고 15를 더하면 120."

그는 한 바퀴 더 돌고 나서 흡족해한다. 가끔은 열 바퀴, 스무 바퀴를 돌고 난 다음에서야 이제 됐다는 생각이 들 때도 있다. 그는 한참 동안 참고 있었던 오줌을 싼 다음 17까지 세며 손을 씻는다. 손을 씻을 때 17이 완벽한 이유는 모른다. 그냥 그렇다. 이를 닦을 때도 적용된다. 머리를 감을 때는 청소년 시절부터 25였다.

그는 침대 아래에서 캐리어를 꺼내 새 옷을 입는다. 벗어서 갠 옷은 캐리어에 넣는다. 그런 다음 캐리어를 침대 아래에 다시 넣는다. 그는 무릎을 꿇고 중얼거린다. "주님, 주님의 뜻에 따라 저는 캔자스 주민을 섬깁니다. 주님의 뜻이라면 가엾은 이본 양을 살해한 범인을 내일 체포하겠습니다."

그는 파일을 들고 아무짝에도 쓸모없는 책상 옆에 놓인 의자로 가서 펼친다. (1에서부터 5까지 더해 15를 만들며) 이본 양의 사진을 다섯 번 훑어본다. 끔찍해서 차마 볼 수 없는 상태다. 끔찍하고 끔찍하다. 이 사진들을 보면 세상에 둘도 없이 차가운 심장의 소유자도 무너질 것이다. 그의 주의를 계속 끄는 부분은 참 팔찌(보아하니 참이 일부 없어졌다)와 머리칼에 묻은 흙이다. 가엾은 이본 양! 스무 살에 강간과 살해를 당하다니! 얼마나 고통스러웠을까! 얼마나 무서웠을까! 잴버트의 교회 목사는 천국의 기쁨에 거하면 이 세상의 공포와 고통이 모두 사라진다고 주장한다. 훌륭한 발상이지만 잴버트는 잘 모르겠다. 죽음마저 뛰어넘는 트라우마도 있을지 모른다는 것이 그의 생각이다. 끔찍한 생각이지만 그에게는 맞는 말 같다.

병리학 보고서를 보는데, 그게 골치 아프다. 거기에는 이본 양이 기름을 머금은 흙에 최소 열흘 동안 묻혀 있다가 고속도로 순찰대에 의해 발굴됐고 실제 살해당한 시점은 알 수 없다고 적혀 있다. 코플린이 그녀를 주인 없는 주유소 뒤편에 곧바로 묻었을 수도 있고 시신을 당분간 방치했을 수도 있다. 어디로 치우면 좋을지 알 수 없어서 아니면 그만 아는 정신병적인 이유로. 좀 더 정확한 사망 시간을 알아내지 못하면 코플린은 알리바이가 필요 없어진다. 그는 움직이는 표적이 된다.

"하지만 그는 체포되고 싶어 해. 그래서 정체를 드러낸 거야. 입으로는 싫다고 하면서 눈으로는 좋다고 하는 여자랑 같아." 남들 앞에서 그런 식으로 비교할 수는 없다. 특히나 엘라 데이비스 앞에서는. 이 #여성을믿어라 시대에는.

나는 이본 양을 믿어. 그는 생각한다.

증거가 이것밖에 없다는 데 우울해져서 다시 의자를 갈아탈까 싶지만 그러지 않기로 한다. 대신 스낵 색에 가서 치즈버거와 밀크셰이크를 사 오기로 한다. 걸음 수를 세서 더한다. 의자 갈아타기만큼 효과가 좋진 않지만 그래도 마음이 상당히 편안해진다. 그는 캔자스 평원 스위트룸에 앉는다. 다른 수많은 임시 거처처럼 이곳 역시 나가자마자 잊히는 신세가 될 것이다. 그는 치즈버거를 먹는다. 빨대가 바닥을 빠는 소리가 들릴 때까지 밀크셰이크를 마신다. 코플린이 이본 양이 있는 곳을 꿈에서 보았다고 했던 것에 대해 생각한다. 그걸로 미루어 볼 때 그 남자는 자백하기 원하고 있다. 범행을 시인할 테고, 그러면 코플린은 끝장이다.

16.

대니가 멍하니 넷플릭스를 보고 있을 때 전화벨이 울린다. 화면에 베키의 이름이 뜬 걸 보고 대니는 그녀가 차를 빌려주기로 그새 생각을 바꿨나 보다고 생각한다. 그런데 아니다. 그녀는 당분간 그만 만나는 게 좋겠다고, 거리를 두자고 한다. 그 워커 사건의 혐의가 사라질 때까지는. 물론 그렇게 되겠지만.

"그런데 저기, 문제는 이거예요, 대니. 앤디가 법원에 다시…… 그 뭐라더라…… 달라 진의 양육권 소송을 접수하겠다고 하고 있거든요. 그런데 그쪽 변호사가 내가 그 아가씨 사건의…… 그러니까…… 용의자와 만나고 있었다는 걸 알아내면 판사를 설득할 수 있을지 모르잖아요."

"정말요, 베크? 그가 양육비를 6개월치 밀렸다고 하지 않았어요? 양육비도 대지 않는 아버지에게 딸을 냉큼 넘길 판사는 없다고 보는데요, 안 그래요?"

"나도 알아요, 하지만…… 대니, 생각해 봐요…… 그이가 달라 진을 데려가면 양육비를 댈 필요가 없어지잖아요. 사실…… 이게 어떤 식인지는 나도 잘 모르겠지만 내가 그에게 양육비를 줘야 할 수도 있어요."

"그가 주말에 달라 진을 마지막으로 데리고 나간 게 언제였어요?"

그녀는 아까보다 더 설득력 없는 헛소리를 동원해 가며 냉큼 대답하고 그는 자기가 이렇게 꼬치꼬치 따지고 드는 이유를 알 수 없어 한다. 진정한 사랑인 적도 없었고 그저 같은 트레일러하우스 주차장에 살며 중년을 향해 가는 두 독신 남녀 간의 계약 관계였을 뿐인데 말이다. 휘말리고 싶지 않다는 건가? 좋다. 하지만 달라 진은 그리울 것이다. 꽃을 심어서 시멘트 블록으로 된 그의 집 앞 계단을 꾸미는 데 도움을 주었던 아이. 달라 진은 정이 많고 또······.

어떤 생각 하나가 떠오른다. 불쾌한 생각, 그럴듯한 생각, 불쾌하게 그럴듯한 생각이다.

"내가 달라 진에게 무슨 짓을 저지를까 봐 걱정하는 거예요, 베키? 그 애를 추행이라도 할까 봐? 그래서 이러는 거예요?"

"아니에요, 설마!"

하지만 그는 그녀의 목소리에서 느낀다. 아니면 느껴지는 것 같다고 생각한다. 그게 그거다.

"건강 잘 챙겨요, 베키."

"대니······."

그는 전화를 끊고 자리에 앉아서 텔레비전을 본다. 어떤 덜떨어진 남자가 어떤 덜떨어진 여자에게 문제가 복잡하다고 말하고 있다.

"그러게 말이지." 대니는 텔레비전을 꺼 버린다. 앉아서 텅 빈 화면을 바라보며 생각한다. *스스로를 동정하진 않겠어. 발견한 시신을 신고하려다가 실수했을 뿐이야. 자기 연민은 사양이야.*

그러다 그의 얼굴을 스멀스멀 훑던 잴버트의 시선을 떠올린다.

"그 인간을 조심해." 그는 말한다. 2년 만에 처음으로 맥주를 마시고 싶어진다.

17.

젤버트는 꼬챙이처럼 똑바르게 누워 밖에서 부는 평원의 바람 소리를 들으며 내일의 심문에 대해 생각한다. 생각하고 싶지 않다. 얼른 자야 내일 아침에 상쾌하게 눈을 뜰 수 있다. 밤새 뒤척이며 잠을 설쳐야 하는 사람은 코플린이다.

하지만 가끔 기계를 끌 수 없을 때가 있다.

그는 침대 밖으로 다리를 내리고 휴대 전화를 집어 지난 7년 동안 캔자스 수사국의 감식반장으로 근무 중인 조지 깁슨에게 전화한다. 깁슨은 판사가 수색 영장을 발부하자마자 위치타에서 날아왔고 코플린의 트럭이 배달되자마자 작업을 시작할 태세를 갖추고 있었다. 그에게 전화하는 건 실수다. 뭐가 있으면 깁슨이 *그에게* 전화할 것이다. 하지만 어쩔 수가 없다. 가끔(예를 들면 지금 같은 때) 마약쟁이들의 심정이 이해가 될 때가 있다.

"조지, 프랭크야. 뭐 찾은 거 있나? 그 아가씨가 그의 트럭에 있었다는 아무 증거라도?"

"아직은 없어." 깁슨은 말한다. "하지만 계속 뒤지는 중이야."

"전화기 계속 켜 놓을게. 뭐든 확실한 거 찾으면 연락 부탁해. 아무리 늦어도 괜찮으니까."

"알았어. 이제 나 다시 일해도 될까?"

"그래. 미안. 그냥…… 우리는 그 아가씨를 위해 일하고 있어, 조지. 이본 양을 위해. 우리는 그 아가씨의……"

"옹호인이지. 일깨워 줘서 고마워."

"미안. 미안. 다시 일해."

젤버트는 전화를 끊고 자리에 눕는다. 숫자를 세고 더하기 시작한다. 1에 2를 더하면 3, 여기에 다시 3을 더하면 6, 다시 4를 더하면 10, 다시 5를 더하면 15. 17에 이르러 153이 되자 마침내 노곤해지기 시작한다. 28에 이르러 406이 되자 그는 스르르 잠이 든다.

18.

2시에 울린 전화벨 소리가 그를 깨운다. 깁슨이다.
"희소식이길 바랄게, 조지."
"나도 그러고 싶지." 깁슨은 지친 투다. "트럭은 깨끗해. 아직 눈을 뜰 수 있을 때 집에 가려고."
잴버트는 침대 위에서 벌떡 일어나 앉는다. "아무것도 없다고? 농담이지?"
"나는 밤 12시 이후에는 절대 농담하지 않아."
"리프트로 들어 올려 본 거야? 하부도 살폈어?"
"번데기 앞에서 주름잡지 마, 프랭크."
깁슨의 말투를 들어 보니 폭발하기 직전이다. 잴버트는 이쯤에서 멈추어야 한다. 그런데 멈출 수가 없다.
"세차를 했나 보네, 그렇지? 그 새끼가 세차를, 그것도 아주 꼼꼼하게 했나 보네."
"최근에는 한 적 없어. 거널에 다녀오느라 묻은 흙이 아직 잔뜩 남아 있어. 운전석이나 짐칸에도 표백제를 쓴 흔적이 없고."
잴버트는 좀 더 많은 것을 기대했다. 뭔가가 있길 기대했다. 진심으로 그랬다.
깁슨이 말한다. "지문이나 머리카락이나 그 아가씨의 옷 조각이 나왔다면 더할 나위가 없었겠지. 최적이었을 거야. 하지만 못 찾았다고 해서 그 트럭에 그 아가씨를 실은 적 없었던 게 되는 건 아니야. 내부 세차를 끝내주게 했거나……"

"아니면 그 트럭에 싣지 않았을 수도 있지." 잴버트는 두통의 기미를 느낀다. 다시 잠을 청하는 건 불가능할지 모른다. "다른 차로 그 아가씨를 실어 날랐을 수도 있어. 그 트레일러하우스 주차장에 여자 친구가 있거든. 그 여자 차를 썼을 수도 있어. 그가 자백하지 않으면……"

"제3의 가능성도 있지."

"그게 뭔데?" 잴버트는 쏘아붙인다.

"그가 무죄일 수도 있다는 거."

잴버트는 놀라서 잠깐 아무 말도 하지 못한다. 그러다 폭소를 터뜨린다.

19.

다음 날 아침에 잴버트가 매니토 경찰서에 도착하고 보니(새로 갈아입은 아저씨 청바지, 새로 갈아입은 셔츠, 어제 입은 행운의 검은색 재킷 차림으로) 엘라 데이비스가 앞의 계단에서 담배를 피우며 그를 기다리고 있다. 걸어오는 그가 보이자 그녀는 담배를 바닥에 던지고 밟아서 끈다. 피곤해 보인다고 말을 할까 고민하다가 생각을 바꿔서 대신 코플린의 트럭 조사 결과가 나왔느냐고 묻는다.

"깨끗하대." 잴버트는 무난한 검은색 구두 사이로 서류 가방을 내려놓는다. "우리에게 할 일이 좀 더 남았다는 뜻이지."

"이본 위커가 첫 번째 희생자가 아니라는 뜻일 수도 있죠. 그럴 가능성에 대해서 생각해 보셨어요?"

당연히 해 봤다. 연쇄 살인범들은 종종 첫 번째 범행 시에는 실수를 저지르지만 잡히지 않으면 실수를 통해 배운다. 그는 데이비스에게 트럭 안에 표백제 잔여물이 남지 않았다고, 그러니까 코플린이 표백제로 핏자국과 다른 체액을 닦거나 DNA를 건드리지 않았다는 뜻이라고 알려 줄 수도 있었지만 그런 생각을 하지 못한다. 중요하지 않은 문제이기 때문이다. 코플린이 그녀를 해쳤다. 꿈을 꿨다고 한 건 바보 같은 허세였거나 (데이비스의 말마따나 불을 질러 놓고 돌아와 진화를 돕는 방화범처럼) 죄책감 때문에 너무 괴로워서 자백하고 싶어졌거나 둘 중 하나다. 잴버트는 후자일 거라고 생각하고 그 방면에서 그를 기꺼이 도울 용의가 있다.

"이본 양은 5월 31일 밤에 아칸소시티의 쉼터에 묵었어." 잴버트는 말한다. "숙박 대장에 사인을 했더라고. 다음 날 아침에 가스 앤 고에서 커피와 소시지 비스킷을 샀는데 거기가 35번 주간 고속도로와…… 어디 근처였지?"

"166번 국도가 만나는 교차로요. 보안 카메라에 찍혔어요. 떡하니. 점원이 「오클라호만」에 실린 그녀의 사진을 보고 연락했죠. 칭찬 스티커라도 줄까 봐요."

잴버트는 고개를 끄덕인다. "6월 1일, 오전 8시 직후에. 그러고는 차를 얻어타려고 35번 고속도로로 갔어. 그때를 끝으로 아무도 그 아가씨를 보지 못했지, 코플린이 거널에 시신이 있다고 신고하기 전까지. 여기까지 맞지?"

데이비스는 고개를 끄덕인다.

"그러니까 코플린을 심문할 때 6월 1일부터 그 신고를 한 24일까지 어디서 무얼 하고 있었는지 물어봐야 해."

"기억이 나지 않는다고 하겠죠. 그럴 만도 해요. 자기가 어디 갔는지 기억하는 사람은 텔레비전에서나 볼 수 있으니까. 저만 해도 6월 5일이나…… 10일에…… 어디 갔었느냐고 선배님이 물으시면 대답하지 못할 거예요. 확실하게는요."

"근무하는 고등학교에서 출퇴근 카드를 찍으니까 그걸로 어느 정도 설명이 되겠지."

그녀가 뭐라고 말을 하려고 하자 그가 손가락 두 개를 들어 가로막는다.

"무슨 생각하는지 알아. 출근 카드를 찍은 다음 뭘 하는지 알 길이 없지 않으냐고. 하지만 그 밑에서 일하는 학생이 둘 있잖아. 나중에 그 학생들과 대화를 나눠 봐야겠어. 그가 그 둘만 두고 장시간 동안, 어쩌면 하루 종일 자리를 비운 적이 있는지."

데이비스는 큼지막한 핸드백에서 수첩을 꺼내 메모를 하기 시작한다. 거기에 코를 박은 채 묻는다. "6월 첫 주면 방학 전이었어요. 인터넷으로 학사 일정 체크했어요. 그가 출근했다면 본 사람이 많을 거예요."

"그들 전부와 얘기를 나눠 보지." 젤버트가 말한다. "자네하고 나 둘이서. 그가 그 3주 동안 어디에 있었는지 최대한 알아내 보자고. 구멍을 찾는 거야. 앞뒤가 안 맞는 부분을. 괜찮겠나?"

"네."

"오늘 아침에 그가 자백하지 않을 경우에 그렇게 하자는 건데, 아무래도 그럴 것 같아."

"딱 하나 마음에 걸리는 부분이 있어요." 데이비스가 말한다. "범인이 정액을 남겼다고 했을 때 그가 지었던 표정이요. 안도하는 표정이었거든요. 보디랭귀지도 그렇고 거의 반색하는 것도 같았어요. 면봉으로 샘플을 채취하겠다고 했을 때도 얼른 뺨을 내밀었고요."

젤버트는 몸으로 그 생각을 밀쳐 내리는 듯 손바닥을 보이며 두 손을 위로 든다. "그가 뭐하러 DNA 걱정을 하겠어? 예방 조치를 취하고 강간했으니 뻥이라는 걸 알았겠지."

데이비스는 아무 말도 하지 않지만 표정을 보고 그는 미간을 찌푸린다. "왜?"

"안도하는 표정이었어요." 그녀는 했던 말을 반복한다. "콘돔에 대해서 몰랐던 것처럼. DNA를 대조하면 곤경에서 벗어날 수 있겠다고 생각하는 것처럼."

젤버트는 폭소를 터뜨린다. "나쁜 놈들 중에 유난히 연기를 잘하는 녀석들도 있잖아. 테드 번디는 여자 친구가 있었어. 데니스 레이더는 아내를 속였고. 그것도 몇 년씩이나."

"그렇긴 하지만, 일회용 휴대 전화의 경우에는 별로 치밀하지 못했잖아요."

그는 다시 미간을 찌푸린다. "왜 이래, 엘라. 우리가 자길 찾아주길 바랐던 거지. 자, 이제 우리가 나서서 오늘 아침에 이본 양의 억울함을 풀어 줘야 하지 않겠어?"

그녀는 곰곰이 생각해 본다. 젤버트는 캔자스 수사국에서 수사관으로 근무한 지 20년째다. 그녀는 경위 5년 차다. 그녀는 그의 본능을 믿는다. 게다가 꿈을 꾸었다니 누가 들어도 황당한 구라다.

"그렇죠."

그는 그녀의 어깨를 토닥인다. "그래야지, 파트너. 그걸 기억하라고."

20.

경찰차가 또 트레일러하우스 앞으로 출동하는 사태는 피하고 싶었기에 대니는 9시 30분에 주머니에 손을 꽂고 오크 그로브 입구에 서서 그를 태우러 올 차를 기다린다. 그는 익명으로 신고한답시고 설치는 바람에 상황만 더 꼬이게 만들었다는 생각을 하고 있다. 그리고 젤버트 생각을 하고 있다. 그 여자는 무섭지 않다. 젤버트는 무섭다. 젤버트는 입장을 정했는데, 대니에게는 믿을 사람이 몇 명 되지 않는 (베키처럼 「인사이드 뷰」를 읽는 사람들이나 믿어 줄) 꿈 이야기밖에 없다.

뭐, 무기가 하나 더 있긴 하다. 그는 그 아가씨를 죽이지 않았다는 것.

알고 보니 트레일러하우스 앞에서 기다려도 됐다. 그를 데리러 온 차가 암행 순찰차다. 운전대를 쥔 경찰이 제복은 입고 있지만 모자는 벗어서 좌석 위에 놓고 셔츠 윗단추를 풀어서 일반 시민 같다.

그가 조수석 창문을 내린다. "코플린 씨 되십니까?"

"네. 앞자리에 같이 앉아도 되나요?"

"어, 잘 모르겠네요." 경찰이 말한다. 어려서 기껏해야 스물다섯 살 정도 되어 보인다. 여기는 캔자스인데도 느긋한 서퍼 같은 분위기를 풍긴다. "저를 공격하실 건가요?"

대니는 미소를 짓는다. "최소한 오후 느지막한 시간까지는 아무도 공격하지 않아요."

"좋아요, 다 큰 어른답게 앞자리에 앉으세요. 하지만 부탁 하나 할게요. 손을 잘 보이는 데 놓아 주세요."

대니는 차에 올라탄다. 안전벨트를 맨다. 대시보드 컴퓨터는 꺼져 있지만 경찰 무전기에서는 너무 작아서 알아들을 수 없는 중얼거림이 계속 흘러나온다.

"자, 자." 경찰이 말한다. "손바닥만 한 우리 경찰서에서 캔자스 수사국 심문이 이루어지다니. 짜릿한 순간이네요, 그죠?"

"내 입장에서는 아니에요."

"그 아가씨를 죽였어요? 거널에서 발견된 그 아가씨? 아무한테도 얘기 안 할게요."

"아뇨."

"하긴, 죽였다고 할 리 없겠죠?" 경찰은 반문하고 폭소를 터뜨린다. 놀랍게도 대니도 따라서 웃는다. "죽이지도 않았는데 시신이 거기 있는 걸 어떻게 알았어요?"

대니는 한숨을 쉰다. 이제 다 소문이 난 모양이다. 엘비스도 노래했다시피 그가 저지른 일이니 그가 수습해야 한다. "꿈에 나왔어요. 그래서 확인차 찾아가 봤더니 정말 있더라고요."

경찰은 그의 예상과 다르게 그렇게 황당한 얘기는 처음 들어 본다고 하지 않는다. "별 희한한 일도 벌어지고 그러죠." 그는 이렇게 말한다. "여기서 서쪽으로 100킬로미터쯤 가면 나오는 레드블러프라고 아세요?"

"들어는 봤지만 가 본 적은 없어요."

"어떤 할머니가 경찰서를 찾아와서 조그만 남자아이가 오래된 우물에 빠지는 환상을 봤다고 한 적이 있어요. 6년인가 8년 전에요. 그런데 어떻게 됐는지 아세요? 그 아이가 정말 우물 속에 있었어요. 목숨이 붙은 채로. 전국적으로 화제가 됐죠. 수사국 수사관들한테 그 사건 검색해 보라고 하세요. 레드블러프, 우물에 빠진 아이. 검색하면 나올 거예요. *하지만……*"

"하지만 뭐요?"

"그 아가씨를 죽이지 않았다면 끝까지 지금 입장을 고수하세요. 바꾸면 저들이 교수형을 때릴 거예요."

"어째 캔자스 수사국을 좋아하지 않는 것 같네요."

경찰은 어깨를 으쓱한다. "웬만하면 괜찮아요. 그쪽에선 우리를 촌놈 취급할 때가 많지만 까놓고 보면 촌놈 맞잖아요? 병력이라고는 여섯 명뿐이고 마을 밖에 작은 과속 단속 구역 하나 있는 게 전부니까요. 당직 경찰관이 그러는데, 당신을 심문하려고 그 둘이서 휴게실을 쓴다고 했대요. 우리도 심문할 일이 있으면 거길 써서 카메라와 마이크가 설치돼 있거든요."

그는 경찰서 앞에 차를 댄다. 문이 열리고 잴버트가 나온다. 그는 팔꿈치에서 색이 빠진 검은색 재킷 차림으로 계단 꼭대기에 서서 그들을 내려다본다.

"한 가지만 더 말씀드릴게요, 코플린 씨. 우리는 프랭크 잴버트를 알아요. 그는 멈출 줄 모르는 인간이에요. 고속도로 순찰대는 얼어 죽을 놈의 전설이라도 되는 것처럼 잴버트를 떠받들어요. 그런데 그는 꿈 이야기를 믿지 않을 것 같아요."

"그 정도는 나도 이미 알고 있어요." 대니는 말한다.

21.

대니는 계단을 올라간다. 잴버트가 손을 내민다. 대니는 망설이다가 악수에 응한다. 어제처럼 잴버트는 손이 건조하고 뜨겁다.

"와 줘서 고마워요, 대니. 들어가서 이 상황을 정리합시다. 당직 경찰관이 방금 커피를 한 주전자 새로 끓였어요."

"잠깐만요."

잴버트는 미간을 찌푸린다.

"아직 10시 5분 전이잖아요." 대니는 말한다. "올 사람이 있어서요."

"네?"

"변호사요."

잴버트는 눈썹을 추어올린다. "일반적으로는 죄를 지은 친구들이 변호사를 대동할 필요성을 느끼는데요."

"아니면 똑똑한 친구들이 그러죠."

이 말에 잴버트는 아무 대꾸도 하지 않는다.

10시 정각에 에드거 볼이 등장한다. 어마어마하게 거대한 혼다 골드 윙 오토바이를 타고 온다. 엔진이 워낙 조용해서 내장된 라디오에서 흘러나오는 추억의 이지 리스닝(REO 스피드왜건의 「테이크 잇 온 더 런」)까지 들린다. 볼은 오토바이를 세우고 킥 스탠드를 받치고 시트에서 내린다. 대니는 그에게 당장 호감을 느낀다. 거대한 오토바이 때문이기도 하지만, 불룩한 가슴살을 당당히 드러내는 골프 셔츠에 무릎 위에서 펄럭이는 낡고 큼지막한 카키색 반바지를 입은 중년 남자이기 때문이기도 하다. 이렇게 진짜 부동산 전문 변호사처럼 생기지 않은 진짜 부동산 전문 변호사는 처음이다.

"그쪽이 대니얼 코플린 씨 되시죠?" 그는 말하며 짧고 두툼한 손을 내민다.

"맞습니다." 대니는 말하고 그와 악수한다. "와 주셔서 감사합니다."

빌은 검은색 재킷을 입은 남자에게로 관심을 돌린다. "저는 법률 대리인 에디 볼이라고 합니다. 실례지만 선생님은?"

"캔자스 수사국 소속 프랭클린 잴버트 경위입니다." 그는 볼이 내민 손을 보지 못했는지 거의 아무도 없다시피 한 매니토의 메인가(街)를 훑어본다. "안으로 들어갑시다. 대니에게 물어볼 것들이 있으니."

"먼저 들어가시죠." 볼이 말한다. "저희도 금방 따라 들어가겠습니다. 제 의뢰인과 단둘이서 잠깐 이야기를 나누고 싶어서요."

잴버트는 미간을 찌푸린다. "하루 종일 여기 매달려 있을 작정이에요? 나는 이 건을 얼른 끝내고 싶고 대니도 분명 그럴 거요."

"그럼요. 하지만 워낙 심각한 문제가 돼 놔서요." 빌은 여전히 서글서글한 투로 말한다. "하루 종일 매달려 있어야 한다면 어쩔 수 없죠. 저는 심문 전에 의뢰인과 대화를 나눌 권리가 있습니다. 캔자스 수사국 소속이라면 잘 아실 텐데요. 제가 이분을 제 썰매 뒷자리에 태워서 사무실로 데려가지 않고 여기 이 경찰서 앞 계단에서 대화를 나누겠다는 데 고마워하셔야죠, 경위님."

"5분 드리죠." 잴버트는 말한다. 그러고는 대니에게. "상황을 점점 안 좋은 쪽으로 몰고 가는군요."

"아, 왜 이러세요." 빌은 끝까지 서글서글하게 말한다. "오글거리는 대사는 삼가 주시면 감사하겠습니다."

잴버트는 못 같은 치아를 드러내며 언뜻 씩 웃는다. *저 인간의 속을 들여다보면 항상 저 표정일 거야.* 대니는 생각한다.

잴버트가 사라지자 볼이 말한다. "저 인간 진짜 타타르족* 같지 않아요?"

대니는 모르는 단어라 볼이 잴러트를 테이터 토트** 같다는 뜻에서 테이터라고 부른 건가 생각한다. "뭐, 만만찮은 인물이에요. 사실 겁이 나요. 나는 그 아가씨를 죽이지 않았는데, 그는 내가 범인이라고 확신하거든요."

---

* 유라시아 지역에 거주했던 유목 민족으로 무자비한 전사를 비유하는 말로 쓰임.
** 맛 감자.

볼은 손을 들어 보인다. "워워, 1차 진술은 아직 자제해 주세요. 내가 당신을 내 의뢰인으로 지칭하기는 했지만 아직은 아니거든요. 오늘 아침에 받아야 할 수수료는 400달러지만 200달러만 청구할게요. 형법에 대해 알던 걸 대부분 잊어버렸지만 토요일 오전이고 골프장에 가고 싶은 걸 참아 가며 왔고 하니. 그 금액 괜찮은가요?"

"네, 그런데 수표책을 안……"

"1달러 있어요?"

"네."

"그거면 착수금으로 충분해요. 얼른 줘 봐요." 대니가 1달러를 주자. "이제 당신은 내 의뢰인이에요. 이제 어떻게 된 일인지, 젤버트 경위가 당신을 표적으로 삼은 이유가 뭔지 정확히 알려 줘요. 아무리 봐도 그런 것 같으니까. 상관없는 건 아무것도 더하지 말고, 나중에 계속 생각나서 괴롭힐 만한 건 아무것도 빼지 말고."

대니는 그에게 꿈에 대해 이야기한다. 거널에 가서 텍사코 주유소를 찾은 것에 대해 이야기한다. 개에 대해 이야기한다. 손과 쓰레기통에 대해 이야기한다. 전부 황당한 사연이지만 그의 뺨이 벌게진 건 얼마나 바보처럼 익명의 제보 전화를 했는지 밝히고 난 뒤다.

"내가 보기에 그건 유리한 정황인데요." 볼이 말한다. "당신은 뭐가 뭔지 전혀 몰랐잖아요. 그리고 이름을 밝히지 않은 건 정보를 입수하게 된 경로를 볼 때 전적으로 이해가 되는 부분이고요."

"조금 더 고민을 했어야 했는데. 그냥 그러면 되겠거니 지레짐작했어요. 지레짐작을 두고 사람들이 뭐라고 하는지 아……"

"알죠, 알죠. 지레짐작하다가 지랄 발작하게 된다고들 하잖아요. 시대를 초월하는 명언이죠. 대니얼, 전에도 신통력을 발휘한 적 있나요?"

"아뇨."

"곰곰이 생각해 봐요. 전에도 그런 적이 있었다면 분명 도움이 될……"

"없어요. 이번뿐이에요."

볼이 한숨을 쉬고 몸을 좌우로 흔든다. 무릎까지 오는 압박 양말에 모터사이클 부츠를 신고 XL 사이즈 반바지를 입어서 대니 눈에는 재미있어 보인다.

"좋아요. 어쩔 수 없으면 받아들여라. 이것도 시대를 초월하는 명언이죠."

엘라 데이비스가 나온다. "대니, 2시간 동안 차를 타고 그레이트밴드까지 가서 우리 질문에 대답하고 싶지 않으면 이제 그만 시작하죠?"

볼은 그녀를 보며 미소를 짓는다. "선생님은 성함이?"

"캔자스 수사국 소속 데이비스 경위고 인내심이 바닥나고 있어요. 프랭크도 마찬가지고요."

"뭐, 그건 저희도 원하는 바가 아니겠죠?" 볼이 말한다. "그리고 경위님의 귀한 시간이 제 의뢰인의 귀한 시간이기도 하니 대니얼은 기꺼이 심문에 협조할 겁니다. 그래야 토요일 일상으로 돌아갈 수 있을 테니까요."

22.

매니토 경찰서의 휴게실에는 끝내주는 탄산음료 자판기가 있다. 커피메이커가 딸린 조리대 위에는 페이스트리가 몇 개 놓여 있다. 페이스트리 위에 이런 팻말이 달려 있다. 1달러에 쏩니다. 한쪽 벽에는 우리는 봉사하고 보호한다, 라고 적힌 액자가 걸려 있다. 다른 쪽 벽에는 O.

J. 심슨과 조니 카크런의 포스터가 붙어 있다. 여기에는 이런 문구가 적혀 있다. 장갑이 맞지 않으면 아무짝에도 쓸모없다.* 양옆으로 의자가 두 개씩 놓였고 한가운데에 마이크가 설치된 테이블이 정중앙에 있다. 자판기와 페이스트리 조리대 사이에서 삼각대 위에 놓인 카메라가 빨간 눈을 깜빡인다.

젤버트가 두 개의 의자를 향해 두 손을 펼친다. 대니와 그의 신임 변호사는 거기에 앉는다. 엘라 데이비스는 그들의 맞은편에 앉아 수첩을 꺼낸다. 젤버트는 일단 서 있는다. 그가 날짜, 시간, 참석한 사람들의 이름을 말한다. 그런 다음 대니에게 다시 미란다 원칙을 알려주고 권리를 이해했느냐고 묻는다.

"네." 대니는 대답한다.

"두 경위님께 스포일러를 하자면 저는 주로 부동산을 다루는 변호사입니다." 볼이 말한다. "토지 거래를 하고, 이 지역의 몇 군데 은행과 공조하고, 매수자와 매도자를 연결하고, 계약서를 작성하고, 가끔 유언장도 작성하죠. 페리 메이슨**이나 사울 굿맨***이 아니라는 말씀이에요. 이 자리에 참석한 이유는 그저 두 분이 제 의뢰인을 존중하며 편견 없이 심문을 진행하는지 확인하기 위해서입니다."

"사울 굿맨이 누구요?" 젤버트가 묻는다. 의심스러워하는 투다.

볼은 한숨을 쉰다. "텔레비전 드라마. 가상의 인물이요. 됐습니다. 질문이나 하세요."

젤버트가 말한다. "존중 얘기가 나왔으니 말인데, 존중을 받아야 할

---

* 미국의 유명한 미식축구 스타 O. J. 심슨이 전처 살인죄로 기소됐다가 현장에서 발견된 장갑이 맞지 않는 것이 결정적인 역할을 해 무죄 판결을 받았다. 당시 무죄 판결을 이끌어 낸 수석 변호사가 커크런이었다.
** 동명의 텔레비전 법정 드라마에서 주인공으로 등장하는 천재 변호사.
*** 「브레이킹 배드」에 등장하는 변호사.

사람이 있다면 이본 위커예요. 그런데 강간을 당하고 수차례 칼에 찔려서 살해됐어요."

볼은 처음으로 미간을 찌푸린다. "경위님이 이 사건의 담당 검사는 아니잖습니까. 수사관이지. 일장 연설은 넣어 두시고 질문이나 하세요, 얼른 끝내고 갈 수 있게."

젤버트는 못을 다시 드러내며 자신이 미소라고 여기는 표정을 짓는다. "제대로 된 이해를 도모하는 차원에서 짚고 넘어갈게요, 볼 씨. 제대로 이해를 도모하고 기억하는 차원에서. 우리는 지금 무방비한 젊은 여성이 잔인하게 살해된 사건을 다루고 있는 겁니다."

"제대로 이해하고 있습니다." 볼은 기가 죽은 것 같지는 않지만(적어도 대니가 보기에는 그렇다) 서글서글하던 미소는 사라졌다.

젤버트는 자기 파트너를 향해 고개를 끄덕인다. 엘라 데이비스가 말한다. "오늘 아침은 기분 어때요, 대니? 괜찮은가요?"

대니는 생각한다. 그러니까 결국에는 좋은 경찰, 나쁜 경찰이로군.

"오크 그로브의 모든 사람들이 내가 경찰이 출동할 만한 일을 저질렀다고 생각하는 것 말고는 괜찮아요. 경위님은요?"

"좋아요."

"이게 무슨 일인지 그들도 조만간 알게 되겠죠?"

"우리를 통해 알게 될 일은 없어요." 그녀가 말한다. "사건이 성립되기 전까지는 함구하니까요."

하지만 베키는 알게 될 거야. 대니는 생각한다. 그녀가 신시아 뱁슨에게 말하면 사방으로 소문이 날 테고.

"휴대 전화를 잠깐 봤으면 하는데요." 데이비스가 말한다. "형식적인 절차인데, 그래도 괜찮을까요?" 그녀는 그의 눈을 똑바로 쳐다보며 미소를 짓는다. "당신의 위치 정보만 확인해도 질문 하나를 덜 수가 있거든요. 그러면 우리는 시간이 절약되고 당신은 수고를 덜 수 있죠."

"좋은 생각이 못 돼요." 빌이 대니에게 말한다. "당신 휴대 전화를 들여다보려면 따로 영장을 받아야 할 거예요. 영장을 받았으면 이미 가져갔겠죠."

데이비스는 그의 말은 무시하고 최선을 다해 자기를 믿으라는 미소를 지으며 말한다. "그리고 당연히 당신이 잠금 해제를 해 주어야겠죠. 애플은 개인 정보 보호 문제에 굉장히 민감하니까요."

잴버트는 일단 좋은 경찰에게 총대를 맡기고 페이스트리 조리대로 후퇴한 상태다. 그가 커피를 따르며 말한다. "그러면 신뢰를 쌓는 데 상당한 도움이 될 거예요, 대니."

대니는 당신이 나를 믿어 봤자 나한테 테이블을 던지고 싶은 수준이겠지, 라고 말할 뻔하지만 침묵을 지킨다. 볼(호감은 가지만 누가 봐도 역량이 달린다)이 알려 주지 않아도 말을 아낄수록 좋다는 걸 알기 때문이다. 독설을 퍼붓고 싶은 마음은 굴뚝같지만 아무 도움도 되지 않을 것이다. 진실은 말해도 된다. 그런들 난처해질 일은 없을 것이다. 진실을 *설명*하려고 했다가는 난처해질 수도 있지만.

대니는 주머니에서 휴대 전화를 꺼내 쳐다본다. 벌써 10시 23분이다. *재미있을 때는 시간 가는 줄 모른다더니.* 그는 생각하고 휴대 전화를 다시 넣는다. "상황이 어떻게 진행되는지 보고 그때 가서 결정하겠습니다."

"사실 우리는 영장이 없어도 볼 수 있어요." 잴버트가 말한다. 이제 그는 커피를 들고 O. J.와 그의 변호사 포스터로 돌아와 있다.

"저건 확실히 뻥이에요." 볼이 말한다. "원하면 동료한테 전화해서 확인할 수 있어요. 그렇게 할까요, 경위님들?"

"대니가 올바른 판단을 내릴 거라고 확신합니다." 데이비스가 말한다. 잴버트와 함께 윌더 고등학교로 찾아와 냉혹하게 눈을 번뜩이던 여자는 사라지고 없다. 이제 그녀는 그때보다 젊고 예쁜 모습으로 나는 당신 편이라는 분위기를 뿜어내고 있다.

적어도 그렇게 보이려고 노력 중이라고 할까. 대니는 생각한다.

"당신 트럭에는 사고 기록 장치가 없더군요." 그녀가 말한다. "그게 뭔지는 알죠?"

대니는 고개를 끄덕인다. "그 망할 것은 후방 카메라도 없어요. 그래서 후진하려면 고개를 돌려서 뒤 유리창으로 확인해야 해요."

그녀는 고개를 끄덕인다. "그래서 지난 몇 주 동안 어디를 다녔는지 직접 말씀해 주셔야겠는데요. 가능하실까요?"

"몇 군데 되지도 않아요. 학교 방학이 시작되고 그다음 주말에는 볼더에 사는 남동생을 만나러 다녀왔어요. 비행기를 타고요."

"그다음 주말이라고 하면……?"

잴버트가 자기 휴대 전화를 쳐다보며 묻는다. "6월 3일과 4일인가요?"

"맞는 것 같네요. 동생이 테이블 메사 킹 슈퍼스에서 일하거든요." 그는 스티비를 아주 자랑스럽게 여기기에 좀 더 얘기하고 싶지만 이쯤에서 접는다.

엘라 데이비스는 눈을 동그랗게 뜨고 열띤 표정으로 계속 미소를 머금은 채 말한다. "좀 더 정확하게 말씀해 주시면 좋겠는데요, 대니. 이거 중요한 문제예요."

내가 그걸 모르는 것 같아요? 그는 이렇게 묻고 싶다. 당신들이 내 인생을 가지고 장난을 치는데?

"금요일 오후에 갔어요. 유나이티드 비행기를 타고. 일요일에 돌아왔는데, 그레이트밴드행 비행기가 늦게 뜨는 바람에 자정이 지나서야 집으로 돌아올 수 있었어요. 그러니까 실제로 내 침대에 다시 누운 시각은 월요일 새벽이었겠네요."

"감사합니다, 저희가 체크해 볼게요. 또 다른 곳은요?"

대니는 곰곰이 생각해본다. "일요일에 전처를 만나러 위치타에 다녀왔어요. 꿈을 꾸기 전에요."

젤버트는 코웃음을 친다.

이번에는 볼이 자기 휴대 전화를 보며 말한다. "그게 6월 11일이었을까요?"

대니는 기억을 더듬는다. "그럴 거예요. 그때 말고는 죽 여기 있었어요. 학교로 출퇴근하고 슈퍼에 다녀오고 두어 번 학교로 DJ를 데리러 가고……"

"DJ요?" 데이비스가 묻는다.

"달라 진. 내 친구 베키의 딸이요. 착한 아이예요." 그러고 나서 그는 참지 못하고 덧붙인다. "두 분 덕분에 당분간 그 아이를 자주 보지 못할 것 같네요."

데이비스는 이 말을 못 들은 체한다. "확실히 하고 넘어갈게요. 전처 마조리 코플린을 만나러 6월 11일에 위치타에 다녀왔다는 말씀이죠?"

"11." 젤버트가 말하고 확인이라도 하려는 듯 다시 한번 말한다.

"마지, 맞아요. 하지만 결혼 전 성으로 다시 돌아가서 이제는 저베이예요." 코프, 코프, 코플린이라고 불리는 것도 이제는 지긋지긋하다면서. 그는 이 말을 덧붙이지는 않는다. 속을 드러내지 말자고 일단 다짐하고 나면 점점 쉬워진다.

"그나저나 전처를 스토킹했다가 체포된 적 있었죠?" 데이비스가 지나가는 말처럼 묻는다.

볼이 움직이지만 무슨 말도 하기 전에 대니가 그의 팔에 손을 얹는다. "아뇨. 그녀가 신청한 접근 금지 명령을 어겼다가 체포됐어요. 그리고 소란 행위로요. 고소는 취하됐어요. 그녀가 직접 취하했어요."

"그래요, 다행이네요, 이제는 잘 지내는 모양이에요!" 그녀는 이것이 러시아와 우크라이나 간의 평화 협정 수준의 성과라도 되는 듯이 따뜻하게 말한다.

대니는 어깨를 으쓱한다. "결혼 마지막 해보다는 좋아졌어요. 그날 같이 점심을 먹고 내가 차 깜빡이를 고쳐 줬어요. 퓨즈가 나갔더라고요. 그러니까 맞아요, 잘 지내고 있어요."

"그래요, 잘됐네요, 잘됐어요." 데이비스는 여전히 눈을 동그랗게 뜬 채 따뜻하게 말한다. "그럼 이제 이본 워커의 지문이 당신 트럭 대시보드에 남은 이유에 대해서 들어 볼까요?"

대니는 이 질문에 대해 곰곰이 생각하고 그가 있는 곳이 구치소가 아니라 심문실이라는 사실에 초점을 맞춘다. 그는 데이비스에게 미소를 지어 보이며 말한다. "경위님 코가 점점 길어지고 있어요."

"당신은 당신이 아주 영리한 줄 알지?" 잴버트가 포스터 앞에서 묻는다.

데이비스가 그를 째려본다. 잴버트는 어깨를 으쓱하고 그녀를 향해 손가락을 튕긴다. 계속하라는 뜻이다. 그가 아무 맥락 없이(적어도 대니가 느끼기에는 그렇다) 말한다. "1, 3, 6."

"네?"

"아무것도 아니야. 이야기 계속해." *이야기*라는 단어를 살짝 강조한다.

데이비스가 말한다. "성격이 조금 다혈질인 편이죠, 대니 씨?"

"전에 술을 좋아했거든요. 지금은 끊었습니다."

"그건 별로 질문에 걸맞은 답이 아닌데요." 그녀가 나무라듯이 말한다. "전부인에게 물어보면, 나중에 물어볼 테지만, 당신의 성격에 대해 뭐라고 할까요?"

"경위님이 얘기한 것처럼 조금 다혈질이었다고 할 겁니다. 과거 시제로요."

"아, 전부 사라졌나요? 그래요?"

그녀는 기다린다. 대니는 아무 말도 하지 않는다.

"전부인을 때린 적이 있나요?"

"아뇨." 그러고는 어쩔 수 없이 사실대로 덧붙인다. "한 번 팔을 세게 잡은 적은 있어요. 멍이 생길 정도로. 그 직후에 집에서 쫓겨났어요."

"목을 잡은 적은 없고요?" 그녀는 미소를 지으며, 솔직하게 털어놓으라는 듯이 몸을 앞으로 숙인다. "악마의 유혹을 물리치고 진실을 밝혀 봐요."

"없습니다."

"전부인을 성폭행한 적은요?"

"아니, 왜 이러세요." 볼이 말한다. "존중해 달라니까요, 잊으셨어요?"

"물어보는 수밖에 없어요." 데이비스는 말한다. "위커라는 아가씨가 성폭행을 당했거든요."

"아내를 성폭행한 적은 없습니다." 대니는 말한다. 또다시 비현실감이 밀려들고 그는 생각한다. 나는 당신들을 도운 사람이야. 내가 없었다면 그 아가씨는 여태껏 떠돌이 개의 간이식당 신세를 면치 못했을 거라고.

"언제 마지막으로 아칸소시티에 가셨나요?"

화제가 바뀌는 것이 무슨 채찍질 같다. "네? 아칸소에는 한 번도 가 본 적이 없는데요."

"아칸소시티요, 캔자스주에 있는. 오클라호마주 경계선 근처요."

"가 본 적 없어요."

"그래요? 흠, 트럭에 달린 사고 기록 장치를 확인할 수도 없고 난감하네요. 토요타 툰드라에 그게 설치되기 1년 전에 산 차라. 하지만 당신 휴대 전화로는 확인이 가능할 텐데, 그렇지 않아요?"

대니는 했던 말을 반복한다. "상황이 어떻게 진행되는지 보고 결정할게요."

"헌네웰은요? 그것도 캔자스……"

대니는 고개를 젓는다. "이름은 들어 봤지만 가 본 적은 없어요."

"35번 주간 고속도로와 166번 국도가 만나는 곳에 있는 가스 앤 고는요? 거기는 가 본 적 있나요?"

"거기는 아마도 가 본 적 없는 것 같지만 가스 앤 고는 어디든 다 비슷하지 않나요?"

"아마도요? 왜 이래요, 대니. 심각한 문제라니까요."

"그 가스 앤 고가 헌네웰에 있는 거라면 가 본 적 없어요."

그녀는 메모를 적고 나무라는 눈빛으로 그를 쳐다본다. "그러게 휴대 전화를 확인할 수만 있으면……"

대니의 인내심이 한계에 다다른다. 그는 주머니에서 휴대 전화를 꺼내 테이블 위로 밀어서 보낸다. 대니의 생각이 바뀔까 봐 불안한지, 젤버트가 앞으로 나와서 낚아챈다.

"암호는 7813이에요. 그리고 돌려받으면 IT 전문가한테 맡겨서 새로 깐 거 없는지 확인해 달라고 할 거예요." 이건 완전히 뻥이다. 대니가 아는 IT 전문가는 없다.

"우린 그런 스타일 아니에요."

"네, 그리고 지문을 두고 거짓말도 하지 않겠죠." 그는 말을 잠깐 멈춘다. "정액에서 추출한 DNA를 가지고도요."

순간 데이비스는 당황한 기미를 보인다. 하지만 잠시 후에 다시 몸을 앞으로 내밀고 자기에게는 뭐든 이야기해도 된다는 듯이 미소를 짓는다. "이제 꿈 얘기를 해 볼까요?"

 대니는 아무 대답도 하지 않는다.

 "이런 환상을 자주 보나요?"

 볼이 말한다. "아니, 왜 이러세요. 여자의 시신이 정말 거기서 발견됐다면 환상이 아니죠."

 잴버트가 다시 코웃음을 친다.

 "그래도 너무나 편리한 설명이라는 건 인정하셔야죠." 데이비스가 말한다.

 "편리하다뇨." 대니는 말한다. "지금 내 상황을 보세요."

 "전에 꿨다는 이…… 꿈에 대해서 다시 들을 수 있을까요, 대니?"

 그는 그들에게 꿈 이야기를 한다. 조금도 희미해지지 않았기에 어려울 게 없고, 거길 실제로 찾아간 과정이 비슷하게 전개되기는 했지만 꿈과 현실 간의 교차 오염은 없다. 꿈은 그 자체로 독립적이며 페이스트리 위에 걸린 1달러에 쑵니다 팻말만큼이나 생생하다. 잴버트의 특이한 V자 모양 머리털과 탐욕스럽지만 반짝이지는 않는 눈만큼이나 생생하다.

 그의 이야기가 끝나자 데이비스는 전에도 번뜩이는 신통력을 느낀 적 있느냐고 (전에도 했던 질문이니 정식으로 기록을 남기려고 묻는가 보다) 묻는다. 대니는 없다고 대답한다.

 잴버트가 파트너의 옆에 앉는다. 대니의 전화기를 검은색 재킷 주머니에 넣는다. "거짓말 탐지기 검사를 받을 용의가 있어요?"

 "그러죠, 뭐. 그레이트밴드로 가서 받아야 하죠? 그럼 근무가 끝난 뒤라야 하겠네요. 그리고 당연히 트럭도 돌려받아야 하고요."

"이런 마당에 유리창을 닦고 바닥을 쓰는 건 가장 신경 쓸 필요가 없는 일일 텐데요." 잴버트가 말한다.

"다 끝났습니까?" 볼이 묻는다. "이 정도면 코플린 씨가 모든 질문에 대답을 했다고 보는데요. 제가 짐작했던 것보다 훨씬 예의를 갖춰서요. 그리고 휴대 전화는 가능한 한 빨리 돌려 주시기 바랍니다."

"몇 개만 더요." 데이비스가 말한다. "콜로라도와 위치타에 다녀온 건 우리 쪽에서 확인하면 되겠지만, 1일과 23일 사이에는 엄청난 시간의 간격이 존재하는데요. 그렇지 않나요?"

대니는 말한다. "내 휴대 전화에 저장된 위치를 확인해 보세요. 나는 외출하면 대개 트럭 사물함에 전화기를 넣어 둬요. 학교에서 같이 일하는 두 남학생에게 물어보면 내가 7시 30분에서부터 4시까지 매일 출근했다고 할 겁니다. 궁금해하시는 그 엄청난 시간의 간격은 그걸로 설명이 되겠죠?"

에드거 볼이 형법 전문 변호사는 아닐지 말라도 바보는 아니다. 그가 잴버트에게 말한다. "맙소사. 그녀가 언제 살해됐는지 모르는 거로군요, 맞죠? 심지어 언제 납치됐는지도."

잴버트는 돌처럼 차가운 눈빛으로 그를 노려본다. 엘라의 뺨이 벌게진다. 그녀가 말한다. "그건 우리가 지금 주고받는 대화와 무관한 질문이네요. 우리는 지금 대니가 용의자일 가능성을 제거하는 중이니까요."

"아니, 그럴 리가요." 볼이 말한다. "당신들은 그를 잡아넣으려고 하고 있어요. 그런데 손에 쥔 게 별로 없죠, 그죠? 심지어 사망 시각조차 몰라요."

잴버트는 O. J. 심슨과 조니 코크런의 포스터 쪽으로 어슬렁어슬렁 돌아간다. 데이비스는 대니에게 함께 일하는 남학생들 이름을 묻는다.

"팻 그레이디하고 제시 잭슨이에요. 1970년대에 활동했던 정치인과 이름이 같아요."

데이비스는 수첩에 받아적는다. "여자 친구분에게 혹시 물어보면……"

"그냥 친구예요, 여자 친구가 아니라." 적어도 얼마 전까지는. "그리고 DJ는 건드리지 말아요. 그냥 어린애니까."

잴버트는 빙그레 웃는다. "우리더러 이래라저래라 할 입장이 아닐 텐데?"

"대니, 내 말 좀 들어 봐요." 데이비스가 말한다.

그는 그녀를 손가락으로 가리킨다. "저기요, 당신 입에서 나오는 내 이름이 듣기가 싫어지고 있어요. 우리가 친구 사이는 아니잖아요, 엘라."

이번에는 볼이 대니의 팔에 손을 얹는다.

데이비스는 대니가 아무 말도 하지 않은 듯이 하던 얘기를 계속한다. 웃음기가 가신 진지한 표정으로 그를 쳐다본다. "당신은 마음의 짐을 안고 있어요. 거의 눈에 보일 정도예요. 꿈 어쩌고 하는 이유가 그 때문이잖아요."

그는 아무 말도 하지 않는다.

"너무 황당한 주장이라는 걸 당신도 인정할 수밖에 없지 않아요? 아니, 우리 입장에서 한번 생각해 봐요. 내가 보기에는 심지어 당신 변호사도 믿지 않을 것 같은데요, 단 한순간도요."

"그렇게 장담하지 말아요." 볼이 말한다. "하늘과 땅에는 네 철학으로 상상하지 못할 일들이 더 많다. 셰익스피어가 한 말이에요."

"개소리." 잴버트가 포스터 앞에서 말한다. "내가 한 말이요."

대니는 여자의 눈을 똑바로 쳐다보기만 한다. 잴버트는 가망이 없다. 데이비스는 껍데기가 단단해도 가망이 있을지 모른다.

"양심의 가책을 느끼죠? 그렇다는 거 알아요. 개가 더는 집적대지 못하게 이본의 손과 팔을 쓰레기통으로 덮은 거, 그게 바로 양심이 시킨 일이었잖아요."

그는 아무 말도 하지 않지만, 그녀가 진심으로 그렇게 믿는다면 그녀도 가망이 없다. 그건 양심의 가책이 아니라 연민이었다. 문드러진 손목에 참 팔찌를 끼고 있는 죽은 여인을 향한 연민. 하지만 데이비스가 열을 내고 있으니 그냥 내버려두자.

"우리가 그 짐을 덜어 줄 수 있어요. 일단 시작하면 술술 나올 거예요. 그리고 보너스도 있어요. 당신이 솔직히 다 털어놓으면 우리가 도울 수 있을지 몰라요. 캔자스주에서는 사형 제도가 유지되고 있고……."

"40여 년 동안 집행된 적은 없었죠." 볼이 말한다. "히치콕과 스미스, 트루먼 캐포티가 책에서도 소개한 그 둘이 마지막이었어요."

"위커라는 아가씨 사건으로는 집행될지도 몰라요." 데이비스는 물러서지 않는다. 대니는 *젊은 여자*가 *아가씨*가 되다니 재미있다는 생각을 한다. 하지만 검사는 그녀를 당연히 그렇게 지칭할 것이다. 아가씨라고. 무방비한 아가씨였다고. "하지만 범행을 자백하면 사형은 거의 논외가 될 거예요. 그러면 우리도 일이 수월해지고 당신도 마찬가지죠. 그러니까 어떻게 된 일인지 사실대로 얘기해봐요."

"했어요." 대니는 말한다. "꿈을 꿨어요. 꿈에 불과하다는 걸 입증하려고 직접 찾아가 봤는데, 그 아가씨가 있었어요. 신고 전화를 했어요. 당신들은 내 말을 믿지 않죠? 그건 이해하지만 나는 사실대로 이야기하고 있어요. 이제 단도직입적으로 물읍시다. 나를 체포할 건가요?"

정적이 흐른다. 데이비스는 예의 그 따뜻하고 열띤 눈빛으로 잠깐 더 그를 계속 쳐다본다. 그러더니 차갑지는 않지만 무미건조하게 표정이 바뀐다. 직업인의 표정이다. 그녀는 의자에 기대어 앉아 잴버트를 쳐다본다.

"아직은 아니에요." 잴버트가 말한다. 그의 부연 눈은 이렇게 말한다. *하지만 조만간이야, 대니. 조만간.*

대니는 자리에서 일어난다. 다리가 꿈속에서와 같다. 그와 따로 노는 느낌이고 그를 어디로든 데려갈 것 같다. 볼도 따라서 일어난다. 그들은 문 앞까지 같이 걸어간다. 대니는 볼이 그의 팔에 계속 손을 얹어 놓고 있는 걸 보면 그의 걸음걸이가 조금 불안하거나 안색이 너무 창백한가 보다고 생각한다. 대니는 이 방에서 나가고 싶은 생각뿐이지만 고개를 돌려 데이비스를 쳐다본다.

"그 여자를 죽인 범인이 아직 활개 치며 돌아다니고 있어요." 그는 말한다. "당신에게 하는 말이에요, 데이비스 경위님. 저 사람에게는 말해 봐야 소용없으니까요. 저 사람은 마음을 정했거든요. 당신은 말은 그럴듯하게 하지만 마음을 정했는지는 잘 모르겠네요. 범인을 체포해 주세요, 네? 나는 그만 쳐다보고 그녀를 살해한 범인을 찾아보세요. 그가 다시 범행을 저지르기 전에."

그녀의 표정에서 뭔가가 보인 것도 같다. 아닐 수도 있지만.

볼이 그의 팔을 잡아당긴다. "자, 대니. 이제 나갑시다."

23.

그들이 나가자 잴버트는 카메라와 녹음기를 끈다. "흥미진진했어."
그녀는 고개를 끄덕인다.

그는 그녀의 얼굴을 들여다본다. "이견이 있나?"

"아뇨."

"그의 설득에 넘어간 것 같은 표정을 지을 때가 두어 번 있던데."

"이견 없어요. 그가 그녀의 위치를 알았던 건 자기가 거기에 묻었기 때문이에요. 논리상 그럴 수밖에 없잖아요. 꿈 이야기는 텔레비전에나 나올 법한 헛소리죠."

잴버트는 대니의 전화기를 재킷 주머니에서 꺼낸다. 암호를 입력해 여러 가지 앱을 휙휙 넘겨보더니 다시 끈다. "이걸 당장 감식반에 보내자고. 그쪽에서 6월 1일 이후의 위치 정보뿐 아니라 모든 항목을 살필 거야. 이메일, 문자, 사진, 검색 기록까지. 전부 사본을 뜨고 내일이나 월요일에 돌려주자고."

"그런 식으로 넘겨준 걸 보면 뭐가 있을 것 같지 않아요. 그럴 줄은 몰랐는데."

"자신만만하게 구는 놈이긴 하지만 뭔가 잊어버렸을 수도 있잖아. 문자 하나면 충분할 수 있어."

데이비스는 잴버트가 똑같이, 아니면 그 비슷하게 말했던 것을 기억한다. 코플린의 트럭 운전석에서 머리카락 한 올만 나오면 충분하다고. 하지만 아무것도 찾지 못했지 않은가. 그녀는 말한다. "거널까지 한 번 다녀온 걸로 밝혀지고 끝일 거예요. 경위님도 아시죠, 그죠? 그가 그녀를 죽였을 때 그리고 묻었을 때, 그 둘이 동시였을 수도 있고 시간 간격이 있었을 수도 있지만, 전화기는 트레일러하우스에 두었을 거예요. 장담해요."

잴버트는 말한다. "4."

"네?"

"아무것도 아니야. 그냥 혼잣말이야. 그는 우리 손에 체포될 거야,

엘라. 그 자신감과…… 오만함…… 그것 때문에 무너질 거야."

"거짓말 탐지기에 대해서는 어느 정도 진심이셨어요?"

잴버트는 냉소를 짓는다. "그는 소시오패스 아니면 노골적인 사이코패스야. 못 느꼈어?"

그녀는 곰곰이 생각하고 말한다. "사실 저는 잘 모르겠어요."

"나는 확실하다고 봐. 그런 부류를 전에도 본 적 있거든. 그들은 십중팔구 거짓말 탐지기 검사를 통과해. 그러니까 거짓말 탐지기가 의미 없지."

그들은 방에서 나와 복도를 걸어간다. 코플린을 태워 온 젊은 경관이 어떻게 됐느냐고 묻는다.

"계속 쪼고 있어요." 데이비스는 말한다. 잴버트는 그 대답이 마음에 들어서 그녀의 팔을 토닥인다.

밖으로 나오자 데이비스는 핸드백에서 담배를 꺼내 잴버트에게 권한다. 그는 고개를 젓지만 그녀에게는 신경 쓰지 말고 한 대 피우라고 한다. 그녀는 라이터로 불을 붙이고 깊게 한 모금 빤다. "그 변호사 말이 맞았어요. 우리는 손에 쥔 게 별로 없어요, 그죠?"

잴버트는 별다른 일이 벌어지지 않는(매니토에서는 원래 그렇다) 메인가 너머를 내다 본다. "달라질 거야, 엘라. 장담해. 다른 건 둘째 치고 그자는 진심으로 자백을 원하고 있어. 자네가 거의 무너뜨렸어. 그자는 흔들리고 있었다고."

데이비스는 그가 전혀 흔들리지 않았다고 생각하지만 아무 말도 하지 않는다. 잴버트는 오래전부터 이 일에 몸담았고 그녀는 자신의 직감보다 그의 직감을 믿는다.

"계속 신경 쓰이는 게 두 가지 있어요." 그녀는 말한다.

"뭔데?"

"선배님이 범인의 DNA를 확보했다고 했을 때 그가 안도하는 것처럼 보였던 것과 그의 트럭 대시보드에 그녀의 지문이 묻어 있었다고 했을 때 미소를 지었던 거요. 그는 그게 거짓말이라는 걸 알았어요."

 젤버트는 남은 빨간 머리와 회색 머리를 손으로 쓸어 넘긴다. "그게 뻥이라는 걸 알았던 거지."

 "하지만 DNA의 경우에는 반응이 너무……."

 "너무 뭐?"

 "너무 즉각적이었어요. 마치 이제 곤경에서 벗어났다고 생각하는 사람처럼."

 그는 그녀를 돌아본다. "꿈을 생각해, 엘라. 단 1초라도 그 말을 믿을 수 있겠던가?"

 그녀는 주저 없이 대답한다. "아뇨. 그자는 거짓말을 하고 있었어요. 꿈 같은 건 없었어요."

 그는 고개를 끄덕인다. "그 생각을 중심에 두고 움직이면 괜찮을 거야."

24.

 젤버트는 로런스에 방 다섯 개짜리 독신자용 랜치 하우스를 가지고 있고, 그곳은 캔자스시티의 본부에서 엎어지면 코 닿을 거리다. 하지만 코플린을 체포하고 기소해 재판에 회부할 때까지 그 집으로 돌아가지 않을 것이다. 라이언스에 있는 방 두 개짜리 네모반듯한 스위트룸이 매니토와 그레이트밴드, 양쪽 모두와 가깝다. 음…… 캔자스의 기준으로 보면 그렇다. 캔자스는 넓은 주다, 미국에서 열세 번째로 넓다. 잴버트는 그런 정보를 기억하는 것을 좋아한다.

토요일 저녁에 그는 창가에 서서 어스름이 어둠으로 변하는 것을 지켜보며 그날 오전에 있었던 코플린의 심문에 대해 생각한다. 잴버트가 해도 그보다 더 잘할 수 없을 정도로 엘라가 실력을 발휘했지만, 그래도 만족스러운 결과를 얻지 못했다. 그는 코플린이 변호사를 대동할 줄 몰랐다. 자백할 줄 알았다.

다음번에는 하겠지. 계속 쪼아야 해.

그는 쪼는 걸 잘하지만 오늘 밤에는 쫄 게 없다. 할 일이 없다. 그는 텔레비전은 보지 않고 의자 갈아타기는 두 번 했다. 길 건너편 편의점에서 핫 포켓츠를 두 개 사다가 전자레인지에 돌렸다. 3분, 180초, 1부터 18까지 더하고 9가 남는 수. 잴버트는 남는 수를 좋아하지 않지만 가끔은 참아야 할 때도 있다. 핫 포켓츠는 별로 맛이 없고 잴버트는 공무용 카드를 쓸 수 있지만 룸서비스를 주문할 생각은 하지 않는다. 그게 무슨 의미 있겠는가? 음식은 몸에 공급하는 연료일 뿐이다.

그는 결혼한 적도 없고 친구도 없고(데이비스를 좋아하지만 그녀는 지금도 그렇고 앞으로도 영원히 동료일 것이다) 반려동물도 없다. 어렸을 때 한 번 잉꼬를 키운 적 있는데 죽었다. 매주 한 번씩 하는 자위를 제외하면 나쁜 버릇도 없다. 코플린의 문제가 계속 그의 신경을 건드린다. 꼭 돌돌 만 신문을 요리조리 피해 다니는 파리 같다.

잴버트는 들어가서 눕기로 한다. 4시에 일어날 테지만 괜찮다. 그는 새벽 시간을 좋아하고 자고 일어나면 코플린 문제가 좀 더 명료해질지 모른다. 그는 매번 11까지 세 가며 옷을 하나씩 천천히 벗는다. 신발 두 개, 양말 두 개, 바지, 팬티, 셔츠, 러닝셔츠. 도합 88이다. 좋은 숫자가 아니다. 신파쇼주의자들이 좋아하는 숫자다. 그는 침대 아래에서 캐리어를 꺼내 잠옷 역할을 하는 추리닝 반바지를 집어서 입는다. 그러자 99가 된다. 1을 더하려고 책상 앞 의자에 앉자 100이 된다. 좋은 숫자, 믿어도 되는 숫자다. 그는 욕실로 들어간다. 체중계가 없다. 내일 하나 요청해야겠다. 그는 한 번 칫솔질을 할 때마다 17에서부터 거꾸로 세어 가며 이를 닦는다. 오줌을 싸고 손을 씻고 침대 발치에 무릎을 꿇고 앉는다. 가엾은 이본 양의 억울함을 풀 수 있게 도와 달라고 하느님에게 기도한다. 그런 다음 좁은 가슴 위로 깍지를 끼고 누워 어둠 속에서 잠이 오길 기다린다.

우리는 손에 쥔 게 별로 없어요. 엘라는 이렇게 말했고 그 말은 맞았다. 그들은 그가 범인이라는 걸 알지만 트럭도 깨끗했고 트레일러 하우스도 깨끗했고 그는 변호사를 대동하고 나타났다. 실력이 출중하지는 않았지만 변호사는 변호사다. 휴대 전화에서 뭔가 나올 수도 있지만 코플린이 어떤 식으로 그걸 넘겼는지 생각해 보면…….

"처음에는 안 내줬잖아." 잴버트는 말한다. "천천히 고민해 봤잖아, 안 그래? 넘겨도 되겠는지 확인하면서."

변호사는 왜 불렀을까? 코플린은 꿈속에서 시신이 묻힌 곳을 본 초능력자로 15분 동안 유명세를 타기 전에는 자백할 생각이 없는 걸까? 그는 언론의 관심을 원하는 걸까?

"그게 원하는 바라면 조금 맛볼 수 있게 해 줘야겠어." 잴버트는 이렇게 말하고 얼마 지나지 않아 잠 속으로 빠져든다.

25.

대니에게 7월 4일이 있는 주간은 지옥 같다.

팻 그레이디가 월요일에 출근을 하지 않는다. 대니는 제시에게 팻이 어디 아프냐고 묻는다.

"모르겠어요. 여기서 같이 일할 때 말고 따로 만나지는 않거든요. 내일이 4일이니까 오늘도 쉬는 걸로 알고 있을지도요."

대니는 제시의 대답에 놀라지 않는다. 제시 잭슨은 어딘가로 향해 가는 청춘이다. 팻 그레이디는 방황하는 청춘이다. 술을 마실 수 있는 나이가 되면 매니토의 술집이나 전전할 것이다. 거기에는 술집이 제법 많다. 대니도 왕년에 모두 다녀 보았다.

팻이 10시쯤 어슬렁어슬렁 들어와 아버지를 돕느라 늦었다고 변명을 늘어놓기 시작하자 대니는 해고를 통보한다.

팻은 충격을 받은 표정으로 그를 빤히 쳐다본다. "말도 안 돼!"

대니는 말한다. "말이 왜 안 돼."

팻이 믿을 수 없다는 듯이 그를 쳐다보는데, 얼굴은 벌겋게 달아올랐고 이마에 난 여드름이 도드라진다. 잠시 후 그가 문을 향해 걸어간다. 문 앞에 다다르자 몸을 홱 돌려서 외친다. "뒈져라!"

"반사." 대니는 말한다.

팻은 나가서 문을 쾅 닫는다. 대니가 몸을 돌려 보니 제시가 체육관 문 옆에서 걸레통을 밀고 있다. 그가 밀다 말고 대니에게 양쪽 엄지손가락을 들어 보이자 대니는 씩 웃는다. 팻은 학대당한 가엾은 고물 머스탱 엔진에서 비명 같은 소리를 내 가며 주차장을 빠져나간다. 그 뒤로 12미터 길이의 타이어 자국이 남는다. *저러면 타이어에 좋을 게 하나 없을 텐데.* 대니는 생각한다. 하지만 팻 그레이디라는 걸림돌은 하나 해결했다.

그날 저녁에 집에 돌아가 보니 (제시가 태워다 준다) 트레일러하우스 앞에 트럭이 주차돼 있다. 운전석 곳곳에 지문 채취에 쓰이는 가루의 흔적이 남았고 혈흔을 찾을 때 쓰는 약품 때문인지 에테르 비슷한 냄새가 풍긴다. 컵홀더 안에 열쇠가 있고 조수석 위에 그의 전화기가 있다.

화요일(영광스러운 7월 4일)에 대니는 늦잠을 잔다. 느지막이 아침을 먹는데, 열쇠만 챙기고 전화기는 트럭에 두고 온 게 생각난다. 그는 전화기를 들고 온다. 마지가 불꽃놀이 운운하는 문자를 보냈는지 확인하기 위해서다. 7월 4일 잘 보내라는 그녀의 문자도 없고 이메일도 없지만 변호사가 전화해 달라고 남긴 음성 메시지는 있다. 대니는 뭣 때문인지 알 것 같다. 그는 볼에게 즐거운 휴일 보내고 있느냐고 인사한다. 볼도 똑같이 인사한다.

"수수료 때문에 연락하셨을 텐데 트럭을 어제서야 돌려받았어요." 그는 자신의 말투가 팻과 아주 비슷하다는 것을 느끼고 씁쓸해한다. "오늘 오후에 수표 들고 사무실로 찾아갈게요."

"그것 때문에 연락한 거 아니에요. 당신이 신문에 실렸어요."

대니는 미간을 찌푸린다. "그게 무슨 말씀이세요? 벨빌 신문에요?"

"「텔레스코프」가 아니라 「플레인스 트루스」요."

대니는 시리얼 그릇을 옆으로 치운다. "그 공짜 신문이요? 쿠폰이 잔뜩 있는 거? 그건 챙겨 본 적 없는데."

"그 신문 맞아요. 내 사무실에서 보조로 일하는 새러가 전화로 알려 주길래 아침에 먹을 도넛을 사러 가는 길에 하나 집어 왔거든요. 100퍼센트 광고 수익으로 유지되기 때문에 무료로 나눠 줄 수가 있는 거죠. 네 개 카운티의 모든 슈퍼, 편의점, 사료 가게, 주유소에 비치돼 있는 걸 보면 광고료가 제법 되나 봐요. 구성이라고 하기에도 민망하지만 구성을 소개하자면 이 지역 스포츠, 우익 사설 그리고 대부분 과격한 어조의 독자 편지가 두세 쪽 동안 이어져요. 뉴스로 말할 것 같으면 아무거나 실어요. 그런데 최신판에 사망한 여성의 이름이 실렸어요."

"그걸 실었다고요?"

"네. 오클라호마시티 출신의 이본 위커라고요. 그리고 이것 좀 들어 봐요. '경찰은 익명의 제보자를 통해 네브래스카 접경 근처에 위치한 거널이라는 조그만 마을의 방치된 건물 뒤편에서 불운한 운명을 맞은 젊은 여성의 암매장지를 찾았다. 믿을 만한 정보원이 「플레인스 트루스」에 전한 바에 따르면 제보자는 현재 윌더 고등학교에서 관리인으로 재직 중인 대니얼 M. 코플린으로 밝혀졌다고 한다. 그는 캔자스 수사국 형사들의 범인 추적을 돕고 있다.'"

대니는 경악한다. "그래도 돼요? 내가 아무 걸로도 기소되지 않았는데 이름을 막 공개해도 돼요?"

"언론계의 통상적인 관행은 아니지만 「플레인스 트루스」는 정식 신문이라기보다 그냥 화장실에서 읽는 신문이라서요. 이게 다가 아니에요. 뒤로 이런 글이 이어져요. '코플린 씨가 시신의 위치를 어떻게 알았느냐는 질문에 우리 정보원은 침묵했다.' 독자들에게 그게 무슨 뜻인지 추론해 보라고 요구하지 않지만 사실 그럴 필요가 없잖아요?"

"잴버트예요." 대니는 휴대 전화를 들지 않은 쪽 손으로 주먹을 쥔다.

"나도 그럴 거라고 봐요. 그 아니면 데이비스일 거라고……"

"데이비스는 아니에요. 잴버트예요."

"……하지만 무슨 수로 입증하겠어요. 매니토 지서에서만 대여섯 명이 알았어요. 우리가 들어오는 걸 봤으니까. 게다가 트레일러하우스 주차장에서 당신을 태워 온 경관도 있잖아요. 그런가 하면 그 트레일러하우스 주차장에 사는 주민들도 있죠. 그들도 경찰이 출동한 이유를 충분히 짐작할 수 있었을 거예요."

물론이고 베키는 알았다. 그는 심지어 그녀에게 꿈 이야기까지 했다. 하지만…….

"증거가 부족해서 나를 체포할 수 없으니까 이러는 거예요."

"섣부른 결론은 아무 도움도……."

"왜 이러세요. 그를 봤잖아요. 그가 하는 말을 들었잖아요."

볼은 한숨을 쉰다. "대니, 나보다 더 훌륭하게 조언할 수 있는 변호사를 선임해야겠어요. 형사 사건 전문 변호사를."

"당분간은 그냥 당신에게 맡길게요. 그냥 사그라들 수도 있잖아요."

"그러게요." 단 네 글자지만 그걸로 충분하다. 볼은 그럴 가능성은 낮다고 생각한다. 심지어 그럴 리 없다고 생각한다.

26.

지옥 같은 일주일의 수요일에 대니는 자신이 직장에서 잘리게 됐음을 알아차린다.

정오가 되자 그는 도시락을 꺼내 뒤편 피크닉 테이블에서 제시와 함께 먹으려고 트럭으로 간다. 수납함에서 휴대 전화를 꺼내 이메일을 확인한 순간 당장 입맛이 없어진다. 받은 이메일은 세 개다. 하나는 벨빌의 「텔레스코프」에서, 또 하나는 「플레인스 트루스」에서 보낸 것이고 양쪽 모두 그와 이본 위커 살인 사건의 연관성에 대해 묻는다. 「플레인스 트루스」에서는 '꿈속에서 위커 양이 묻힌 곳을 알게 됐다는 소문'의 진위 여부를 알려 달라고 한다.

그는 양쪽 이메일을 모두 지운다. 세 번째 이메일은 윌더 카운티 교육감이 보낸 것이다. 예산 삭감으로 윌더 고등학교 수석 관리인 자리가 없어졌다고 한다. 이번 주까지만 근무하라고 하니 다음 주 월요일부터 그는 실업자다.

"갑작스러운 조직 개편이니만큼……" 이메일은 계속 이어진다. "급여는 7월과 8월 첫 주까지 계속 지급될 예정입니다."

궁금한 점이 있으면 부교육감 겸 교육청 회계 담당자 수전 에거스에게 문의하라고 한다. 전화번호뿐 아니라 줌 링크까지 첨부돼 있다.

대니는 이 기계적인 해고 통지서를 여러 번 읽어서 제대로 이해한 게 맞는지 확인한다. 그런 다음 전화기를 다시 사물함에 던져 넣고 체육관을 가로질러 피크닉 테이블로 간다.

"칠리 좀 드실래요?" 제시가 묻는다. "엄마가 항상 너무 많이 싸 주셔서요. 전자레인지에 데웠어요."

"괜찮아. 나도 간 소시지랑 치즈 싸 왔어."

제시는 고약한 냄새라도 맡은 듯이 콧잔등을 찡그린다.

"게다가……" 대니는 말을 잇는다. "아무래도 내가 잘린 것 같아."

제시는 플라스틱 숟가락을 내려놓는다. "네? 뭐라고요?"

"방금 들었잖아. 금요일이 마지막 출근이야."

"왜요?" 그는 말을 멈추었다가 다시 잇는다. "그 여자 때문이에요?"

"너도 아는구나?"

"모르는 사람이 없어요."

당연히 그럴 테지. 대니는 생각한다. "뭐, 그것 때문이라고 하지는 않아. 그럴 수는 없으니까. 나는 시신이 있다고 신고한 죄밖에 없잖아. 저들 말로는 예산이 삭감됐대."

그는 제시가 시신이나 그걸 찾은 경로에 대해 물어보겠거니 짐작하지만, 윌더나 리퍼블릭 카운티를 통틀어 그의 악몽에 대해 궁금해하지 않는 딱 한 사람이 제시가 아닐까 싶다. 그에게는 다른 걱정거리가 있다. 주여, 그런 이 아이를 축복하소서. 대니는 생각한다.

"으아, 안 돼요! 체육관 바닥에 니스칠해야 하잖아요! 저 혼자서는 못해요, 할 줄 몰라서!"

"별로 어려울 것도 없어. 내일 하자. 중요한 건 뭔가 하면 일단 시작하면 중간에 멈출 수 없다는 거야. 그리고 반다나 아니면 코로나 마스크를 써야 한다는 거. 창문을 전부 열어 놓겠지만 그래도 냄새가 심할 테니까."

"저 혼자 여기 두고 가시면 어떡해요!" 제시는 징징거리다시피 한다. "열쇠도 없는데! 열쇠를 가지고 싶지도 않은데! 악, 대니, 저는 흑인이에요! 무슨 일이라도 벌어지면, 청소용품이나 구내식당에서 뭔가가 없어지기라도 하면 다들 누구 탓을 하겠어요?"

"알겠어. 저들이 어쩔 계획인지 알아볼게. 연락처 있어. 할 수 있으면 내가 잘 수습해 줄게."

"이래도 되는 거예요? 아저씨가 그 인간들 고소 못 해요?"

"아마 안 될걸? 캔자스는 임의 고용 제도를 따르는 주야. 그러니까 정당한 이유가 없어도 고용주가 계약을 종료할 수 있다는 뜻이지."

"그건 너무하잖아요!"

대니는 미소를 짓는다. "우리 둘 중 누구한테 너무한데?"

"둘 다한테죠! 너무 구리잖아요!"

"그 칠리 좀 먹어도 될까?"

27.

그는 그날 오후에 수전 에거스에게 전화하지 않고 줌으로 화상 통화를 신청한다. 그녀의 얼굴을 보면서 대화를 나누고 싶기 때문이다. 하지만 그 전에 먼저 지난해와 올해 월더 카운티의 예산을 확인한다. 역시 짐작했던 대로다.

에저스는 희끗희끗한 머리가 헬멧처럼 덥수룩하고 동그란 금테 안경을 쓰며 얼굴이 좁은 중년의 여자다. *회계사처럼 생긴 얼굴이네.* 대니는 생각한다. 그녀는 책상 앞에 앉아 있다. 뒤편에 액자에 넣은 점보 사이즈 『초원의 집』 책 표지가 걸려 있는데, 코네스토가 화물 마차 짐칸에 탄 두 여자아이 모두 무서워서 죽을 것 같은 얼굴을 하고 있다.

"코플린 씨?" 그녀가 말한다.

"맞습니다. 당신이 방금 자른 남자요."

에저스는 팔짱을 끼고 컴퓨터 카메라 렌즈를 똑바로 쳐다본다. "계약 종료죠, 코플린 씨. 그리고 의무 사항이 아닌데도 합당한 이유를 설명했고……"

"예산 삭감이라고요. 네. 하지만 이 카운티의 학교 예산은 올해 줄기는커녕 오히려 10퍼센트 증가했던데요. 제가 확인해봤습니다."

그녀는 뻣뻣하게 어렴풋이 미소를 지어 보인다. *지식이 적은 자여,* 이런 뜻이 담긴 미소다. "물가가 예산보다 더 큰 폭으로 올랐죠."

"우리 본론으로 직행하면 어떨까요, 에저스 씨? 당신은 계약을 종료시킨 게 아니라 나를 잘랐어요. 그리고 이유는 예산 때문이 아니었고요. 내가 저지르지도 않았고 정식 기소되지도 않은 범죄에 연루됐다는 소문이 돌았기 때문이죠. 빌어먹을 진실을 알려 주시죠?"

수전 에저스는 이런 식의 말투에 익숙하지 않은지 얼굴이 벌게졌고 좀 전까지만 해도 평평하던 이마에 세로로 주름이 생긴다. "진짜로 거기까지 가고 싶어요? 좋아요. 코플린 씨, 당신과 관련해서 다소 불쾌한 정보가 입수됐어요. 현재 상황은 둘째치고 과거에 접근 금지 명령을 위반하고 전처를 스토킹하다가 체포된 전적이 있더군요. 위치타의 유치장 신세를 졌다고요."

유치장 신세를 진 건 맞지만 딱 하룻밤이었고 술에 취해 소란을 일으켰기 때문이었다. 하지만 이런 이야기는 해 봐야 변론에 도움이 되지 않을 테고⋯⋯ 어차피 그에게는 변론할 거리도 없다.

"잴버트라는 남자한테 들으신 거죠? 당신이나 교육감이? 캔자스 수사국 소속 수사관. 검은색 재킷과 헐렁한 청바지를 입고 다니는."

그녀는 대답하지 않지만 눈을 깜빡인다. 그것으로 충분하다. "코플린 씨, 내가 보기에 교육청에서는 후한 수준 이상으로 당신을 대우하고 있다고 생각하는데요. 7월 급여를 모두 지불하고⋯⋯"

"그리고 8월 첫 주도요. 그거 잊어버리지 마세요."

"맞아요, 7월 말과 8월 초까지 당신이 하지도 않은 일에 대한 급여를 지불하고 있잖아요." 그녀는 머뭇거린다. 여기에서 논의를 더 진행하는 것이 현명한 선택인지 고민하는 눈치지만 그가 그녀의 감정을 건드렸다. 빌어먹을 진실을 알고 싶다면 원하는 대로 해 줘야지. "논의상 당신의 현재⋯⋯ 상황이⋯⋯ 일조한 부분이 있다 칩시다. 끔찍한 범죄와 관련해서 당신 이름이 신문에서 거론됐어요. 당신이라면 당신 지구의 고등학교 관리인이, 날마다 10대 여학생들과 같이 생활하는 남자가 아내를 폭행한 죄로 체포된 적 있고 현재는 성폭행과 살인 용의자로 경찰의 심문을 받고 있다는 사실을 알게 됐을 때 어떻게 하겠어요?"

그는 마지가 그를 폭행죄로 고소한 적 없고 그냥 새벽 2시에 자기 집 마당에서 소리를 지르는 게(돌아와 줘. 마지, 내가 정신 차릴게) 싫었을 뿐이라고 말할 수도 있다. 이본 위커를 누가 살해했는지는 그도 모른다고 말할 수도 있다. 쓰레기 공짜 신문은 잴버트 수사관에게서 그의 이름을 입수했을 거라고, 잴버트는 그들이 아무런 거리낌 없이 그의 이름을 신문에 실을 것임을 알았을 거라고 사실상 확신한다고 말할 수도 있다. 하지만 그런들 이 여자는 코딱지만큼도 달라질 일이 없을 것이다.

"할 얘기 다 끝나신 건가요, 코플린 씨? 해야 할 일이 있어서요."

"아뇨. 제가 사라지면 윌더 고등학교가 어떻게 될지는 생각을 하지 않으신 것 같아서요. 그 뭐냐, 그 여파에 대해서는요. 제가 하던 일을 누가 맡아서 합니까? 제시 잭슨이라고, 여름 아르바이트생이 있긴 해요. 착하고 일도 잘하지만 걔 혼자서는 역부족이에요. 일단 일을 어떻게 하면 되는지 몰라요. 이제 겨우 열일곱 살이기도 하고요. 책임을 떠맡기에는 너무 어리죠. 그리고 9월이면 다시 학교생활을 해야 하고요."

"그 아이도 같이 내보내질 거예요. 금요일에 문을 잠그면 열쇠는 코츠 교장에게 반납하세요. 거기 매니토에 사는 걸로 알아요."

"제시도 7월 말과 8월 첫 주까지 급여를 받나요?" 대니는 이미 답을 알지만 그녀에게 직접 듣고 싶다.

당황한 표정을 기대했다면 그의 기대는 보답 받지 못할 것이다. 대니를 맞이하는 것은 너그러운 미소다. "아닐 겁니다."

"그 아이에게는 그 돈이 있어야 하는데요. 집안 살림에 보태고 있거든요."

"다른 일자리를 찾겠죠." 윌더 카운티 도처에 일자리가 널려 있기라도 한 투다. 그녀는 책상에서 종이를 한 장 집어 들여다보고는 다시 내려놓는다. "패트릭 그레이디라고 다른 아르바이트생도 있었죠? 그 학생 부모님이 민원을 접수했어요. 당신에게 협박을 당해서 아이가 일을 그만두었다고 코츠 교장에게 전화를 했더군요."

대니는 너무 어이가 없고 화가 나서 잠깐 아무 말도 하지 못한다.

잠시 후에 그가 말한다. "팻 그레이디가 잘린 이유는 지각을 밥 먹듯이 하고 일을 제대로 하지 않았기 때문이에요. 협박을 당한 게 아니라 그냥 어디서나 볼 수 있는 게으름뱅이예요. 제시한테 물어보면 똑같이 얘기할 겁니다. 그 아이에게 물어볼 리는 없을 것 같지만요."

"그럴 필요가 있나요. 별로 아름답지 못한 그림의 일부분에 불과한걸요. 당신의 성격이라는 그림이요, 코플린 씨. 우리가 예산상의 이유를 들어 당신을 내보내는 걸 다행으로 여기세요. 향후에 다른 일자리를 찾을 때 이력서가 좀 더 그럴듯해 보일 테니까요. 그럼 저는 좀 바빠서……"

"그럼 학교가 여름 내내 비게 되는 건가요?" 다른 건 둘째 치고 그건 생각하기도 싫다. 윌더 고등학교는 나이 지긋한 할머니고 학기 중에 손상된 곳이 많다. 지금은 7월이고 그는 일을 거의 시작하지도 못했다. "그리고 가을에는요?"

"당신은 알 바 아니죠. 연락 주셔서 감사합니다, 코플린 씨. 현재 겪는 문제가 잘 해결되길 바랍니다. 끊을게요."

"아니, 잠깐만……"

하지만 소용없다. 수전 에저스는 이미 전화를 끊었다.

28.

지옥 같은 일주일의 목요일 이른 저녁에 대니는 매니토 IGA에서 일주일치 장을 본다. 그는 목요일에 장을 보는 걸 좋아한다. 대부분의 직장인들에게는 금요일이 해방일이라 목요일에는 슈퍼에 사람이 별로 없기 때문이다. 그의 주급(앞으로 남은 다섯 번 내지 여섯 번 중 하나)

은 다음 날 시티즌스 내셔널에 입금될 것이다. 저금과 예금을 합해서 3천 달러 조금 넘게 모아 놓은 것도 있지만 그걸로 오래 버티지는 못할 것이다. 전처에게 정식으로 생활비를 지급하지는 않지만 일주일이나 이주일 간격으로 50달러에서 60달러씩 보내 주고 있다. 그로 인해 겪은 마음고생을 감안하면 그 정도는 해 주어야 도리다. 그것도 머지않아 끊어야 할 테고, 그녀에게 전화해 상황을 설명할 생각을 하면 끔찍하다. 하지만 그녀는 이미 알고 있을지도 모른다. 좋은 소식은 말을 타고 오고 나쁜 소식은 제트기를 타고 온다는 말도 있지 않은가. 그리고 그는 더 이상 스티비를 경제적으로 지원할 필요도 없다. 스티비는 여전히 멜로디 하이츠의 공동 생활 가정에서 살고 있지만 아마 형보다 버는 돈이 더 많을 것이다.

결국에는 개가 날 책임지게 될지도 몰라. 그러면 얼마나 웃길까.

정육 코너 앞에서 간 목살(이게 가장 저렴하다)을 1.5킬로그램 살지 3킬로그램 살지 고민하고 있을 때 뒤에서 우렁찬 목소리가 들린다. "대니얼 코플린? 몇 가지 물어볼 게 있소만."

젤버트다. 두말하면 잔소리다. 오늘 저녁에는 헐렁한 검은색 재킷 대신 왼쪽 가슴에 캔자스 수사국이라고 박힌 파란색 바람막이를 입고 있다. 대니 쪽에서 바람막이 등판은 보이지 않지만 똑같은 글자가 더 크게 박혀 있을 것이다. 젤버트는 그의 옆으로 다가와 평범하게 말을 걸 수도 있었고 주차장을 선택할 수도 있었다. 장을 보러 온 다른 사람들이 두리번거린다. 젤버트가 노린 것이 이거다.

"질문에는 이미 답을 했는데요." 대니는 3킬로그램이 아니라 1.5킬로그램짜리 고기를 카트에 담는다. 이제부터 아끼며 살아야 한다. "남은 질문이 있으면 변호사를 대동하겠습니다."

"당신에게는 그럴 권리가 있죠." 젤버트가 좀 전처럼 우렁찬 목소리로 말한다. 대니는 이 남자의 불그스름하고 북슬북슬한 머리칼이 화살촉이나 녹슨 창끝 같다는 생각을 한다. 움푹 들어간 눈은 신종 벌레 대하듯 대니를 빤히 쳐다보고 있다. "변호사를 선임할 권리 말이요. 하지만 그러면 경찰서에서 변호사가 올 때까지 기다려야 할 텐데."

여전히 우렁찬 목소리다. 사람들이 정육 코너 이쪽 끝과 저쪽 끝에 모이기 시작한다. 카트를 밀며 지나가는 사람도 있고 그저 멍하니 쳐다보는 사람도 있다. "그럴 게 아니라 여기서 그냥 끝내는 건 어때요? 당신이 선택해요."

이 사람들이 전부 듣는 데서 말이지. 대니는 생각한다. *당신은 그러고 싶겠지?*

"절충안을 제시하죠. 밖으로 나갑시다."

대니는 잴버트에게 반대할 틈도 주지 않고 그를 지나쳐(어깨를 치고 싶지만 참아 가며) 문 쪽으로 걸어간다. 잴버트가 그를 제지할 수 있는 것도 아니다. 대니가 그보다 체중이 25킬로그램쯤 더 나가고, 잴버트는 오늘도 권총을 휴대하지 않고 허리춤에 배지만 찼다. 그리고 신분증만 목에 걸었을 뿐이다. 대니는 잴버트가 뒤따라 나오는지 확인하지도 않는다.

계산대 여직원들은 계산을 하다 말고 손을 놓고 있다. 그중 두 명은 고등학교에서 알던 사이다. 위치타를 떠난 뒤 계속 윌더 고등학교에서 근무했기 때문에 거기서 알게 된 사람이 많다. 출구 문이 스르르 열리자 따뜻한 캔자스의 저녁 공기 속으로 나서는데, 통로에서 지나친 사람들이 아무도 그에게 인사를 건네지 않았다는 사실이 생각난다. 교사 두 명을 비롯해 그중 몇 명은 아는 얼굴이었는데 말이다.

그는 슈퍼 전면 유리창에서 인도로 쏟아지는 하얀 불빛을 지나친 다음에서야 몸을 돌려 잴버트를 마주 본다. "나를 따라다니면서 괴롭히시네요."

"나는 사건을 추적하고 있을 따름이에요. 따라다니며 괴롭힘을 당한 사람이 있다면 가엾은 이본 양이겠죠. 당신이 그녀를 죽음으로 몰고 갔으니까요. 아닌가요?"

대니는 텔레비전 프로그램에서 본 기억을 떠올리며 대답한다. "그건 질문과 답변이 끝난 사안입니다만."

"당신 휴대 전화를 확인 완료했어요. 위치 기록에 구멍이 뻥뻥 뚫린 부분이 많던데요. 각 부분마다 설명을 요구합니다. 가능하다면요."

"거부합니다."

잴버트의 눈썹(점점 벗어져 가고 있는 머리카락처럼 북슬북슬하게 엉켰다)이 위로 솟구친다. 묘한 생각이 대니의 머릿속에 떠오른다. 저 사람이 나를 따라다니며 괴롭히고 있지만 나도 보답을 톡톡히 하고 있네. 저 사람 눈 밑 다크서클이 더 깊고 짙어진 것 같은데.

"거부한다고요? *거부한다고요?* 혐의를 벗고 싶지 않나요, 대니?"

"그걸 원하지 않는 사람은 당신이겠죠. 그거야말로 죽어도 싫겠죠." 그는 잴버트의 바람막이 가슴에 달린 밝은 노란색 캔자스 수사국 글씨를 가리킨다. "차라리 광고판을 걸고 다니지 그래요? 아니, 이제 보니 살이 빠졌나 봐요?"

잴버트는 뜻밖의 질문에 놀란 기미를 애써 감추려고 하지만, 대니가 보기에는 놀란 것 같다. 막연한 기대일까? 그럴지도 모르지만.

"이 빈칸을 채워 줘야 해요, 대니. 최대한 많이……"

"거부합니다."

"그럼 나를 자주 만나게 될 텐데요. 알고서 하는 말이죠, 그렇죠?"

"거짓말 탐지기를 쓰시죠? 트럭도 받았겠다 당신 덕분에 일자리에서도 잘리게 됐으니 다음 주에 아무 때든 찾아갈 수 있는데요."

젤버트는 이 대신 달린 못을 드러내 보인다. 질긴 건 못 먹게 생겼네. 대니는 생각한다. "당신 같은 소시오패스들은 희한하게도 안 좋은 일이 생기면 전부 남 탓을 하더군요."

"거짓말 탐지기요, 경위님. 거짓말 탐지기를 쓰지 그러세요?"

젤버트는 성가신 파리를 쫓기라도 하는 듯 자기 얼굴 앞에 대고 손을 내젓는다. "소시오패스들은 거의 100퍼센트의 확률로 거짓말 탐지기를 무사통과해요. 입증된 사실이에요."

"내 말이 진실이라는 게 드러날까 봐 경위님이 몸을 사리는 것일 수도 있고요."

"21." 젤버트가 말한다.

"뭐라고요?"

"아무것도 아니에요."

"어디 아픈 건 아니죠?" 대니는 이렇게 묻고 엄청난 쾌감을 느낀다. 천박하고 비열한 반응이라는 건 알지만 그의 동네 사람들 앞에서 방금 창피를 당하지 않았던가. 그의 예전 동네 사람들 앞에서 말이다.

젤버트가 말한다. "당신이 그녀를 죽였죠."

"아니요."

"왜 이래요. 인정해요. 책임을 져요, 대니. 그럼 한결 홀가분해질 거예요. 여긴 우리 둘밖에 없잖아요. 나는 도청 장치도 달지 않았으니 나중에 부인해도 돼요. 나를 위해서 그리고 당신을 위해서 자백해요. 마음의 짐을 덜어요."

"자백할 거 아무것도 없습니다. 꿈을 꿨고, 그녀가 묻힌 곳을 찾아갔고, 경찰에 신고했어요. 그게 전부입니다."

젤버트는 폭소를 터뜨린다. "끈질기네요, 대니. 그거 하나는 인정할게요. 하지만 나도 마찬가지란 말이죠."

"이렇게 하시죠. 내가 범인이라고 생각하면 기소하세요. 체포하세요."
잴버트는 아무 말도 하지 않는다.
"못하죠, 그렇죠? 윌더 시티의 지방 검사에게 문의해 보았지만 증거가 부족하다는 얘기를 들었겠죠. 법의학 증거도 영상 증거도 목격자도 없으니까. 그 텍사코에서 나를 보았다는 늙은이는 있지만 내가 그날 시신의 위치를 신고했으니 아무 도움이 안 되겠죠. 경위님, 기본적으로 당신은 망했어요."
대니는 재미있게 됐다는 생각을 한다. 그도 망하지 않았던가. 잴버트 덕분에.
잴버트는 씩 웃으며 대니를 손가락질한다. 그의 웃는 얼굴을 보니 꿈속에서 본 조각달이 떠오른다. "당신이 범인이야. 나도 알고 당신도 아는 사실이지, 28."
"나는 이제 그만 들어가서 장을 마저 볼게요. 원하면 따라오세요. 내가 막을 방법은 없고 이미 엎질러진 물이니까. 당신이 그 쓰레기 신문에 내 이름을 누설한 순간 그렇게 됐으니까."
잴버트는 부인하지 않고 IGA로 따라 들어오지도 않는다. 볼일이 끝난 것이다. 대니는 사방에서 쏟아지는 시선을 느끼며 장을 마저 본다. 그가 다가오는 걸 보고 몇몇은 카트를 다른 방향으로 돌린다.

29.

그는 오크 그로브에 있는 트레일러하우스로 돌아간다. 장 본 것들을 치운다. 나비스코 핀휠스를 한 통 먹었고(그가 가장 좋아하는 과자다) 텔레비전을 보며 두 통 먹을 작정이었다. 그런데 이제는 텔레비전을 보고 싶지도, 과자를 더 먹고 싶지도 않다. 먹으려고 했다가는 얹힐 것 같다. 중학교 때 덩치 큰 아이에게 괴롭힘을 당한 이후로 이렇게 열받기는 처음이고 또…… 또…….

"이렇게 불안한 적도 처음이지." 그는 중얼거린다.

오늘 밤에 잠을 잘 수 있을까? 흥분을 가라앉히지 않는 한 물 건너간 얘기다. 그는 흥분을 가라앉히고 마음을 추스르고 싶다. 보아하니 잴버트는 계속 잠을 설치는 눈치고 대니도 그러길 바란다. 조금 긴장을 풀어, 대니, 바보 같은 짓을 저질러. 나한테 주먹을 날리고 싶어? 그러면 기분이 얼마나 좋을까? 날려 봐!

이런 압박감을 조금이나마 해소할 방법이 있을까? 있을지 모른다.

그는 지갑을 꺼내 뒤진다. 만난 수사관마다 앞면에는 캔자스 수사국 전화번호와 내선번호, 뒷면에는 휴대 전화 번호가 적힌 명함을 주었다. 믿기지 않는 꿈 얘기를 반복하다 지긋지긋해져서 진상을 공개할 마음이 생기면 연락하라는 뜻이었다. 그는 잴버트의 명함을 지갑 안에 다시 넣고 데이비스의 휴대 전화로 연락한다. 그녀는 신호가 한 번 떨어지자마자 받는데, 가까이서 또는 주변에서 들리는 엄청난 소음에 인사가 거의 묻힐 지경이다. 어린애들이 부르는, 음정이 맞지 않는 생일 축하 노래다.

"여보세요, 데이비스 경위님. 대니 코플린입니다."

유력한 용의자에게서 저녁 7시에 걸려온 전화에 어떻게 대처하면 좋을지 모르겠는지, 그녀 쪽에서 잠시 침묵이 흐른다. 그는 잴버트가 자신을 기습한 것처럼 이번에는 그가 그녀를 기습했다는 생각을 하는데…… 지금처럼 뚜껑이 열린 상황에서는 공평하게 느껴진다. 사랑하는 로리의 생일 축하합니다, 까지 들릴 만큼 긴 정적이 흐른 뒤 데이비스가 정신을 차린다. "잠시만요." 그러고는 파티 손님들에게(집

작건대 파티에 참석 중인 것 같다). "이거 받아야 하는 전화라서."

그녀가 뜻밖의 전화를 받으러 좀 더 조용한 곳으로 자리를 옮기자 노랫소리가 점점 희미해진다. 그러는 동안 그는 알맞은 단어를 고민한다. *대화를 시도했다?* 아니다. *면담했다?* 아니다, 그건 절대 아니다. *심문했다?* 맞지만…… 그것도 아니다. 잠시 후 생각이 난다.

"어쩐 일이에요, 대니?"

"30분 전에 당신 파트너가 슈퍼마켓에 장을 보고 있던 나를 급습했어요."

다시 정적이 흐른다. 그러고는. "우리의 관심사인 그 3주 동안의 당신 행적에 대해 아직 물어볼 게 남아 있어요. 당신 남동생과는 통화했고 당신이 6월 첫 주에 찾아왔었다고 확인받았어요. 남동생이 자폐 스펙트럼인가요?"

대니는 그녀에게 스티비를 흥분시켰냐고 묻고 싶지만(편안한 공간에서 벗어나면 쉽게 흥분한다) 화제를 돌리려는 작전에 말려들지 않고 원하는 답을 들을 것이다.

"오늘은 그 검은색 캐주얼 재킷이 아니라 앞뒤로 캔자스 수사국이라고 적힌 바람막이를 입었더군요. 확성기는 안 들고 나왔고 그럴 필요도 없었어요. 하도 우렁차게 소리를 질러서. 목요일 저녁이라 손님이 많지 않았지만 거기 있던 사람들은 모두 제대로 들었죠. 또 제대로 보았고요."

"대니, 그건 좀 피해망상 같아요."

"서른 명이 지켜보는 앞에서 큰 소리로 닦달을 당했는데 피해망상을 일으킬 일이 뭐가 있겠어요? 그의 의도가 뭔지 알아차리고 밖으로 따라 나오라고 했죠. 그랬더니 어땠는지 알아요? 아무것도 묻지 않더라고요. 슈퍼 밖 보도로 나왔더니 똑같은 후렴구만 반복하더군요. 인정해라, 네가 범인이지 않냐, 자백하면 속이 후련해질 거다."

"후련해질 거예요." 그녀는 열띤 목소리로 말한다. "정말 그럴 거예요."

"내가 전화한 이유는 당신에게 물어볼 게 몇 가지 있어서예요."

"당신 질문에 대답하는 것이 내가 하는 일은 아니에요. 내 질문에 당신이 대답하는 거라면 모를까."

"하지만 사건과 연관 있는 질문이 아니에요. 적어도 직접적으로는요. 그보다는 이른바 절차적인 질문에 가깝죠. 첫 번째 질문은 이거에요. 당신 같으면 경찰용 바람막이를 입고 IGA에서 내게 접근해 누구라도 들을 수 있게 큰 소리로 질문을 하겠어요?"

그녀는 대답하지 않는다.

"왜 이러세요, 간단한 질문이잖아요. 당신 같으면 동네 주민들 앞에서 나한테 망신을 주겠어요?"

이번에는 그녀가 화난 목소리로 나지막이 당장 대답한다. "당신은 이본 위커에게 망신을 준 정도가 아니었잖아요. 당신은 그녀를 성폭행했어요. 그녀를 살해했어요!"

"무죄 추정의 원칙은 어디로 간 건가요, 데이비스 경위님? 나는 그녀의 시신을 발견했을 뿐이에요. 아무튼 그 얘긴 지겹도록 반복했고 내가 묻고 싶은 질문과는 전혀 관계가 없어요. 당신 같으면 젤버트처럼 했겠어요? 그것도 새롭게 물어볼 거라고는 전혀 아무것도 없는데?"

대니의 귀에 파티 소리가 아주 희미하게 들린다. 제법 오랜 정적이 흐른 뒤에 그녀가 말한다. "수사관마다 자기만의 노하우가 있어요."

"그게 당신 대답인가요?"

그녀는 짜증 섞인 웃음을 짧게 터뜨린다. "지금 증인 심문해요? 당신이 뭔데 나를 반대 심문해요? 딱히 들을 만한 얘기도 없는 것 같으니 전화 끊을……."

"피터 앤더슨이라는 이름 혹시 들어 봤어요? 앤더슨에 s가 두 개인데."

"내가 왜 들어 봤어야 하는데요?"

"「플레인스 트루스」라는 공짜 신문 기자거든요. 거기에 워커 양의 이름이 실렸더라고요. 그게 통상적인 관행인가요? 가장 가까운 가족에게도 알리지 않은 살인 사건 피해자의 이름을 공개하는 게?"

"나는…… 가족에게는 알렸어요!" 마침내 엘라 데이비스가 당황한 티를 낸다. "지난주에!"

"하지만 「텔레스코프」에서는 몰랐어요. 아니면 알았더라도 공개하지 않았든지. 「플레인스 트루스」는 공개했고요. 그리고 내 이름은 어떻게 했게요? 그것도 공개했어요. 정식 기소되지 않은 사람의 이름을 알려 주는 것도 캔자스 수사국의 관행인가요?"

다시 정적이 흐른다. 대니의 귀에 희미하게 펑 하는 소리가 들린다. 그는 생일 풍선인가 보다는 생각을 한다.

"당신 이름이 공개됐다고요? 지금 그렇게 주장하는 거예요?"

"못 믿겠으면 직접 신문을 집어서 확인해 봐요. 누가 그 이름을 흘렸는지 우리는 알잖아요, 그죠? 그리고 이유도 알고요. 그에게 구체적인 증거는 없어요. 그가 믿기를 거부하는 증언만 있죠. 믿을 수가 없는 증언. 그건 그가 상상력이 없어서 그런 거죠. 당신도 마찬가지지만 적어도 당신은 그걸 실을 게 뻔한 쓰레기 신문에 내 이름을 흘리지는 않았어요. 그래서 내가 당신에게 전화한 거예요."

"대니, 내가……." 그녀는 말을 멈춘다. *사과할게요*, 라고 하려다 멈춘 걸까? 그녀가 하려던 말이 뭔지 대니로서는 알 수 없지만 그것이었을 거라고 장담할 수 있다.

그녀는 테이프를 되감는다. "당신의 이름을 그 신문에 흘렸을 가능성이 있는 사람은 한두 명이 아니에요. 아마 트레일러하우스 주차장의 주민이 그랬을 거예요. 프랭크 젤버트가 당신을 괴롭히고 있다는 건 황당한 억측이에요."

"그래요?"

"네."

"「플레인스 트루스」가 어떤 신문인지 내가 아는 선에서 설명할게요. 내가 퇴근하는 길에 한 부 들고 왔거든요. 앞으로 퇴근할 날이 이틀 남았네요. 학교에서 잘렸거든요. 그 부분에 대해서도 당신들한테 고맙다고 인사해야겠어요."

그녀는 아무 대꾸도 하지 않는다.

"「플레인스 트루스」는 대부분 광고로 이루어져 있고 그 사이에 이 지역 뉴스를 몇 개 끼워 넣는 신문이에요. 거기에 범죄 이야기도 추가. 철없는 장난에서부터 방화에 이르기까지, 범죄라면 사족을 못 쓰죠. 사람들이 그 빌어먹을 신문을 찾는 이유도 그 때문이고요."

"대니, 이 정도로 통화했으면 충분하다고 보는데요."

그는 밀어붙인다. "「플레인스 트루스」에 사명감 넘치는 기자는 없어요. 그들은 취재를 하지 않아요. 앤더슨과 다른 두어 명이 가만히 앉아서 뉴스가 굴러 들어올 때까지 기다릴 뿐이지. 이번 경우에는 위커와 내 이름이었죠. 누군가가 전화기를 집어서 이름을 알려 준 거예요."

"나더러 누가 그랬는지 알아봐 주길 바라는 거면 꿈 깨요. 기자들은 정보원을 절대 공개하지 않으니까."

대니는 폭소를 터뜨린다. "그 쓰레기 신문사에서 일하는 사람들을 가리켜 *기자*라고 하는 건 수학 보충 수업을 받는 아이를 가리켜 아인슈타인이라고 하는 것과 마찬가지예요. 피터 앤더슨에게 물어보면 알려 줄 거예요, 정보원 이름을 알고 있다면. 살짝 압력을 가하기만 하면 돼요. 나한테 압력을 가했던 것처럼."

침묵이 흐르지만 그녀가 전화를 끊지는 않았다. 파티 소리가 아주 희미하게나마 계속 들린다. 로리가 그녀의 딸일까? 조카일까?

"자기가 들은 이름을요, 정보원의 *실제* 이름이 아니라. 앤더슨이 이름을 물어봤더라도 잴버트는 매니토 경찰서나 고속도로 순찰대 소속이라고 하고 전화를 끊었을 테니까요. 명망 있는 신문사라면 다른 정보원에게 확인이 되지 않은 익명의 제보를 그대로 싣지 않았겠지만 그들은 그렇게 했어요, 그것도 기꺼이. 그 인간이에요, 경위님. 나는 알고 당신도 알 거라고 생각해요."

"이만 끊을게요, 대니. 다시는 전화하지 말아요. 범행을 자백할 게 아니면."

무슨 말이라도 지껄여야 하는 순간이다. "그 사람 계속 아무 숫자나 불쑥 내뱉지 않아요? 뜬금없이, 막 떠오르는 대로."

묵묵부답이다.

"그 얘기는 하고 싶지 않아요? 알았어요. 그럼 생일 파티 주인공에게……" 그는 말문을 열지만 그녀는 전화를 끊은 뒤다.

그는 당장 볼더에 사는 스티비에게 전화한다. 동생은 늘 그러듯 녹음된 음성 사서함 메시지처럼 전화를 받는다. "안녕하세요, 스티븐 앨버트 코플린입니다."

"안녕, 스티비, 나……"

"알아, 알아." 스티비가 웃으며 말한다. "대니, 대니, 보, 배니, 바나나, 패나, 포, 패니. 어떻게 지냈어, 형님?"

여기까지만 들어도 궁금했던 부분이 해소된다. 엘라 데이비스는 스티비에게 형이 살인 용의자로 지목됐다고 알리지 않았다. 그녀는…… 신중하게 접근했다. 어쩌면 그 이상이었을지 모른다. 그가 찾는 단어는 '요령 있게'일지 모른다. 대니는 그녀를 좋아하고 싶지 않지만, 그렇기에 그녀를 조금 좋아할 수밖에 없다. 스티비는 특별한 능력이 있고 몇 가지 사회적인 기술을 (천천히) 배워 나가고 있지만 감정적인 면에서는 취약하다.

"나는 잘 지내고 있어, 스티비. 내 친구 엘라 데이비스 전화 받았어?"

"응, 그 여자분. 경찰인데 형이 자기들 수사를 돕고 있다고 했어. 경찰 수사 돕고 있어, 대니, 보, 배니?"

"그러려고 하는 중이야." 그는 말하고 화제를 바꾼다. 그들은 스티비가 주말마다 하이킹 가는 네덜란드에 대해 이야기한다. 스티비가 주말에 친구 재닛과 댄스파티에 갔다가 걸어서 집으로 돌아오는 동안 세 번 입을 맞춘 것에 대해 이야기한다. 누군가가 음악을 시끄럽게 틀어 놓아서 스티비가 소리 좀 줄이라고 고함을 지른다. 10대 시절이었다면 누가 말릴 때까지 그냥 자기 옆통수를 계속 때리고 있었을 텐데 달라졌다.

대니는 이제 그만 끊어야겠다고 한다. 분노가 거의 사라졌다. 스티비와 통화하면 그렇게 된다. 스티비는 알았다고 하고 평소처럼 말한다. "문제 하나 내 봐!"

대니는 이미 준비해 놓았다. "폴저스 스페셜 로스트."

스티비는 폭소를 터뜨린다. 소리가 듣기 좋고 명랑하다. "5번 통로, 정육 코너로 가다 보면 오른쪽 맨 위 칸, 가격은 12달러 9센트. 사실 클래식 로스트야." 그는 은밀하게 언성을 낮춘다. "폴저스 스페셜 로스트는 생산 중단됐어."

"훌륭해, 스티비. 이제 그만 끊어야겠다."

"알았어, 대니, 보, 배니. 사랑해."

"나도 사랑해."

스티비에게 전화한 사람이 데이비스라서 다행이다. 잴버트가 그러는(동생에게 접근하는) 상상만으로도 뼛속까지 한기가 느껴진다.

30.

엘라 데이비스는 전화기를 바지 주머니에 넣고 파티장으로 돌아간다. 언니가 케이크와 아이스크림을 파티 모자를 쓴 대여섯 명의 여자아이들에게 나누어 주고 있다. 생일 당사자이자 오늘 저녁 파티의 주인공인 데이비스의 딸은 탐욕스러운 눈빛으로 사이드보드에 쌓여 있는 선물들을 계속 흘끗거린다. 오늘은 로리의 여덟 번째 생일이다. 선물들은 머지않아 개봉되고 머지않아 잊힐 것이다, 데이비스가 피땀 흘려서 번 40달러가 쓰인 아도라 인형은 예외겠지만. 당으로 충전이 돼서 신나게 놀 준비가 되어 있는 아이들은 거실에서 게임을 할 테고 아이들의 비명 소리가 언니의 집을 가득 채울 것이다. 텔레비전에서는 「겨울 왕국」이 몇 번이고 이어지는 가운데 아이들은 8시면 뻗을 것이다.

"누구였어?" 언니가 묻는다. "사건 때문이야?"

"응." 아이스크림 한 접시가 이미 엎질러졌다. 레지나가 키우는 비글 미치가 당장 달려든다.

"그 *사람*은 아니지?" 레지나가 소곤소곤 묻는다. "코플린 말이야." 그러고는, "포크로 먹어야지, 올리비아!"

"응." 데이비스는 거짓말을 한다.

"그 사람 언제 체포할 예정이야?"

"나도 몰……."

"누구를 체포하는데요?" 여자아이 하나가 나팔을 분다. 이름이 메리 아니면 메건인데, 둘 중 어느 쪽인지 엘라는 기억이 나지 않는다. "누구를 체포하는데요?"

"아무도 안 해." 래지나는 말한다. "신경 끄세요, 메런."

"나도 몰라, 언니. 내가 결정할 수 있는 일이 아니라."

케이크와 아이스크림이 주인을 찾아가고 아이들이 먹기 시작하자 데이비스는 자리에서 일어나 담배를 피우러 뒤 현관으로 나간다. 프랭크 잴버트가 슈퍼에서 코플린에게 접근해 일부러 그의 정체를 폭로하고 둘의 대치 상황을 목격한 사람들에게 *이자예요, 이자가 범인이에요, 잘 보세요,* 라고 했다니 심란하다.

잴버트가 그걸 공개할 유일한 언론사에 코플린의 이름을 흘렸을지 모른다는 생각을 하면 더 심란해진다. 그가 그랬을 거라고 믿고 싶지는 않고 믿지 않는 마음이 크지만 프랭크가 그에게 꽂힌 것만큼은 분명하다. 그는 집착하고 있다.

그 단어는 잘못된 선택이야. 그녀는 속으로 중얼거린다. *전념하고 있다고 해야지.*

그녀를 가장 심란하게 하는 것은 코플린 자신이다. 프랭크가 DNA를 확보했다고 했을 때 그는 *진심*으로 안도하는 듯했고 기꺼이 샘플 채취에 응했다. 그의 트럭 대시보드에서 희생자의 지문이 발견됐다는 데이비스의 말이 거짓말이라는 걸 알았다. 하지만 그건 그가 지웠기 때문일 수 있었다. 위커(잴버트에게는 가엾은 이본 양)가 운전석에 탄 적 없기 때문일 수도 있었다. 그녀의 시신을 방수포로 싸서 짐칸에 실었기 때문일 수도 있었다. 그가 방수포를 처분했다면 짐칸에서 머리카락도 지문도 DNA도 나오지 않은 이유 역시 그 때문일 수 있었다. 하지만 그렇다면 그녀를 방수포로 싼 채 묻지 않은 이유가 뭘까?

아니면 이본 위커가 그 트럭에 실린 적 없었기 때문일 수도 있다.

아니야. 그건 받아들일 수 없어.

그런가 하면 코플린은 거짓말 탐지기로 검사를 받겠다고 했다. 거의 애원하다시피 했다. 프랭크는 거부했고 그럴 만한 이유가 충분했지만…….

그녀의 언니가 나온다. "로리가 선물 열어 보고 있어." 그녀가 아주 희미하게 날을 세운 목소리로 말한다. "가서 같이 볼래?"

무죄 추정의 원칙은 어디로 간 건가요, 데이비스 경위님?

"응." 엘라는 담배를 끄며 말한다. "당연하지."

레지는 그녀의 양쪽 어깨를 잡는다. "너 심란해 보인다. 그 사람이었어?"

데이비스는 한숨을 쉰다. "응."

"자기는 범인이 아니래?"

"응."

"그 사람이 체포되면 마음이 한결 가벼워질 텐데, 그치?"

"응."

나중에 아이들이 잠옷을 입고 거실 바닥에 옹기종기 모여 앉아 늘 그러듯 엘사와 안나가 부르는 「태어나서 처음으로」에 넋을 놓고 있을 때 엘라는 레지에게 초자연적인 현상을 경험한 적 있느냐고 묻는다. 꿈이 현실이 된다는지 하는.

"나는 없지만 내 친구 아이다는 그런 적 있어. 호스트가 심장 마비를 일으키는 꿈을 꿨는데 2주 뒤에 정말로 심장 마비를 일으켰거든."

"진짜?"

"응!"

"그럼 언니는 그런 게 가능하다고 믿겠네?"

레지는 곰곰이 생각한다. "음, 아이다가 거짓말을 했다고 생각하지는 않지만 호스트가 심장 마비를 일으키기 전에 꿈 얘기를 했더라면 더 믿어졌을 거야. 그리고 그가 자초한 면도 없지 않지, 그렇게 뚱뚱했으니. 네 딸 좀 봐! 저 인형 정말 좋아한다!"

로리는 적갈색 머리의 아도라를 가슴에 안고 있는데, 데이비스의 눈앞에 갑자기 환상이 보인다. 대니 코플린이 이본 위커를 칼로 찌르고 또 찌른 다음 옥수수밭에서 위로 올라타 피 흘리며 죽어 가는 그녀를 성폭행하는 광경이다. 범행 장소가 옥수수밭이라는 걸 아는 이유는 그녀의 머리칼에 옥수수수염이 묻어 있었기 때문이다.

그가 만일 그랬다면 프랭크한테 뭔 짓을 당해도 싸. 그녀는 생각한다. 잠시 후에 언니와 나란히 문 앞에 서 있는데, 그 끔찍한 (그리고 의리 없는) 두 글자짜리 단어가 머릿속에 떠오른 것이 이번이 처음이라는 데 생각이 미친다.

그것뿐만이 아니다. 솔직히 실토하자면 (자기 자신에게만, 오로지 자기 자신에게만) 그녀가 진심으로 심란해진 이유는 따로 있다. *그 사람 계속 아무 숫자나 불쑥 내뱉지 않아요? 뜬금없이, 막 떠오르는 대로.* 그녀도 프랭크가 그러는 걸 몇 번 들었고 위커 살인 사건을 수사하기 시작한 뒤로 더 심해졌다는 걸 안다. 아무것도 아닐 수 있지만 그는 살이 빠졌고 코플린에 집착하느라…….

그 단어 쓰지 마! 집착이 아니라 전념하고 있는 거야. 위커의 대변인으로서 그녀의 원한을 풀어주고 싶어서.

하지만 만에 하나 만약이라는 가정이 맞는다면?

31.

젤버트는 라이언스까지 반쯤 돌아가던 길에 방치된 쇼핑몰의 주차장으로 들어간다. 금이 가고 여기저기 파여 있는데, 차에서 내려 숫자를 좀 세지 않으면 폭발할 것 같다. 아직 날이 환하고 9시까지 그럴 것이다. 멀지 않은 데서 여자아이들이 「겨울 왕국」을 보며 웃는 소리가 들린다.

"시간을 끌고 있어." 젤버트는 속삭인다. "그 새끼가 나를 상대로 시간을 질질 끌려고 하고 있어."

아, 머리야! 지끈거린다! 그는 화살촉처럼 빗어 넘긴 머리칼을 두 손으로 쓸어넘긴다. V자 모양의 헤어라인 양쪽으로 조그맣게 땀방울이 맺힌 것이 느껴진다. 숫자를 세야 한다. 숫자를 세면 마음이 가라앉을 것이다. 항상 그렇다. 또 셀레브레이션 센터의 방 두 개짜리 스위트룸으로 돌아가면 의자 갈아타기를 할 수 있다. 그걸 마치기 전에는 잠을 이룰 수 없을 것이다. 시간을 때우려고 시작한 게임이 없어서는 안 될 것이 되었다.

그는 차에서 문을 닫은 전당포 앞까지 걸어간다. 서른세 걸음이니 17과 16이다. 그는 다시 차까지 15와 14로 걸어간다. 그러고는 다시 전당포까지 걸어간다. 13, 12, 11. 마지막은 조그맣게 걷는다. 셋을 합하면 36이고 숫자가 딱 맞아야 하기 때문이다. 기분이 좋아지기 시작한다. 10, 9, 8, 7, 그러자 다시 차 앞이다. 그는 중얼중얼 숫자를 세어가며 주먹으로 보닛을 스물한 번 두드린다.

아직은 코플린을 체포할 수 없다. 지방 검사에게 물어볼 필요도 없다. 캔자스 수사국의 국장이 쌍지팡이를 짚고 나섰다. 그리고 젤버트도 인정하는 수밖에 없다시피 국장의 판단이 옳다. 꿈 이야기가 황당하긴 하지만 다른 증거가 없으면 그 작은 마을의 변호사 에드거 볼이라도 기소를 기각할 수 있다.

아니면 그가 나서서 기각할 필요조차 없을지 모른다. 그런 바보 같은 사건을 재판에 회부할 정도로 덜 떨어진 지방 검사를 만나면 코플린은 무죄 판결을 받을 테고 그러면 재심은 물 건너간 이야기가 될 것이다. 일사부재리의 원칙에 따라 사건이 종료될 테니. 젤버트는 코플린의 방벽을 무너뜨릴 만한 단서를 찾아야 한다. 눈을 동그랗게 뜨고 자기는 죄가 없다고 하는 그 사이코의 민낯을 만천하에 공개해야 한다. 그는 몰아붙여야 한다. 쪼아야 한다.

젤버트는 1부터 꼼꼼히 숫자를 세며 쇼핑몰 주변을 돌기로 한다. 26에 다다라 (총합은 351이다) 정면으로 돌아가 보니 고속도로 순찰차가 경광등을 번쩍이며 그의 위장 경찰차 옆에 서 있다. 주 경찰관이 어깨에 찬 무선 마이크에 대고 그의 번호판을 읽고 있다. 젤버트가 다가오는 소리가 들리자 그는 글록 개머리판 쪽으로 손을 내밀며 몸을 돌린다. 그러다 젤버트가 입은 캔자스 수사국 바람막이를 보고 긴장을 푼다.

"안녕하십니까. 여기 차가 주차된 걸 보고······."

"의무를 수행하고 있었군요. 성실하게. 26. 훌륭합니다. 주머니에서 신분증을 꺼내 보여 드리죠."

주 경찰관은 고개를 젓고 씩 웃는다. "괜찮습니다. 프랭크 젤버트 씨 아니십니까?"

"맞아요." 그는 손을 내민다. 경찰관은 그 손을 잡고 세 번 흔든다. 딱 알맞은 횟수다. "이름이 어떻게 됩니까, 경관님?"

"헨리 캘턴입니다. 그 죽은 아가씨 수사를 하고 계시죠?"

"이본 양이요. 맞아요." 젤버트는 고개를 젓는다. "가엾은 이본 양.

스트레칭도 하고 이제 어떻게 해야 할지 고민하려고 차를 세웠어요."

"시신을 신고한 사람이 유력한 용의자 같던데요. 그냥 제 의견입니다만."

"내 생각도 그래요, 경관님. 그런데 그자가 계속 버티네요." 젤버트는 고개를 젓는다. "솔직히 말하면 우리를 비웃는 느낌이에요."

"유감스럽네요."

"몰아붙여야 해요. 쫄 방법을 찾아야 해요."

"생각 계속하시게 저는 비켜 드리겠습니다." 캘턴은 말한다. "하지만 어…… 제가 도울 일이 있으면, 그럴 가능성은 없다는 건 알지만……."

"가능성이 없지도 않아요. 이 바닥에서는 뭐든 가능하죠. 16."

캘턴은 미간을 찌푸린다. "네?"

"참 기분 좋은 숫자다, 이거예요. 숫자 얘기가 나왔으니 말인데 연락처 좀 받읍시다."

캘턴은 열띤 목소리로 말한다. "네, 좋죠." 그는 가슴 주머니에서 캔자스 고속도로 순찰대 명함을 꺼내 뒷면에 개인 연락처를 적는다. "저기, 저도 캔자스 수사국에 지원할까 고민 중이었어요."

"나이가 어떻게 돼요?" 젤버트는 명함을 받는다.

"스물넷이요."

"8 곱하기 3이로군. 좋아요. 내가 충고 하나 할까요? 너무 오래 기다리지 말아요. 나중으로 미루지 말아요. 그럼 남은 저녁 시간 잘 보내길요."

"경위님도요. 그리고 저기, 제가 어떤 식으로든 도울 일이 있다면……."

"기억하고 있을게요. 내가 전화할 수도 있어요."

캘턴 경관은 순찰차에 올라타려다 말고 단호하고 희미한 미소와 함께 뒤를 돌아본다. "그자를 잡아 주세요, 경위님."
"그럴 생각이에요."

32.

호텔로 돌아가자 젤버트는 프런트 데스크에 들러 접이식 의자가 있느냐고 묻는다. 직원은 호텔 비즈니스 센터에 있을 거라고 한다. 젤버트는 521호실로 세 개만 보내 달라고 한다.
"음, 아니. 내가 직접 들고 갈게요." 젤버트는 말하고 그렇게 한다. 열몇 개가 벽에 기대어 있길래 네 개를 든다. 4는 좋은 숫자다. 3보다 좋다. 이유는 설명하기 어렵지만 홀수는 항상 짝수에게 쨉이 안 된다. 그는 한 손에 두 개씩 들고 궁금해하는 직원의 눈빛을 못 본 체하며 엘리베이터로 옮긴다.
조그만 응접실에 두 개, 침실에 두 개를 펼쳐놓는다. 이제 의자가 여덟 개다(침대와 변기 시트까지 포함해서). 1부터 8까지 모두 더하면 36이고, 1부터 24까지 모두 더하면 300이고, 1부터 40까지 모두 더하면 820이다. 사람들은 (대부분의 사람들은) 이해하지 못하겠지만 이건 정말이지 아름다운 것이다. 위에서부터 아래로 내려오며 돈이 아니라 명료함으로 배당을 지불하는 다단계다.
다섯 번째 회차의 막바지에 다다르자 다음 행보는 무엇이 되어야 하는지 알겠다. 그는 컨퍼런스룸에서 들고 온 의자를 접어서 조그만 책상 옆에 쌓는다. 나중에 쓸 일이 있을지 모른다. 그는 침대 아래에서 캐리어를 꺼내 연다. 신축성 있는 파우치 안에서 얇은 고무장갑을 꺼내서 낀다. 이제 몰아붙여야 하는 때다. 그는 잠시 후 캘턴 경관에게 전화한다. 이제 조금 더 쪼아야 하는 때다.

33.

지옥 같은 주간의 금요일 새벽에 대니는 금속이 뭔가에 부딪히는 요란한 소리와 머플러가 망가졌거나 아예 없는 듯한 자동차의 엔진 소리를 듣고 잠에서 깬다. 침대 옆 협탁의 시계는 2:19AM이라고 한다. 그는 일어나 단전이 됐을 경우에 대비해 사다 놓은 손전등을 들고 거실 앞 창문으로 간다. 이 주차장의 사무실과 세탁실 사이에 우뚝 서 있는 전봇대를 맴도는 구름 같은 나방 말고는 움직이는 게 아무것도 없다. 오크 그로브(오크나무는 없는)는 곤히 잠들어 있다. 그 쿵 하는 소리에 아무도 깨지 않은 이유는 그를 *겨냥한* 것이었기 때문이다.

대니는 문을 연다. 그는 가끔 밤에도 깜빡하고 문을 잠그지 않을 때가 있지만 「플레인스 트루스」의 기사와 어제 저녁 IGA에서 젤버트가 벌인 쇼도 있고 하니 달라져야 할 것 같다. 그는 콘크리트 계단을 내려가 손전등을 켜고 쿵 하는 소리의 출처를 찾는다. 시간은 오래 걸리지 않는다. 트레일러하우스의 알루미늄 차체에서 성에가 낀 화장실 창문 바로 아래쪽이 움폭 들어가 있다. 아무래도 밤손님이 노린 곳은 창문이 아니었을까 싶다.

가장 깊이 들어간 부분에 빨간색 얼룩이 묻어 있다. 트레일러하우스 옆면을 따라 손전등으로 비춰 보니 자갈 위에 벽돌이 떨어져 있다. 그걸 감싸고 철사를 꼬아서 매달아 놓은 쪽지가 있다. 안에 뭐라고 쓰여 있을지 알겠지만 그래도 쭈그리고 앉아서 풀어 본다. 메시지는 짧고 검은색 크레용이나 사인펜으로 적힌 것이다.

꺼져라 이 씨발 살인자야. 아니면 각오해.

이걸 읽고 대니의 머릿속에 맨 처음 떠오른 생각은 꿈 깨시지, 다. 다음에 떠오른 생각은 오, 그래? 이거 무슨 영화야? 네가 클린트 이스트우드야? 다.

새벽 2시에 협박 쪽지를 손에 들고 그것이 묶여 있던 벽돌은 발치에 두고 이렇게 서 있어 보니 매니토를 탈출하는 것이 합리적일 뿐 아니라 매력적인 선택으로 느껴진다. 그의 친구(잠자리도 같이 한 친구) 베키는 그와의 관계를 정리했고, 그가 흑사병 환자라도 되는 듯이 귀여운 달라 진의 곁에 얼씬도 하지 못하게 할 테고, 그는 학교에서 잘렸다. 덤으로 마을 사람 절반이 코로나 환자처럼 군다. 동생을 죽인 카인처럼 쫓겨난다는 발상은 별로 마음에 들지 않지만 누가 봐도 이 트레일러하우스 주차장은 에덴이 아니다. 콜로라도에서 살아 볼 때도 됐을지 모른다. 스티비가 좋아할 것이다.

굉음과 함께 멀어지는 소리가 들리던 차가 팻 그레이디의 머스탱이었는지 궁금해진다. 그랬을 수도 있지만 무슨 상관일까?

대니는 안으로 들어가 침대에 눕지만 그 전에 먼저 트레일러하우스 문을 잠근다.

34.

월더 카운티 교육청 소속 직원으로서 보내는 마지막 날, 대니는 창고에서 교사 휴게실로 책을 옮긴다. 휴게실은 *사실상* 역사학과와 영어과 사무실 역할을 하는 곳이다. 이 책들은 거기 쌓여 있다가 9월에 학기가 다시 시작되면 학생들에게 배부될 텐데…… 그 무렵에는 윌더 카운티에서 멀리 떠나 있고 싶은 것이 대니 코플린의 바람이다.

신관 걸레받이를 닦고 있던 제시가 홀을 가볍게 달려온다. 도서관 앞에서 대니를 만나자 그가 말한다. "미리 알려 드리려고요. 요전 날 아저씨 찾아온 경찰 있잖아요. 그 왜, 헤어스타일이 웃긴……." 제시는 손가락 두 개로 이마를 문질러 젤버트의 V자 모양 헤어라인을 흉내 낸다. "뒤쪽으로 돌아가서 차를 댔어요."

"여자도 같이 왔니?"

"아뇨, 혼자 왔어요."

"고맙다, 제시."

"그 사람, 아저씨한테 진짜 집착하나 봐요, 그죠?"

"이 책들 다 나르면 곧바로 내려가서 도와줄게."

제시는 그대로 물러서지 않는다. "그 사람이 아저씨를 체포하는 건 아니겠죠?"

대니는 그 말에 미소를 짓는다. "아마 할 수가 없을 거야, 그래서 미치려고 하지. 이제 가라. 마지막 날을 보람있게 보내야지."

제시는 간다. 젤버트는 로비에서 또다시 트로피 케이스를 살피고 있다. 한 손에 둘둘 만 신문처럼 보이는 것을 들고 있다.

저걸로 내 코를 때리려는 건지 몰라. 대니는 생각한다. 젤버트를 다시 맞닥뜨려야 하는 두려움 속에서 한 줄기 햇살처럼 반짝이는 재미난 생각이다. 두려움이야말로 젤버트가 그에게 유발하려는 감정이다. 대니는 할 수만 있다면 그걸 바꾸고 싶지만 마음먹은 대로 되지가 않는다. 젤버트가 문을 열고 들어오자 그는 홀을 따라 걷기 시작한다. "7월 4일 휴일은 잘 보냈습니까?" 그가 묻는다.

대니는 굳이 대꾸하지 않는다. "혼자서 여긴 어쩐 일이시죠?"

놀랍게도 젤버트가 그의 질문에 대답한다. "내 파트너의 딸이 아파서요. 케이크와 아이스크림을 너무 많이 먹은 것 같다더군요. 오늘 오후에 그레이트밴드로 와 주셔야겠습니다."

"저를 체포하시는 겁니까?"

젤버트는 못을 드러내 보인다. "아직은 아니에요. 공식적으로 입장을 밝혀 주셔야겠습니다. 기록에 남길 수 있게. 당신이 꿨다는 그 꿈에 대해서 말이죠. 어떤 꿈을 꿨는지 공개되면 텔레비전에 출연할 수 있을 겁니다. 당신이 *꿈꿔* 왔던 대로 세간의 이목이 집중되겠죠. 제리 스프링어가 죽은 게 아쉽네. 창녀와 폐인들과 함께 거기 출연하면 딱이었을 텐데."

"내 이름을 언론에 흘린 사람이 관심종자라고 나를 몰아붙이는 거예요? 아무리 당신이라도 그건 너무 막장인데요."

"내가 흘린 거 아닙니다." 젤버트는 여전히 미소를 짓고 있다. "내가 그런 짓을 저지를 리 있나. 같은 단지에 사는 주민 누군가가 그랬겠죠."

대디는 그 주민 누군가가(아니면 팻 그레이디일 수도 있었다) 간밤에 그의 트레일러하우스에 벽돌을 던졌다고 젤버트에게 알릴 수도 있었고 심지어 그 쪽지를 보여 줄 수도 있었지만(주머니에 들어 있었다) 그래 봐야 아무 소용없을 것이었다.

대신에 대니는 이제 와서 조서를 작성해 달라고 하는 이유를 물었다. "그보다 더 그럴듯한 걸 기대하고 있기 때문이겠죠? 조서가 아니라 자백을. 하지만 당신 상사들은 내 자백을 보고 만족하지 못할 거예요. 생각해 보세요, 젤버트 경위님. 나는 그녀가 어딜, 몇 번이나, 무엇으로 찔렸는지 모르잖아요."

"당신은 살의로 이성을 잃었어요." 젤버트가 말한다. 그는 세상을 떠난 대니의 어머니가 예수 그리스도를 믿었던 것처럼 열렬하게 대니의 유죄를 믿었다. "살인마들에게 흔히 벌어지는 현상이지. 오래된 단어고 정치적으로는 올바르지 않을지 모르지만 나는 그 단어가 마음에 들어요. 당신에게 딱 들어맞거든."

"나는 그녀를 죽이지 않았어요. 시신을 발견했을 뿐이지."

잴버트는 남은 이를 드러내 보인다. "이러다 산타클로스가 진짜라고 하겠네. 내가 그런 얘기를 좋아하긴 하지만."

"나는 4시에 퇴근해요. 그러니까 규정 속도를 지키면 6시 반은 되어야 그레이트벤드에 갈 수 있어요. 그리고 나는 규정 속도를 지킬 생각이고요."

"기다리고 있겠습니다. 엘라 데이비스와 함께. 아니면 마지막 날이고 하니 좀 일찍 퇴근하든지요."

대니는 이 인간에게 심한 염증을 느낀다.

"당신이 이 기사도 보면 좋아할 것 같아서 들고 왔어요." 잴버트는 신문을 펼친다. 「오클라호맨」이다. 잴버트가 안쪽으로 페이지를 넘겨 건넨다. 기사 제목이 이렇다. 살해된 아가씨 집으로 돌아오다. 사진이 있다. 잴버트가 보여 주고 싶어 했던 것이 그것이다. 대니는 그것이 잴버트가 찾아온 진짜 이유일 거라고 생각한다.

사진은 상심한 인간의 모든 것을 하나의 이미지에 담고 있다. 이본 위커의 아버지가 그의 셔츠에 얼굴을 묻은 아내를 안고 있다. 고개는 하늘로 치켜들었다. 입가를 아래로 당겨 인상을 쓰고 있다. 목의 힘줄이 튀어나왔다. 눈은 질끈 감았다. 그들 뒤편으로 옆면에 허스트 장례식장이라고 적힌 검은색의 길쭉한 캐딜락 옆에 고등학교 점퍼처럼 보이는 것을 입은 남자아이가 서 있다. 머리에는 야구모자를 썼다. 챙에 가려서 수그린 얼굴이 보이지 않는다. 이본의 남동생인가 보다.

대니는 자신이 영화나 텔레비전에서는 거의 다루지 않는 것, 심지어 이해하지 못하는 것을 보고 있다는 생각을 한다. 인명의 희생. 가슴을 내리치는 상심과 상실의 허망함. 그 폐허.

그의 눈에 눈물이 고인다. 그는 사진과 살해된 아가씨 집으로 돌아오다, 라고 된 헤드라인을 내려다보다가 고개를 들어 젤버트의 얼굴을 본다. 놀랍게도 그 인간은 *미소*를 짓고 있다.

"아니, 이런! 살인범이 울고 있네! 무슨 이탈리아 오페라처럼!"

대니는 하마터면 그를 때릴 뻔한다. 상상 속에서는 *이미* 주먹을 휘둘러 젤버트의 코를 한쪽으로 뭉개고 코피가 양쪽 입가로 흘러내려 빨간색 팔자수염처럼 보이게 한다. 그가 참을 수 있는 유일한 이유가 있다면 젤버트가 원하는 바가 그거라는 걸 알기 때문이다. 그는 대신 한 손으로 눈물을 훔친다.

"부모님이 개에 대해서는 모르죠? 적어도 그것만큼은 대답해 줄 수 있잖아요."

"나는 몰라요." 젤버트는 거의 신난 목소리다. "사망 소식을 전한 사람이 내가 아니라 오클라호마시티 형사였거든. 내 일은 사건을 수사하는 거예요, 대니. 그러니까 *당신*을 수사하는 거예요."

대니는 계속 신문을 들고 있다. 신문이 쭈글쭈글해졌다. 그는 신문을 잘 펴서 젤버트에게 보여 준다. "다른 집 부모님이 또다시 이런 사진의 주인공이 되길 바라나요? 그녀를 살해한 범인이 누군지 몰라도 이번이 끝이 아닐 수 있거든요. 당신이 나한테 집착하는 동안 그자가 둘이나 셋을 더 죽일 수도 있어요."

젤버트는 대니가 그의 얼굴 앞에서 손을 흔들기라도 한 것처럼 움찔한다. "집착이라니, 나는 전념하는 거예요. 대니, 당신이 범인이라는 걸 알기 때문에. 꿈은 없었어요. 당신은 꿈을 꾸지 않아도 그녀가 어디 묻혔는지 알 수 있었죠, 당신이 그녀를 묻었으니까. 하지만 우리, 각자의 생각을 존중하기로 합시다. 6시 30분까지 그레이트벤드로 출두해요. 안 그러면 당신 이름과 차량 번호를 캔자스 고속도로 순찰대에 알릴 테니까. 원하면 변호사도 대동하고. 그리고 그 신문은 가져도 돼요. 당신이 그녀의 가족에게 무슨 짓을 저질렀는지 확인하면서 흐뭇해할 수도 있으니까. 일석사조가 됐잖아요."

그는 검은색 재킷 자락을 휘날리며 몸을 돌려서 로비 쪽으로 되짚어간다.

"잴버트 경위님!"

그는 눈썹을 추어올리며 고개를 돌린다. 그 희한한 V자 모양의 헤어라인 양쪽 두피가 반질반질하고 크림처럼 하얗다.

"이를 가시나요?"

잴버트는 미간을 찌푸린다. "뭐라고요?"

"이요. 전부 닳았길래요. 러버 댐을 씌워야겠어요. 월그린스에서 파는데."

"내 이가 무슨 상관……"

"그러면 숫자를 셀 때 도움이 되나 보죠?"

처음으로 잴버트가 진심으로 깜짝 놀란 표정을 짓는다.

"오늘 아침에 출근하기 전에 찾아봤거든요." 대니가 말한다. "그런 걸 계산 강박이라고 하던데. 숫자를 세나요? 이를 갈다가 한밤 중에 깨면 그래요?"

이번에도 처음으로 대니는 잴버트의 오른쪽 미간에서 혈관이 펄떡거리는 것을 본다. 두근, 두근, 두근. "너는 그녀를 죽였어, 이 잘난 척쟁이야. 우리 둘 다 그걸 알고 있고 너는 대가를 치르게 될 거야."

그는 멀어진다. 대니는 구겨진 신문을 손에 들고 그 자리에 서서 애써 흥분을 가라앉힌다. 만날수록 잴버트는 점점 더 불쾌해진다. 그는 작업복 셔츠 소매로 눈을 훔친다. 그런 다음 다시 책을 옮기러 간다. 마지막 날이니 제대로 마무리해야 한다.

35.

점심시간이 되자 그는 전화기를 가지러 트럭을 세워 놓은 곳으로 나간다. 마지에게 전화해 학교에서 잘렸고 그는 이제 캔자스에 매력을 느끼지 못한다고 알려야 한다. 그래서 볼더로 갈까 고민 중이라고. 그녀는 이해할 것이다. 그녀는 스티비를 좋아한다. 그녀가 돈이 필요하다고 하면 조금 줄 수는 있지만…… 액수가 많지는 않을 것이다. 일자리를 찾기 전까지 모아 놓은 돈으로 살아야 할 테니까. 게다가 그녀는 재혼할 예정이지 않은가.

그는 에드거 볼에게 수수료도 주어야 한다는 사실을 되새기며 조수석 문을 열고 사물함에서 전화기를 꺼낸다. 그는 고개를 숙이고 문자를 확인하며 다시 학교 쪽으로 걸어가다 말고 걸음을 멈춘다. 제시가 했던 말이 생각난다. 뒤쪽으로 돌아가서 차를 댔어요. 교직원 주차장이 학교에서 제일 가까운데, 젤버트가 왜 그랬을까? 대니는 이유를 알 것 같다.

그는 툰드라로 다시 돌아간다. 짐칸을 대충 훑어본다. 그 안에는 공구 상자밖에 없고 거기에는 항상 자물쇠를 채워 놓는다. 반면에 운전석은 잠그지 않는다. 운전석은 항상 잠그지 않는데, 젤버트는 그걸 알아차렸을 것이다. 심지어 대니가 그와 그의 파트너에게 직접 말했을 수도 있다. 기억은 나지 않지만.

그는 사물함 안에 쌓인 쓰레기(이런 식으로 쌓이는 걸 보면 희한하다)

를 뒤진다. 아무것도 없을 줄 알았고 역시 아무것도 없다. 젤버트가 거기에 뭘 넣었을 리 없다. 대니가 거기에 전화기를 둔다는 걸 아는 이상. 콘솔박스가 좀 더 가능성이 높아 보이지만 거기에도 아무것도 없다. 다만…… 달라 진이 또다시 A를 받은 시험지를 보여 주면 주려고 했던 M&M 초콜릿이 그 안에 들어 있다. 그 애는 A를 많이 받는다. 똑똑한 아이다.

그는 옆 주머니를 들여다본다. 아무것도 없다. 조수석 아래에도 아무것도 없다. 운전석 아래를 들여다보자 코카인이나 헤로인이나 펜타닐일 수밖에 없는 하얀 가루가 담긴 반투명 봉투가 보인다. 캔자스는 마약에 대해 엄격하다. 아이들은 조회 시간에 수시로 설교를 듣는다. 이건 양이 적어서 '유통의 의도가 있다'고 간주되지 않겠지만 캔자스에서는 약물 소지 자체가 2년 징역형을 받을 수 있는 5급 중범죄다.

젤버트는 그가 약물 소지죄로 감옥에 2년 동안 갇혀 있길(카운티 교도소에 90일 동안 수감될 가능성이 더 크지만) 바라는 걸까? 그건 아니지만, 그가 감옥에 갇혀 있길 바라는 건 맞는다. 그래야 그를 괴롭힐 수 있을 테니까. 괴롭히고 또 괴롭힐 수 있을 테니까. 교도관들이 그를 괴롭힐지도 모른다. 젤버트의 요청에 따라.

운전석 뒤편으로 온갖 쓰레기들이 모인 곳에 구겨진 맥도널드 봉지가 있다. 봉지 안에는 햄버거 포장지와 패스트푸드점에서 애플파이를 넣을 때 쓰는 종이 슬리브가 들어 있다. 딱 알맞은 크기다. 대니는 약물이 담긴 봉투를 양옆으로 집어 그 안에 넣고, 봉투가 문대져서 지문이 지워지지 않도록 슬리브를 구부린다. 지문이 있을 것 같지는 않지만 모를 일이다. 그는 종이 슬리브를 다시 맥도널드 봉지에 넣고 봉지를 도시락통에 넣는다. 그리고 학교로 돌아가 보니 제시가 피크닉 테이블에 앉아 있다.

"금방 갈게." 대니는 말하고 안으로 들어간다. 창고에 달린 높은 선반의 청소용품 뒤에 봉지를 숨긴다. 그런 다음 에드거 볼에게 연락한다.

"제 변호를 계속 맡아 주실 건가요?"

"전문가가 필요할 때까지는요." 볼은 대답한다. "흥미진진한 사건이라서요."

그들은 잠시 대화를 나눈다. 에드거 볼은 2시쯤 학교에 잠깐 들르고 그날 저녁 6시 30분에 그레이트밴드에 있는 캔자스 수사국 건물에서 대니를 만나기로 한다. 대니는 400달러짜리 수표를 주기로 한다.

"500이 좋겠어요, 당신이 부탁하는 일을 감안하면." 볼은 말한다.

대니는 알겠다고 한다. 정당한 요구지만 그의 비상금에 큰 구멍이 뚫릴 것이다. 그는 마지에게 전화해 학교에서 잘려서 당분간 별로 도움을 주지 못할 것 같다고 말한다. 그녀는 알겠다고 한다.

"그 경찰들더러 나한테 물어보라고 해." 그녀는 말한다. "그럼 당신은 칼로 찌르는 성격이 아니라 소리를 지르는 성격이라고 알려 줄 텐데. 당신이 사람을 죽였을 거라니 완전 말도 안 되는 착각이라고."

대니는 그녀에게 좋은 사람이라고 말한다. 마지(스티비는 마지, 마지, 보, 바지라고 부른다)는 맞는 말이라고 한다. 그는 샌드위치와 보온병을 들고 피크닉 테이블로 가서 제시와 맛있게 점심을 먹는다.

"이 자리가 그리울 거예요." 제시는 말한다. "희한하지만 진짜예요. 그리고 아저씨랑 같이 일했던 것도 그리울 거예요. 아저씨는 좋은 상사예요."

"너한테 잘 맞는 자리가 있을 거야. 내가 추천서를 써 주면 좋겠지만 너도 알다시피…… 상황이 이렇다 보니……."

"그러게요." 제시는 웃음을 터뜨린다. "아저씨 심정 이해해요."

2시 15분에 에드거 볼이 찾아온다. 대니는 그에게 수표와 맥도널드 봉지를 건넨다. "이런 식으로 처리하고 싶은 거 확실해요?" 볼이 묻는다. "이러다 위험해질 수도 있는데."

"이미 위험해요." 대니는 말한다. "점점 더 위험해지고 있고요."

36.

그들은 3시 30분에, 평소보다 30분 일찍 퇴근 카드를 찍는다. 대니는 마지막으로 일곱 개의 문을 모두 잠근다. 제시는 대니를 가볍게 끌어안고 대니는 등을 두어 번 토닥이는 걸로 호응한다. 대니는 제시에게 건강 잘 챙기라고, 연락하라고 한다. 제시도 대니에게 똑같은 말을 한다.

대니는 차를 몰고 오크 그로브로 가는 동안 백미러를 주시하며 경찰이 따라오는지 살핀다. 경찰은 보이지 않는다. 집에 도착해 보니 문에 쪽지가 붙어 있다. 짧고 간단하다. *나가 줘요. 여기서 같이 살고 싶지 않아요.* 그는 쪽지를 떼서 주방 쓰레기통에 던지고 후딱 샤워하고 새 옷으로 갈아입는다. 그런 다음 엘라 데이비스에게 전화한다.

"다시 대니 코플린이에요, 경감님."

"무슨 일로 전화하셨죠?"

"저를 좀 믿어 주시면 좋겠는데요." 대니는 그녀에게 부탁하고 싶은 일이 뭔지 밝힌다. 그녀는 수락하지 않지만…… 거절하지도 않는다.

그가 그레이트밴드로 출발하고 50킬로미터쯤 갔을 때 캔자스 고속도로 순찰대 소속 순찰차가 농로에서 빠져나와 경광등을 반짝이며 그를 뒤쫓는다. 주 경찰관이 사이렌을 울리는데, 대니는 이미 차를 대고 창문을 내리고 있으니 불필요한 조치다. 창문이 다 내려가자 그는 밖에서 볼 수 있게 운전대 위에 두 손을 올려놓는다.

경찰관의 이름은 H. 캘턴이다. 그는 글록 권총 위에 손을 얹은 채 대니에게 다가온다. 권총 케이스 똑딱이 단추가 풀려 있다.

"면허증과 등록증을 보여 주시기 바랍니다."

"면허증은 지갑에 있어요. 뒷주머니에서 지갑을 꺼낼게요." 대니는 아주 천천히 뒷주머니에서 지갑을 꺼낸다. 면허증을 캘턴 경관에게 건네고 다시 말한다. "이제 사물함에서 등록증 꺼낼게요."

"사물함 안에 무기가 있습니까?"

"아뇨."

"콘솔 박스에는요?"

"없습니다."

"그럼 꺼내세요."

대니는 다시 슬로 모션으로 사물함을 열고 등록증을 꺼낸다.

"보험증 있습니까?"

"네." 그는 다시 사물함 쪽으로 손을 내민다.

"보험증은 됐습니다. 움직이지 말고 앉아 있기 바랍니다, 코플린 씨."

캘턴은 순찰차로 돌아가 무전기로 연락한다. 대니는 가만히 앉아 있는다. 5분이 지난다. 그레이트밴드에 늦게 생겼지만 상관없다. 젤버트는 그가 올 거라고 생각하지도 않을 테니까.

주 경찰관은 갓길에 세운 2011년식 툰트라의 소유주가 대니얼 코플린이 맞는다는 사실을 확인하고는 (캘턴은 그렇다는 걸 이미 알고 있었을 거라고 대니는 자신할 수 있다) 대니의 서류를 들고 운전석 창문 쪽으로 돌아온다. 하지만 서류를 건네지 않는다. "제가 왜 차를 세우게 했는지 아십니까, 코플린 씨?"

대니는 모른다고 대답한다.

"차로를 넘나들며 운전을 하시더군요."

대니는 그렇지 않았다는 걸 알지만 잠자코 있는다.

"오늘 뭐 마신 게 있습니까, 코플린 씨?"

"술을 마셨느냐고 물으시는 거라면 마시지 않았습니다."

"음주 측정을 해도 될까요? 검사를 받으시겠습니까?"

"네."

"약물은요? 최근 하신 약물이 있습니까? 마리화나? 엑스터시? 코카인?"

"아뇨."

"트럭을 수색하는 데 동의하십니까?"

"수색 영장이나 뭐 그런 게 있어야 하는 거 아닌가요?"

"위험하게 운전하는 걸 목격한 경우에는 없어도 됩니다. 수색에 동의하지 않으면 트럭을 압수하겠습니다."

"알겠습니다." 대니는 문을 연다. "약속이 있어서 수색에 동의하는 편이 낫겠네요."

캘턴 경찰관은 요란하게 운전석을 뒤지는 척하면서 시트 아래쪽은 맨 마지막까지 남겨 놓는다. 거기는 순찰차에서 손전등까지 들고 와서 한참 동안 들여다본다. 그런 다음 문을 쾅 닫고는 냉랭한 눈빛으로 대니를 쳐다본다.

"음주 측정은요?" 대니는 묻는다.

"지금 시비 거시는 겁니까?" 경찰관이 뺨이 벌게진 이유가 피가 몰려서인지 햇빛에 타서인지 대니로서는 알 수가 없다.

"아뇨. 하지만 내가 이리저리 비틀거리지 않았다는 건 우리 둘 다 아는 사실일 텐데요."

"난폭 운전으로 딱지를 끊겠습니다, 코플린 씨."

"나라면 그러지 않겠어요. 그러면 법정에서 나를 만나게 될 테니까요. 거기서 내 변호사가 당신에게 내 차를 세우기 전에 캔자스 수사국 소속 잴버트 경위와 대화를 나누었느냐고 물을 거예요. 그럼 당신은 사실대로 말할지 위증을 할지 고민해야 할 테고요. 위증을 하면 나중에 그게 돌아와서 당신 똥꼬를 찌를 수도 있는데, 그걸 원하세요?"

캘턴은 잠깐 뜸을 들이며 끝까지 밀어붙일지 고민한다. 이제 보니 햇빛에 탄 게 아니라 피가 몰린 거다. 대니는 이번만큼은 수비하는 입장이 아니라서 기분이 좋다는 생각을 한다. 캘턴은 면허증과 차량 등록증을 돌려준다. "앞으로는 차로를 유지하며 운전해 주시기 바랍니다."

대니는 좀 더 밀어붙일까, 경고라도 주고 싶지 않으냐고 물을까 하다가 됐다고 결론을 내린다. 캘턴은 무기를 휴대했고 아직 총집 뚜껑을 닫지 않았다.

"알겠습니다, 경관님."

"출발하세요."

캘턴은 8킬로미터 동안 대니의 범퍼를 들이받을 듯이 쫓아오다가 다른 길로 방향을 돌린다. 이후로 그레이트밴드에 도착할 때까지 대니에게는 아무 일도 벌어지지 않는다.

37.

에드거 볼이 캔자스 수사국 건물 주차장 저쪽 끝에서 그를 기다리고 있다. 그는 대니에게 오는 동안 별일 없었느냐고 묻는다. 대니는 캘턴 경관과 있었던 일을 들려준다.

"믿기지가 않네요." 볼은 말한다. "약을 진짜 돌려받아도 되겠어요?"

"젤버트가 숯을 날렸으니 이제는 안전할 거예요." 대니는 자기 말이 맞길 바라고 나중에 데이비스 경관에게 체포될 일도 없길 바란다.

볼은 자기 차 트렁크를 열고 대니에게 맥도널드 봉지를 건넨다. 대니는 그걸 받아서 콘솔박스에 넣고 이번에는 트럭 문을 잠근다.

"들어가죠." 대니는 말한다. "젤버트가 날 보고 어떤 표정을 짓는지 잘 봐요. 흥미진진할 테니까요."

그런데 아니다. 놀란 표정이 언뜻 등장했다가 금세 사라진다. 음향 및 영상 녹화 장비가 갖춰진 그 방은 만원이다. 젤버트와 데이비스 말고도 앨버트 헬러라는 땅딸막한 대머리와 버넌 램지라는 양복 차림의 근육질도 있다. 헬러는 윌더 카운티 검사다. 램지는 오클라호마시티에서 온 형사다. 여섯 명이 다닥다닥 붙어 있으니 누가 봐도 폐소공포증을 유발한다. 이 건물 안에 좀 더 널찍한 회의실이 있겠지만 젤버트와 헬러의 의도는 회의가 아니다. 그들의 의도는 대니를 박살 내는 것이다. 그리고 이제 그가 등장했다.

소개가 이루어진다. 서로 악수를 주고받는다(대니와 젤버트는 생략한다). 이번에는 카운티 검사가 미란다 원칙을 알려 준다. 헬러는 기록에 남기기 위해 "코플린 씨는 변호사를 대동했습니다."라는 말로 끝을 맺는다.

헬러가 먼저 대니의 마지막 면담 때 다루었던 내용을 다시 한번 짚고 넘어간다. 그들은 서로 마주 보고 있고 대니의 옆에는 에드거 볼이, 헬러의 옆에는 엘라 데이비스가 앉았다. 램지는 무표정한 얼굴로 벽에 기대서 있다. 젤버트는 팔짱을 끼고 구석에 서 있다.

그가 묻자 대니는 어떤 꿈을 꾸었는지 설명한다. 다트 카운티의 방치된 주유소로 향한 과정을 설명한다. 어설프게 익명으로 신고하려

했던 것에 대해 설명한다. 헬러가 신고한 이유를 묻자 대니는 개 이야기를 꺼낸다. "녀석이 그녀를 파헤치고 있었어요. 씹어 먹고 있었어요. 검사님도 사진을 보셨을 테지만요."

헬러는 대니가 6월의 첫째 주부터 셋째 주까지 어디에 있었는지 좀 더 자세히 파악할 필요가 있다고 한다. 대니는 최선을 다해서 돕고 싶지만 다이어리나 그런 걸 쓰지 않는다고 말한다.

헬러의 질문이 끝나자 오클라호마시티에서 온 버넌 램지 경관이 앞으로 나선다. "당신이 이본 위커를 살해했습니까?"

"아뇨."

램지는 뒤로 물러난다. 후속 질문은 없다. 잴버트가 그의 귀에 대고 뭐라고 속삭이자 램지는 무표정한 얼굴로 고개를 끄덕인다.

헬러는 대니에게 이 카운티를 떠나지 말라는 말로 마무리한다.

대니는 고개를 젓는다. "사실 저는 이 카운티와 이 주를 떠날 생각입니다. 제 이름이 공짜 신문에 실렸어요. 저는 유력한 용의자가 되었고 캔자스 중부에서 그걸 모르는 사람이 없게 하겠다고 작정한 사람이 있습니다." 대니는 잴버트를 흘끗 쳐다본다. 잴버트는 건조하게 그를 마주 본다.

"수사 관련자가 당신 이름을 언론에 흘렸을 리는 없다고 내가 장담합니다." 헬러가 말한다. "유감스러운 일이 벌어지긴 했지만 그래도 캔자스는 고사하고 매니토를 떠나는 것조차 매우 좋지 않은 선택입니다. 그랬다가는 후폭풍을 각오······."

"저를 체포하세요." 대니는 말한다. "저를 캔자스에 붙잡아 두고 싶으면 체포하세요."

헬러는 그를 뚫어지게 쳐다본다. 엘라 데이비스는 깍지를 껴서 테이블 위에 올려놓은 자기 손을 내려다본다. 램즈는 천장을 관찰하는 듯한 자세를 취한다. 잴버트는 대놓고 노려본다.

"못 하시죠?" 대니는 말한다. "내가 이본 위커를 살해했다는 증거가 없어서. 왜냐하면 살해하지 않았거든요. 나는 시신의 위치를 신고했을 뿐이에요. 그러니까 후폭풍을 각오해야 할 거라고 말하지 마세요."

"사실 후폭풍을 각오하셔야 할 겁니다." 볼이 거의 사과하는 투로 말한다. "부당 체포 소송이 제기될 테니까요. 제 손으로."

"이동을 자제해 주실 것을 강력하게 조언하는 바입니다." 헬러가 말한다. "떠나 봐야 죄인처럼 보일 뿐이에요."

구석에서 잴버트가 가만히 말한다. "죄인 맞죠."

대니는 뒷주머니에서 쪽지를 꺼내 테이블 너머로 헬러가 아니라 데이비스에게 내민다. "여기 이렇게 적혀 있어요. '꺼져라 이 씨발 살인자야. 아니면 각오해.' 벽돌에 감겨 있던 쪽지에요. 한밤중에 내 트레일러하우스 옆면에 던져진 벽돌에. 그게 내 이름이 신문에 실린 후 폭풍입니다, 헬러 씨. 이미 돌이킬 수 없어요." 그는 다시 한번 잴버트를 흘끗 쳐다본다. "다음 벽돌은 내 머리를 겨냥하겠죠."

램지가 말한다. "어디로 가려고요?"

"콜로라도로 갈까 생각 중이에요. 남동생이 거기 사는데, 자주 보지 못해서요."

"어디로 가든 상관없을 거요." 잴버트가 말한다. "위커 양이 구린내처럼 당신을 따라다닐 테니까. 씻어도 없어지지 않는 구린내처럼."

대니도 그 말이 맞을지 모른다는 걸 안다. 그는 램지를 쳐다본다. "다른 용의자가 있나요? 한 명이라도? 그녀에게 차여서 앙심을 품은 남자 친구라든지? 집안 환경이 열악했다든지?"

램지가 말한다. "오클라호마 고속도로 순찰대 수사과에서는 용의자와 정보를 공유하지 않습니다."

대니는 애초에 별 기대도 하지 않았다. 오클라호마 고속도로 순찰대는 오클라호마에서 다른 용의자를 추적하지 않을 듯한 예감이 드는데, 그럴 만한 이유가 있다. 그가 생각하기에 이본 위커와 살인범 간에는 아무 연결 고리가 없다. 그녀는 히치하이킹을 하다가 부적절한 사람의 차를 얻어 탔고 그 대가로 목숨을 잃었다.

그는 자리에서 일어선다. "이제 그만 가 보겠습니다."

아무도 말리지 않지만 젤버트는 이렇게 말한다. "여기서 다시 보게 될 겁니다."

38.

주차장에 도착하자 대니는 매니토에서 여기까지 큼지막한 혼다를 몰고 온 변호사와 악수한다. 그는 한 얘기가 거의 없었지만…… 재치 있게 부당 체포 소송을 운운한 건 훌륭했다. 그거 말고는 무슨 할 말이 있었겠는가?

"데이비스에게 기대를 걸어 봐도 정말 괜찮겠어요?" 볼이 묻는다.

대니는 어깨를 으쓱한다. "내가 코카인을 보여 주면 그녀가 나를 마약 소지죄로 체포할까 봐서요? 지금 내게 닥친 위협에 비하면 그 정도는 사소한 모험이에요."

볼은 발을 딛고 몸을 앞뒤로 흔든다. "그녀를 죽이지 않았다면 당신은 내가 지금까지 만난 중에서 가장 신의 경지에 가까운 거짓말쟁이예요. 심지어 우리 레드 삼촌보다 더 훌륭해요. 그런 사람이 있을 줄은 상상도 하지 못했는데."

"죽이지 않았어요." 대니는 말한다. 그렇게 말하는 것도 점점 지겨워지고 있다.

39.

수사국 건물에서 엘라 데이비스를 만나기로 한 곳까지는 삼사 킬로미터밖에 안 되지만 대니는 미행이 없는지 백미러로 확인해 가며 그레이트밴드의 보잘것없는 도심을 지나 일부러 빙 돌아서 간다. 커피 헛에 마침내 도착해 보니 8시 30분이다. 앞에는 포장된 주차장이, 뒤에는 흙바닥 주차장이 있다. 대니는 뒤로 가서 RAV4 SUV 옆에 트럭을 댄다. 그 SUV가 데이비스의 차인 것이 분명하다. 조수석에 달라 진 덕분에 알게 된 액션 피겨가 있다. 「겨울 왕국」의 엘사 올덴부르크다.

그는 안으로 들어간다. 데이비스는 카운터에서 모서리를 돌면 나오는 칸막이 자리에 앉아 있다. 전면 주차장에서 보이지 않는 자리다.

"안 오는 줄 알았어요." 그녀는 말한다. "그래서 일어나려던 참이었어요."

"미행이 없는지 확실히 확인하느라 늦었어요. 아무튼 내 선에서 최대한 확실히 하느라."

그녀는 눈썹을 추어올린다. "정말로 피해망상이 있나 봐요, 그죠?"

"나뿐 아니라 경위님을 위해서이기도 했어요. 자기 몰래 나를 만난다고 하면 젤버트가 좋아할 리 없으니까."

그녀는 웨이트리스가 온 덕분에 답을 하지 않아도 됐다. 대니는 점심으로 샌드위치를 먹은 뒤로 아무것도 먹지 못한 터라 그레이비를 곁들인 컨트리 햄과 콜라를 주문한다.

"그런 걸 먹으면 혈관이 막혀요." 웨이트리스가 사라지자 데이비스가 말한다.

"머리에 벽돌을 맞는 것보다는 낫죠."

"프랭크 잴버트는 그 쪽지를 당신이 썼다고 생각해요."

"어련하실까."

"나를 왜 만나자고 한 거예요, 대니? 베이비시터한테 아이를 맡기고 와서 미터기가 돌아가고 있는데."

대니는 그녀에게 잴버트가 학교로 찾아온 이야기를 한다. 표면적으로는 대니에게 정식으로 조서를 작성해야 한다고 알리고 「오클라호만」에 실린, 슬퍼하는 워커 가족의 사진을 보여 주기 위해서였다고.

"하지만 다른 이유가 있었어요. 나도 몰랐을 텐데, 제시, 나랑 같이 일하는 학생인데 걔가 그러더라고요, 잴버트가 뒤에 차를 댔다고. 교직원 주차장이 현관문에서 몇 걸음밖에 안 되고 여름에는 텅텅 비는데 말이죠. 그래서 의심이 생겨서 체크해 보니 내 트럭 운전석 시트 아래에 조그만 봉투가 붙어 있더군요." 그는 애플파이 슬리브를 그녀 쪽으로 밀어서 보낸다. "이 안에 들어 있어요. 헤로인일 수도 있지만 내가 보기에는 코카인 같아요."

그가 그녀를 만난 이래 처음으로 프로인 척하던 데이비스의 가면에 금이 간다. 그녀는 슬리브의 한쪽 끝을 들어서 안을 들여다본다.

"봉투 양쪽 옆만 건드렸어요. 그가 워낙 영리한 인간이라 지문을 남겼을 리 없겠지만, 만에 하나 실수를 저질렀다면 당신이 체크할 수 있게요."

그녀는 말끔하게 원래의 모습을 회복한다. "내가 제대로 이해한 게 맞는지 짚고 넘어갈게요. 지금 캔자스 수사국 경위로 20여 년을 근무했고 두 번의 무공 표창장을 비롯해 표창장을 대여섯 번 받은 프랭크 잴버트가 당신 트럭에 약물을 심었다는 거예요?"

"그는 분명 아주 유능한 경찰이겠지만 내가 그 여자를 죽였다고 확신하고 있어요." 맞는 말이지만 그걸로는 부족하다. "집착하고 있어요. 그걸 느끼지 못했다면 진짜 놀랄 일인데요?"

"당신의 자작극일 수도 있잖아요."

"이게 다가 아니에요." 그는 고속도로에서 허위 검문을 당했는데, 캘튼 경관이 운전석 시트 아래만 뒤지더라는 이야기를 한다. "다른 데는 대충 훑어보기만 하더라고요. 그게 어디 있는지 알았을 테니까요. 그리고 내 자작극일 가능성에 대해서는…… 제시 잭슨한테 물어보세요. 잴버트가 뒤로 돌아가서 주차했다고 알려 줄 테니."

웨이트리스가 대니의 음식을 들고 온다. 데이비스는 손 옆면으로 파이 슬리브를 쓸어서 핸드백 안에 넣는다. 웨이트리스가 가자 엘라는 그의 접시를 가리키며 말한다. "꼭 그 개가 먹고 토한 것처럼 생겼네요."

대니는 웃음을 터뜨리고 열심히 먹는다. "어휴! 그러니까 이제 좀 사람 같네요."

"나 사람 맞아요. 그런가 하면 캔자스 수사국 소속이기도 하니까 의심이 많은 사람이죠."

"잴버트가 내 이름을 그 쓰레기 신문에 흘렸어요. 「플레인스 트루스」에."

"그건 당신 생각이죠. 그가 당신에게 집착하는 만큼 당신도 그에게 집착하고 있어요."

"그럴 수밖에요. 내게 저지르지도 않은 죄를 덮어씌우려고 하는데. 내가 어떤 식으로 맞서 싸울 수 있겠어요? 타이어에 구멍을 낼까요? 그가 입고 다니는 그 검은색 재킷 등판에 나를 발로 세게 차 줘, 라고 적은 포스트잇을 붙일까요? 당신한테 얘기하는 방법뿐인데, 그것도 위험 부담이 있죠. 내 변호사는 당신이 나를 약물 소지죄로 체포할 수 도 있다고 했어요."

"그럴 일은 없어요."

그녀는 그가 먹는 걸 지켜보며 목에 건 조그만 금색 십자가를 빙빙 돌린다. "논의상 프랭크가 그걸 출간할 만한 신문사에 당신 이름을 흘렸고 당신 트럭에 코카인을 심었다 쳐요. 이 하얀 가루가 땀띠 분이나 만나당이 아니라고. 논의상 그렇다고 쳐요. 그런다고 이게 당신이 이본 위커를 성폭행하고 살인하지 않았다는 증거가 되겠어요? 절대 아니에요."

대니도 거기에 대해서는 반박할 수 없다.

"이 조그만 봉투 안에 뭐가 들었는지 테스트하고 「플레인스 트루스」의 그 앤더슨이라는 기자한테 연락해 볼게요. 당신과 같이 일했다는 학생 전화번호를 문자로 보내 주면 그 학생하고도 통화하고요. 그럼 이제 그만 일어날게요." 그녀는 자리에서 일어나려고 한다.

"그 금색 십자가 말이에요, 그냥 액세서리예요? 아니면 신자라서 하고 다니는 거예요?"

"가톨릭 신자예요." 그녀는 경계하며 말한다.

"그러니까 하느님은 믿을 수 있지만 내가 위커의 시신을 발견하는 꿈을 꾼 건 못 믿겠다는 거네요. 내 말이 맞아요?"

그녀는 조그만 금색 십자가를 잠깐 건드린다. "예수님은 서른 개의 기적을 행하셨어요, 대니. 당신은 꿈을 한 번 꾸었고요. 당신의 주장에 따르면요. 계산은 당신한테 넘길게요. 나는 커피밖에 안 마셨으니까."

"경위님, 나도 그 염병할, 아니 그 *씨부럴* 꿈을 꾸지 않았길 얼마나 바라는지 아세요?"

엘라 데이비스는 나가려다 말고 멈춘다. 거의 미소를 짓고 있다.

"당신은 호감이 가는 남자예요, 대니. 합리적이고. 친절하고. 적어도 세상 사람들 앞에서 보이는 모습은 그래요. 그 아래에 뭐가 있는지는 모르겠지만 내가 비밀을 하나 알려 줄게요." 그녀는 손바닥을 펼쳐서 테이블을 짚고 금색 십자가를 대롱거려 가며 그의 위로 허리를 숙인다. "나도 당신을 믿고 싶어요. 어쩌면 믿을 수도 있었을지 몰라요. 당신이 그 빌어먹을 신통한 꿈을 전에도 꾼 적 있었다고 하면. 왜 당신이 선택받았을까? 자문할 수밖에 없거든요."

"훌륭한 질문이에요. 복권에 당첨된 사람들도 똑같은 걸 궁금해할지 몰라요. 이건 정반대라는 점에서 다르긴 하지만. 왜 내가 선택됐는지는 나도 몰라요. 내가 그녀를 살해했다고 믿는 편이 당신으로서는 더 쉽다 이거죠?"

"훨씬요."

"부탁 하나만 할게요. 젤버트를 조심하세요. 위험할 수도 있는 인물이겠다 싶어서요. 약물을 심고 내 이름을 누설한 것 때문만이 아니에요. 그 숫자를 세는 게 해괴하잖아요. 내가 찾아봤더니 그런 증상을……"

"계산 강박이요." 데이비스는 말하고 후회하는 표정을 짓는다. 그녀는 그 큼지막한 핸드백을 흔들며 뒤를 돌아보지 않고 나간다. 웨이트리스가 와서 말한다. "블루베리 버클 먹을 배는 남겨 주세요."

"노력해 볼게요." 대니는 말한다.

40.

호텔로 돌아가는 길에 젤버트는 선불폰으로 전화를 건다.

"트럭에 약물이 없었어요." 캘튼이 말한다. "시트 아래에도, 어디에도요."

"괜찮아." 잴버트는 이렇게 말하지만 사실은 괜찮지 않다. "그가 찾아내서 없앤 모양이니까. 덫의 냄새를 맡은 늑대처럼 말이지. 경관, 자네는 아무것도 모르는 거야, 그렇지? 그가 갈지자로 운전해서 검문을 했을 뿐이야."

"맞습니다."

"이 통화 기록도 삭제하는 편이 좋을 거야."

"알겠습니다, 경위님. 일이 계획대로 되지 않아서 유감이네요."

"자네 노고는 치하하네."

잴버트는 전화를 끊고 선불폰을 다시 시트 아래에 숨긴다. 그걸로 당분간, 어쩌면 10일 정도 (5 더하기 5, 4 더하기 6, 기타 등등) 버티다가 버리고 다른 선불폰으로 갈아탈 것이다.

코플린은 그가 약물을 심었다는 걸 알고 있을까? 물론이다. 거기에 대해서 무슨 조치를 취할 수 있을까? 그건 아니다. 경찰에서는 그의 자작극이라고 할 것이다. 하지만 그걸 찾아내다니…… 잴버트로서는 예상하지 못했던 일이다. 코플린은 아무리 잘 감추어도 덫의 냄새를 맡을 수 있다는 점에서 정말로 늑대 같다. 저지하지 않으면 다시 살인을 저지를 인간이다. 가엾은 이본 양뿐만 아니라 그와 엮이게 될 다른 운 나쁜 아가씨들을 위해서라도 그를 반드시 저지해야 한다.

그가 콜로라도로 가 버리면, 잴버트는 생각한다. 그를 놓칠 수도 있어. 동물들은 숨는 법을 알거든. 덤불 속으로 사라지는 법을.

여기 이 캔자스에서 코플린을 저지해야 한다.

"나를 체포하세요." 잴버트는 속삭이며 주먹으로 운전대를 내리친다. 쾅. "오만한 것. 건방진 것. 하지만 그거 아시나, 코플린 씨? 우리는 아직 끝나지 않았어. 끝나려면 아직 멀었지." 그는 코플린의 얼굴을 떠올린다. 순진한 얼굴로 계속 범행을 부인하는 것을. 그 뻔뻔함을.
"나를 체포하세요."
다음 행보를 고민하려면 흥분을 가라앉혀야 한다. 숫자를 세야 한다.

41.

셀레브레이션 센터의 직원은 왓온어스라는 엄청 묘한 카탈로그를 훑어보고 있다. 곰들에게 침낭 속의 인간은 말랑말랑한 타코와 같다, 라고 적힌 티셔츠를 살까 고민 중이다. 그때 손님 하나가 성큼성큼 안내데스크로 다가오는데…… 그냥 손님이 아니라 수사국 소속 경위다. 게다가 화가, 그것도 잔뜩 난 얼굴이다. 얼굴이 V자 모양의 텁수룩한 머리털 양옆까지 시뻘겋다. 머리털이 거의 우스꽝스러울 지경으로 헝클어졌지만…… 직원은 웃을 기분이 아니다. 경위의 눈은 휘둥그렇고 불룩하며 약간 핏발이 섰다. 직원은 죽여주는 카탈로그를 데스크의 튀어나온 모서리 아래로 얼른 치우고 뭐가 필요하냐고 묻는다.
"의자들이 없어졌소."
"무슨 의자 말씀이신가요?"
"접이식 의자. 내가 컨퍼런스 룸인가 비즈니스 센터인가에서 접이식 의자를 네 개 들고 가서 딱 원하는 위치에 두었는데 없어졌단 말이오!"
"시설 관리팀에서……"
"문에 '방해하지 마시오' 팻말까지 걸었는데!" 젤버트는 고함을 지른다. 기프트숍으로 걸어가던 여자가 놀라서 그를 쳐다본다.

"그 팻말이 오래돼서요." 직원은 이렇게 말하며 경위가 무기를 소지했을지 궁금해한다. "그래서 가끔 떨어질 때가 있는데, 객실 담당이 보지 못하고……"

"팻말은 떨어지지 않았어!" 젤버트는 사실 그게 떨어졌는지 아닌지 모른다. 그 의자를 기대하고 방에 들어갔다가 뚜껑이 열렸다.

"제가 직원을 보내서……"

"됐어요. 내가 직접 들고 갈 테니." 젤버트는 선을 살짝 넘었다는 사실을 알아차리고 애써 언성을 낮추지만 그래도 객실에 들어갔는데 의자가 보이지 않다니! 충격이었다.

그는 비즈니스 센터로 내려가서 의자를 다섯 개 챙긴다. 하지만 한 손에는 두 개, 다른 손에는 세 개를 들자니 찝찝하다. 균형이 안 맞는다. 그는 하나를 더 챙길지 내려놓을지 고민한다. 코플린이 계속 생각이 나서 결정을 내리기가 쉽지 않다. *저를 캔자스에 붙잡아 두고 싶으면 체포하세요*, 라고 했을 때 얼마나 건방져 보였던가. 그러고 나서 빠치는 결정적인 한 방. *못 하시죠?* 빠치는 이유는 그게 사실이기 때문이다.

아직은 그렇지. 그는 생각한다.

젤버트는 네 개만 들고 가기로 하고, 다시 엘리베이터로 갈 때까지 중얼중얼 네 개씩 묶어서 걸음 수를 센다. "*하나 둘 셋 넷, 둘 둘 셋 넷, 셋 둘 셋 넷.*" 그는 숫자를 세는 것이 특이한 습관이라는 걸 알지만 따지고 보면 어느 누구에게도 해가 되지 않는다. 비생산적인 생각을 누그러뜨리고 머릿속을 정리하는 하나의 방편이다. 아홉 둘 셋 넷, 그러니까 합이 36일 때 데스크 앞에 도착한다. 그는 직원에게 말한다. "내가 선을 넘었어요. 사과합니다."

"괜찮습니다." 직원은 말하고 엘리베이터로 걸어가는 젤버트 경위를 지켜본다. 뭐라고 중얼거리며 가는 것 같다. 직원은 세상에는 별의별 사람들이 다 있다는 생각을 한다. 그가 느끼기에는 기발한 생각이다. 티셔츠에 쓰면 그럴듯하겠다는 생각이 든다.

42.

젤버트는 네모반듯한 캔자스 평원 같은 스위트룸에 들어가 의자를 세팅하고 갈아타기를 한다. 요즘 들어 그걸 자주 하고 있다는 건 알지만, 어쩌면 너무 자주 하고 있다는 건 알지만 도움이 된다. 정말 도움이 된다. 어쩌면 코플린 이전에도 (의자 갈아타기와 숫자 세기를) 자주 하고 있었다는 것, 그게 문제일지 모른다. 요즘 들어 숫자가(숫자를 더하고 나누는 것이) 머릿속에서 떠날 줄 모르는데, 어쩌면 중독일지 모른다. 가끔 숫자를 세는 도중에 상자에서 인형이 튀어나오듯 숫자가 입에서 튀어나올 때도 있다. 캘턴을 상대했을 때 그랬고, 확실하게 기억은 나지 않지만 1층에서 직원을 상대했을 때도 그랬을 수 있다. 직원은 그가 접이식 의자를 두고 유별나게 군다고 생각했을 것이다. 걷잡을 수 없는 지경에 이르기 전에 조치를 취해야겠고 (최면 치료를 받을까?) 코플린을 이본 양 살인범으로 기소하자마자 손을 쓰겠지만 그전까지는 다음 행보를 계획해야 한다. 그럴 때 숫자를 세면 도움이 된다. 의자 갈아타기를 하면 도움이 된다.

접의식 의자에서 침대까지는 네 걸음이다. 침대에서 덮어 놓은 변기 뚜껑까지는 다시 열한 걸음이다. 합해서 열다섯 걸음, 1부터 5까지 차례대로 더한 값이다. 그다음은 응접실 책상 옆에 놓인 의자. 거기까지는 다시 열네 걸음이다. 그러면······.

순간 그러면 몇인지 생각이 나지 않자 공포 비슷한 것이 그를 엄습한다. 가엾은 이본 양이 그를 의지하고 있는데, 그녀의 가족이 그를 의지하고 있는데, 단순한 덧셈 하나 할 줄 모르면 무슨 수로…….

29. 몇인지 생각이 나자 안도감이 물밀듯 밀려든다.

그가 이성을 잃은 건 전부 코플린 때문이다. "저를 체포하세요." 젤버트는 어느 접의식 의자에 꼿꼿하게 앉아서 중얼거린다. "못 하시죠? 못 하시죠?"

코플린이 다른 주로 떠난다고? 젤버트가 아무리 숫자를 센들 그건 계산 밖의 일이었다. 코플린이 텐트를 접고 그냥 떠나 버리면 그가, 프랭크 젤버트 경위가 무슨 수로 계속 압력을 가할 수 있을까?

그는 숫자를 센다. 숫자를 더한다. 가끔은 나눈다. 코플린을 죽이고 싶다는 생각이 떠오르는데, 이번이 처음도 아니다. 만전을 기하면 은폐할 수 있을 테고 그러면 가엾은 이본 양과 같은 운명에서 다른 아가씨들을 구할 수 있다는 확신이 선다. 하지만 코플린의 죄를 입증할 결정적인 증거(자백이면 더욱 좋겠지만)가 없으면 그 새끼는 무고한 자로 숨을 거두게 될 것이다.

그건 용납할 수 없다.

젤코트는 객실 의자에서 다른 객실 의자로, 침대로, 접이식 의자로, 변기 뚜껑으로, 다른 접이식 의자로 자리를 옮긴다. 눈을 붙여 보려고, 적어도 잠깐이나마 쉬어 보려고 침대에 눕지만 눈을 감자 코플린의 건방진 얼굴이 떠오른다. 저를 체포하세요. 못 하시죠, 그렇죠?

그는 벌떡 일어나 다시 의자를 갈아타기 시작한다.

이번이 마지막이야. 그는 속으로 중얼거린다. 그러고 나면 잘 수 있을 거야. 자고 일어나면 이제 어떻게 하면 좋을지 알 수 있을 거야.

그는 변기 뚜껑에 앉아 두 손으로 얼굴을 덮고 속삭인다. "이본 양,

내가 당신을 위해서 이러고 있는 거예요. 모두 당신을 위해서."

이건 거짓말이고 그도 거짓말이라는 걸 안다. 이본 양을 구제할 방법이 없다. 대니 코플린은 살아 있다. 그것도 자유의 몸으로.

43.

토요일 아침에 엘라 데이비스는 매니토를 찾아간다. 딸은 뒷자리에서 안전벨트를 매고 생일 선물로 받은 아이패드 미니에 온 정신을 팔고 있다. 엘라는 대니 코플린에게 베이비시터한테 아이를 맡겼고 미터기가 돌아가고 있다고 말했다. 거짓말이었지만 양심의 가책은 느끼지 않는다. 따지고 보면 그는 이본 위커에 대해 거짓말을 하고 있고 그의 거짓말이 훨씬 심각하지 않은가.

그가 거짓말을 하고 있다고 장담할 수 있어? 100퍼센트 장담할 수 있어?

엘라와 로리는 그레이트밴드에서 레지나와 함께 살고 있다. 레지에게는 로리 또래의 딸이 있다. 생일 파티는 사실 레지의 아이디어였다. 그녀는 로리라면 사족을 못 쓰고 데이비스에게 일이 생기면 기쁜 마음으로 그녀를 맡아 준다.

100퍼센트 장담할 수 있어?

그녀는 그렇다고 속으로 중얼거린다. 그가 양심의 가책으로, 끔찍한 범행의 대가를 치르고 싶어서 시신의 위치를 신고했다는 건 그만큼 장담하지 못한다. 만약 그랬다면 그는 진작 자백했을 것이다. 이제와 생각해 보니 그건 일종의 오만이다.

"그 인간은 지금 우리랑 기 싸움을 하고 있어." 그녀는 중얼거린다.

"뭐라고요, 엄마?"

"아무것도 아니야."

"우리 거의 다 왔어요?"

"오륙 킬로미터 남았어."

"다행이다. 나 지금 비어 퐁 하고 있거든요."

"무슨 퐁?"

"손가락을 써서 맥주잔 속으로 조그만 공을 던지는 게임이에요. 들어가면 풍덩 소리가 나고 점수가 쌓여요."

"재밌겠다, 로리."

그녀는 생각한다. 비어 퐁. 여덟 살 난 내 딸이 비어 퐁 게임을 하고 있어. 그녀는 생각한다. 만약 그의 말이 사실이라면? 정말 그런 꿈을 꾸었다면?

매번 똑같은 이야기가 반복되는데, 특별히 달라지는 부분도 없고 노련한 그녀가 놓칠 리 없는 거짓말의 징후도 포착되지 않는다. 눈을 왼쪽으로 돌리거나 입술을 축이거나 크게 말하면 그녀를 설득할 수 있기라도 한 것처럼 언성을 높이지 않는다. 장황하게 설명해 자기 거짓말에 덜미를 잡히지도 않는다. 그가 심지어 자기 자신까지 속이는 데 성공한 것일 수 있을까? 내면 깊숙한 곳에 사는 야수가 저지른 짓에 경악한 그의 이성이 대체 현실을 구축한 걸까?

그의 말이 사실일 가능성도 있을까?

오늘 아침에 그녀는 매니토에 사는 잭슨 씨의 집으로 전화해 제시에게 자기와 대화를 나눌 수 있느냐고 물었다. 그는 주저 없이 좋다고 했고 그래서 그녀가 지금 이렇게 잭슨 씨의 집 앞 진입로로 핸들을 돌리게 된 것이다. 대니가 꾸었다는 꿈을 믿기 때문에 여길 찾아온 건 아니다. 그가 젤버트를 두고 한 말을 *거의* 믿기 때문에 온 거다.

프랭크가 정말로 대니가 주장하는 그런 짓을 저지르고 있다면 혐의를 입증할 기회가 날아가 버릴 수 있다. 그뿐 아니라 그건 나쁜 짓이다. 부당한 수사다. 파트너에 대한 불안이 점점 커져 가고 있다. 까딱하다가는 그에게 화가 날 수도 있겠다.

무슨 헛소리야, 이미 화가 나 있으면서.

"맞아." 그녀는 말한다.

"뭐라고요, 엄마?"

"아무것도 아니야."

잭슨 부인이 빨래를 널고 있다. 로리 또래로 보이는 남자아이가 그 옆 그네에 앉아서 그 끔찍한 「아기 상어」 노래를 부르고 있다. 데이비스가 뒷문을 열고 로리를 내리게 하자 남자아이가 그네에서 폴짝 뛰어내리더니 쌩하니 달려와 손님들을 살핀다. 로리는 엄마의 다리에 한 손을 얹고 엘라 옆에 바짝 선다. 잭슨 부인이 엘라를 돌아보며 인사를 건넨다.

"안녕하세요. 저는 데이비스 경위예요. 제시를 만나러 왔는데요."

"아들 녀석은 집 안에 있어요. *제시! 손님 오셨다!*"

남자아이가 말한다. "저는 루크예요. 저거 아이패드 미니예요?"

"응." 로리가 말한다. "생일 선물로 받았어."

"짱이다!"

"내 이름은 로리 로즈 데이비스야. 여덟 살이고."

"나랑 동갑이네." 루크는 말한다. "그네 탈래?"

로리는 데이비스를 쳐다본다. "타도 돼요, 엄마?"

"응, 하지만 조심해. 아이패드 망가지지 않게."

"그럴 일 없어요!"

그들은 그네를 향해 달려간다.

"따님이 예쁘네요." 잭슨 부인이 말한다. "저는 아들만 있어요. 저런 딸을 키울 수 있다면 뭐든 내줄 수 있겠네요."

"가끔 감당하기 힘들 때도 있어요." 엘라는 말한다.

"감당하기 힘들다 한들 우리 루크만 할까요." 그녀는 다시 빨래를 널기 시작한다.

청바지에 흰색 무지 티를 입은 제시가 집에서 나온다. 그는 주저 없이 데이비스에게 다가와 악수한다. "대니와 관련된 거라면 뭐든 기쁜 마음으로 말씀드릴게요. 그런데 미리 밝히자면 저는 그분이 경찰에서 주장하는 그런 범죄를 저질렀다고 생각하지 않아요. 좋은 분이거든요."

데이비스는 이 말을 벌써 몇 번째 듣는다. 심지어 대니의 예전 여자친구였던 베키 리처드슨도 그랬다. 이제는 당연히 그와 엮이고 싶지 않지만 '더 이상 괜찮을 수 없는 남자 같아 보인다'는 말을 여러 번 반복했다. 그리고 그녀는 꿈 이야기를 믿었다.

"대니 코플린과 연관이 있는 사안은 아니야, 적어도 직접적으로는." 데이비스는 말한다. "프랭크 젤버트 경위가 어제 학교로 그를 만나러 왔다던데 사실이니?"

"네. 저는 그 사람 싫었어요."

"그래? 왜?"

"마음을 정했더라고요. 대니를 보는 눈빛을 보면 알 수 있었어요."

흠. 그녀는 생각한다. 나도 마찬가지인데. 그렇지 않나?

"대니 말로는 네가 젤버트 경위가 뒤로 돌아가서 주차하는 걸 봤다던데."

"맞아요. 그게 왜요?"

"경위님이 대니의 트럭 근처에 차를 댔니?"

"아뇨. 스쿨버스 옆에 댔지만 거기도 상당히 가까워요. 어, 그분이 대니의 트럭에 뭘 넣었어요? 그에게 누명을 씌우려고요? 그러고도 남을 사람이라고 봐요. 당장이라도 싸울 태세를 갖춘 것 같더라고요."

"경위님이 대니의 트럭에 뭘 넣는 걸 봤니?"

"아뇨……."

"경위님이 대니의 트럭 근처로 접근하는 걸 봤니? 가서 훑어봤다든지. 어떤 남자들이 트럭을 보면 그러는 것처럼 말이야."

"아뇨, 그 사람이 차에서 내리는 걸 보자마자 달려가서 대니에게 알렸어요. 그런 다음 다시 일을 하러 갔고요. 대니가 마지막 날이라고 해서 게으름을 피우면 안 된다고 했거든요."

"코플린 때문에 학교에서 잘리게 돼서 안됐네."

제시의 얼굴이 어두워진다. "대니 때문이 아니었어요. 새가슴 교육청이 대니를 자르면서 나까지 같이 자른 거였지. 쓰레기 같은 이유들을 댔지만……"

"제시, 말조심해라." 그의 어머니가 말한다. "네 앞에 계신 그분, 경찰이야."

"열받아서 그래요. 그 여자 때문에 그를 자를 수는 없으니까 말도 안 되는 핑계를 댔을 거예요. 무죄 추정의 원칙은 어디로 간 거냐고요."

그 소리도 계속 듣네. 엘라는 생각한다.

"그가 그만두니 나도 그만두라는 식이었어요." 제시는 말한다. "이해는 해요, 나는 그냥 평범한 아이니까. 그래도 대학에 가려면 그 돈을 벌어야 했다고요."

"다른 일을 구할 수 있을 거야."

"이미 구했어요. 제재소에." 제시는 얼굴을 찡그린다. "보수도 더 많아요. 손만 안 잘리면 돼요."

"잘리지 말아야지." 그의 어머니가 말한다. "그 손 써야 하잖니."

로리와 루크는 그네를 버렸다. 조그만 마당에 딱 하나뿐인 나무 그늘에 앉아 머리를 맞대고 아이패드 미니를 들여다보고 있다. 데이비스가 그쪽을 흘끗 쳐다보니 두 아이는 화면에 뜬 뭔지 모를 것을 보고 키득거리기 시작한다. 데이비스는 문득 여기까지 찾아오길 정말 잘했다는 생각을 한다. 젤버트와 수많은 시간을 보낸 뒤라 답답했던 방에서 나와 상쾌한 공기를 마시는 기분이다.

"내가 제대로 이해한 게 맞는지 정리해 볼게." 데이비스는 말하며 수첩을 꺼낸다. "너는 젤버트가 뒤편에 차를 대는 걸 보았지만……"

"네, 앞쪽에 있는 주차장이 건물이랑 훨씬 더 가까운데 말이죠."

"그가 대니 코클린의 트럭에 다가가거나 어떤 식으로든 그걸 건드리는 건 보지 못했어."

"말씀드렸잖아요, 다시 일을 하러 가야 했다고요."

"그래, 알아들었어." 그녀는 웃으며 그에게 명함을 건넨다. "또 뭐 생각나는 게 있으면……"

"경위님도 그를 보셨어야 해요!" 제시는 불쑥 외친다. "대니의 얼굴에 대고 어떤 식으로 그 신문을 흔들었는지. 저질! 대니는 경찰을 도운 셈인데! 제가 보기에 그 인간은 범인이 누군지 관심 없고 대니를 감옥에 넣고 싶은 마음뿐인 것 같아요."

"그만해라, 제시." 그의 어머니가 말한다. "예의는 어디에다 던졌니?"

"그 젤버트라는 인간은 예의라고는 눈곱만큼도 없었다고요." 데이비스는 아마 제시의 말이 맞을 거라고 생각한다. 하지만 변명의 여지는 있다. 성폭행 살인범이 앞에 서 있으면 예의는 사라지기 마련이다.

"시간 내 줘서 고마워. 로리, 이제 그만 가자."

"온 지 얼마 되지도 않았잖아요!" 로리는 앓는 소리를 낸다. "루크랑 코기 홉 하고 있어요! 너무 재밌어요!"

"5분 더 줄게." 엘라는 말한다. 전 남편은 그녀가 딸에게 너무 오냐오냐한다고 하는데 어쩌면 그 말이 맞을지 모른다. 하지만 그녀에겐 로리밖에 없고 로리가 그녀의 전부고 그녀는 로리를 끔찍이 사랑한다. 코플린이 피로 얼룩진 그 손을 딸에게(어떤 여자에게라도) 대는 상상만 해도 엘라의 피가 얼어붙는다.

"잭슨 부인, 아이들이 게임을 끝낼 때까지 기다리는 동안 빨래 너는 거 도와드려도 될까요?"

"그러세요." 잭슨 부인은 놀란 동시에 기뻐하는 투다. "집게는 저 망 안에 있어요."

둘은 후딱 해치우고 마지막으로 시트 두 장을 같이 넌다. 데이비스는 잴버트가 코플린의 트럭 근처에 차를 댔던 것에 대해 생각한다. 대니 코플린이 꿈에서 살해당한 여자가 묻힌 곳을 알게 됐다는 건 믿지 않지만(믿을 수 없지만) 훈장에 빛나는 프랭크 잴버트 수사관이 약물을 심어 놓고 다른 경찰관을 시켜 그레이트밴드로 가던 대니를 멈춰 세웠다는 건 믿을 수 있을 것만도 같다. 대니 코플린이 이본 위커를 살해했다는 증거가 없는 것처럼 그것도 증거가 없긴 하지만.

신경 꺼. 그녀는 속으로 중얼거리며 마지막 시트에 마지막 빨래집게를 꽂는다.

좋은 충고일지 모르지만 그녀는 따르지 않을 것이다. 잴버트가 선을 넘고 있다면 방관하고 있을 수만은 없다. 그리고 아직 물어보아야 하는 사람이 한 명 더 있다. 아마 아무 소득은 없겠지만 그래도 최선을 다했다고 자신에게 말은 할 수 있을 것이다.

"아이스티 한 잔 드실래요?" 잭슨 부인이 빨래 바구니를 집으며 묻는다.

"와, 좋죠." 엘라는 말하며 그녀를 따라 집 쪽으로 걸음을 옮긴다.

한 가지 사실만큼은 분명하다. 이 사건을 끝으로 프랭크와는 안녕이라는 것. 다른 건 몰라도 대니가 한 말 중에 하나는 정확하다. 숫자를 세는 그 계산 강박은 정말 섬뜩하다. 게다가 점점 심해지고 있다.

44.

일요일 오전 10시 30분에 누군가가 대니의 트레일러하우스 문을 두드린다. 대니는 젤버트나 데이비스겠거니 생각하지만 문을 열어보니 에드거 볼을 소개해 준 은퇴한 도급업자 빌 덤프라이스다. 그는 육중한 가슴 위로 팔짱을 끼고 불편한 기색으로 그와 눈을 맞추지 않는다. 대니는 저녁 초대를 하러 온 건 아니겠구나 하는 생각을 한다.

"저기, 대니."

"안녕하세요. 어쩐 일이세요?"

덤프라이스는 한숨을 쉰다. "좋게 돌려서 말할 방법이 없으니까 그냥 단도직입적으로 이야기하지. 단지 주민들이 대부분 당신이 떠나주면 좋겠다고 생각하고 있어."

안 그래도 떠날 생각이었으니 이런 말을 들어도 괜찮아야 하는데 (어느 정도 괜찮아야 하는데) 그렇지가 않다. "들어와서 커피 한잔하실래요? 그 문제를 두고 얘기도 좀 나누면서?"

"사양하겠네." 덤프라이스는 자기 트레일러하우스 쪽을 흘낏 쳐다본다. 이제 보니 앨시어 덤프라이스가 계단 꼭대기에 그들을 지켜보고 있다. 대니가 살인용 칼을 꺼내 그녀의 남편을 찌르지는 않는지 감시하고 싶은가 보다. 어떻게 보면 황당한 반응이다. 아무리 봐도 대니가 빌에게 달려들었다가는 그의 손에 두 동강이 날 텐데 말이다.

"어제저녁에 회의 비슷한 게 열렸어." 덤프라이스가 말한다. 그의 목을 타고 스멀스멀 올라온 홍조가 뺨을 물들인다. "사람들이 청원서를 작성하자고 하길래 집어치우라고, 내가 얘기해 보겠다고 했어. 지금 바람이 어느 쪽으로 불고 있는지 알려 주겠다고."

대니는 어떤 상황에서든 거기에 맞는 격언을 알고 있었던 어머니를 떠올린다. 그중에 '모두에게 해로운 바람은 없어'도 있었다. 이게 바로 그 바람이었고 대니는 그 바람을 만든 사악한 마법사의 이름을 알았다. 그는 젤버트에게 화가 났지만 그를 해코지하고 싶지는 않았다. 그러면 상황만 더 나빠질 것이었다. 그 인간의 영향권에서 벗어나고 싶을 따름이었다. 되도록 빨리.

"사람들한테 걱정할 필요 없다고 전해 주세요." 대니는 가운뎃손가락을 들어 보이고 싶은 걸 참으며 앨시어 덤프라이스에게 손을 흔든다. 그녀는 마주 손을 흔들지 않는다. "조만간 떠나 드릴 테니. 당신들은 내가 여기 있는 걸 바라지 않고 나도 여기 있고 싶지 않아요. 우리 어머니가 계셨다면 선행을 베풀면 화를 부르게 되어 있다고 하셨겠네요."

"정말로 그 여자를 죽이지 않은 거 맞아?"

"맞아요, 빌. 정말로 그 여자를 죽이지 않았어요. 그리고 나를 믿어 주는 것에 가까운 딱 한 사람이 당신에게 소개받은 변호사예요. 그걸 아이러니라고 할 수 있을지 모르겠지만."

"어디로 가려고?"

빌 덤프라이스에게 아직 확실하게 정한 곳은 없다고 알릴 필요는 없다. 하지만 빌은 적어도 배짱 있게 그와 직접 부딪혔으니 (눈을 맞추지는 않지만) 대니는 빌의 얼굴에 대고 문을 세게 닫지 않는다.

집 안으로 다시 들어간 그는 스티비가 쉬는 시간이라는 걸 알기에 페이스타임으로 동생에게 전화를 건다. 스티비는 정해진 스케줄을 엄수하고 돌발 상황으로 그게 어그러지면 당황한다. 그런 점에서 젤버트의 *햇살 버전*이라고 할 수 있겠네. 대니는 생각한다.

스티비는 차민 화장지 상자 위에 앉아서 트윙키를 먹고 있다. 대니의 얼굴을 보고 환한 표정을 짓는다.

"어쩐 일이야, 대니, 보, 배니?"

"콜로라도로 이사할까 고민 중인데. 너는 어떻게 생각해?"

스티비는 기뻐하는 동시에 걱정하는 표정을 짓는다. "어…… 그러게에. 그런데 왜? 왜 이사하려고?"

"캔자스가 지긋지긋해졌어." 대니는 말한다. 전적으로 사실이다. 잠시 후에 그는 스티비가 걱정하는 표정으로 과자를 먹다 만 이유를 알아차린다. 스티비 코플린은 루틴의 인간이다. 루틴이 그를 안전하게 지켜 준다. 그의 생활 신조가 '반짝이는 쪽은 위로, 고무 쪽은 아래로'*다. 그는 킹 슈퍼스의 최고정보책임자고, 심지어 그렇게 적힌 명패도 있고, 공동생활가정의 자기 방과 친구들을 사랑한다.

"같이 살자는 얘기는 아니야." 대니는 말한다. "내가 불더에서 살지 않을 수도 있어. 롱몬트에서 몇 군데 인터넷으로 알아봤는데……."

스티비는 안심하는 표정으로 씩 웃는다. "롱몬트 좋아!"

스티비가 거기 가 본 적이 있을지 대니로서는 의심스럽다. "좋다고 들었고 월세도 저렴하더라. 어…… 여기보다는. 가끔 저녁 같이 먹고…… 영화 한 편 때리고…… 너 소풍 갈 때 나도 한 번 데려가고……."

---

* 운전자들 사이에서 안전 운전을 강조할 때 쓰는 말이다.

"웨스트 매그놀리아! 머드 레이크! 내가 거기 구경시켜 줄게! 소풍 가기 좋아! 야생 동물! 내가 얼마나 사진 많이 찍는지 형 보면 믿지 못할걸? 머드 레이크는 이름은 못났지만 진짜 예뻐!"

"재밌겠다." 대니는 말하고 거짓이라고는 조금도 섞이지 않은 진실을 하나 더 덧붙인다. "보고 싶다, 스티비."

이제 스티비는 공동생활가정을 (그리고 어쩌면 재닛을) 포기하지 않아도 된다는 걸 알기에 거의 열광하는 표정을 짓는다. "나도 보고 싶어, 대니 보 배니. 꼭 와! 로키산맥이 우뚝한 콜-로-*라아아도*."

"좋았어. 좀 더 확실해지면 알려 줄게."

"좋아. 아주 좋아. 퀴즈 내 봐. 하지만 빨리, 휴식 시간 거의 끝났어." 대니는 이번에도 준비해 놓았다. "킹 오스카 정어리."

스티비는 웃음을 터뜨린다. "6번 통로 끝, 왼쪽 맨 위 칸, 진열대가 끝나기 직전. 네 개에 9달러 99센트."

"너 진짜 최고다, 스티비. 너 같은 직원이 있어서 거긴 좋겠다."

"나도 알아." 스티비는 말한다. 그러고는 깔깔대고 웃는다.

45.

월요일에 잴버트는 이본 위커 사건 보고차 위치타로 호출된다. 최고위층뿐 아니라 윌더 카운티 검사까지 참석할 예정이다. 잴버트는 데이비스에게 다트 카운티는 심지어 카운티 담당 검사도 없다고 말한다.

"저도 같이 갈까요?" 엘라는 묻는다.

"아냐. 자네는 공백으로 남은 6월 첫 3주 동안 어디서 뭘 했는지 코플린을 계속 다그쳐 주기 바라. 그리고 트레일러하우스 주차장 주민들을 집집마다 찾아다니고. 베키 리처드슨과도 이야기를 나눠 보고……"

"그건 했……"

그는 한 손으로 뭔가를 쓰는 흉내를 낸다. 아주 그답지 않은 동작이다. "다시 해. 그리고 그 딸하고도 이야기를 나눠 보고. 코플린이 그녀를 불편하게 한 적 있는지. 그러니까, 몸에 손을 댔다든지 말이야."

"맙소사, 경위님!"

"뭐가 맙소사야! 그가 이본 양에게 저지른 짓이 갑자기 등장했다고 생각하나? 조짐이 있었을 거야. 자네, 나랑 같은 편 아니야?"

"맞습니다."

"그래. 19."

"네?"

"좋은 소수라고." 젤버트는 말하고 다시 쓰는 흉내를 낸다. "그건 됐고. 집집마다 찾아다녀. 뭐라도 찾아봐. 캔자스주는 둘째 치고 윌더 카운티에서도 떠나게 두면 안 돼. 위치타는 내가 알아서 할게."

"코플린을 체포하자고 그들을 설득할 수 있겠어요?"

"해 봐야지. 하지만 기대하지는 마."

젤버트는 나간다. 데이비스는 오크 그로브로 가서 호별로 방문하지만 대니 코플린의 집은 예외다. 커피 헛에서 그런 대화를 나눈 뒤라 아직은 그와 다시 대화를 나눌 마음의 준비가 되지 않았다. 베키 리처드슨은 집에 있지만 친구가 부탁한 일을 처리하러 나가려던 참이라고 한다. 코플린과 만나다가 지금은 헤어졌다는 것 말고는 어차피 새로 추가할 사항도 없다고 한다. 딸 달라 진은 텔레비전 앞에서 눈을 동그랗게 뜨고 데이비스를 쳐다본다. 엘라는 그녀에게 신문을 시도하지 않는다.

대니가 이 단지를 떠나기로 했다는 사실 말고는 새로운 정보를 아무것도 입수하지 못하고 신문을 이어 나가다 11시가 되자 「플레인스 트루스」에 전화한다. 예상과 달리 음성 사서함으로 연결되지 않고 젊은 남자가 전화를 받는다. "옙세요."

"피터 앤더슨 씨와 통화를 하고 싶은데요."

"접니다만."

"앤더슨 씨, 저는 캔자스 수사국 소속 엘라 데이비스 경위예요. 대니얼 코플린 건으로 통화하고 싶어서 연락을 드렸어요."

한참 동안 정적이 흐른다. 데이비스가 듣고 있느냐고 물으려는 찰나, 앤더슨이 아까보다 더 어리게 들리는 목소리로 다시 말을 한다. "훌륭한 제보가 접수돼서 그걸 기사화했을 뿐이에요. 그의 이름을 공개한 것이 문제가 된다면 몰라서 그런 거였고요."

법을 몰랐다는 게 변명이 될 수는 없지. 데이비스는 생각하지만 이번 경우에는 어차피 법이 적용되지 않는다. 일반적인 관행의 영역이라면 몰라까.

"하지만 후속 기사에 문제가 있다면 정정 기사를 낼게요. 그게 사실이 아니라면요."

후속 기사라고? 그녀는 생각하고 「플레인스 트루스」 최신판을 챙겨 보기로 머릿속에 새긴다.

"앤더슨 씨, 내가 알고 싶은 건 정보를 제공한 사람의 정체예요."

"경찰이었어요." 앤더스는 잠깐 말을 멈추었다가 다시 불쑥 내뱉는다. "적어도 그 남자 말로는 자기가 경찰이라고 했고 수사와 연관 있는 진짜 내부 정보를 알고 있길래 그 말을 믿었어요. 그의 이름을 신문에 공개하면 자백하라는 압력을 가할 수 있다고 했고요."

"이 정체불명의 경찰관이 자기 이름을 밝혔나요?"

"아뇨……."

"그런데도 기사를 썼단 말이죠."

"아니, 사실이잖아요." 앤더슨은 애써 시비조로 말한다. "이 코플린이라는 자가 경위님이 찾는 그 아가씨 살인범 아닌가요?"

"앤더슨 씨, 아무래도 제가 직접 찾아가서 만나는 게 좋을 것 같네요."

"윽, 이럴 수가." 그의 목소리가 아까보다 더 어리게 들린다.

"언제가 편하시겠어요?"

"사무실이 좋겠어요. 거기서 지금. 주소 아세요? 캐스카트에 있는데."

"알아요."

"「플레인스 트루스」는 사실상 1인 신문사예요. 한 가지만 여쭤볼게요. 제가 그의 이름을 공개한 것이 법에 저촉되나요?"

"내가 알기로는 아니에요. 불법은 아니에요, 비열한 짓이었을 뿐. 오늘 오후에 찾아뵐게요."

46.

다음 정거장이 어디가 될지 대니로서는 알 수 없지만(어쩌면 덴버, 어쩌면 롱몬트, 어쩌면 아바다) 오크 그로브에서 거의 3년을 살았으니 조그만 캐리어 두 개로는 원하는 짐을 모두 챙기기에 부족할 것이다. 그는 매니토 파인 리커스에 가서 옷을 담을 빈 상자를 구할 수 있는지 알아보기로 한다. 술을 마시던 시절에도 주로 맥주를 마셨으니 그

가게에서는 그의 얼굴을 모를 것이다.

그는 정오 직후에 트레일러하우스의 문을 열었다가 계단 꼭대기에서 걸음을 멈춘다. 달라 진 리처드슨이 오크 그로브 사무실 건물의 그늘이 드리워진 아스팔트 위에 인형 집을 꾸며 놓았다. 어찌나 큰지 거의 대저택에 가깝다. 자기 집에서 거기까지 옮기는 것만으로도 힘들었겠다. 베키는 달라 진의 일곱 번째 생일 선물로 그걸 아마존에서 주문했다가 조립해야 한다는 사실이 밝혀지자 좌절하며 두 손을 들었다. 대니가 다양한 조각을 달라 진에게 건네받으며 같이 조립했고 그러는 동안 둘이서 라디오에서 나오는 노래를 따라 불렀다. 행복한 하루였다.

그녀는 이제 아홉 살이고 그는 메리골드의 드림하우스를 거의 1년 동안 보지 못했다. 그는 방에서 가지고 노는가 보다 했다. 아니면 이제는 시시해졌든지. 그런데 그걸 자기 집에서 여기까지 힘들게 옮겼다는 건 이유가 하나일 수밖에 없다.

"안녕, 달라. 인사 좀 들어 볼까?"

이 말을 들으면 그녀는 항상 미소를 지었는데 오늘은 아니다. 엄숙한 표정으로 그를 쳐다본다. "그 여자 갔어요. 그래서 집 밖으로 안 나오고 있었던 건가 해서요."

대니는 무슨 여자를 말하는 거냐고 물을 필요가 없다. 엘라 데이비스가 좀 전에 이 단지로 찾아와 문을 두드리고 다니며 집에 있는 사람들과 대화를 나누었다. 그의 집도 찾아올 줄 알았더니 건너뛰었다. 그냥 코로나 마스크를 벗고 떠났다.

"엄마는 어디 계시니?"

"메리얼 아줌마 대신 식당에 일하러 갔어요. 아줌마가 농가진에 걸렸대요." 달라 진은 이 단어를 한 음절씩 아주 또박또박 말한다. "엄마는 저 혼자 집을 잘 지키고 있으면 케이크 사다 준다고 했어요. 저는 케이크 필요 없고 두 번 다시 케이크를 못 먹는대도 상관없어요. 엄마가 아저씨네 집 찾아가면 안 된다길래 여기서 기다렸어요. 아저씨가 집에서 나오면 볼 수 있게."

대니는 계단을 내려가 달라 진이 있는 곳까지 반쯤 가다가 걸음을 멈춘다. 인형 집 문이 열려 있어서 그 안의 식탁 앞에 앉아 있는 바비와 켄이 보인다. 바비는 무릎이 잘 구부러지지 않아서 다리를 어색하게 뻗고 앉아 있다. 달라 진과 대니는 이 문제와, 다양한 인형들의 다른 비현실적인 특징(플라스틱 피부, 섬뜩한 머리칼)에 대해 길게 대화를 나눈 적이 있었다.

"왜 거기 그렇게 서 있어요?" 달라 진이 묻는다.

두말하면 잔소리지만 사람들의 시선이 느껴지기 때문이다. 살인 용의자와 무방비 상태의 여자아이. 대부분 출근했지만 집에 남은 몇몇이(데이비스 경위가 그들과 대화를 나누었다) 지켜보고 있을 것이다. 신경 쓸 필요 없겠지만 신경이 쓰인다.

그가 뭐라고 대답하면 좋을지 묘안을 발견하기 전에 그녀가 말한다. "엄마가 아저씨한테 추행당한 적 있느냐고 물었어요. 나는 그게 무슨 뜻인지 알아요, 모르는 사람을 조심하라는 뜻이잖아요. 그래서 대니 아저씨는 내 친구니까 나를 추행할 리 없다고 했어요."

달라 진은 울음을 터뜨린다.

"왜 그래. 울지······"

"아저씨는 그 여자 안 죽였죠. 그죠." 묻는 게 아니다.

사람들의 시선 따위 개나 주라지. 그는 아이가 앉아 있는 곳으로 다가가 그 옆에 쭈그리고 앉는다. "응. 내가 그 여자가 묻혀 있는 곳을 찾아가는 꿈을 꿔서 다들 나더러 범인이라고 하는데, 죽이지 않았어."

달라 진은 팔로 눈을 훔친다. "엄마는 나더러 이제는 아저씨네 집에 놀러 가면 안 되고 아저씨가 학교로 나를 데리러 오지도 않을 거래요. 아저씨가 경찰에 끌려가거나 다른 데로 떠날 거래요. 아저씨 끌려가요?"

"끌려가지 않아, 잘못한 게 없거든."

"그럼 다른 데로 떠나요?"

"그건 어쩔 수 없어. 학교에서 잘렸고 다들 내가 여기서 사는 걸 좋아하지 않아서."

"나는 아니에요! 엄마가 다시 보비 아저씨를 만나기로 마음먹으면 어떻게 해요? 그 아저씨는 차가 고장 나도 고치지 못하는데! 나는 그 아저씨 싫어요. 한 번은 저녁도 굶기고 나를 내 방으로 쫓아냈는데 엄마가 말리지도 않았어요!"

그녀가 흐느끼기 시작하자 대니는 사람들의 시선 따위 똥개한테나 줘 버리라고 속으로 중얼거리며 그녀를 한 팔로 감싸 안고 자기 쪽으로 끌어당긴다. 그의 셔츠에 닿은 그녀의 얼굴이 뜨끈하고 축축하지만 괜찮다. 괜찮은 것 이상이다.

"엄마가 밥을 다시 만나지는 않을 거야. 그 정도로 생각이 없지 않을 테니까."

이 말이 맞을지 전혀 알 길이 없지만 맞길 바란다. 대니는 전임자를 만난 적이 없었다. 그가 안경을 쓰고 비쩍 말랐으며 어린애를 자기 방으로 쫓아내는 데서 쾌감을 느끼는 회계사인지도 모를 일이지만 머리는 짧게 치고 문신이 많은 덩치가 아닐지 상상해 본다. 여자아이의 눈으로 보면 정말로 무서워할 만한 사람.

"나도 데려가 주세요." 달라 진이 그의 셔츠에 대고 말한다.

대니는 웃음을 터뜨리고 그녀의 짙은 금발을 헝클어뜨린다. "그럼 정말로 경찰에 끌려갈 거야."

그녀는 그를 올려다보며 조심스럽게 미소를 짓는다. 바로 그때 앨시어 덤프라이스가 집 밖으로 나온다. "그 아이한테서 손 떼요!" 그녀가 외친다. "당장 손 떼요. 안 그러면 경찰 부를 거예요!"

달라 진은 계속해서 눈물을 펑펑 흘리며 벌떡 일어난다. "꺼져! 꺼져, 이 뚱보 할망구야!"

대니는 경악하지만 또 한편으로는 감탄한다. 그리고 이로써 달라 진은 제대로 골치 아파지게 생겼지만 그에게 맡겼어도 이보다 더 속 시원하게 외치지는 못했을 거라는 생각을 한다.

47.

엘라 데이비스는 아무리 보수적인 캔자스 중부 지방이라도 캐스카트 같은 시골 마을이 남아 있을 줄은 몰랐다. 그곳은 매니토에서 북쪽으로 65킬로미터쯤 가면 나오는, 신호등 하나짜리 칙칙한 마을이다. 녹슨 급수탑(옆면에 모두의 삶이 소중한 캐스카트에 오신 것을 환영합니다, 라고 적혀 있다) 건너편에 퀵숍 편의점이 있다. 데이비스는 RC 콜라를 하나 사고 계산대 옆 진열대에서 「플레인스 트루스」를 한 부 집는다. 로열 타이어와 365일 세일 판매하는 창고형 가구 할인점 광고 사이에 낀 대니 코플린이 1면을 장식하고 있다. 헤드라인은 다음과 같다. "모든 게 꿈이었다"고 주장하는 용의자.

데이비스는 메인가를 따라 이동하기 전에 차량 에어컨을 세게 틀고 기사를 읽는다. 피터 앤더슨의 이름으로 작성된 기사고 (지역 스포츠 말고는 그가 「플레인스 트루스」의 모든 기사를 담당하는 모양이다) 데이비스가 보기에 「뉴욕 타임스」에서 조만간 연락을 받을 만한 기사는 아니다. 앤더슨의 의도가 야유였을지 몰라도 어설프게 회의론을 제기한 정도라면 모를까, 수준이 한참 떨어졌다. 대니의 말을 믿고 싶은 삐딱한 마음이 생긴다. 그녀는 신문이라고 부르기에도 민망한 쓰레기를 뒤로 던진다.

「플레인스 트루스」 사무실은 메인가 중간쯤에 있는 흰색 테두리 건물 1층이다. 달러 트리와 오래전에 문을 닫은 웨스턴 오토 사이에 끼어 있는 건물은 칠이 다 벗겨졌다. 판자는 헐겁고 못에서는 시뻘건 녹물이 흐른다. 문은 잠겨 있다. 손을 오므려 얼굴 양옆에 대고 유리창 너머로 안을 들여다보니 널찍하고 지저분한 한 칸짜리 방과 고대의 신처럼 그 공간을 지배하는 구닥다리 데스크톱이 보인다. 컴퓨터 앞에 놓인 의자는 새것 같지만 나머지 가구는 벼룩시장이나 쓰레기 처리장에서 주워 온 것처럼 보인다. 길쭉한 게시판은 광고 시안과 묵은 광고 문구로 뒤덮였는데, 그중 일부는 오래돼서 누렇고 가장자리가 말렸다.

"안녕하세요, 안녕하세요, 안녕하세요, 데이비스 씨죠?"

그녀가 고개를 돌려 보니 키가 아주 커서 2미터는 되어 보이는 젊은 남자가 서 있다. 트럼프 카드처럼 삐쩍 말랐다. 그런가 하면 캔자스 사람들 대부분이 햇볕에 탄 흔적이나마 보이는 이 계절에 피부가 눈에 띌 정도로 새하얗다. 히틀러 스타일의 검은색 앞머리가 한쪽 눈을 덮었다. 그가 앞머리를 쓸어 넘겨 보지만 다시 풀썩 내려온다.

"맞아요." 그녀는 말한다.

"잠시만요, 잠시만요, 문을 열어 드릴게요." 그가 문을 열고 그들은 안으로 들어간다. 방향제 냄새 아래로 희미한 마리화나 냄새가 느껴진다. "엄마 만나러 다녀왔어요. 당뇨를 앓고 계시거든요. 작년에 한쪽 발을 절단하셨어요. 뭐 시원한 거 드릴까요? 냉장고 안에……"
 그녀는 RC 콜라를 들어 보인다.
 "아. 그렇군요, 그렇군요, 네, 좋아요. 간식은, 찬장에 아무것도 없을 것 같아요." 그는 웃으며(정확하게는 키득거리며) 앞머리를 쓸어넘긴다. 앞머리는 당장 도로 내려온다. "죄송해요, 이 안이 너무 덥죠? 에어컨이 고장 났어요. 항상 뭔가가 고장 나요, 그죠? 그래도 계속 바위를 굴려야겠죠, 시시포스처럼."
 데이비스는 그가 무슨 말을 하는 건지 알 길이 없지만 무서워서 벌벌 떨고 있다는 건 알겠다. 다행이다.
 "나 여기 간식 먹으러 온 거 아니에요."
 "그렇죠, 당연하죠. 코플린, 코플린을 다룬 기사 때문이죠."
 "알고 보니 기사가 두 개더군요."
 "두 개, 네, 맞아요, 그렇습니다. 전화상으로 말씀드렸다시피 내부인이 제보하는 거라고 생각했어요. 경찰관이요. 그 남자분이 실제로 그랬어요. 고속도로 순찰대, KHP 소속이라고요."
 "캔자스 수사국이 아니라요? KBI……"
 "아니에요, 아니에요, 고속도로 순찰대 소속이라고 했어요, 분명해요, 아주 분명해요, 확실해요." 앞머리가 나풀거린다. 앤더슨은 그걸 쓸어넘긴다.
 "꿈 얘기도 그 사람에게 들은 건가요?"
 "네, 그럼요, 당연하죠. 심지어 그건 다음 호에 실으라고 조언까지 했어요. 그래도 일반 신문사를 앞지르는 특종 보도가 될 거라고요. 듣고 보니 아주 좋은 생각이다 싶었어요."
 "평소에도 익명의 제보자의 충고를 잘 듣는 편인가요, 앤더슨 씨?"
 그는 키득거리며 듣는 사람을 불안하게 만드는 웃음소리를 낸다.

데이비스는 코플린이 아니라 이자가 이본을 살해하는 광경을 더 쉽게 상상할 수 있겠다는 생각을 한다. 이것이 「더 리포터」 같은 텔레비전 드라마라면 그는 수상한 알리바이를 갖춘 연쇄 살인범으로 밝혀질 것이다.

"여기로는 제보가 접수되는 일이 거의 없어요, 데이비스 씨. 기본적으로 광고 위주의……"

"데이비스 경위입니다." 그녀는 바로잡아 준다. 그 직함을 사랑해서가 아니라 이 자리의 결정권자가 누구인지 그에게 일깨워 주기 위해서다.

"다시 한번 묻겠습니다. 제 기사에 사실에 반하는 부분이 있었나요, 데이비스 경위님?"

"그건 내가 답변할 수 없는 부분이고 중요한 건 그게 아니에요. 내 눈으로 직접 보기 전에는 믿을 수 없을 만큼 무책임한 기사이긴 했지만요."

"아니, 아니, 그건 좀……"

"이 미지의 인물에게서 받은 전화를 녹음하지는 않았겠죠?" 그녀는 별 기대 없이 묻는다.

그는 눈을 동그랗게 뜨고 또다시 불안하게 키득거린다. "저는 전부 녹음해요."

그녀는 자기 귀를 의심한다. "전부요? 진짜로? 받은 전화를 전부?"

"그럴 수밖에 없어요. 여긴 영세한 업체거든요, 데이비스…… 경위님. 저는 마을 외곽의 목재소에서 아르바이트를 병행해요. 오는 길에 보셨을 거예요. 울프 럼버라고."

그녀는 보았는지 못 보았는지 기억하지 못한다. 오는 동안 젤버트 생각을 하고 있었다. 그녀는 계속하라는 뜻에서 앤더슨에게 손짓한다.

"거기서 일하거나 엄마를 만나러 가 있을 때, 챙겨야 하는 일이 많 거든요. 아무튼 그럴 때 전화가 오면, 대부분 광고 문의지만 스포츠를 담당하는 허드 콘웨이 전화일 때도 있는데, 녹음해서 당장 클라우드 에 압축해서 올려요."

"삭제하지는 않고요?"

그는 키득거린다. "뭐하러요? 클라우드에 용량도 넘쳐나는데. 성경 의 표현을 빌자면 거할 곳이 많죠. 내 영혼이 숨 쉴 곳을 얻었도다. 셰 익스피어. 이런 시스템이 대도시 신문사에는 안 맞을지 모르지만 우 리한테는 딱이에요. 자요, 보여 드릴게요."

앤더슨은 컴퓨터를 켜고 암호를 입력한다. 데이비스는 정리정돈에 집착하는 성격이 전혀 아니지만 아이콘이 하도 흩뿌려져 있어서 모 니터를 보기만 해도 눈이 아플 정도다. 앤더슨이 전화기 모양 아이콘 위로 마우스를 옮겨 클릭한다. 그 방 양쪽에 달린 스피커에서 메시지 가 요란하게 흘러나온다. 그는 움찔하며 볼륨을 낮춘다.

"캔자스 중부의 대변인이자 최소 비용으로 최고의 홍보 효과를 자 랑하는 「플레인스 트루스」에 전화 주셔서 감사합니다. 저희는 1주에 서 2주 간격으로 여섯 개 카운티, 6천여 곳에서 무료로 배부되는 뉴 스 그리고 스포츠 신문입니다."

그게 사실이면 내 손에 장을 지지겠네. 엘라는 생각한다.

"제보할 뉴스가 있으면 5번을 눌러 주세요. 스포츠 경기 점수를 듣 고 싶으시면 4번을 눌러 주세요. 사고 신고를 하고 싶으시면 3번을 눌러 주세요. 광고를 싣고 싶으시면 2번을 눌러 주세요. 요금을 문의 하고 싶으시면 1번을 눌러 주세요. 뉴스는 5번, 스포츠는 4번, 사고 신고는 3번, 광고는 2번, 요금 문의는 1번입니다. 전화가 끊기지 않을 까 걱정하실 필요는 없습니다!" 이제는 그녀도 익숙해질 대로 익숙해진 웃음소리가 들린다. "여기는 진실을 중요하게 다루는 「플레레레이이이인스 트루스」니까요!"

앤더슨은 그녀를 돌아본다. "괜찮지 않아요? 기본적인 사항은 전부 커버하면서 온갖 추가 옵션까지."

다른 때 같으면 데이비스는 (호기심이 많은 성격이라) 앤더슨에게 「플레인스 트루스」 광고 수익이 얼마나 되느냐고 물었을지 모른다. 하지만 지금은 그럴 상황이 아니다. "그 익명의 제보 전화를 찾을 수 있겠어요?"

"네, 그럼요. 며칠인지 날짜만 알려 주세요."

그녀는 모른다. "6월 30일과 7월 4일 사이에서 찾아봐요."

앤더슨은 파일 하나를 띄운다. "그럼 너무 많은데 하지만……." 그는 미간을 찌푸린다. 앞머리가 나풀거린다. "어디 굴뚝에서 불이 났다는 제보 전화 다음이었던 것 같아요. 확실해요."

앤더슨은 클릭하고 듣고 고개를 젓고 다른 파일을 몇 개 더 클릭한다. 마침내 17번 농로의 굴뚝에서 불이 난 걸 봤다고 농부 스타일로 느릿느릿 녹음된 파일을 찾는다. 앤더슨은 데이비스에게 엄지손가락을 들어 보이고 다음 메시지로 건너간다. 그녀는 의자를 하나 가져와서 그의 옆에 앉은 참이다.

"이거 어색하게 들리죠? 왜냐하면……."

"쉬이이잇!"

앤더슨은 손가락으로 입술 위를 쓸고 지나가며 지퍼 닫는 흉내를 낸다.

아닌 게 아니라 그 메시지는 어색하게 들린다. 왜냐하면 전화를 건 사람이 보코더 같은 음성 변조기를 쓰고 있었기 때문이다. 그래서 남자 목소리였다가 여자 목소리였다가 다시 남자 목소리가 됐다.

"안녕하세요, 「플레이스 트루스」 기자분. 나는 캔자스 고속도로 순찰대 소속 경관이에요. 이본 워커 살인 사건 담당은 아니지만 보고서를 봤어요. 시신을 발견한 사람이 대니얼 M. 코플린이라는 걸 당신네 신문 독자들이 알면 좋을 것 같아서요. 그 사람은 윌더 고등학교 관리인이에요. 매니토의 오크 그로브 트레일러하우스 주차장에서 살고⋯⋯."

"주소는 공개하지 않았어요." 앤더슨은 말한다. "아무래도 그건⋯⋯."

"*쉬이이잇!* 뒤로 돌려 봐요."

앤더슨은 움찔하며 마우스로 뭔가 조작을 한다.

"⋯⋯윌더 고등학교 관리인이에요. 매니토의 오크 그로브 트레일러하우스 주차장에서 살고요. 그거 당장 신문에 소개해야 해요." 잠시 정적이 흐른다. "그자가 수사국의 유력 용의자예요. 시신이 있는 곳을 꿈에서 봤다고 주장하거든요. 수사관들은 그의 말을 믿지 않아요. 그런데 그건 후속 기사용으로 아껴 두는 게 좋겠어요. 내 생각에는요." 다시 정적이 흐른 뒤 변조된 음성이 말한다. "15. 끊을게요."

딸깍하는 소리에 이어 누군가가 윌더 카운티의 독립기념일 행사가 7월 8일로 연기돼서 너무 속상하다고 「플레인스 트루스」에 알린다. 앤더슨은 소리를 죽이고 데이비스를 쳐다본다. "괜찮으세요?"

"네." 그녀는 이렇게 대답한다. 하지만 아니다. 속이 울렁거린다. "다시 한번 틀어 줘요."

그녀는 전화기를 꺼내 녹음 버튼을 누른다.

48.

　차로 돌아간 데이비스는 에이컨을 세게 틀어 놓고 파일을 다시 듣는다. 그런 다음 전화기를 *끄고* 앞 유리창 너머로 캐스카트의 칙칙한 메인가를 내다본다. 봄에 젤버트와 함께 수사한 방화 사건을 떠올린다. 린즈보그라는 시골 마을에서 벌어진 사건이었다. 현장으로 출동하던 길에 그들은 젖소 몇 마리가 풀을 뜯고 있는 들판을 지났다. 그날 조수석에 앉아 있었던 엘라는 그냥 심심해서 큰 소리로 젖소 숫자를 셌다.

　"7." 그녀는 말했다.

　"28." 젤버트가 득달같이 대답했다.

　그녀가 묻는 듯한 눈빛으로 쳐다보자 그는 1부터 7까지 더하면 28이라고 했다. 그러면서 처음부터 끝까지 더하는 훈련을 하면 시간도 잘 가고 두뇌 훈련도 된다고 했다. 그녀는 파트너에게 가벼운 강박증이 있나 보다고 생각했다. 심지어 그런 강박증을 뭐라고 하는지 휴대전화로 찾아보았다가 그대로 잊어버렸다. 사람은 누구나 조금씩 집착하는 게 있지 않나? 그녀만 해도 그릇을 씻어서 정리하지 않으면 잠을 잘 수 없는데…… 그릇을 셀 생각은 해 본 적이 없었다.

　이제 그녀는 자기 차에 앉아서 피터 앤더슨의 음성사서함 메시지를 떠올린다. 다섯 개의 선택지가 있었고 1, 2, 3, 4, 5를 모두 더하면……

　"15." 그녀는 말한다. "그 인간이었어. 젠장. *젠장!*"

　그녀는 좀 더 그 자리에 앉아서 아니라고 자신을 설득해 보려고 한다. 하지만 설득이 되지 않는다. 절대 되지 않는다. 그래서 캔자스 고속도로 순찰대 C지구대에 전화해 신분을 밝히고 캘튼 경관에게 최대한 빨리 연락해 달라는 메시지를 전해 달라고 한다.
 그의 연락을 (두려운 마음으로) 기다리며 새롭게 알게 된 이 사실을 가지고 어떻게 할지 고민한다.

49.

 대니는 매니토 파인 리커스에서 빈 상자를 양껏 구한다. 짐 빔 위스키도 한 병 산다. 그날 오후 4시에 그의 침실에 상자가 쌓이고 짐 빔은 식탁을 지킨다. 그는 깍지 낀 손을 앞에 두고 식탁에 앉아서 술병을 쳐다본다. 마지막으로 위스키를 마신 게 언제였는지 기억을 더듬는다. 마지의 집 앞 잔디밭에서 소리를 지르다 경찰서로 끌려간 날 밤은 아니다. 그날 밤에 진탕 마신 건 맥주였다. 매니토와 위치타를 오가며 쿠어스를 거의 한 짝 마셨다. 유치장의 스테인리스스틸 변기에 그걸 게우고 콘크리트 바닥에서 자는 것이 무슨 속죄라도 되는 듯이 침대 위가 아니라 아래에서 잠을 청했던 기억이 아직까지 생생하다.
 그는 도수가 높은 술을 마지막으로 마신 게 디크 매더스와 낚시하러 갔을 때였다고 결론을 내린다. 그들 둘은 하도 취해서 거의 날이 질 때까지 327번 도로로 나오는 길을 찾지 못했고, 그즈음에는 둘 다 심한 숙취에 시달리며 다시는, 두 번 다시는 이러지 말자고 다짐했다. 오크 그로브로 이사한 뒤 연락이 끊겼기 때문에 디크는 그 다짐을 지켰는지 알 수 없지만 그는 이후로 독주는 건드리지 않았다. 지난 이삼 년 동안은 맥주도 입에 대지 않았다.
 짐 빔으로 그의 문제를 해결할 수 없다는 건 그도 안다. 화요일 아침에 눈을 떠도 문제는 여전할 테고 숙취 때문에 괴로움만 가중될 것이다. 하지만 그걸로 달라 진의 슬픈 얼굴을 적어도 얼마 동안은 지울 수 있을 것이다. 그 아이는 엄마가 다시 보비 아저씨를 만나기로 마음 먹으면 어떻게 해요, 라고 했다. 그 아저씨는 차가 고장 나도 고치지 못하는데, 라고 했다. 그리고 (왠지 모르겠지만 이게 최악이었다) 저는 케이크 필요 없고 두 번 다시 케이크를 못 먹는대도 상관없어요, 라고 했다.

"그 꿈." 그는 말한다. "그 씨부럴 꿈."

하지만 진짜 골치 아픈 문제는 꿈이 아니다. 잴버트다. 잴버트가 그의 빌어먹을 인생에 자기만의 방식으로 고엽제를 뿌렸다. 자기 인생이 그럭저럭 괜찮다고 생각했던 여자아이를 비롯해 모든 것을 오염시키려고 하고 있다. 엄마에게 드디어 달라 진의 마음에 드는 남자 친구가 생겼는데. 소리를 지르지 않고 저녁을 굶기고 방으로 내쫓지도 않는 남자 친구가.

잴버트.

전부 잴버트 때문이다.

대니는 뚜껑을 따고 병을 자기 쪽으로 기울여 한참 동안 냄새를 맡는다. 그와 디크 매더스가 그 강둑에서 어떤 식으로 웃었고, 모든 게 어떤 식으로 유쾌했는지 떠올린다. 욕을 퍼부으며 그 마지막 블랙베리 덤불을 헤치는데, 온몸은 긁히고 땀이 그 안으로 들어가서 얼마나 더 따끔거렸는지 떠올린다.

네가 취하면 잴버트가 좋아할 거야. 그는 생각한다. 취해서 멍청한 짓을 저질러 보든지.

그는 욕실로 들어가 위스키를 변기에 쏟고 물을 내린다. 그런 다음 옷을 상자에 넣기 시작한다. 떠나는 것 말고는 잴버트를 이길 방법이 없으니 그럴 작정이다. 테이블 메사 킹 슈퍼스에 있는 모든 것의 위치를 아는 스티브와 같이 시간을 보낼 수 있을 것이다. 달라 진은…… 자기 길을 찾아야 할 것이다. 결국에는 대부분의 아이들이 자기 길을 찾기 마련이다. 그는 그렇게 속으로 중얼거린다.

50.

나는 화가 나지 않았어. 잴버트는 라이언스에 있는 호텔로 돌아가며 생각한다. *그냥 심란할 뿐이지.*

위치타에서 열린 회의는 잘 끝나지 않았다. 그는 코플린을 잡아넣자고 했다. 48시간 동안만이라도 그러자고 했다. 보호 구금이라 치자고요. 제가 닦달해 볼 테니 맡겨만 주십시오. 제가 무너뜨릴게요. 그자는 그럴 준비가 되어 있어요. 제가 보면 압니다.

보호 구금이라니 누구로부터 보호를 한다는 건가? 총괄국장 티시먼이 물었다. 부국장 네빌은 옆에서 인형처럼 고개를 끄덕였다. 범인? 코플린은 범인을 모른다잖아. 꿈에서 시신이 있는 위치를 알게 됐을 뿐이라고.

잴버트는 참석한 사람들에게(그중에는 그 무신경하고 말이 없는 오클라호마 소속 램지도 있었다.) 꿈에서 보았다는 코플린의 이야기를 믿느냐고 물었다. 다들 믿지 않는다고 했다. 코플린이 범인이었다. 하지만 자백도 하지 않았고 그를 범죄와 연결시키는 물리적인 증거도 없으니…….

어쩌고저쩌고.

잴버트는 숫자를 세어야 한다. 그러면 진정이 될 것이다. 정신이 맑아지면 다음 행보를 결정할 수 있을 것이다. 호텔로 돌아가면 의자

갈아타기를 하고 샤워를 하고 엘라에게 전화할 것이다. 그녀가 트레일러하우스 주차장에서 단서를 입수했을 수도 있다. 아니면 그럴 가능성이 낮기는 해도 코플린이 뭔가를 흘렸을 수도 있다. 그는 교활한 인간이지만(약물을 없앤 걸 보라) 대가를 치르고 있다. 학교에서 잘렸고 동네 주민들은 그에게 등을 돌렸다. 그러니 화가 났을 테고 화가 난 사람들은 실수를 저지르기 마련이다.

하지만 나는 화가 나지 않았어. 그냥 심란할 뿐이지. 왜냐고? 그가 살인을 저질렀고 앞으로 다시 저지를 테니까.

"그들 눈에는 그게 안 보이나?" 그는 물으며 운전대를 내리친다. "그 정도로 눈이 멀었단 말이야?"

답은: 그렇지 않다.

이본 양이 마지막 날 밤을 보낸 아칸소시티와 마지막으로 목격된 가스 앤 고 사이 모든 카메라 영상을 체크했다. 툰드라가 몇 대 보였지만 하얀색은 없었고 모두 대니의 트럭보다 새것이었다.

다른 차로 그녀를 납치했겠지. 잴버트는 생각한다. 그래서 그의 트럭 안에서 DNA나 다른 증거를 전혀 찾지 못한 거야. 영리해, 아주 영리해.

처음에 잴버트는(엘라도 마찬가지였다) 대니가 언론의 집중 조명을 받거나 자백하길 원한다고 믿었다. 엘라는 지금도 그렇게 생각할지 모르지만 잴버트는 아니다. 그에게 이건 게임이야. 우리를 계속 자극하면서 이러고 있어. 증거를 대, 증거를 대, 나를 체포해, 나를 체포해, 하하, 못하지, 못하지? 당신들은 내 이야기가 헛소리라는 걸 알지만 어쩔 방법이 전혀 없지?

잴버트는 다시 운전대를 내리친다.

15년, 심지어 10년 전만 해도 지금과는 경기장도 다르고 규칙도 달랐다. 그때라면 젤버트와 데이비스가 코플린을 조그만 방에 가두어 놓고 자백할 때까지 닦달할 수 있었을 것이다. 10시간이든 12시간이든 상관없었을 것이다. 돌리고 또 돌리며 찰싹, 찰싹, 찰싹. 그들은 가엾은 이본 양과 그녀의 전철을 밟을 수 있는 모든 아가씨들의 옹호자였다. 시계도 없는 방 안에서 그를 그악스럽게 몰아붙였을 것이다.

배고프겠어. 뭐라도 하나 내놓으면 사람을 보내서 먹을 걸 사다 줄게. 버거킹 좋아하나? 바로 옆에 매장이 있는데. 와퍼, 프렌치프라이, 초콜릿셰이크, 어때? 그녀를 언제 묻었는지 그것만이라도 알려 줄 수 있잖아. 낮인지 밤인지. 싫어? 좋아, 그럼 처음부터 다시 시작해 보자고.

이런 식으로.

젤버트는 시간을 때우려고 헛간과 사일로와 농가를 세기 시작한다. 23까지 셌을 때 (하나씩 차례대로 더하면 합이 276이다) 전화벨이 울린다. 엘라다. 회의 결과가 어떻게 됐느냐고 그에게 물을 줄 알았더니 아니다. 언제 호텔로 돌아오느냐고 묻는다. 말투가 어찌나 딱딱하고 딱 부러지는지 다른 사람이 전화한 것 같다. 단서를 입수하고 흥분해서 그런 것일 수도 있을까?

실 한 가닥, 내가 원하는 건 그게 다야. 그걸 따라가면 돼. 필요하면 그걸 따라서 지옥을 가로지를 수도 있어.

"40분쯤 걸릴 텐데. 뭐 알아낸 거 있나?"

"저 지금 매니토에서 출발해요. 거기서 뵐게요."

"뭐야. 얘기해 봐." 그는 반도 모양의 머리칼을 쓸어 넘긴다. "코플린이 무슨 이야기라도 하던가?"

"직접 만나서 말씀드릴게요."

"그럼 30분으로 하지." 젤버트는 말하고 속도를 높인다.

51.

엘라가 로비에서 기다리고 있을 때 프랭크가 들어온다. 그녀는 조만간 벌어질 대화가 두렵지만 해야 하는 일을 외면하지는 않을 것이다. 그녀가 프랭크를 좋아했다면 더 힘들었을 것이다. 좋아해 보려고 애를 써도 실패했지만 이삼 일 전까지만 해도 그를 존경하기는 했다. 어떻게 보면 지금도 존경하는 마음은 여전하다. 그는 자신이 맡은 일에, 그가 "가엾은 이본 양"이라고 부르는 여자의 한을 풀어 주는 데 혼신으로 전념하고 있다. 단지 그 전념이 선을 넘으면서 변질됐을 뿐이다.

그가 마모가 너무 심해서 정말이지 처치가 필요한 치아를 드러내며 미소를 지어 보인다. 손으로 쓸어 넘겼는지 V자 모양의 더벅머리가 헝클어져 있다. 아니면 잡아당겼을 수도 있다. "명목상으로는 스위트룸이라고 불리는 내 방으로 가지. 대단하지는 않고 창밖으로 보이는 풍경도 주차장뿐이지만 예산에는 딱 맞거든."

엘라는 따라간다. 그가 위커라는 아가씨에게 왜 그렇게 매달리는지(그게 아니라 코플린에게 매달리는 걸까) 모르겠지만 그것이 그의 성격에 내재된 본질적인 균열에 압력을 가하고 있는 것만큼은 분명하다. 그래서 전에는 실금이었던 것이 이제는 벌어진 틈새가 됐다.

그가 문을 연다. 그녀는 먼저 들어가서 걸음을 멈추고 네모반듯하고 아담한 거실을 둘러본다. "저 접이식 의자들은 뭐예요?"

"아무것도 아니야. 내가…… 아무것도 아니야."

그는 거실에 놓인 두 개의 의자 앞으로 가서 접는다. 방으로 들어가 두 개를 더 들고 나온다. 그걸 텔레비전 옆 벽에 기대어 놓는다. "비즈니스 센터로 다시 가져다줘야겠네. 진작부터 그러려고 했는데. 탄산음료 마시겠나? 미니바에 많은데."

"아뇨, 괜찮습니다."

"코플린 때문이야? 그가 뭔가를 무심코 흘린 거야?"

"그와는 만나지 않았어요."

잴버트는 미간을 찌푸린다. "그를 다시 신문해 달라고 특별히 요청한 걸로 아는데, 엘라." 잠시 후 미간의 주름살이 살짝 펴진다. "베키였나? 그 여자 친구? 아니면 딸! 그 아이가……"

"저기요, 선배님. 어떤 식으로 말을 꺼내면 좋을지 모르겠지만 이 사건에서 손을 떼 주셔야겠어요. 먼저 그것부터 부탁드릴게요."

그는 의아해하는 표정으로 살짝 미소를 짓는다. 그녀의 말을 전혀 이해하지 못하는 것이다.

"그런 다음 이참에 은퇴하세요. 20년을 근무하셨잖아요. 20년 이상을요."

"어째서……"

"은퇴하고 전문가의 도움을 받으세요."

어렴풋한 미소는 여전히 그 자리를 지키고 있다. "지금 무슨 소리를 하는 거야, 엘라. 나는 은퇴하지 않아. 생각해 본 적도 없어. 내가 해야 하는 일은, *우리가* 해야 하는 일은 대니 코플린을 감옥에 처넣어서 평생 거기서 썩게 하는 거야."

분노가 치미는 것에 그녀는 놀라워하지만 나중에 알게 되다시피 그 감정은 처음부터 그녀의 안에 도사리고 있었다. "선배님 *때문에* 그를 기소할 수 있는 기회를 날려 버리게 생겼잖아요! 선배님이 그의 정체를「플레인스 트루스」에 폭로하는 바람에!"

미소가 점점 희미해진다. "어쩌다 그런 황당한 생각을 하게 된 거지?"

"황당한 생각이 아니라 사실이잖아요. 선배님은 그의 정체를 폭로

하다가 숫자를 세는 습관 때문에 자신의 정체도 폭로했어요. 자동응답기에 메시지를 남기면서 맨 마지막에 15라고 하셨더라고요. 아무것과도 연관이 없는 숫자지만…… 자동응답기 메뉴상의 선택지를 1에서부터 5까지 모두 더하면 15가 되죠."

이제 미소가 완전히 사라졌다. "숫자 *하나*를 근거로 성급하게 그런 결론을 내리다니……"

"가끔 엉뚱한 숫자가 선배님의 입에서 튀어나와요. 개중 절반은 그런 줄도 모르시죠. 피터 앤더슨이 녹음한 파일을 들어 보니 그러셨더라고요. 제 귀로 똑똑히 들었어요. 확인하고 싶으시면 들려 드릴게요. 핸드폰에 녹음해 왔으니까."

그가 입술을 벌리며 씩 웃자 마모된 치아가 드러나 보인다. 이를 갈아서 저런 거야. 그녀는 생각한다. 두말하면 잔소리겠지.

"그런 식의 근거 없는 비난을 한다고 상부에 보고하고 싶지는 않는데, 엘라. 자네는 이보다 더 훌륭할 수 없는 파트너였거든. 하지만 고집을 꺾지 않으면 보고하는 수밖에 없어. 자네가 전화한 사람의 음성을 알아들었을 리 없어. 어느 누구도 마찬가지지, 기기로 변조가 됐으니까."

"네. 맞아요. 그런데 선배님은 그걸 어떻게 아세요?"

그는 눈을 깜빡이고 찰나의 순간 동안 머뭇거린다. 그러고는 말한다. "왜냐하면 내가 물어봤거든. 앤더슨에게. 그를 신문했지."

"저랑 같이 계셨을 때는 그러는 거 못 봤는데요."

"맞아, 여기서 했어. 전화로."

"그에게 확인해도 될까요?"

"내가 지금 그렇다잖아."

"그래도 물어볼게요. 필요하다면요. 그런데 그가 뭐라고 할지 우리 둘 다 알지 않나요?"

 잴버트는 아무 대꾸도 하지 않는다. 낯선 사람 대하듯 그녀를 쳐다보기만 한다. 어쩌면 지금 내가 낯설게 느껴질지도 모르지.

 그녀는 의자를 가리킨다. "저걸 세시나요? 아니면 의자를 배치해놓고 그 사이 걸음 수를 세시나요?"

 "이제 그만 나가 줬으면 좋겠는데."

 "숫자를 셀 때 가끔 입술을 달싹이시는 거 봤어요. 심지어 그런 증상을 지칭하는 명칭도 있더라고요. 계산 강박."

 "나가. 지금 무슨 말을 하고 있는 건지 되돌아보고 자네…… 자네 흥분이 가라앉으면 다시 대화를 나누도록 하지."

 데이비스는 갑자기 진이 다 빠져서 서 있을 기운이 없다. 이런 식의 대면이 이렇게나 진을 빼는 일일 줄 누가 알았을까? 그녀는 의자에 앉아서 입구가 벌어진 핸드백을 조그만 책상 위에 내려놓는다. 그 안에 이 대화를 녹음 중인 휴대 전화가 들어 있다.

 "선배님은 코플린의 트럭에 약물도 몰래 숨겨 놨죠. 학교에서요."

 그는 그녀에게 주먹으로 얻어맞기라도 한 것처럼 움찔한다. "그렇게 어처구니없는 혐의를 제기하다니!"

 "선배님이 저지른 짓이야말로 어처구니없는 짓이었죠. 코플린은 같이 일하던 학생에게 선배님이 교직원용 주차장이 아니라 뒤편에 차를 세웠다는 말을 전해 듣고 수상하다고 생각했어요. 그래서 자기 트럭을 뒤진 끝에 약물을 찾아냈고 그걸 저한테 넘겼어요."

 "뭐라고? 언제?"

 "그레이트밴드의 어느 커피숍에서 만났어요. 그가 자기를 체포하라고 도발한 날, 회의가 끝나고요. 우리는 그때나 지금이나 그를 체포할 수가 없어요. 위치타에서도 그렇게 결론이 내려졌을 테지만요."

"그자는 거짓말을 하고 있어! 그런데 자네는 내 뒤통수를 치다니! 고맙군, 파트너!"

그녀는 얼굴을 붉힌다. 자기도 모르게 그런다.

젤버트는 점점 벗어져 가는 두툼한 매트 같은 머리칼을 두 손으로 쓸어넘긴다. "트럭에 약물이 있었다면 그가 심어 놓은 거였겠지. 그자는 교활해, 어휴, 장난 아니게 교활하다고. 그런데 그자의 말을 믿었다는 건가?" 젤버트는 고개를 젓는다. 안타까워하는 말투지만 그녀가 그의 눈빛에서 느낀 것은 순도 100퍼센트의 분노다. 이 남자를 조심해야겠어. 그녀는 생각한다. 그 부분에 대해서는 대니의 말이 맞았네.

"자네가 그렇게 귀가 얇은 줄 미처 몰랐네, 엘라. 그의 꿈 이야기에도 넘어간 건가? 이제는 그자의 편이야?"

"캘턴 경관과 통화했어요."

이 말을 듣고 그는 입을 다문다.

"코플린이 그의 명찰을 보았더라고요. 캘턴에게 전화해서 누가 약물을 심고 수색을 사주했는지 안다고 했어요. 거기서 그가 어떤 역할을 했는지 실토하면 비밀을 지켜 주겠다고 했더니 실토하더군요."

젤버트는 창가로 가서 밖을 내다보더니 그녀에게로 돌아온다. "그를 약물 소지범으로 몰고 갈 생각은 없었어. 이본 양의 살인범이라면 모를까. 가둬 놓고 쪼고 싶었을 뿐이야. 그 약물은 지금 어디 있나?"

"안전한 곳에요." 그 마지막 질문은 조금 섬뜩하다. 프랭크가 그녀를 해칠 가능성은 없다고 보지만 그는 제정신이 아니다. 그건 확실하다.

그는 다시 창가로 갔다가 다시 돌아온다. 입술을 달싹이고 있다. 숫자를 세고 있는 것이다. 자기가 그러는 줄 알고 있을까? 그녀가 보기에는 아니다.

"그자는 그녀를 죽였어. 성폭행하고 죽였어. 코플린이. 자네도 알

않아."
 그녀는 코플린이 십자가 목걸이를 보고 뭐라고 물었는지 생각한다. 그냥 액세서리냐고 아니면 신자라서 하고 다니는 거냐고 했다. 그러고는 하느님은 믿으면서 자기 꿈은 못 믿느냐고 했다.
 "선배님, 잘 들으세요. 지금 이 상황에서 그가 그녀를 살해했는지 아닌지 여부는 더 이상 중요하지 않아요. 여기 이 방 안에서 중요한 건 딱 하나, 돈 티시먼에게 개인적인 사유로 휴직을 신청하고 향후 퇴직을 원한다는 이메일을 쓰겠다고 제게 약속하시는 거예요."
 "절대 그럴 일은 없어!" 그는 주먹을 쥐었다 폈다 한다.
 "그러면 제가 티시먼을 찾아가 선배님이 어떤 짓을 저질렀는지 보고하는 수밖에 없어요. 선배님이 앤더슨에게 그런 제보를 한 것으로는 잘리지 않을지 몰라도 약물 건으로는 확실해요. 거기에 그치는 게 아니라 그런 일이 있었다고 하면 우리 쪽에서 대니 코플린을 기소하더라도 볼 같은 시골 마을 변호사조차 무죄 판결을 받아낼 수 있을 거예요."
 "정말 그럴 작정인가?"
 "선배님이 자초한 일이잖아요!" 데이비스는 외치며 자리에서 일어난다. "선배님이 사건을 망쳤고 자기 자신을 망쳤고 저까지 망쳐 놓으셨어요. 선배님이 저질러 놓은 이 난장판을 좀 보시라고요!"
 "그를 놓치면 안 돼." 젤버트는 말한다. 시선을 한곳에 두지 못하고 방 안을 이리저리 두리번거린다. "그가 범인이야."
 "그렇게 생각하신다면 그를 체포할 수 있는 기회를 망치지 말아 주세요. 이제 그만 갈게요. 큰 결심인 거 알아요. 오늘 주무시면서 잘 생각해 보세요."
 "주무시면서?" 그는 말하고 폭소를 터뜨린다. "주무시면서!"

"내일 아침에 전화드릴게요. 마음이 어떤지 지켜보세요. 하지만 답은 정해져 있다고 봐요. 선배님이 물러나면 코플린을 기소할 수 있는 여지가 남아요. 증거를 심었네 어쩌네 하는 난리 법석이 벌어질 일도 없고 선배님은 연금을 챙길 수 있어요."

"내가 연금 따위에 신경 쓸 사람으로 보이나?" 그는 고함을 지른다. 목의 핏대가 선다. 엘라는 그의 눈을 계속 똑바로 쳐다본다. 무서워서 시선을 옮길 수가 없다.

"지금이야 흥분해서 그럴지 몰라도 나중에는 신경이 쓰일 거예요. 그리고 선배님이 이본 위커에 대해서 계속 신경 쓰고 계시다는 거 알아요. 잘 생각해보세요. 선배님이 물러나면 그냥 덮고 지나가겠지만 물러나지 않으면 전부 터뜨릴 거예요. 그럼 아이고, 악취가 진동하겠죠."

그녀는 문을 향해 걸음을 옮긴다. 그가 따라올지 모른다는 생각 때문에 거기까지 가는 길이 어느 때보다 길게 느껴진다. 하지만 그는 따라오지 않는다. 그녀는 밖으로 나가서 문을 닫고, 참고 있었던 줄도 몰랐던 숨을 토한다. 핸드백 지퍼를 잠그려는데, 뒤에서 와장창 하는 소리가 들린다. 뭔가가 깨진 것이다. 뭐가 깨졌는지 확인하고 싶은 생각이 있을까? 그럴 리가. 엘라는 천천히 그리고 한결같이 복도를 따라 걷는다.

그녀는 차에 올라타자 고개를 숙이고 눈물을 흘린다. 저 안에서 한순간이었지만 그의 손에 목숨을 잃을 수도 있겠다는 생각이 든 적이 있었던 것이다.

52.

　프랭클린 젤버트는 캔자스를 동서남북으로 횡단하며 수사관으로 일하는 동안 수백 군데 모텔에서 묵었다. 그런 모텔 객실에서는 대부분 안전하게 위생 처리되었습니다, 라는 문구가 찍힌 조그만 봉지에 담긴 플라스틱 컵이 제공된다. 반면에 셀레브레이션 센터의 조그만 스위트룸 미니바 위에 놓인 컵은 진짜 유리다. 그 컵을 집었을 때 무게를 인식하지만 멈추기에는 이미 늦었다. 미리 알았다 한들 멈추지도 않았을 것이다. 데이비스가 방금 나간 문에 대고 컵을 던지자 박살이 난다.
　그녀가 아니라 유리컵이었기 망정이지. 그는 생각한다. *내가 그녀를 해칠 리 없기도 하지만.*
　당연히 그럴 리는 없다. 그녀가 배신을 때렸을지 몰라도 그들은 즐거운 시간을 함께 보냈다. 나쁜 녀석들을 여럿 잡았다. 그는 엘라를 가르쳤고 그녀는 배우는 데 열심이었다. 그런데 이제 보니 배움이 부족했던 모양이다. 그녀는 코플린이 얼마나 위험한지 알지 못한다. 커피숍에서 둘이 만나 배신을 작당하고 다른 데 간 건 아닐까? 예를 들면 모텔이라든지.
　아냐, 아냐, 그녀가 그럴 리 없지. 살인 사건의 유력한 용의자와 절대 그럴 리 없지.
　절대? 진짜로? 절대?
　코플린은 외모가 봐줄 만한 데다 눈을 동그랗게 뜨고 거짓말 아니에요, 하는 분위기를 풍긴다. 거기에 매력을 느끼는 여자도 있을 수 있다. 그녀와…… 그가…… 희한하게 변형된 스톡홀름 증후군일 가능성은…… 정말 아예 없는 걸까……?

그녀가 그의 뒤통수를 때리기는 했지만 그럴 사람은 아니다. 그리고 엘라는 신경 쓸 것 없다. 그녀는 이제 논외다. 문제는 코플린을 어떻게 하느냐다.

아무리 고민해도…… 방법이 없어 보인다. 그녀가 그의 손발에 족쇄를 채워 버렸다. *그 좆대 없는 경찰놈이 술술 불었단 말이지?*

그녀는 퇴직을 제안했지만 생각만 해도 끔찍하다. 마치 낭떠러지로 떠밀리는 느낌이다. 허공으로 추락하는 건 상상할 수 없다. 그는 일간지 십자말 퀴즈와 가끔 하는 직소 퍼즐 말고는 취미도 없다. 휴가를 받아 봐야 렌트한 캠핑카를 몰고 목적 없이 배회하며 관심도 없는 풍경을 구경하고 나중에 거의 들여다보지도 않는 사진을 찍는 것이 전부다. 1시간이 3시간처럼 느껴진다. 퇴직하면 그게 곱하기 1천, 그러다 2천, 그러다 1만이 될 것이다. 매시간 테이블 맞은편에서 앉아서 눈을 동그랗게 뜨고 개미 한 마리 죽이지 못할 듯한 눈빛으로 그를 쳐다보며 *저를 체포하세요, 못 하시죠, 그렇죠?* 라고 말하는 대니 코플린의 얼굴이 떠오를 것이다. 다른 주에서 백팩을 메고 엄지손가락을 내민 다른 아가씨를 보고 차를 멈추는 대니 코플린의 모습이 떠오를 것이다.

그런데 나는 뭘 어쩔 수 있을까?

뭐, 할 수 있는 게 한 가지 있긴 하다. 깨진 유리잔을 치우는 것. 그는 쓰레기통을 들고 가 무릎을 꿇고 잔을 치우기 시작한다. 금세 쉰일곱 조각까지 세는데, 그걸 전부 더하면 1653이다.

내가 그녀를 해칠 리 없지, 절대로. 하지만 딱 한순간……

예리한 통증이 엄지손가락의 불룩한 부분에 꽂힌다. 핏방울이 비친다. 젤버트는 몇까지 셌는지 잊어버렸다는 사실을 깨닫는다. 1부터 다시 셀까 고민한다.

53.

대니 코플린은 캔자스주 매니토에서 슬프고도 다행스러운 마지막 주를 보낸다.

화요일에는 우편함 안에서 큼지막한 개똥을 발견한다. 그는 작업용 고무장갑을 끼고 나와 개똥을 치우고 안을 깨끗이 씻는다. 그가 떠나면 다른 사람이 그 우편함을 쓸 것이다.

수요일에는 마지막으로 필요한 물품을 사러 푸드 타운에 간다. 그중에는 금요일에 최후의 만찬으로 먹으려는 스테이크도 있다. 마트 안에 오래 있지도 않았는데, 나와 보니 트럭 뒤 타이어가 두 개 다 바람이 빠졌다.

적어도 펑크는 내지 않았네. 그는 생각하지만 단순히 범인에게 칼이 없어서 그랬을지 모른다. 그는 제시에게 전화한다. 휴대 전화에 제시의 연락처가 있고 그를 도와줄 만한 다른 사람이 생각나지 않기 때문이다. 제시는 자기 아버지가 가족을 버리고 떠났을 때 많은 걸 두고 갔는데, 그중에 하우스벨 타이어 펌프도 있다고 한다. "20분만 기다려 주세요." 그가 말한다.

대니는 기다리는 동안 트럭 옆에 서서 째려보는 사람들의 시선을 견딘다. 제시가 고물 캐프리스를 몰고 등장하자 툰드라의 타이어가 금세 말짱해진다. 대니는 고맙다고 인사하고, 눈물이 날 것 같은 느낌이 들자 당황한다.

"별말씀을요." 제시는 말하고 손을 내민다. "저기요, 아저씨, 이 말씀을 다시 드려야겠어요. 저는 아저씨가 그 여자를 죽이지 않았다는 걸 알아요."

"그것도 믿어 줘서 고맙다. 목재소 일은 어때? 지나가다가 네가 트럭 짐칸에 나무 싣는 거 봤는데."

제시는 어깨를 으쓱한다. "그냥 돈 벌려고 하는 일이죠. 아저씨는요? 앞으로 어떻게 하실 거예요?"

"이번 주말에 여길 뜨려고. 일단은 네덜란드로 갈까 생각 중이야. 텐트에서 지내면서, 장비도 있거든, 일자리를 찾으려고. 그리고 거처도 찾고."

제시는 한숨을 쉰다. "지금 상황에서는 그게 최선일지도 모르겠네요. 자리 잡으면 문자 보내 주세요." 그는 열일곱 살답게 수줍은 눈빛으로 그를 쳐다본다. "그러니까, 계속 연락하자고요."

"그럴게." 대니는 말한다. "그 목재소에서 손가락 잘리지는 마라."

제시는 씩 웃는다. "엄마도 똑같은 말씀을 하셨어요. 저더러 이제는 우리 집의 가장이라면서."

목요일이 되자 당장이라도 옮길 수 있게 짐을 거의 다 싸서 트레일러하우스가 어째 벌거벗은 것처럼 보이는데, 그날의 첫 커피를 마시는 동안 에드거 볼에게 전화를 받는다. 볼이 말한다. "우울한 소식, 기쁜 소식, 진짜 기쁜 소식이 있어요. 적어도 내가 생각하기에는 그런데, 뭐부터 들을래요?"

대니는 쿵 하고 잔을 내려놓는다. "범인을 잡았대요? 그녀를 살해한 범인을?"

"그 정도로 기쁜 소식은 아니에요." 볼이 말한다. "우울한 소식은 이제 「플레인스 트루스」뿐만이 아니라는 거예요. 「텔레스코프」, 「위치타 이글」, 「캔자스 시티 스타」 그리고 「오클라호만」에 당신 기사가 실렸어요. 사진이랑 같이."

"쌍." 대니는 말한다.

"기쁜 소식은 10년 전에 찍은 사진으로 보인다는 거예요. 머리가 어깨까지 오고 팔자수염을 길렀어요. 어느 술집 앞에 서 있는 것 같은데, 양손에 맥주병을 들고 있어서 그런가 보다 하는 거예요."

"아마 킹먼에 있는 골든 로프일 거예요. 마지랑 결혼하기 전에 거기서 술을 자주 마셨거든요. 불이 나서 없어진 줄 알았는데."

"그건 잘 모르겠네요." 볼은 명랑한 목소리로 말한다. "아무튼 사진 속의 모습이 지금의 당신과 전혀 달라요. 이제 최고로 기쁜 소식 들을 준비됐어요?"

"어디 들어 봅시다."

"고속도로 순찰대 F 지구대에서 사무직으로 일하는 친구한테 들은 거예요. 위치타 옆 케치에 있는 지구대요. 문제의 그 여자와 예전에 만났던 사이인데 그건 옛날 옛적이고요. 아무튼 그 친구는 내가 당신 변호인이라는 걸 알아요. 그런데 어젯밤에 전화해서 프랭크 젤버트가 휴직계를 냈다는 거예요. 소문에 따르면 퇴직할 예정이래요."

대니는 함박웃음이 온 얼굴로 번지는 것을 느낀다. 그 망할 꿈을 꾼 뒤로 처음 지어 보는 웃음다운 웃음이다. 그동안 젤버트 생각이 그의 머릿속에서 떠날 줄 몰랐다. 심지어 스티비와 통화하는 동안에도 그의 생각을 완전히 지울 수가 없었다. 그를 떠올리면 죽은 뒤에도 물고 있던 상대를 놓지 않는다는 어떤 짐승(울버린이던가?)이 연상됐다.

"그거 정말 기쁜 소식이네요."

"자축하는 의미에서 대브니스 갈래요? 거하게 아침 먹읍시다, 내가 살게요."

대브니스는 두 마을 건너에 있고, 대니가 포그햇 밴드의 멤버, 론섬 데이브 페버렛처럼 하고 다니던 시절에 찍은 사진이 신문에 실렸다고 하니 안심해도 될 것이다.

"좋죠. 친구를 데려갈 수도 있어요. 같이 일했던 아이요."

하지만 제시는 같이 가고 싶은 마음이 굴뚝같지만 안 된다고 한다. 8시까지 출근해야 한다는 것이다. "게다가 어제 아저씨 도와주러 갔다고 엄마가 엄청 뭐라고 하셨어요. 아저씨가 사람들이 말하는 그런 짓을 저질렀을 리 없다고 해도 상관없대요. 저는 젊은 흑인 남자고 아저씨는…… 아시죠?"

"살인 혐의를 받는 백인 남자라 이거지. 알겠다."

"뭐, 맞아요. 하지만 출근 안 해도 됐으면 갔을 거예요."

"말은 고맙다만 너희 어머니 말씀이 맞을지 모르겠다."

그는 대브니스에 간다. 볼이 와 있다. 그들은 푸짐하게 아침을 주문하고 깨끗하게 해치운다. 대니가 반씩 내자고 하지만 볼은 들은 체도 하지 않는다. 그는 대니에게 앞으로 어쩔 작정이냐고 묻는다. 대니는 남동생이 사는 콜로라도로 갈까 생각 중이라고, 남동생은 자폐 스펙트럼이지만 10대 후반에 어느 심리학자에게 검사를 받았을 때 '전 세계적으로 인정받을 만한' 재능이 있다는 평가를 받았다고 말한다. 기본적으로 뭐가 어디 있는지 전부 손바닥 보듯 훤하게 안다고 말이다. 그들은 그걸 주제로 잠시 대화를 나눈다.

"생각난 게 있어요." 식당을 나서며 볼이 말한다. "그 털뭉치 이고 다니는 잴버트와 맨 처음 언쟁을 벌인 이후로 줄곧 고민하던 건데, 「이글」과 「텔레스코프」에 실린 댓글을 보고 그래, 어쩌면 먹힐 수도 있겠다는 생각이 들더라고요."

"그게 무슨 말인지 전혀 못 알아듣겠는데요. 댓글이라뇨?"

"그거 안 읽은 모양이네요? 옛날로 따지면 편집자에게 보내는 편지 같은 거예요. 어떤 기사를 읽은 뒤에 거기다 댓글을 다는 거죠. 당신 기사에 엄청 많은 댓글이 달렸어요."

"당장 높이 매달라고들 하겠죠." 대니는 말한다.

"당연히 그런 댓글도 있지만 실제로 꿈속에서 시신이 묻힌 곳을 목격했다고 믿는 사람들이 얼마나 많은지 보면 놀랄 거예요. 다들, 그러니까 당신을 믿는 사람들한테 경험담이 하나씩 있어요. 자기 할머니가 가스가 터질 걸 미리 알고 모두 집 밖으로 피신시켰다는 둥, 비행기가 추락한다기에 다음 비행기를 탔다는 둥……"

"그런 건 예지몽이라고 하죠." 대니도 자료를 좀 읽어 보았다. "그거하고는 달라요."

"맞아요. 하지만 잃어버린 반지나 잃어버린 개, 어떤 경우에는 잃어버린 아이가 있는 곳을 꿈에서 봤다는 사람들도 있어요. 어떤 여자의 경우에는 옆집 남자아이가 오래된 우물에 빠지는 꿈을 꿨는데, 정말 거기에 그 아이가 있더래요. 대니, 당신만 그런 꿈을 꾼 거 아니에요. 그리고 사람들은 그런 이야기를 좋아해요. 이 세상에는 우리가 아는 것보다 더 많은 게 있다는 생각을 하게 하거든요." 그는 말을 잠시 멈춘다. "물론 당신이 똥 같은 소리를 나불댄다는 사람들도 있고요."

그 말을 듣고 대니는 폭소를 터뜨린다.

대니의 트럭 앞에서 볼이 말한다. "그래요, 내가 무슨 생각을 하고 있는지 이야기할게요. 돈을 좀 벌 수 있는 기회가 될 수도 있겠지만 그건 부수적인 문제예요. 맞서 싸우는 게 먼저지."

"그러니까…… 뭐예요? 소송을 제기하자고요?"

"맞아요. 괴롭힘을 당한 것에 대한. 당신 트레일러하우스에 벽돌을 던진 사람이 있었죠?"

"네……."

"우편함에 개똥을 넣고, 타이어 바람을 빼고……."

"증거가 빈약해요." 대니는 말한다. "그리고 경찰은 그런 소송에서 면제되지 않나요? 젤버트가 퇴직하더라도 나를 추적했을 때는 명망 있는 경찰이었는걸요."

"아, 하지만 당신 차에 약물을 몰래 넣었잖아요." 볼이 말한다. "당신을 잡은 그 경찰관을 법정에 증인으로 세울 수만 있다면…… 당신 트레일러하우스에 가서 얘기를 좀 나눠 볼까요? 오늘 뭐 딱히 할 일 있어요?"

"없어요." 대니는 솔직히 말한다. "그래요, 얘기해 봅시다."

대니는 볼이 타고 온 혼다를 뒤에 매달고 오크 그로브로 돌아간다. 그의 트레일러하우스 앞에 차를 대고 보니 누군가가 고개를 숙이고 무릎 사이로 두 손을 늘어뜨린 채 콘크리트 계단에 앉아 있다. 그는 트럭에서 내려 문을 닫고 그를 강타한 데자뷔 때문에 잠시 그 자리에 서 있는다. 거의 정신을 못 차릴 지경이다. 그를 찾아온 손님은 고등학교 점퍼를 입고 있는데, 그 점퍼를 어디서 보았더라? 볼의 혼다 골드 윙이 그의 트럭 뒤편에 멈추어 선다. 아이가 일어나 고개를 든다. 그러자 대니는 알아차린다. 신문에 사진이 실린 아이다. 영구차 앞에, 상심을 가눌 줄 모르는 부모 뒤에 서 있었던 아이.

"개새끼, 네가 내 누나를 죽였지." 아이가 고등학교 점퍼 오른쪽 주머니에서 리볼버를 꺼낸다.

대니의 뒤편에서 골드 윙의 시동이 꺼지고 볼이 오토바이에서 내리지만 그건 다른 세상에서 벌어지는 일이다.

"워, 워, 학생, 나는……"

그가 여기까지 말했을 때 아이가 총을 쏜다. 주먹이 대니의 복부를 강타한다. 그는 뒤로 한 발짝 물러나고 잠시 후 통증이 그를 덮친다. 평생 겪어 본 적 없을 만큼 심한 위산 역류증 같다. 통증이 위로는 목, 아래로는 허벅지까지 번진다. 그는 뒤로 손을 뻗어 툰드라 도어 핸들을 찾는데, 도어 핸들이 손에 닿아도 거의 느끼지 못한다. 다리가 점점 흐물흐물해진다. 그는 다리가 풀리지 않게 버틴다. 뜨거운 기운이 배를 타고 내려간다. 셔츠와 청바지가 점점 빨갛게 물든다.

"뭐야!" 다른 세상에서 볼이 외친다. "뭐야, 총이잖아!"

그럴 리가. 대니는 생각한다. 그의 체중이 실리자 툰드라 문이 휙 열린다. 대니가 그 자리에서 쓰러지지 않은 건 오로지 대브니스에서 오는 길에 창문을 연 덕분이다. 아침 공기가 너무 시원하고 상쾌했다. 그때가 머나먼 옛적 같다. 그는 창문에 팔꿈치를 걸고 봉춤을 추는 스트리퍼처럼 문기둥을 감싸고 빙그르르 돈다. 아이가 다시 총을 쏘자 피융 하는 소리와 함께 총알이 열린 창문 아래를 맞힌다.

"총이다! 총이야!" 에드거 볼이 소리를 지른다.

다음 총알은 열린 창문을 지나 대니의 오른쪽 귀를 스치고 지나간다. 아이의 뺨이 눈물로 축축하게 젖은 것이 보인다. 앨시어 덤프라이스가 자기 트레일러하우스 계단 꼭대기에 서 있는 것이 보인다. 총에 맞은 이 와중에 *이 주차장에서 제일 으리으리한 집*이라는 황당한 생각이 머릿속을 스치고 지나간다. 그녀는 한 입 베어 먹은 토스트를 들고 있는 것 같다.

대니는 무릎을 꿇는다. 복부가 너무 아파서 견딜 수가 없다. 총알이 또다시 툰드라의 열린 문을 맞히자 또다시 *피융* 하는 소리가 들린다. 잠시 후에 그는 완전히 쓰러진다. 아이의 발이 보인다. 컨버스 운동화를 신고 있다. 아이가 총을 바닥에 떨어뜨리자 총도 보인다. 볼은 계속 고함을 지르고 있다. *저러다 볼의 볼이 찢어지겠네.* 그는 이런 생각을 하고 잠시 후 세상이 어둠 속으로 스르르 미끄러져 들어간다.

54.

그는 들것으로 옮겨진다. 에드거 볼이 눈을 동그랗게 뜨고 그를 내려다보고 있다. 그의 뺨과 이마에 흙이 문대어져 있다. 그가 *꿋꿋이 버텨요*, 인가 싶은 말을 하지만 들것이 어딘가에 부딪히자 통증이 폭발하고 통증이 온 세상을 덮는다. 대니는 비명을 지르려고 하지만 끙끙 앓는 소리가 고작이다. 잠깐 하늘에 이어 지붕이 보이고 그는 구급차인가 본데 어쩌면 이렇게 금세 출동했을까, 내가 얼마나 정신을 잃었던 걸까, 하고 생각한다.

누군가가 말한다. "살짝 따끔하고 곧 괜찮아지실 거예요."

살짝 따끔한다. 어둠이 찾아온다.

55.

어둠이 걷히자 위에서 지나가는 불빛이 보인다. 마치 영화 속 한 장면 같다. 스피커에서 브로더 선생님을 찾는 소리가 들린다. *브로더 선생님, 긴급 호출입니다*, 라고 한다. 대니는 텔레비전 드라마에 나오는 *그 굿 닥터인가요*, 라고 말하려고 하지만 (물론 농담이다. 그가 그 정도로 막 나가지는 않는다) 입과 코에 마스크 같은 게 씌워져 있어서 웅얼웅얼하는 소리만 몇 마디 나올 뿐이다. 문들이 요란하게 열린다. 아까보다 환한 불빛과 초록색 타일로 덮인 벽이 보인다. 수술실인가 보다는 생각이 들면서 직장에서 잘린 몸이라 수술비를 감당할 수 있을지 모르겠다고 말하고 싶어진다. 손들이 그를 들어 올리고 아이고 하느님 아버지 아파 죽겠다.

살짝 따끔하다. 어둠이 찾아온다.

56.

이제 그는 침대에 누워 있다. 병원 침대일 것이다. 빛이 보이지만 그 초록색 방에서처럼 '우리가 이제 네 배를 갈라 주마' 하며 인정사정없이 내리쬐는 불빛이 아니다. 이건 햇빛이다. 전처 마지가 침대 옆에 앉아 있다. 한껏 차려입은 그녀를 보고 대니는 자기를 위해서 그렇게 차려입은 거라면 이제 죽게 됐나 보다고 생각한다. 복부가 뻣뻣하다. 널빤지처럼 뻣뻣하다. 붕대 때문일 테고, 고리에 수액이 걸려 있고, 그는 내 몸속에 뭘 넣는 걸 보면 죽지 않을 모양이네, 라고 생각한다. 마지가 그 옛날 그들이 잘 지냈던 시절처럼, 마치 *끝내버려, 대노*, 라고 하듯이 "좀 어때, 대노."라고 묻고 그는 대답하고 싶지만 할 수가 없다.

어둠이다.

57.

그가 눈을 떠 보니 에드거 볼이 침대 옆에 앉아 있다. 얼굴에 흙이 없는 걸 보니 씻은 모양이다. 시간이 얼마나 지났을까? 알 수가 없다. "하마터면 큰일 날 뻔했지만 괜찮을 거랍니다." 볼이 이렇게 말하자 대니는 *다들 그렇게 말하지*, 라고 생각한다. 하지만 어쩌면 그게 진짜일 수도 있다.

"트럭 문 뒤로 잘 숨었어요. 총알이 좀 더 컸으면 문을 뚫었을 텐데, 32구경이었어요."

"그 아이." 그는 간신히 말한다.

"앨버트 위커." 빌이 말한다. "이본 위커의 남동생이에요."

나도 알아요. 대니는 이렇게 말하려고 한다.

"세 번인가 네 번 쏘고 총을 떨어뜨리더니 내 바로 앞을 지나갔어요. 길거리로 나가 길가에 앉아서 경찰이 올 때까지 기다렸어요. 영화 같았으면 내가 달려들었겠지만 사실 첫 번째 총소리를 듣자마자 오토바이 옆에 얼굴을 바짝 대고 있었어요. 미안해요."

"괜찮아요." 대니는 말한다. "당신…… 괜찮아요."

"그렇게 말해 줘서 고마워요. 이제 정말 소송을 준비해야겠네요, 대니. 당신이 좀 괜찮아지자마자."

대니는 애써 미소를 짓는다. 눈을 감는다.

어둠이다.

58.

그다음은 제시였나? 그건 꿈이었나? 약에 취해서 잘 모르겠다. 하지만 그의 하얀 손 위에 포개어진 짙은 갈색 손을 보았다고 (거의 100퍼센트) 확신한다.

59.

그다음 어둠 위로 부상해 보니 엘라 데이비스다. 그는 좀 더 기운을 차렸고 그녀는 빛바랜 청바지에 보트넥 티셔츠를 입고 있어서 좀 더 어려 보인다. 묶고 다니던 머리를 풀었다. 그리고 웃고 있다.

"대니? 정신 차렸어요?"

"네." 껄껄대는 소리에 가깝다. "물, 혹시……"

그녀가 잔을 내민다. 구부러지는 빨대가 꽂혀 있다. 그는 물을 마신다. 천국이 따로 없다.

"대니, 그를 잡았어요."

"그 아이요?" 그의 목소리에 아까보다 힘이 실린다. "에드거가 경찰에 신고한……"

"그 아이 말고 범인이요. 이본 위커를 살해한 범인. 그가…… 무슨 말인지 알겠어요? 내가 하는 말 알아듣겠어요?"

"네." 그래서 그가 마음이 놓일까? 혐의를 벗은 기분일까? 모르겠다. 심지어 그가 얼마나 심하게 다쳤는지, 다시 전처럼 멀쩡해질 수 있을지도 모르겠다. 남은 생 동안 주머니에 대고 똥을 싸야 한다면 어쩔 건가?

"그가 자백했어요, 대니. 위커와 다른 두 명을 살해했다고. 일리노이와 미주리 경찰들이 시신을 찾고 있어요."

"그렇군요." 대니는 너무 피곤하다. 그녀가 가 주면 좋겠다.

"미사 보러 가서 당신을 위해 기도했어요."

"믿으면 힘이 되죠."

그녀가 그의 손을 잡는 게 느껴진다. 손이 서늘하다. 그녀를 원망하지 않는다고 말해야겠다는 생각이 들지만 지금은 원망이라는 개념 자체가 무의미하다. 그는 고개를 돌린다. 멀리 떠내려간다.
어둠이다.

60.

사흘째가 되자 통증은 여전하지만 그는 세상으로 복귀한다. 알고 보니 거기는 그레이트밴드의 리저널 병원이고 그는 적어도 일주일, 어쩌면 열흘 동안 여기 있어야 한다. 총알이 그의 배를 관통했다. 상처를 치료하고 꿰맸지만 수술을 집도한 브로더 말로는 걸으려고 하면, 아무리 화장실까지라 해도 다시 벌어질 가능성이 크다고 한다. "연질탄이라 다행이었어요. 그보다 더 큰 총알이었다면 상처가 훨씬 컸을 텐데. 당분간 부드러운 음식만 드세요. 스크램블드에그와 요거트를 좋아하셔야 할 텐데."

침대에 누워 있으니 요강을 써야 하는데, 치욕스럽긴 해도 소변줄과 장루 주머니는 면해서 다행이다. 알고 보니 마지가 그를 일찌감치 면회할 수 있었던 건 그의 아내라고 주장했기 때문인데, 그건 거짓이었다. 에드거 볼이 그를 면회할 수 있었던 건 그의 변호사라고 주장했기 때문인데, 그건 사실이었다. 엘라 데이비스의 면회가 허용된 건 수사국 소속 경관이고 들려줄 기쁜 소식, 그것도 아주 기쁜 소식이 있다고 했기 때문이다. 그렇다면 제시는? 약에 취해서 환영을 본 것일 수도 있지만 대니는 그렇게 생각하지 않는다. 제시가 몰래 들어와서 그의 손을 잡았다고 생각한다. 맞는지 나중에 물어봐야겠다.

스티비는 모르고 그래서 다행이다. 알면 안절부절못할 것이다. 언젠가는 대니가 알려 주어야겠지만, 그건 나중 얘기다.

입원한 지 나흘째 되던 날 늦은 오후가 되자 병실 창가에 앉아도 된다는 허락이 떨어진다. 잡역부에게 양쪽으로 부축을 받아 가며 두 걸음을 옮긴다. 얼굴 위로 쏟아지는 햇살을 만끽하고 있는데, 에드거 볼이 또 면회를 온다. 그가 침대 위에 앉아서 좀 어떠냐고 묻는다.

"견딜 만해요. 약이 최고네요."

"뭘 알고 싶어요?"

"모두 다요."

"그럼 요약의 기술을 있는 대로 쥐어짜야겠네요. 면회 허용 시간이 20분밖에 안 되거든요. 20분이 지나면 당신을 다시 눕혀서 소독해야 한대요." 볼은 인상을 쓴다. "거기에 어떤 과정이 수반되는지 알고 싶지도 않아요."

"데이비스에게 이본 위커 살인범을 잡았다는 건 들었지만 정신을 잃는 바람에 자세한 내용은 듣지 못했어요. 거기서부터 시작하죠."

"범인의 이름은 앤드루 아이버슨이고 거주지는 불명이에요. 직업은 뜨내기 만능 수리공. 옆면에 앤디 I. 배관 및 난방이라고 적힌 파란색 소형 화물 트럭을 몰고 서쪽으로 가는 장면이 CCTV에 찍혔어요. 위커가 마지막으로 묵었던 아칸소시티와 마지막으로 목격된 가스 앤 고, 양쪽 모두에서. 그레이트밴드, 매니토 그리고 코커 시티에서도 찍혔고요."

"코커면 다트 카운티 근처 아닌가요?"

"맞아요. 그가 거길 지나갔을 때 위커의 시신이 아마 트럭 짐칸에 실려 있었을 거예요. 그녀를 묻을 만한 외진 곳을 찾고 있었죠."

"그리고 그런 곳을 찾았군요."

"아이버슨은 연쇄 살인범을 설명하는 백과사전에 사진이 실려야 할 만한 인물이에요. 차를 몰고 다니다 한 지역에 잠깐 머물며 일을 좀 하고, 경찰에 밝히길 보수는 오로지 현금으로 받았대요. 현금은 말이 없다고."

"이거 다 데이비스한테 들은 거예요?"

"네. 한참 동안 대화를 나눴어요. 데이비스는 이 모든 일로 인해 괴로워하고 있어요."

그녀 혼자만 그러는 건 아니겠지. 대니는 생각한다.

"아이버슨은 일리노이에서도 한 명, 미주리에서도 한 명을 죽이고 시골에 묻었대요. 경찰에서 시신 한 구를 찾았고 다른 한 구는 아직 찾고 있어요. 와이오밍의 글렌록이라는 조그만 마을 밖에서 네 번째 아가씨를 태웠고, 어느 시골길에서 차를 세우고 그녀를 성폭행하려고 했대요. 그런데 그 아가씨는 신발 속에 칼을 넣고 다녔대요. 그가 바지를 벗는 동안 그 칼로 네 번을 찔렀다네요."

"잘했네요." 대니는 말한다. 그는 이본 위커의 팔을 씹어먹고 있었던 그 개를 떠올린다. "우라지게 잘했네요."

"데이비스 말로는 엄청 강단 있는 아가씨였대요. 그 트럭에서 그를 밀쳐서 떨어뜨리고 휴대폰 신호가 잡히는 캐스퍼까지 트럭을 몰고 가서 경찰에 신고했다지 뭐예요. 그 아가씨가 말한 장소에는 아무도 없었지만 경찰이 핏자국을 따라가 근처 헛간에서 찾았대요. 과다 출혈로 의식을 잃고 마구간에 쓰러져 있더래요. 데이비스 말로는 괜찮아질 거라고 해요."

"그자가 자백을 했나요? 데이비스 말로는 자백했다던데. 그것도 꿈에서 들은 건지 모르겠지만."

"꿈 아니에요. 당신도 알겠지만 다치면 아프잖아요. 당신은 총을 한 군데 맞았고 아이버슨은 네 군데를 찔렸어요. 뺨, 어깨, 옆구리, 다리. 그는 진통제를 달라고 했죠. 경찰 측에서는 정보를 달라고 했고요. 양쪽 다 원하던 걸 손에 넣은 셈이에요."

"데이비스가 그걸 다 얘기했다고요?"

"네, 그리고 당신한테 전해 달라고 했어요. 당신을 다시 마주하기가 두려운가 봐요."

"이해해요. 하지만 결국 자기 할 일은 한 거 아닌가 싶은데."

"젤버트에게 반기를 들긴 했죠, 당신이 그걸 두고 한 말인지는 모르겠지만. 하지만 그 얘기는 나중에 할게요. 20분이 거의 다 끝나 가고 있거든요. 위커 양이 하고 있었던 참 팔찌 기억해요?"

대니는 기억한다. 그걸 두 번 보았다. 한 번은 꿈속에서, 또 한 번은 실제로.

"아이버슨의 살인 배낭에 참이 두 개 있었대요. 전리품이었던 셈이죠. 다른 물건들도 있었다고 해요. 다른 두 명에게서 탈취한 거요."

"나를 쏜 그 아이는 지금 어디 있어요?"

"앨버트 위커는 부모님과 매니토의 어느 모텔에 있어요. 보석금을 내고서. 물론 아이 부모님이 낸 거죠. 내가 아는 변호사가 그 아이의 기소 심문을 맡았더라고요. 보석금을 마련하느라 주택 담보 대출을 받았대요."

대니는 곰곰이 생각한다. 딸은 죽고 아들은 살인 미수 혐의로 기소됐고 부모는 어쩌면 파산하게 생겼다. 그리고 나는 배에 구멍이 뚫려서 병원에 있고. 대니는 생각한다. 뜨내기 배관공이 엄청난 타격을 입혔는데, 젤버트가 계속 '가엾은 이본 양'이라고 불렀던 젊은 여자를 중심으로 확산된 고통만 그 정도로. 대니는 피해를 모면한, 전설의 그 '마지막 아가씨'가 아이버슨의 불알까지 절렸다면 얼마나 좋았을까 생각한다.

"나는 고소하고 싶지 않아요." 대니는 말한다.

에드거 볼은 미소를 짓는다. "그럴 줄 알았어요. 암요. 하지만 전적으로 당신이 결정할 수 있는 문제가 아니에요. 위커는 형을 살아야 할 거예요. 정상 참작 요인이 있으니 길지는 않겠지만."

간호사가 문밖에서 고개를 내민다. "선생님, 우리 환자분 이제 쉬셔야 해요. 그리고 선생님은 옆에서 보고 싶지 않으실 처치도 받아야 하고요."

"소독 말이죠." 대니는 침울하게 말한다. "텔레비전에서는 누가 총에 맞아도 그런 거 받지 않던데."

"5분만요." 볼은 말한다. "네?"

"3분 드릴게요." 간호사는 이렇게 말하고 간다.

"수사국 측 수사를 사실상 관장했던 돈 티시먼과 만났어요. 젤버트를 둘러싼 제반의 사실을 그에게 모두 열거했지만 당신 트럭을 세우고 마약을 찾았던 경관 이름은 밝히지 않는 편이 좋을 것 같더라고요."

"조그만 마을의 부동산 전문 변호사가 아주 바쁘게 움직이셨네요."

대니는 거의 농담처럼 가볍게 한 말이지만 볼은 얼굴을 붉히며 자기 손을 내려다본다. "내가 그 아이에게 달려들었어야 하는 건데. 그럴 수 있었어요, 아이가 당신만 보고 있었거든요. 그런데 땅바닥 위로 엎드렸어요."

대니는 텔레비전하고는 다르지 않으냐고 다시 한번 말한다.

볼은 고개를 든다. "그건 그렇지만 그래도 마음이 안 좋은 건 어쩔 수 없어요. 자기가 겁쟁이라는 걸 알고 싶은 남자가 어디 있겠어요. 가뜩이나 죽이는 오토바이를 타고 다니면서."

"혼다 골드 윙이 무슨 죽이는 오토바이예요, 에드거. 할리 소프테일이라면 모를까."

"그건 그렇다 치고 우리, 합의에 도달한 거예요. 맞죠? 몇 가지 세부 사항을 조율해야겠지만…… 그래요, 이 정도면 괜찮아 보여요. 잴버트에 대해 입을 다무는 조건으로, 정말로 퇴직 신청서를 제출했더라고요. 아무튼 그런 조건으로 해바라기주에서 당신 병원비를 부담하고 약간의 위로금을 지급하는 걸로. 많지는 않고 조금이에요. 다섯 자리. 그 정도면 콜로라도에서 다시 자리를 잡을 때 요긴하게 쓰일 거예요. 떠날 생각이 여전한지 모르겠지만."

간호사가 이번에는 고개를 내밀지 않는다. 볼에게 손가락질한다. "요청이 아니라 명령이에요."

"갈게요." 빌은 말하고 자리에서 일어선다. "일자리도 되찾을 수 있어요. 일을 할 수 있을 만큼 몸이 회복되면."

"좋네요." 대니는 말한다.

그는 여기 계속 있을 생각이 없다. 누군가가 그의 트레일러하우스에 벽돌을 던졌다. 누군가가 그의 우편함에 개똥을 넣었다. 빌 덤프리스는 오크 그로브의 선량한 시민들을 대신해 그에게 떠나 달라고 했다. 저울의 반대편에는 눈물을 쏟으며 인형 집 옆 땅바닥에 앉아 있던 달라 진이 있다. 하지만 추가 기울 정도로 그녀가 무겁지는 않다. 콜로라도에는 그의 동생이 있다. 총격을 당하고 얻은 소득이 있다면 사랑하는 사람들과 보낼 수 있는 시간이 얼마나 짧은지 알게 된 것이다.

"이게 다 꿈 하나 때문에 벌어진 일이네요." 그는 씁쓸하게 말한다. "심지어 범인을 잡는 데에는 소용도 없었고요."

"하지만 덕분에 어떤 모험이 펼쳐졌는지 생각해봐요."

대니는 그를 향해 가운뎃손가락을 들어 보인다.

"그럼 이만." 빌은 말하고 간다.

61.

앨버트 위커가 윌더 카운티 구치소에서 자기가 무슨 짓을 저질렀는지 거의 의식하지 못한 채 첫날 오후를 보내는 동안(지난 며칠의 기억이 몽롱하고 그날 아침의 기억은 없거나 다름없다) 프랭클린 젤버트는 목욕 가운을 입고 식당에 앉아서 1천 조각짜리 직소 퍼즐을 맞추고 있다.

완성되면 여러 영화(「카사블랑카」, 「멋진 인생」, 「조스」를 비롯해 20여 개의 고전이다)의 포스터로 이루어진 콜라주가 탄생될 것이다. 젤버트는 몇 조각을 맞추었는지 계속 숫자를 센다. 열 조각을 맞춘 다음에는 한 걸음을 걷는다(다시 자리에 앉을 수 있게, 행진하듯 제자리에서). 스무 조각을 맞춘 다음에는 의자에서 한 걸음 앞으로 갔다가 한 걸음 뒤로, 이렇게 두 걸음을 걷는다. 800번째 조각에 도달해 거의 다 완성했을 때 전화벨이 울린다. 화면을 보니 행크 앨러드다. 행크 앨러드는 그의 친구이자 캔자스 고속도로 순찰대장이다. 젤버트는 전화를 받을지 다음 단계로 넘어갈지 고민한다. 다음 단계는 1부터 80까지 모두 합산하는 것이다.

그는 다음 단계로 넘어가기로 한다. 3240. 숫자가 제법 크다! 그는 80에서부터 거꾸로 세기 시작한다. 80걸음이면 그가 사는 랜치하우스의 조그만 뒷마당으로 나갔다가 다시 들어올 수 있다. 이제 보니 여러 번 왔다 갔다 하느라 잔디밭에 길이 생겼다. 사실상 바닥이 파였다. 그는 대니 코플린을 체포하는 데 실패한 이후로 걸음 수를 세는 습관(의자를 갈아타는 습관도)이 심해졌다는 걸 안다. 데이비스는 그걸 계산 강박이라고 했다. 직소 퍼즐과 연계해 걸음 수를 세다 보면 그가 피똥을 싸 가며 쳇바퀴를 돌리고 또 돌리지만 어디에도 가지 못

하는 햄스터 같다는 생각이 종종 들곤 한다. 하지만 그래도 괜찮다. 데이비스가 몰랐던 게 있다면 이 사소한 집착 덕분에 그는 일이 사라진 미래를 고민하는 더 엄청난 집착과 거리를 둘 수 있다는 것이다. 직소 퍼즐을 몇 개 더 맞추면 흘러가는 삶의 무의미함을 직면하고 공무용 권총을 입 안에 쑤셔 넣게 될까? 탕 하면 끝이겠지. 하늘도 알다시피 그가 처음은 아닐 것이다. 하늘도 알다시피 그는 전에도 이런 고민을 한 적이 있다. 그리고 지금도 고민 중이다.

계단으로 돌아간 시점에 5가 남는다. 0이 됐을 때는 주방이다. 이제 다시 10조각을 맞추고 81부터 거꾸로 세기 시작할 때다. 먼저 홀수를 세고 그런 다음 짝수를 세면 어떨까. 그러고 나면 점심을 먹고 낮잠을 잘 시간이다. 그는 낮잠을 사랑한다. 그토록 잔잔한 망각의 시간이라니!

거의 완성된 직소 퍼즐(지금은 그가 절대 고전으로 간주하지 않는 「십계」를 맞추는 중이다) 옆에 휴대 전화가 놓여 있다. 행크 앨러드가 음성 메시지를 남겼는데, 흥분한 투다.

"전화 부탁해, 새로운 소식이 있거든. 자네도 듣고 싶어 할 얘기야."

젤버트는 자기가 듣고 싶어 할 소식이 뭐가 있을지 상상이 되지 않지만 그래도 전화를 건다. 앨러드는 첫 번째 신호가 떨어지자마자 전화를 받고 1초도 지체하지 않는다. "자네가 애지중지하던 코플린이 총에 맞았어."

"뭐라고?" 젤버트가 식탁에 세게 부딪쳐 가며 벌떡 일어서자 거의 완성된 퍼즐이 가장자리 근처까지 미끄러진다. 퍼즐 조각 몇 개가 바닥으로 후두둑 떨어진다.

앨러드는 웃음을 터뜨린다. "그 위커라는 아가씨의 남동생이 그 새끼를 쐈지 뭔가. 정의 구현? 탕, 이런 게 바로 정의 구현이지."

"그래서 죽었나?"

"그럴 수도 있어. 현장에 맨 처음 출동한 경관 말로는 피가 낭자했고 그 새끼 트럭에 총알 구멍이 몇 개 남았다더군. 구급차에 실어서 매니토의 그 병원이라기에도 민망한 거기가 아니라 리저널로 데려간 걸 보면 상태가 심각했나 봐. 가는 도중에 죽었을 수도 있어."

잴버트는 천장을 향해 주먹을 흔들며 생각한다. *끝났다, 시원하게 끝났어.* "내가 못한 걸 하느님께서 대신해 주셨구먼." 그의 목소리가 떨린다.

"나도 동의하는 바일세." 앨러드가 말한다.

"새로운 소식 듣거든 알려 줘. 내가 수사에서 빠지게 된 거 알지?"

"그거야말로 이 뭣 같은 세상의 또 한 가지 뭣 같은 일이지." 앨러드는 말한다. "나만 믿어."

그날 저녁에 잴버트는 불윙클스에 가서 20년 만에 처음으로 거나하게 취한다. 걸음 수도 세지 않는다. 그래서 홀가분하다. 걸음 수를 세고 의자를 갈아타는 건 고된 일이다. 세야 하는 숫자가 워낙 많아서 중간에 잊어버리기 십상이다. 아무도 믿지 못하겠지만 진짜다. 중간에 잊어버리면 처음부터 다시 시작해야 한다.

잴버트가 위스키 앤드 소다를 두 잔째 마시고 있을 때 앨러드가 다시 전화한다. 쩌렁쩌렁 울리는 텔레비전과 주크박스, 한숨 돌리러 온 캔자스대학교 여름 학기 수강생들 때문에 잴버트는 고함을 질러야 한다. "죽었대?"

"아니! 중태래! 배를 맞아서!"

잴버트는 처음에는 실망했다가 잠시 후 기뻐한다. 코플린이 삼시 세끼가 제공되고 감방에서 텔레비전 시청이 가능하며 운동장도 쓸 수 있는 교도소에서 종신형을 사는 것보다 그편이 훨씬 낫지 않은가.

배에 총을 맞으면 아프다. 통증이 어마어마하다고 들었다. 그리고 (총알의 크기에 따라) 완치가 불가능할 수도 있다.

"어쩌면 잘된 일일지도 모르겠군!" 그는 외친다.

"그게 무슨 뜻인지 알겠네, 친구." 앨러드가 말한다. "그리고 소리를 들어 보니 자네가 지금 어디 있는지도 알겠고. 나 대신 한 잔 마셔 줘."

"두 잔 마실게." 젤버트는 말하고 웃음을 터뜨린다. 한참 만에 터뜨린 웃음다운 웃음이고 다음 날 아침에 찾아온 숙취는 더할 나위 없이 정당하게 느껴진다. 나가서 한참 동안 걷는다. 걸음 수는 세지 않고 코플린이 목숨을 부지하되 심한 감염 비슷한 걸로 고생하기만을 (거의 기도하다시피) 바란다. 위장을 제거해야 하는 그런 상태이길. 그래도 살 수 있을까? 그럼 튜브로 영양분을 공급받아야 할까? 그렇다면 훨씬 더 훌륭한 처벌이 되지 않을까?

젤버트가 생각하기에는 그렇다.

정오 무렵이 되자 숙취가 사라진다. 그는 푸짐하게 점심 식사를 하고, 식당으로 들어가 고전 영화 포스터 퍼즐을 맞출 생각은 아예 하지도 않는다. 코플린에게 꽃을 보낼까 고민하는데 (쾌유를 기원하지 않습니다, 라고 적힌 카드와 함께) 전화벨이 울린다. 이번에는 예전의 파트너다.

"선배님, 엄청난 소식이 있어요."

"들었어. 우리의 코플린이 배에 총을 맞아서 병원에 있다······."

"그자가 잡혔어요!"

젤버트는 그게 무슨 말인지 알 수가 없어서 고개를 젓는다. "이본 위커의 남동생 말인가? 아니면 코플린의 범행을 입증하는 새로운 증거가 발견된 건가? 그래? 그런 거야?" 그랬을 수도 있다. 총에 맞고 감옥에까지 갇히면 이 얼마나 환상적인······

"그녀를 살해한 범인이요! 아이오와에서 잡혔어요! 이름이 앤드루 아이버슨이에요!"

잴버트는 미간을 찌푸린다. 두통이 슬금슬금 도지려는 조짐을 보인다. "그게 무슨 소리인지 모르겠군그래. 가엾은 이본 양을 살해한 범인은 코플린……"

"아이버슨이 또 한 명을 유인했는데, 그 아가씨가 칼로 찌르고 도망쳤대요!" 데이비스는 전말을 쏟아 내되 가장 결정적인 부분은 맨 마지막까지 아껴 놓는다. 이본 워커의 팔찌에 달려 있던 참 두 개가 아이버슨의 살인 배낭에서 발견됐다는 것은 말이다.

"우리가 헛심을 쏟아 가며 아무 죄 없는 사람을 괴롭혔던 거예요." 그녀는 이렇게 말문을 맺는다. "그의 말을 믿지 못하겠다는 이유로."

잴버트는 똑바로 앉는다. 머리가 이보다 더 심할 수 없게 지끈거린다. 어떻게 좀 해야겠다. 아스피린을 먹고 그런 다음 의자 갈아타기를 해야겠다.

"우리는 그를 *괴롭혔던* 게 아니야, 엘라. *추적했던* 거지. 당시 상황을 고려하면 우리에게는 그럴 권리가 있었어. 그럴 의무도 있었고."

"계속 우리라고 하지 마세요, 선배님." 이제 그녀는 그저 피곤한 투다. "저는 그의 이름을 공짜 신문에 넘기지 않았고 트럭에 약물을 몰래 심지도 않았으니까요. 전부 선배님 혼자서 저지른 일이잖아요. 그리고 저 때문에 그가 총에 맞은 것도 아니고요."

"상황 판단을 제대로 하지 못하는군."

"그러고 있는 사람은 제가 아니라 선배님이죠. 미사 보러 가서 그를 위해 기도했다고 했더니 그가 뭐라고 했는지 아세요? '믿으면 힘이 되죠.' 앞으로 계속 그 말을 기억할 거예요."

"그럼 경찰은 때려치우고 그 뭐냐…… 부두교 주술사나 그런 게 되어야겠네."

"일말의 죄책감도 못 느끼세요?"

"응. 이제 전화 끊겠네. 다시는 전화하지 말게."

그는 전화를 끊는다. 의자 갈아타기를 한다. 직소 퍼즐을 열 조각 맞춘 다음 뒷마당에서 걸음 수를 센다. 81부터 1까지 거꾸로. 합이 3321이다. 좋은 숫자지만 머리가 계속 아프다.

62.

에드거 볼이 다녀간 날 대니가 먹은 저녁은 녹인 콧물처럼 보이고 맛은 V8, 그러니까 상한 V8과 조금 비슷한 초록색 곤죽이다. 그래도 병원에서 눈을 뜬 이래 처음으로 배가 고프기에 깨끗하게 먹어 치운다. 사실 다트 카운티의 거널에 다녀온 이래 처음이기도 하다. 상황이 달라졌다. 그는 구원을 받은 기분이다.

9시가 되자 간호사가 진통제를 두 개 들고 온다. 그는 아직은 필요 없다고 말한다. 그녀는 눈썹을 치켜세운다. "정말요? 주무실 수 있겠어요?"

"그럴 것 같아요. 나중에 필요하면 먹게 협탁에 놓고 가세요."

그녀는 진통제를 협탁에 놓고, 붕대를 살펴 피가 새지 않은 걸 확인하고, 잘 자라고 인사한다. 대니도 똑같이 인사한다. 배가 계속 아프긴 하지만 갑작스럽게 움직이지만 않으면 무지근하게 쑤시는 정도로 가라앉았다. 그는 텔레비전 리모컨을 집어서 채널을 이리저리 돌려 보다가 끈다. 에드거 볼이 원하면 예전 직장으로 돌아갈 수 있을지 모른다고 했던 것에 대해 고민해 본다. 생각하면 가슴이 아프다. 매니토의 몇몇 사람들은 앞으로 계속 그를 의심할 것이다. 소문은 방사성 폐기물과 같다. 반감기가 길고 독하다.

스티브가 네덜란드와 롱몬트의 몇 군데 월셋집을 첨부한 이메일을 보냈다. 일주일 전만 해도 그런 집은 언감생심이었지만 에드거의 말마따나 약간의 위로금을 받을 수 있다면…….

그는 이런 생각을 하다 말고, 설명이 안 되는 그 꿈을 꾼 이래 처음으로 깊은 잠을 청한다.

하지만 새벽 1시 20분에 두 번째 꿈이 시작된다.

63.

잴버트는 사건 수사를 하지 않는 이상(엘라 데이비스 덕분에 그 시절은 모두 지나간 얘기가 되었다) 날마다 9시 30분이면 잠자리에 든다. 인터넷에서 읽은 바에 따르면 그때 잠을 자야 건강에 가장 좋다는데, 오늘은 누울 수가 없다.

그게 오늘 밤만의 일일까? 설마. 앤드루 아이버슨이라는 뜨내기 배관공이 이본 위커와 다른 두 명의 살인범으로 체포됐다는 소식을 들은 뒤로 깜빡 졸았다가 깨기를 반복한 지 이제 열 며칠째다.

이 모든 사태를 감안했을 때 악당은 누구일까? 프랭크 잴버트지! 그럼 이 모든 사태를 감안했을 때 루저는 누구일까? 프랭크 잴버트지!

20여 년의 세월과 대여섯 개의 훈장이 모두 변기 속으로 흘러 내려가 버렸다. 그가 평생을 바친 모든 것이 사라져 버렸다. 그의 이름은 흙탕물을 뒤집어썼다. 대니는 그레이트밴드에서 단잠을 자는데, 잴버트는 로런스에서 뜬눈으로 밤을 지새우고 있다. 그의 머리는 피가 날 때까지 자기 옆구리를 덥석거리는 털 빠진 개처럼 자신을 할퀴고 물어뜯는다.

그는 1시간 반 동안 이리저리 뒤척이다 이불을 젖히고 일어난다. 걸어야겠다. 숫자를 세야겠다. 그러지 않으면 미쳐 버릴 것 같다. 입속으로 총구를 들이미는 상상이 떠오르고 유혹이 느껴지지만 그러면 코플린에게 궁극의 승리를 안기는 셈이 될 것이다. 그리고 엘라에게도! 엘라는 우리가 헛심을 쏟아 가며 아무 죄 없는 사람을 괴롭혔던 거예요…… 그의 말을 믿지 못하겠다는 이유로, 라고 했다. 그건 말도 안 되는 개소리이자 뒷북이었다. 꿈을 꾸었다는 고등학교 관리인의 말을 믿고 수십 년 쌓아온 사실에 근거한 수사 원칙을 내동댕이쳤어야 했다는 건가? 코로나가 미국 전역으로 번졌을 때 당국에서는 과학적으로 접근하라고 했다. 경찰이라면 논리적으로 접근해야 했다. 그게 맞는 말이지 않나? 아니면 세상이 미쳐 돌아가는 걸까?

"엘라도 그자가 범인이라고 믿었어." 그는 이 무더운 여름밤에 집을 나서며 중얼거린다. "나만큼 철석같이 믿었어."

그는 침실 슬리퍼를 신고 웨스트 6번가를 따라 월그린스와 하이 비를 지나고, 이제 문을 닫아서 조명이 꺼진 딜런스와 스타벅스와 빅 비스킷을 지난다. 식스 마일 촙 하우스와 앨바도라 아파트를 지난다. 전에 거기서 체포한 범인은 현재 엘도라도에서 징역을 살고 있다. 그는 40번 고속도로 나들목까지 걸어간다. 걸음 수를 센다. 이제 154걸음, 차례대로 더하면 11935다. 그때 갑작스럽게 찾아온 깨달음(논리)이 그의 머릿속을 환히 밝힌다.

와이오밍에서 그 아가씨는 앤드루 아이버슨을 피해서 도망쳤을까? 배관과 난방이라고 적힌 트럭을 몰고 다니던 앤드루 아이버슨을?

그렇다. 젤버트도 그건 인정한다.

앤드루 아이버슨이 일리노이와 미주리에서 다른 두 명의 아가씨를 죽였을까?

그것도 인정한다.

앤드루 아이버슨의 살인 배낭 속에 가엾은 이본 양의 팔찌에 달려 있던 참 중에서 두 개가 들어 있었을까?

좋다, 그랬다 치자. 그런데 대니 코플린이 그걸 거기에 넣었다면?

그 꿈 어쩌고 하는 초자연적인 헛소리를 배제하면 논리적으로 완벽하게 앞뒤가 맞는다. 엘라는 이제 그 헛소리를 믿게 됐을지 몰라도 젤버트는 전에도 그랬고 앞으로도 절대 믿지 못할 것이다. 과학적으로 접근하라, 논리적으로 접근하라.

코플린과 아이버슨은 서로 아는 사이였다. 확실하다. 논리상 그럴 수밖에 없다. 그리고 그들의 관계를 파헤치는 데 필요한 수사가 절대 이루어질 리 없다는 것도 확실하다. 모든 게 깔끔하게 끝났는데 어느 수사관이 파헤치러 나서겠는가. 대니 코플린이 시민의 의무를 다한 영웅으로 탄생하게 생겼는데. 초자연적인 능력을 갖춘 영웅으로!

늦은 밤에 40번 고속도로를 달리는 차량들을 바라보며 서 있는 동안 젤버트의 머릿속에 떠오른 의문은 단 하나, 코플린이 가엾은 이본 양을 성폭행하는 동안 아이버슨이 그녀를 붙들고 있었는지 아니면 아이버슨이 욕보이는 동안 코플린이 붙들고 있었는지 여부다.

지금까지 그런 2인조가 없었을까? 아니다, 절대 아니다. 기존에도 있었다. 이언 브래디와 마이러 핸들리. 케네스 비안치와 앤젤로 부오노. 딕 히치콕과 페리 스미스는 바로 여기 이 캔자스가 활동 무대였다.

차량 한 대가 6번가를 지나가고 젊은 청년이 큰소리로 외친다. "헤이, 아저씨, 잠옷 입고 나왔네요오오!"

웃음소리가 점점 멀어진다. 젤버트는 관심을 두지 않는다. 그는 클래식 영화 포스터 퍼즐 맞추듯 조각을 끼워 맞추는데, 완벽하게 들어맞는다.

이어버슨은 어딘가에서(아마 남쪽의 가스 앤 고 근처였을 것이다) 가엾은 이본 양을 납치하고 코플린에게 연락해 재미 좀 볼 생각 있느냐고 물었을 것이다. 일이 끝나자 코플린은 가엾은 이본 양의 팔찌에서 참을 두어 개 꺼내고는 아이버슨에게…… 그에게…….

"자, 이거 들고 가." 잴버트는 중얼거린다. "딸딸이칠 때 이거 보면서 하라고."

꿈 어쩌고 하는 헛소리를 제거하자 있는 그대로의 논리가 드러난다.

코플린은 이렇게 생각했겠지. 그녀를 강간하고 죽이는 재미뿐 아니라 그녀를 찾아내는 사람이라는 영예도 누려야겠어.

완벽하게 앞뒤가 맞는다. 기가 막히게 앞뒤가 맞는다. 코플린은 그 어이없는 익명의 전화가 추적당할 것임을 알고 있었을 것이다. 어떻게 모를 수가 있었겠는가.

문득 생각해 보니 (그는 이제 숫자를 세는 건 까맣게 잊고 집으로 걸어가고 있다) 잴버트 혼자서 수사를 진행할 수도 있겠다. 파헤쳐 보는 거다. 코플린과 아이버슨의 삶이 어디에서 교차했는지. 학교였지 않을까? 그 뒤에는 이메일과 문자로. 아이버슨이 살해한 다른 피해자도 있다고 하니 코플린도 마찬가지일 가능성이 크다.

그럴 가능성이 크다고? 절대적이지.

하지만 정신 차리자. 그에게는 그 정도 규모의 수사에 착수할 자원이 없고, 있다 한들 그가 시야에 포착되면 그들(캔자스 수사국, 여러 신문사)이 가로막을 것이다. 그들에게는 꿈이라는, 감탄사를 유발하는 요소가 갖추어진 나름의 시나리오가 있다. 그의 시나리오는 아무도 믿어 주지 않을 것이다. 연금이나 챙기고 입 다물어. 그들은 이렇게 말할 것이다. 그런 짓을 저질렀는데도 연금을 받을 수 있다니 다행인 줄 알아.

그럼 뭐가 남을까? 가엾은 이본 양의 한은 누가 풀어 줄까? 누가 그녀의 대변인이 되어 줄까?

잴버트가 보기에는 그 질문의 답도 더할 나위 없이 분명하다.

그가 대니 코플린을 직접 처리할 것이다. 오늘 밤에 당장. 내일 아침이면 코플린이 입원 중인 병원이 북적대겠지만 곧 다가올 한밤중에는 썰물이 빠져나간 바닷가와 같을 것이다. 코플린을 지키는 사람은 없다. 지킬 필요가 없는 것이, 수사국의 눈먼 바보들은 가엾은 이본 양을 죽인 범인이 와이오밍의 병원 침대에 수갑으로 묶여 있다고 생각한다. 코플린은 초자연적인 능력을 갖춘 영웅이라고 말이다!

잴버트는 집으로 돌아가 청바지와 일을 할 때마다 애용하는 검은색 재킷으로 갈아입는다. 허리춤에 배지를 단다. 엄밀히 따지면 퇴직했으니 법률 위반이지만 이러면 야간 근무자의 의심을 사지 않고 무사통과할 수 있을 것이다.

여기에 공무용 권총을 추가한다.

64.

새벽 1시 45분에 리지널 병원 3층의 잡역부 찰스 비슨은 휴대 전화로 프루트 닌자 게임을 하고 있다.

"척? 척!"

그는 고개를 돌렸다가 절뚝절뚝 걸어오는 대니 코플린을 보고 화들짝 놀란다. 대니의 환자복이 무릎 근처에서 펄럭인다. 맨발이다. 한 손으로 배를 누르고 있다. 눈물을 쏟고 있다. 아파서 흘리는 눈물이지만 끔찍해서 흘리는 눈물이기도 하다.

"코플린 씨, 주치의의 허락 없이 침대에서 일어나시면 안 돼……"

"내 전화기." 대니는 목이 쉬었고 숨을 헐떡인다. "서랍 안에 있는데, 배터리가 방전됐어요. 부탁이에요, 그거 충전해야 해요. 전화할 데가 있어요."

잠이 들었을 때는 별로 아프지 않았는데, 복도를 걷는 동안 통증이 깨어났다. 그는 인상을 쓰고 하마터면 쓰러질 뻔한다. 척이 한 팔로 그를 감싸안지만 그걸로는 부족하다. 그는 두 팔로 대니를 들어 병실로 옮긴다. 그를 침대에 눕힌 다음 자기 휴대 전화를 내민다. "자요. 중요한 일인가 본데, 제 전화를 쓰세요."

대니는 고개를 젓는다. 머리카락이 이마에 들러붙었다. 땀이 뺨을 타고 흐른다. "연락처를 몰라요. 휴대폰에 연락처가 있어요. 2퍼센트만으로도 충분할 거예요. 전화를 꼭 해야 해요."

65.

간호사 스테이션에서 대니의 전화기가 충전되는 동안 잴버트는 56번 도로를 타고 그레이트밴드로 향한다. 주간 고속도로가 거리상으로는 더 짧겠지만 56번 도로로 가야 고속도로 순찰대를 맞닥뜨릴 가능성이 적고 그는 지금 과속 중이다. 내비게이션의 안내상으로는 제한속도를 지키면 로런스에서 거기까지 약 3시간 반이 걸린다지만 한밤중이라 고속도로에는 차량이 거의 없고 그는 시속 140킬로미터로 달리고 있다. 출발한 시각이 거의 밤 12시 30분이었다. 아무리 늦어도 새벽 3시면 도착할 것이다. 150분, 1에서 17까지 차례대로 더한 수다. 물론 정확하게는 3이 남지만 그 정도는 숫자를 세는 사람의 재량이다.

무사히 빠져나가려는 코플린에게 정의를 구현해야 한다. 그 무엇도 그를 가로막을 수 없다. 앞으로 코플린을 맞닥뜨릴 수 있는 그 모든 잠재적 희생자를 살리기 위한 궁극의 희생이다.

앤더슨에게 연락하느라 썼던 선불폰이 콘솔박스 안에 있다. 그는 마지막으로 집을 나서기 전에 그레이트밴드 경찰서의 연락처를 입력해 놓았다. 새벽 2시 15분에 전조등 불빛에 시선을 고정한 채 전화를 건다. 앤더슨 때와는 달리 음성 변조기가 없기에 야간 교환원이 전화를 받자("그레이트밴드 경찰서입니다, 무엇을 도와드릴까요?") 목소리 톤을 조금 높인다. 10대로 들리면 좋겠지만 사실 별 상관없다. 그들은 반응할 것이다. 이런 전화에는 반응을 할 수밖에 없다.

"고등학교에서 폭탄이 터질 거예요. 엄청난 폭탄이. 아이들이 등교를 시작하는 시각에 터질 거예요." 그러고는 잠시 후 불쑥 내뱉는다. "3."

"선생님, 지금 전화를 하신 위치가······"

"폭탄이 세 개예요." 그는 즉석에서 만들어 낸다. "세 개요. 학교 전체를 무너뜨리는 게 목적이거든요."

"선생님······"

젤버트는 전화를 끊는다. 달리는 속도 그대로 운전석 창밖으로 전화기를 던진다. 경찰에서 전화기를 찾을지 모르고 찾아서 가루를 뿌리면 그의 지문이 나올 테지만 상관없다. 그는 이 길에서 돌아오지 않을 테고 그 사실이 위안이 될 테니.

66.

잡역부 척이 대니의 휴대 전화를 들고 오는데, 5퍼센트 충전이 되어 있다. 그 정도면 충분할 것이다.

"이제 내 말 잘 들어요, 척. 나이트 근무하는 간호사, 캐런하고 그 금발 간호사요, 이름이 생각이 안 나네, 그 사람들 데리고 2층으로 내려가요."

"네? 왜요?"

"그냥 나를 믿고 그렇게 해 줘요. 시간이 없어요." 대니는 협탁 위에 놓인 시계를 흘끗 확인한다. 새벽 2시 10분이다. 척은 계속 문 앞에 서서 미간을 찌푸린 채 그를 쳐다보고 있다. "가요. 생사가 걸린 문제예요. 농담 아니에요."

"지금 진통제 부작용으로 이러는 거 아니죠?"

믿음. 대니는 생각한다. 결국 중요한 건 믿음이야. 그렇지 않나?

"아니에요. 2층으로 가요. 모두 다. 어떤 식으로든 1시간 안에 결판이 날 거예요. 그때까지 나가 있어요. 안전하게."

그는 연락처로 들어간다. 데이비스의 번호가 없는 건 아닌가 싶어서, 그녀에게 받은 명함에 적힌 번호를 여기에 추가했다고 착각한 건 아닌가 싶어서 순간 심장이 철렁 내려앉는다. 하지만 있다. 그는 전화기가 꺼져 있지 않길 기도하며 전화를 건다.

신호가 네 번, 그러고 나서 다섯 번 떨어진다. 체념하려는 찰나, 그녀가 전화를 받는다. 졸린 목소리라 그 어느 때보다 인간적이다. "여보세요? 누구신데……"

"대니 코플린이에요. 일어나세요, 데이비스 경위님. 제 말 잘 들으세요. 또 꿈을 꿨어요. 이번에는 예지몽이었어요. 무슨 말인지 알겠어요?"

잠시 정적이 흐른다. 그녀가 아까보다 잠이 깬 목소리로 대답한다.
"그러니까……"

"그가 나를 찾아와요. 그걸 막지 않는 한 밖에서, 아마도 간호사 스테이션에서 총격전이 벌어질 거예요. 비명 소리가 들릴 거예요. 그러고 잠시 후에 그가 여기 등장해요. 학교로 맨 처음 찾아왔을 때와 똑같은 복장으로. 검은색 재킷에 청바지. 다만 그때는 총이 없었지만 이번에는 있어요."

"경찰에 연락할게요. 그런데 이게 만약 변태 같은 장난이라면……"

"내가 지금 장난치는 것처럼 들려요?" 그는 거의 소리를 지른다. "경찰은 오지 않아요. 그가 헛다리를 짚게 딴 데로 보냈거든요. 꿈에도 나오지 않았는데 그걸 어떻게 아느냐고 묻지 말아요. 내가……"

"그라면 그럴 거예요. 정말로 당신에게 들이닥칠 작정이라면…… 네, 그럴 거예요." 데이비스는 이제 완전히 깬 목소리다. "내가 던디와 포니록 경찰서에 연락하고 직접 갈게요. 언니네 집에 있어서 리지널까지 10킬로미터밖에 안 돼요."

이 두 번째 꿈도 F 국도, 텍사코 주유소, 가격표가 녹슨 기둥을 끊임없이 *땡그랑*, *땡그랑*, *땡그랑* 때리는 소리만큼 선명하게 기억이 난다. 그 개와 파헤쳐진 팔 못지않게 생생하다. 간호사 스테이션에서 총성이 들렸고(들릴 테고) 외마디 비명 소리가 그 뒤로 이어졌다. 남자의 목소리였으니 아마도 잡역부 척이다. 그런 다음 검은색 재킷에 헐렁한 청바지를 입은 남자가 그의 문 앞에 등장했(등장할 것이)다. 그의 문 앞에서 어른거렸다. 새하얀 피부로 둘러싸인 그 반도 모양의 특이한 머리털, 피곤해서 움푹 들어간 그 눈.

가엾은 이본 양을 위해서다. 그는 이렇게 말하며 총을 들 것이다. 그리고 그가 방아쇠를 당기는 순간 대니는 베개 위에서 고개를 돌린

다. 협탁 위에 놓인 시계를 본다.

"잡역부에게 모두 데리고 2층으로 내려가라고 했는데, 말을 안 들어요. 밖에서 소리가 들려요. 내 말을 안 믿는 거예요. 그처럼. 당신처럼."

그는 꿈속에서 시계를 보았다. 지금도 시계를 보고 있다.

"던디와 포니록은 포기하세요, 경위님. 너무 멀어요. 그는 3시 1분 전에 총을 쏘기 시작할 거예요. 앞으로 39분 남았어요."

67.

엘라의 언니 레지나는 안방을 혼자 지키고 있다. 남편은 또 출장 중이다. 데이비스는 잦은 출장을 의심스러워하고 있고 레지나도 마찬가지인 것 같지만 지금은 그걸 고민할 때가 아니다. 레지나의 침대 옆에 놓인 디지털 시계에 2:24라고 찍혀 있다.

"언니! 언니! 일어나!"

레지나가 움찔하며 눈을 뜬다. 데이비스는 청바지에 맨발로 운동화를 신고 누가 봐도 알 수 있는 노브라로 캔자스대학교 티셔츠를 입었다. 하지만 그녀의 언니를 완전히 잠에서 깨운 것은 동생이 허리춤에 찬 총과 머리 위로 목에 걸고 있는 코팅된 신분증이다.

"무슨 일......"

"나 출동해야 해. 지금 당장. 로리 깨기 전에 돌아올게." 적어도 그녀의 바람은 그렇다. "문제가 생겼어."

"무슨 문제?"

"설명할 수 없어, 언니. 아무것도 아니면 좋겠는데." 이제 그녀는 그걸 믿지 않는다. 그녀는 코플린을 믿는다. 그가 한 모든 말을. 늦지 않앉기만을 바랄 따름이다. "다 정리되면 전화할게."

그녀는 계속 뭐라고 묻는 레지를 두고 떠난다. 계단을 두 개씩 달려 내려가 문 옆 바구니에 둔 열쇠를 낚아챈다. 자가용을 집 앞 진입로에 주차했는데 젠장, 레지나가 자기 차를 그 뒤에 바짝 붙여 놓았다. 그녀는 충돌 감지 센서가 요란하게 삑삑거리고 범퍼가 현관에 부딪힐 때까지 앞으로 간다. 핸들을 있는 대로 돌리고 뒤로 빼 레지의 스바루 차체가 흔들릴 정도로 세게 범퍼를 들이받는다. 우편함을 아슬아슬하게 피해서 후진으로 도로에 진입한다. 대시보드에 달린 시계를 확인한다. 2시 28분이다.

도로에는 인적이 없고 그녀는 신호등을 무시한 채 양쪽에서 다가오는 전조등이 있는지 확인할 때만 속도를 늦춘다. 7번가를 선택하지만 잘못 선택한 것으로 밝혀진다. 공사 중이라 배수로인가 싶은 구멍 앞에 연기 통이 일렬로 설치돼 있다. 어둠 속에서 통이 탁한 주황색으로 빛난다. 그녀는 남의 집 진입로로 들어갔다가 돌아 나와서 시간을 버린 데 부글거리는 속을 달래며 8번가로 진입한다. 주머니에서 휴대 전화를 꺼내고 매킨리 네거리에서 깜빡거리는 빨간불을 맞닥뜨리자 시리에게 그레이트밴드 경찰서로 전화를 걸어 달라고 한다.

데이비스는 교환수에게 신원을 밝히고, 총기 소지자가 리지널 병원으로 가고 있으니 가능한 병력을 모두 보내 달라고 한다. 교환수는 보낼 병력이 없다고 한다. 고등학교에 폭탄이 설치됐다는 신고가 접수돼서(그것도 세 개나) 얼마 안 되는 야간 당직 경관들이 인근 도로를 폐쇄하러 출동했다는 것이다. 위치타에서 폭발물 처리반이 오고 있는 중이다.

"폭탄은 없어요." 데이비스는 말한다. "이자가 자기가 계획 중인 일이 끝날 때까지 오지 못하게 경찰을 딴 데로 보낸 거예요."

"선생님…… 경위님…… 그걸 어떻게 아세요?"

대시보드에 달린 시계가 2시 39분이라고 한다. 믿음의 결여가 지적 능력의 저주라는 생각이 엘라의 머릿속을 스치고 지나간다. 그녀는 통화 중인 상태로 전화기를 조수석에 던지고 매킨리로 핸들을 돌린다. 그 길을 질주하다가 야밤의 좀비가 어기적거리며 쇼핑 카트를 밀고 무단 횡단을 시도하자 두 발로 브레이크를 밟는다. 그녀는 두 손으로 클랙슨을 누른다. 좀비는 느릿느릿 가운뎃손가락을 들어 시계추처럼 좌우로 흔들며 계속 제 갈 길을 간다. 그녀는 그를 빙 돌아서 15미터에 달하는 타이어 자국을 남겨 가며 액셀을 밟는다.

드디어 클리블랜드가(街)와 육중한 병원 건물이 등장한다. 현관 지붕에 달린 빨간색 응급실 표지판이 그녀의 횃불이다. 2시 45분이다. 내가 먼저 도착했어. 데이비스는 생각한다. 대니가 말한 시간이 맞는다면 내가 먼저……

백미러에 빨간색 SUV가 등장한다. 그 차가 차로를 변경해 거의 칠 듯이 그녀의 옆을 지나 쌩하니 질주한다. 데이비스는 운전자를 언뜻 본 데 그치지만 그 정도로도 충분하다. 그 빽빽한 V자 모양 머리털이 신분증이나 다름없다. 그 SUV가 정문 앞에 멈추어 서자 미등이 시뻘겋게 켜진다. 잴버트가 차에서 내린다. 검은색 재킷에 헐렁한 아저씨 청바지를 입었다. 공포와 그녀도 꿈을 꾸고 있는 듯한 느낌에도 불구하고(단잠을 자다가 전화를 받은 지 1시간도 되지 않았다) 경이롭다는 생각이 든다. 대니의 말이 전부 맞았던 것이다. 이제 그녀는 그 텍사스 주유소에서 그의 꿈이 현실로 펼쳐졌을 때 그가 어떤 기분을 느꼈을지 알겠다.

그녀는 속도를 늦추지 않고 잴버트의 차를 뒤에서 그냥 들이받는다. 그는 눈을 동그랗게 뜨고 총을 향해 손을 뻗으며 몸을 홱 돌린다.

엘라는 오른손으로 클랙슨을 누르고(일어나요, 여러분, 일어나세요) 왼손으로는 문을 연다.

그녀는 총을 들고 내리며 두 가지 소망을 품는다. 예전의 파트너를 쏠 일이 없으면 좋겠다는 것과 예전의 파트너가 그녀를 쏘지 않으면 좋겠다는 것. 그녀는 딸에게로 돌아가야 한다.

"선배님! 멈춰요! 들어가지 마세요!"

"엘라? 여긴 어쩐 일이야?"

너무 초췌해 보이네. 그녀는 생각한다. 너무 어찌할 바를 모르는 것 같아 보이고, 그리고 너무 위험해 보인다.

"총 내리세요, 선배님."

이제 사람들이 밖으로 나온다. 분홍색과 파란색 레이온 유니폼을 입은 간호사, 하얀색 유니폼을 입은 잡역부 두 명, 초록색 수술복을 입은 의사, 24시간 간호 병동에 있던 환자 두 명. 그중 한 명은 팔걸이 붕대를 했다.

"그는 거짓말을 하고 있어, 엘라. 당연히 그럴 수밖에 없는데, 자네 눈이 멀었나?"

그들은 서부극의 마지막 장면처럼 글록으로 서로를 겨누고 있다. 이 정도 거리에서 이 총에 장전된 40구경 S&W 탄알에 맞으면 치명적일 것이다. 총격이 시작되면 둘 중 하나 또는 양쪽 모두가 목숨을 잃을 확률이 거의 100퍼센트다.

"아니에요, 선배님. 범인이 와이오밍에서 잡혔어요. 이름이 앤드루……"

"아이버슨, 그래." 잴버트는 고개를 끄덕인다. "그건 믿어, 하지만 둘이 공모를 했단 말이지. 모르겠나? 논리적으로 따져 봐, 엘라. 그 둘은 2인조였어! 머리를 써. 어떻게 그의 이야기를 믿는단 말인가. 자네처럼 똑똑한 사람이! 열여섯 배 더 똑똑한 사람이! 열여덟 배 더 똑똑한 사람이!"

더 여러 사람이 밖으로 나왔다. 그들이 계단 위에 옹기종기 모여 있다. 데이비스는 그들에게 다시 안으로 들어가라고 말하고 싶지만, 잴버트에게서 눈을 뗄 수가 없다. 이제 사이렌 소리가 들린다. 점점 이쪽으로 다가오지만 아직 너무 멀다, 너무 멀다.

"선배님, 제가 여기 왜 있다고 생각하세요? 제가 어쩌다 여길 오게 됐다고 생각하세요?"

처음으로 그가 머뭇거리는 표정을 짓는다. "글쎄…… 모르겠는데."

"대니가 전화를 했어요. 선배님이 오는 걸 알고 있더라고요. 꿈을 꿨다면서."

"말도 안 돼! 거짓말이야! 어린애들이나 읽을 법한 동화라고!"

"하지만 제가 이렇게 여기 있잖아요. 그건 무슨 수로 설명하실래요?"

응급 치료 병동에서 나온 간호사(파란색의 헐렁한 원피스를 입었고 체구가 큰 여자다)가 뒤에서 잴버트에게 살금살금 다가오고 있다. 엘라는 그녀에게 잘못된 선택이라고, *최악의* 선택이라고 말하고 싶지만 감히 그럴 수가 없다. 그러면 잴버트가 주의를 다른 데 돌리려고 수작을 부리는 줄 알고 방아쇠를 당길 것이다.

"못 하겠네." 잴버트는 말한다. "자네는 여기 있으면 안 돼. 자네는 여기 있는 게 아니야. 내가 헛것을……"

체구가 큰 여자가 두 팔로 잴버트를 꼼짝 못하게 끌어안는다. 그녀가 체중이 거의 30킬로그램은 더 나갈 테지만 그의 반응이 워낙 민첩하다. 그가 그녀의 발을 밟아서 뭉갠다. 그녀는 비명을 지른다. 그녀의 팔에서 힘이 빠진다. 그가 한쪽 팔을 끄집어내 팔꿈치로 그녀의 목을 내려찍는다. 간호사는 캑캑대며 뒤로 비틀비틀 물러난다. 그가 데이비스를 등지고 간호사에게로 몸을 돌린다.

"선배님, 총 내려놔요! 총 던져요, 던져요, 던져요!"

그는 그녀의 말을 듣지 못하는 듯하다. 간호사는 두 손을 목에 대고 몸을 반으로 접고 있다. 잴버트가 총을 든다. 그것도 아주 천천히 든다. 그러는 동안 그들이 누빈 캔자스의 모든 도로와 그들이 캔자스의 식당에서 먹은 모든 음식이 엘라의 머릿속을 스치고 지나간다. 증언을 하기 전에 같이 준비했던 것. 끝날 줄 모르는 브리핑 시간을 함께 버텼던 것. 그를 쏠 만한 시간이 있지만 그녀는 쏘지 않는다. 쏠 수가 없다. 잴버트가 총을 계속 드는 것을 지켜보기만 할 따름인데, 그는 그 총으로 간호사를 겨누지 않는다. 자기 머리에 갖다 댄다.

"선배님, 안 돼요. 제발 그러지 마세요."

"그 모든 게 가엾은 이본 양을 위한 일이었어." 그는 곧바로 "3, 2, 1."이라고 한다. 그러고는 방아쇠를 당긴다.

68.

엘라는 거의 1시간이 지난 다음에서야 대니 코플린의 면회를 허락받는다. 두 명의 경관이 그의 병실 문 앞을 지키고 있다. 그녀는 이것이야말로 소 잃고 외양간 고친다는 속담의 완벽한 사례라는 생각을 한다. 잡역부 척이 거기 있고 의사도 있다. 엘라가 보기에는 마지막 대치 상황 때 계단에 서 있던 의사인 것 같은데, 아닐 수도 있다. 수술복을 입으면 모두 똑같아 보인다. 환자복을 입고 있는 대니는 살이 거의 20킬로그램은 빠진 것 같다. 막판의 잴버트 못지않게 초췌하지만 낯빛이 맑은 건 다르다.

엘라는 주저하지 않는다. 그에게 다가가 끌어안는다. "미안해요. 전부 미안해요."

"괜찮아요." 대니는 그녀의 머리를 쓰다듬는다. 그러면 안 되는 것 같으면서도 그게 맞는 것 같다.

그녀는 뒤로 물러난다.

"경위님." 의사가 말한다. "하룻밤 동안 겪을 일은 이 정도면 충분합니다. 이분은 이제 휴식을 취해야 해요."

"알아요. 갈게요. 하지만 대니…… 왜 그런 꿈을 꿨을까요? 왜 그랬을까요? 이유를 알겠어요?"

그는 웃음을 터뜨린다. 미안해서 터뜨리는 웃음이다. "한 사람이 번개에 두 번 맞는 이유가 뭘까요?"

그녀는 고개를 젓는다. "모르겠어요."

"나도 몰라요." 그는 손가락으로 가리킨다. "십자가 목걸이를 하고 있네요."

그녀는 목걸이를 만지작거린다. "항상 하고 다녀요."

"그렇군요. 하지만 믿는다는 건 어렵죠?" 그는 베개 위로 누워서 두 손으로 눈을 덮고(보이는 세상과 거의 드러나는 일이 없는 그 이면의 세상, 양쪽 모두를 가리려는 듯) 다시 말한다. "믿는다는 건 어려워요."

그는 손을 내린다. 그들은 아무 말 없이 서로를 바라본다. 할 말이 아무것도 없다.

핀

핀의 인생은 시작부터 파란만장했다. 태어날 때부터 그는 수백 명의 아이를 받은 산파의 손 사이로 미끄러져 바닥에 부딪히며 첫울음을 터뜨렸다. 다섯 살 때는 옆집에서 파티가 열린 적이 있었다. 그는 허락을 받고 나가 도로에서 노래를 들었다(기둥에 매달아 놓은 휴대용 스피커에서 더 포그스의 연주가 요란하게 흘러나왔다). 때는 여름이었고 그는 맨발이었다. 신이 난 파티 손님이 던진 빨간색의 공 모양 폭죽이 하늘로 날아올랐다가 치직거리는 심지와 함께 아치를 그리며 내려오더니 그의 왼쪽 새끼발가락을 날려 버렸다.

앞으로 천 년 동안 두 번 다시 없을 일이다. 할머니는 말했다.

일곱 살 때는 여동생들과 함께 페팅길 공원에 놀러 간 적이 있었다. 할머니는 뜨개질과 낱말 찾기 퍼즐을 번갈아 하며 근처 벤치에 앉아 있었다. 핀은 그네를 좋아하지 않았고 시소를 싫어했고 회전무대에는 관심이 없었다. 그가 좋아했던 건 트위스티, 6미터 높이로 뱅글뱅글 꼬여 혼을 쏙 빼놓는 파란색 플라스틱 미끄럼틀이었다. 계단이 있었지만 핀은 손과 무릎으로 미끄럼틀을 딛고 뱅글뱅글 올라가는 것을 좋아했다. 꼭대기에 다다르면 앉아서 단단히 다져진 흙바닥까지 미끄럼틀을 타고 내려왔다. 트위스티를 탈 때는 사고가 난 적이 한 번도 없었다.

"그건 잠깐 그만 타지 그러냐." 어느 날 할머니가 말했다. "만날 그 트위스티만 타고 있어. 다른 것도 좀 해 봐. 구름사다리 어때. 할미한테 실력 좀 보여 주렴."

그의 여동생 콜린과 마리가 그 위로 올라가 원숭이처럼 대롱대롱 매달려 있었다. 그래서 그는 할머니의 기대에 부응하려고 구름사다리로 올라가 거꾸로 매달렸다가 미끄러지는 바람에 떨어져서 팔이 부러졌다.

그해 담임이었던 예쁘장한 모너핸 선생님은 모든 수업이 끝나면 얘들아, 오늘은 뭘 배웠니? 라고 묻는 걸 좋아했다. 핀은 응급 진료소에서 팔을 맞추며 (나중에 받은 막대 사탕은 그때 아팠던 거에 비하면 턱도 없는 보상이었다) 그날 배운 교훈은 *트위스티만 타자*는 거라고 생각했다.

열네 살 때는 친구 패트릭의 집에서 놀다가 퍼붓는 폭우를 맞으며 그의 집으로 달려가는데, 번개가 바로 뒤 길바닥에 꽂혀 그의 머리칼을 그슬고 점퍼 등판을 일자로 까맣게 태운 적이 있었다. 핀은 앞으로 쓰러져 연석에 머리를 부딪치면서 뇌진탕을 일으켰고 이틀 동안 의식 불명으로 누워 있다가 일어나 어떻게 된 일이냐고 물었다. 그 광경을 목격하고 배수로에서 기절한 아이를 건져 낸 사람이 길 건너편에 사는 디어드레 핸런(폭죽을 던진 장본인은 아니지만 그 옛날 포그스 파티 참석자였다)이었다. "나는 우리 가엾은 핀이 죽은 줄 알았어요."

그녀가 말했다.

세상을 떠난 그의 아버지는 핀의 팔자가 사납다고 했다. 할머니(구름사다리 사건에 대해 미안하다고 사과한 적은 없었다)의 생각은 달랐다. 그녀는 하느님이 재수 없는 일을 한 번 내리실 때마다 좋은 일은 두 번 선물하신다고 했다. 핀은 곰곰이 생각하다가 번개를 정통으로 맞지 않고 피한 것 말고는 이렇다 할 만한 좋은 일이 없었다고 말했다.

"그동안 계속 재수가 없었다는 데 *기뻐*해야지." 할머니가 말했다. "행운이 한꺼번에 터져서 복권에 당첨될 수도 있어. 아니면 돈 많은 친척이 전 재산을 너한테 남기고 죽는다든지."

"저는 돈 많은 친척이 없는데요."

"그야 모를 일이지." 할머니는 한 마디도 지지 않으려는 성격이었다. "안 좋은 일이 벌어지면 항상 생각해. '하느님이 나한테 빚을 지셨네.' 하느님은 항상 빚을 갚는 분이야."

하지만 당장은 아니었다. 더 재수 없는 일이 핀을 기다리고 있었다.

열아홉 살의 어느 날 저녁에 핀은 여자 친구의 집에서 그의 집으로 달려가고 있었다. 비가 와서가 아니라 하도 끌어안고 만지고 쪽쪽 댔더니 아랫도리가 불편한데도 불구하고 흥분을 주체할 수가 없었기 때문이었다. 달리지 않으면 폭발할 것 같았다. 그는 가죽 재킷에 청바지, 캐빈틸리 모자를 쓰고 앞면에 오래된 밴드(나자레스)의 로고가 그려진 빈티지 티셔츠를 입고 있었다. 그런데 피키가(街)로 모퉁이를 돌다가 맞은편에서 달려오던 젊은 남자와 정면으로 부딪쳤다. 둘은 모두 그대로 넘어졌다. 핀은 몸을 일으키며 사과하려 했지만, 젊은 남자는 벌써 일어나 어깨 너머를 흘끗거리며 다시 달리고 있었다. 그도 청바지에 티셔츠를 입고 야구모자를 썼는데 핀은 그게 희한한 우연의 일치라고 생각하지 않았다. 이 도시에서는 그것이 모든 청춘 남녀의 유니폼이었다.

핀은 긁힌 팔꿈치를 문지르며 다시 피크가를 따라 달렸다. 전조등을 켜지 않은 시커먼 승합차가 다가왔다. 핀은 아무 생각이 없었지만 차가 그의 옆에서 속도를 늦추더니 바퀴가 완전히 멈추기도 전에 뒷자리에서 남자들(최소 네 명은 됐다)이 우르르 내렸다.

그중 둘이 그의 팔을 잡았다. 핀은 가까스로 "이봐요!" 하고 외쳤다. 세 번째 남자가 "보기는 뭘 봐!" 하고는 그의 머리에 자루를 씌웠다. 쓸린 팔꿈치 바로 위쪽 팔이 따끔거렸다. 발이 인도에 닿을 새도 없이 끌려가고 있음을 자각한 것도 잠시, 얼마 안 있어 세상이 멀리 사라졌다.

정신을 차리고 보니 핀은 천장이 높은 조그만 방의 간이침대에 누워 있었다. 한쪽 구석에 테이블 없이 스탠드만 놓여 있었다. 다른 쪽 구석에는 서랍장이 있었다. 서랍장은 페팅길 공원의 트위스티와 똑같은 파란색 플라스틱이었다. 다른 가구는 없었다. 천창이 있었지만 검은색 페인트를 그 위에 아무렇게나 철벅철벅 칠해 놓았다.

핀은 일어나 앉았다가 움찔했다. 머리가 아프지는 않았지만 목이 어마어마하게 뻣뻣했고, 팔이 코로나 예방 주사를 맞았을 때처럼 욱신거렸다. 까진 팔꿈치 위에 반창고가 붙어 있었다. 반창고를 떼어 내 보니 주변이 빨갛게 부푼 조그만 구멍이 있었다.

문을 잡아당겨 보았지만 잠겨 있었다. 그는 노크를 하다가 나중에는 주먹으로 두드렸다. 화답이라도 하려는 듯 밴드 AC/DC의 보컬이 우렁차게 외쳤다. 2천 데시벨쯤 될 것 같은 음량으로 '더러운 짓, 더 럽게 싸게'라고 했다. 핀은 두 손으로 귀를 꽉 막았다. 노래는 20초에서 30초쯤 계속 이어지다가 멎었다. 위를 올려다보니 세 개의 스피커가 높이 달려 있었다. 그가 보기에는 보스 제품 같았고, 그렇다면 비싼 스피커였다. 테이블 없는 스탠드 위쪽 구석에서 카메라 렌즈가 그를 내려다보았다.

하마터면 번개에 맞을 뻔했을 때와 달리 핀은 정신을 잠시 잃기 전의 상황을 기억했고 그게 무슨 의미인지 알아차렸다. 황당했지만 놀랍지는 않았다. 납치된 것이야말로 핀 머리의 사나운 팔자를 보여 주는 또 하나의 사례였다.

그는 다시 문을 두드리며 사람을 불렀다. 아무도 오지 않자 뒤로 물러나 카메라를 올려다보았다.

"거기 아무도 없어요? 이거 아무도 모니터하지 않아요? 누구 있으면 와서 제발 저 좀 내보내 주세요. 아무래도 실수하신 것 같아요. 엉뚱한 사람을 데리고 오셨어요."

거의 1분 동안 아무 대꾸가 없었다. 핀이 착오를 바로잡을 사람이 올 때까지 누워 있기로 마음먹고 간이침대 쪽으로 걸어가고 있었을 때 스피커가 다시 쩌렁쩌렁 울렸다. 그도 라몬스를 좋아했지만 밀폐된 방에서 그렇게 세상을 끝장낼 듯한 볼륨으로 듣는 건 아니었다. 이번에는 소음 폭격이 거의 2분 동안 이어지다가 뚝 끊겼다.

그가 간이침대에 누워서 막 잠이 들려는 찰나, 이번에는 칩 트릭이 괴성을 질렀다. 20분 뒤에는 텍시스 미드나잇 러너스였다.

한동안 계속 그런 식이었다. 아마 몇 시간은 됐을 것이다. 정확하게는 알 도리가 없었다. 납치범들이 정신을 잃은 그에게서 손목시계를 앗아 갔다.

그가 깜빡 졸고 있었을 때 문이 열렸다. 두 남자가 들어왔다. 그의 양쪽 팔을 잡고 끌고 온 남자들이 맞는다고 100퍼센트 확신할 수는 없었지만 그런 것 같았다. 둘 중 한 명은 눈꼬리가 아래로 처졌다. 그가 말했다. "말을 잘 들을 테냐, 보비 오?"

"이 상황을 바로잡아 주시면 잘 들을게요." 핀은 말했다. 보비 오라고 불린 것에 대해서는 신경 쓰지 않았다. 대디 오 같은 별칭이거나 아버지가 비틀비틀 걸어오는 주정뱅이를 보면 "저기 패디 오릴리*가 오네."라고 했던 것과 비슷하겠거니 했다.

"그건 네가 하기 나름이지." 다른 남자가 말했다. 그는 얼굴이 좁고 눈이 까매서 족제비 같았다.

그들은 문밖으로 나갔다. 똑같이 치노 바지에 하얀색 셔츠를 입은 두 남자가 양옆에서 핀을 압박했다. 둘 다 총이 없어서 조금 안심이 됐지만 핀은 허튼수작을 부렸다가는 그들에게 단숨에 제압당할 거라고 장담할 수 있었다. 그들은 건장해 보였다. 핀은 키가 컸지만 말라깽이였다.

그들이 이동해서 들어간 방은 선반이 줄줄이 달렸는데, 모두 비어 있었다. 핀이 보기에는 식료품 저장실 아니면 크기로 보건대 할머니가 광이라고 부르는 그런 용도인 것 같았다. 할머니는 젊었을 때 '대저택'에서 일한 적이 있었다.

식료품 저장실을 지나자 핀이 지금까지 본 적 없을 만큼 널찍한 주방이 나왔다. 조리대 위에 숟가락이 담긴 빈 그릇이 두 개 있었다. 안에 들러붙은 거품으로 보건대 수프가 들어 있었던 것 같았다. 그의 배에서 천둥소리가 났다. 마지막으로 뭘 먹은 지 얼마나 됐는지 알 수

---

* 아일랜드 남자를 상징하는 이름

가 없었다. 격한 애정 표현이 시작되기 전에 엘리가 스크램블드에그를 만들어 주었지만 그건 이미 오래전에 소화가 됐을 것이다. 정신을 잃은 동안에도 소화는 계속 이루어진다면 말이다. 그가 생각하기에는 분명 그러지 않을까 싶었다. 인간의 몸은 묵묵히 제 할 일을 했다.

그다음으로는 위에서 셔플보드 게임을 해도 될 만큼 길쭉하고 반짝거리는 마호가니 식탁이 놓인 식당이 나왔다. 묵직한 진자주색 커튼이 완전히 닫혀 있었다. 핀은 지나가는 차 소리가 들리나 싶어 귀를 쫑긋 세웠지만 아무 소리도 들리지 않았다.

그들은 복도를 따라 걸었고 눈꼬리가 처진 남자가 오른쪽 문을 열었다. 족제비가 핀을 살짝 떠밀었다. 그 방 안에는 으리으리한 책상이 있었다. 벽에는 책과 서류 파일이 줄줄이 꽂혀 있었다. 이번에는 암적색 커튼이 책상 뒤편 창문을 덮고 있었다. 백발을 젊은 시절의 클리프 리처드처럼 빗어 넘긴 남자가 책상 뒤에 앉아 있었다. 구릿빛 얼굴에 주름살이 파였다. 핀의 아버지가 돌아가셨을 때와 나이가 거의 비슷해 보였다.

"앉으세요."

핀은 백발 남자와 마주 보고 앉았다. 눈꼬리가 처진 남자는 한쪽 구석으로 가서 섰다. 족제비는 다른 쪽 구석으로 가서 섰다. 둘 다 허리띠 버클 앞에 손을 모아서 깍지를 꼈다.

백발 남자 앞에는 선반에 뒤죽박죽 빽빽이 꽂힌 다른 서류 파일보다 얇은 파일이 놓여 있었다. 그는 파일을 열어 종이 한 장을 집어서 쳐다보고는 한숨을 쉬었다.

"이 일은 쉽게 끝날 수도 어렵게 끝날 수도 있습니다, 피니 씨. 전적으로 당신 하기 나름이에요."

핀은 몸을 앞으로 숙였다. "저기, 그거 제 이름 아니에요. 사람을 잘

못 데려오셨어요."

 백발 남자는 재미있어하는 표정을 지었다. 종이를 다시 얇은 파일 안에 넣고 파일을 닫았다. "보비 피니가 아니라고요? 그렇단 말씀입니까?"

 "제 이름은 핀 머리예요. 끝이 *ay*가 아니라 *ie*로 끝나는 머리요." 그는 이런 디테일 하나만으로도 백발 남자를 납득시키기에 충분하다고 생각했다. 워낙 구체적이지 않은가.

 "이제는 그렇단 말이지요?" 백발 남자는 말했다. "아니, 어떻게 이런 일이!"

 "이게 어떻게 된 일인지 말씀드릴게요. 어떻게 된 일인 것 같은지요. 제가 피크가로 길모퉁이를 돌다가 맞은편에서 달려오던 남자와 부딪쳤어요. 둘 다 그 자리에서 넘어졌죠. 그 남자는 일어나서 다시 달려갔어요. 저도 일어나서 다시 달려갔고요. 저분들은……." 그는 구석에 서 있는 남자들을 가리켰다. "……그 다른 분을 데려오려고 했을 거예요. 보비 피니를요. 저랑 차림새가 똑같았거든요."

 "차림새가 똑같았다고요? 캐빈틸리 모자? 나자레스 티셔츠? 가죽 재킷?"

 "어, 티셔츠에 뭐가 그려졌는지는 몰라도 모자는 기억해요. 워낙 눈 깜빡할 새 벌어진 일이었지만 당신이 찾는 사람은 그 남자인 게 분명해요. 제가 이런 일을 한두 번 겪는 게 아니에요."

 백발 남자는 얇은 파일 위로 손(이제 보니 흉터가 있는데, 화상 흉터인 것 같았다)을 얹어서 깍지를 끼고 몸을 앞으로 내밀었다. 아까보다 더 재미있어하는 표정이었다. "시도 때도 없이 끌려가서 갇힌다는 말씀인가요?"

 "아뇨, 재수가 없다고요. 재수 없는 일이 노상 벌어진다고요." 그는 백발 남자에게 태어나자마자 바닥으로 떨어졌던 것, 폭죽 사건, 할머니의 꼬드김에 넘어가서 팔이 부러졌던 것, 번개에 맞을 뻔했던 것을 이야기했다. 덧붙일 다른 사건도 많았지만 번개 때문에 뇌진탕을 일으켰던 데서 끝내는 것이 좋을 듯했다. 동화의 클라이맥스 같지 않은가. "그러니까 저는 당신이 찾는 그 남자가 아니란 말이죠."

"흠." 백발 남자는 뒤로 기대어 앉더니 배가 아픈 사람처럼 한 손으로 거길 누르며 한숨을 쉬었다.

핀에게 좋은 생각이 떠올랐다. "생각해 보세요, 선생님. 제가 저분들을 피해 도망치고 있었다면 다른 방향으로 달렸겠죠. 하지만 안 그랬어요. 말하자면 저분들의 품속으로 달려 들어간 거나 마찬가지였어요. 다른 남자, 보비 피니라는 그 남자가 도망친 거예요."

"당신은 보비 피니가 아니다?"

"네."

"핀 도노반이다."

"핀 *머리*요. 끝이 *ie*로 끝나는." 지금쯤 이 문제는 정리됐어야 하는데 아직 그렇지 않다는 데서 핀은 불길한 예감을 느꼈다.

"신분증이 있나요? 지갑이 있다면 뒷주머니에 욱여넣었겠군요. 우리가 거기만 살피지 않았으니."

핀은 뒷주머니로 손을 가져가다가 기억해 냈다.

"여자 친구네 집에 두고 왔네요. 둘이 소파에 앉아 있다가……." 사실은 누워 있었고 엘리가 그의 위에 있었다. "……엉덩이가 배기길래 빼서 맥주 캔을 얹은 조그만 테이블에 두었거든요. 그래 놓고 깜빡했나 봐요."

"깜빡했다." 족제비처럼 생긴 남자가 씩 웃으며 말했다.

"말이 되는군." 눈꼬리가 처진 남자가 말했다. 그도 웃고 있었다.

핀 353

"이런, 벌써부터 난관에 부딪히네요." 백발 남자가 말했다.

핀에게는 다른 좋은 생각이 있었다. 이런 불쾌한 상황(믿을 수밖에 없긴 했지만 믿을 수 없는 상황이기도 했다)이 영감을 우수수 불러일으키는 듯했다. "주머니에 오디언 극장 멤버십 카드 있어요. 엘리가 로열관에 가고 싶어 할까 봐 따로 보관했는데……."

그는 더듬더듬 카드를 찾았다. 없었다.

백발 남자는 파일을 열어서 그 안에 든 몇 개 안 되는 종이를 뒤적이더니 주황색 카드를 꺼냈다. "이 카드 말인가요?"

"네, 맞아요. 거기 적힌 제 이름 보이시죠?" 그는 카드를 향해 손을 내밀었다. 백발 남자는 다시 뒤로 기대고 앉았다. 족제비처럼 생긴 남자와 눈꼬리가 처진 남자는 손깍지를 풀고 필요한 경우 그를 제어할 준비를 했다.

백발 남자는 근시인지 카드를 눈앞에 바짝 갖다 댔다. "핀 머리라고 적혀 있네요. *ay*로 끝나고요."

핀은 거짓말을 하다가 들키기라도 한 것처럼 뺨이 점점 벌게지는 것을 느꼈다. "사람들이 노상 이름 철자를 틀리게 쓰잖아요. 우리 아버지는 이름이 스티븐(Stephen)이었는데, 사람들이 항상 *v* 아니면 심지어 스테판처럼 *f*로 썼어요."

백발 남자는 오디언 멤버십 카드를 다시 폴더에 넣었다. "우리가 방으로 송신한 음악은 잘 들으셨나요?"

"왜 그러시는지 이유가 궁금해요. 텔레비전에서 본 적 있긴 해요. 일종의 작전이죠? 계속 신경을 곤두서게 하려는."

"아, *그게* 우리가 그러는 이유다? 판도, 그게 우리가 그러는 이유인 걸 알았나?"

"글쎄요." 족제비처럼 생긴 남자가 어깨를 으쓱하며 대답했다. "음악을 들려주면 맹수도 고분고분해진다는 얘기는 들었지만 그 질문에 대한 답이 될지는 잘 모르겠네요."

"원하면 나자레스 노래를 틀어 줄 수도 있어요." 백발 남자가 말했다. "당신이 팬이고 하니." 그러고는 섬뜩하게도 뿌듯해하는 듯한 투로 말했다. "스포티파이가 있거든요!"

"저는 집에 가고 싶어요." 핀은 떨리는 자기 목소리가 마음에 들지 않았지만 어쩔 수가 없었다. "사람을 잘못 데려오셨으니까 저는 집에 가고 싶어요. 입도 뻥끗하지 않을게요." 그는 이 말을 하자마자 후회했다. 납치당한 사람들은 항상 그렇게 말하지만 절대 먹히지 않는다. 그것도 텔레비전에서 보았다.

"집에 가는 것도 얼마든지 조치할 수 있어요, 그것도 쉽게. 하지만 먼저 한 질문에 대답해야 해요. 서류 가방 어떻게 했나요, 보비? 문서가 들어 있었던 거 말이에요. 여기로 끌려왔을 때 보니까 없던데."

핀은 눈물이 고여서 눈가가 따끔거리는 것이 느껴졌다. "선생님……"

"괜찮으면 러들럼 씨라고 불러 줘요. 전에는 데이턴 씨라고 부르게 했지만 그 이름이 지겨워져서요."

"러들럼 씨, 저는 보비 피니가 아니고 서류 가방 같은 건 없어요. 한 번도 들고 다닌 적이 없어요. 저는 당신이 찾는 사람이 아니고, 저와 실랑이하는 동안 당신이 찾는 그 친구는 점점 멀리 도망칠 거예요."

"그러니까 당신 이름은 보비 머리다. *ie*로 끝나는."

"네. 아니, 아뇨. 핀 머리요. 핀."

"닥." 백발 남자(러들럼 씨)가 눈꼬리가 처진 남자에게 고개를 끄덕였다. "이 훌륭한 청년이 자기 이름을 기억할 수 있게 도와줘."

닥이 앞으로 걸어왔다. 닥도, 즉 족제비처럼 생긴 남자가 핀의 어깨를 잡았다. 닥은 묵직한 반지를 빼서 치노 바지 주머니에 넣고 핀의 뺨을 있는 힘껏 후려 팼다. 그런 다음 이번에는 다른 쪽 뺨을 더 세게 때렸다. 핀의 입가에서 침이 튀었다. 엄청 아팠지만 그 순간 그가 가장 크게 느낀 감정은 경악이었다. 그리고 수치심이었다. 부끄러워할 이유가 전혀 없는데도 부끄러웠다.

"자." 러들럼 씨가 뒤로 기대어 앉고 깍지 낀 손을 복부 위에 올려놓으며 말했다. "당신 이름이 뭐죠?"

"핀이요! 핀 머……."

러들럼 씨가 닥에게 고개를 끄덕이자 그가 대차게 뺨을 두 대 더 쳤다. 핀의 귀가 울렸다. 뺨이 화끈거렸다. 눈물이 났다. "이러시면 안 돼요. 왜 이러시는 거예요? *사람 잘못 데려오셨다니까요!*"

"할 수 있으니까요." 러들럼 씨는 파일을 열고 팸플릿을 책상 너머로 던졌다. "손바닥으로 뺨을 때리는 것은 전 세계적으로 입증된 고도의 신문 기술이거든요. 그거 꼼꼼히 읽고 다시 대화를 나누기로 하죠. 우리가 또 어떤 기술을 동원할 수 있는지 살펴보도록 해요. 너희 둘, 이분을 다시 모셔 가도록. 보비 도노번 씨는 숙제를 해야 하니까."

"심지어 이름도 제대로 모르면서……."

판도가 이쪽에서, 닥이 저쪽에서 그를 잡고 홱 일으켜 세웠다. 판도가 팸플릿을 핀의 청바지 허리춤에 쑤셔 넣었다. "가자, 보비 오."

"바이, 바이." 러들럼 씨가 말했다. "모두에게 친구가 되어라. 그러면 모두가 너의 친구가 될 것이다."

그 말을 끝으로 핀은 화끈거리는 뺨 위로 눈물을 쏟으며 서재에서 끌려 나왔다.

다시 방(감방)으로 돌아갔을 때 핀은 허리춤에서 팸플릿을 꺼내 들여다보았다. 제본은커녕 호치키스로 찍지도 않았다. 그냥 종이 몇 장을 한데 접은 것에 불과했다. 맨 앞 장에 이런 문구가 살짝 삐딱하게 인쇄돼 있는데, 잉크가 문대어져서 지저분했다. 전 세계적으로 입증된 고도의 신문 기술.

"지금 누구 놀리는 거야?" 핀은 물었다. 마이크로 들리지 않도록(내려다보는 카메라 외에 분명 마이크도 있을 것이었다) 조그맣게 중얼거렸다. 맨 처음에 든 생각은 '팸플릿'이 장난이라는 것이었다. 하지만 뺨 때리기는 장난이 아니었다. 아직까지 얼굴이 화끈거렸다.

팸플릿 1쪽: 손바닥으로 뺨 때리기, 오케이!

2쪽: 잠 안 재우기 기술 (시끄러운 음악, 음향 효과, 기타 등등), 오케이!

3쪽: 협박 (가족, 섹스 파트너, 기타 등등), 오케이!

4쪽: 관장, 오케이!

5쪽: 고문 자세, 오케이!

6쪽: 물고문, 오케이!

7쪽: 주먹으로 때리기, 발로 밟기, 지지기 (담배나 라이타), 성폭행 & 성추행, 안 오케이!

8쪽: 특별히 언급되지 않은 것, 아마도 오케이!

그 뒤는 백지였다.

"맞춤법도 모르잖아." 핀은 조그맣게 속삭였다. 하지만 이게 실수이거나 누군가가 섬뜩한 유머 감각을 발휘한 게 아니라면 그가 사이코패스들의 수중에 있다는 뜻이 될 수 있었다. 사람을 잘못 본 경우보다 그게 더 무서웠다. 사람을 잘못 본 건 해결이라도 할 수 있지 않은가.

할머니의 격언(한두 개가 아니었다)이 떠올랐다. 조곤조곤 얘기하고 기회를 주면 대부분의 사람들은 정신을 차린다.

다른 묘책이 없었기에 그는 팸플릿을 바닥에 던지고 일어나 카메라를 마주 보았다. 조곤조곤 말을 꺼냈다. "제 이름은 핀 머리예요. 할머니와 콜린과 메리, 이렇게 두 동생과 로언 트리로(路) 19번지에서 살고 있어요. 어머니는 출장 가셨지만 휴대 전화로 연락이 가능해요. 번호가……" 핀은 번호를 읊었다. "모두 물어보면 제 이름이 뭔지 알려 줄 거예요. 그러면……."

그러면 뭘까?

좋은 생각이 떠오른다. 아니면 논리적인 해결책이. 양쪽 모두일지 모른다.

"그러면 제 머리에 다시 자루를 씌우고 그래야 할 것 같으면 다시 기절시켜도 돼요. 아무 길모퉁이에나 떨어뜨려 주세요. 그래도 되는 것이, 저는 당신들이 누군지도 모르고 여기가 어딘지도 몰라요. 저한테는 서류 가방도 없고 문서도 없어요. 그냥, 그러니까, 이성적으로 생각해 주세요. 제발요."

그는 '제발요'를 몇 번이나 했는지 세다가 잊어버렸다. 상당히 많이 한 것만큼은 분명했다.

핀은 다시 간이침대로 돌아가서 누웠다. 꾸벅꾸벅 졸기 시작했다. 막 잠이 들려는 찰나, 앤스랙스의 곡이 스피커를 찢으며 나왔다. 매드하우스였다.

그는 하마터면 침대에서 떨어질 뻔했다. 귀를 막았다. 실제보다 훨씬 길게 느껴지는 2분이 지났을 때 노래가 멎었다. 그는 잠이 완전히 달아났지만 어마어마하게 배가 고팠다. 저들이 먹을 것을 줄까? 아마 주지 않을 것이다. 포로를 굶겨 죽이는 건 특별히 언급되지 않았으니

아마도 오케이!였다.

그는 잠을 잤다.

그들은 4시간을 주었다.

그런 다음 데리러 왔다.

핀은 닥과 판도인지 아니면 다른 남자들인지 보지 못했다. 무슨 일이 벌어지는지 알아차리지도 못했을 때 아직 비몽사몽인 상태로 일으켜 세워졌다. 머리 위로 자루가 씌워졌다. 희미하게 닭똥 냄새가 났다. 그는 앞으로 떠밀렸다가 문 옆을 들이받았다.

"어이쿠, 미안!" 누군가가 말했다. "거기서 살짝 경로를 이탈했네, 보비."

그는 뒤로 잡아당겨졌다가 앞으로 다시 떠밀렸다. 코가 부러졌는지 피가 났다. 그는 피를 들이마셨다가 사레가 들어서 콜록거렸다. 그들은 허우적대는 그의 발이 거의 바닥을 건드리지 않을 만큼 위험한 속도로 그를 몰고 갔다. 계단에 다다르자 그는 수직 컨베이어를 타고 미끄러지는 돼지처럼 아래로 내몰렸다. 바닥 근처에 다다르자 그들은 손을 놓았고 그중 한 명이 그를 힘껏 밀쳤다. 핀은 100미터, 200미터, 300미터 아래로 추락해 바닥에 닿자마자 뼈가 부러져 죽는 것을 상상하며 자루에 대고 비명을 질렀다.

고작 계단 두세 개였다. 맨 아래 칸에 발이 걸리는 바람에 그는 대자로 넘어졌다. 누군가가 그를 다시 붙잡았다. 숨을 쉴 때마다 자루가 입에 들러붙었고, 생생하고 아직 뜨끈하며 희미한 닭똥 냄새와 어우러진 피 맛이 느껴졌다.

"*그만해요!*" 그는 비명을 질렀다. "*그만해요, 숨을 못 쉬겠어요!*"

"뻥 치지 마라, 보비." 그들 중 한 명이 말했다. "숨 못 쉬게 하는 단계는 아직이야."

그의 무릎이 뭔가에 세게 부딪혔다. 누군가가 그의 뒷덜미를 손바닥으로 후려치자 그는 벤치처럼 느껴지는 것 위로 고꾸라졌.

"타지 않게 오믈렛을 뒤집어야겠네." 누군가가 명랑한 목소리로 이렇게 말했고 그는 뒤집혔다. 허우적대던 그의 한쪽 손이 뭔지 모를 말랑말랑한 것에 부딪혔다.

"내 가랑이에서 손 떼라, 변태 새끼야." 지금껏 들어 본 적 없는 목소리가 이렇게 말했고 그는 자루를 쓴 채 뺨을 맞았다. "거긴 내 여친만 만질 수 있는 곳이야."

"제발 이러지 마세요." 핀은 이제 목젖을 타고 흐르는 피에 사레 들지 않으려고 애를 쓰며 울고 있었다. 코가 썩은 이처럼 욱신거렸다. "제발 이러지 마세요, 제발 그만하세요. 저는 그 남자가 아니에요. 저는 보비 도노번이 아니……"

누군가가 그의 얼굴 옆면을 어마어마하게 세게 후려쳤다. "보비 피니다, 이 멍청한 놈아."

자루 위로 천이 덮였다. 첫 번째 음성이 말했다. "간다, 보비! 슈웅!"

따뜻한 물이 천과 자루와 핀의 얼굴을 차례로 적셨다. 그는 물을 마셨다가 다시 어푸어푸 뱉었다. 숨을 참았다. 물이 계속해서 쏟아졌다. 결국에는 숨을 쉬는 수밖에 없었다. 공기 대신 물을 마셨다. 그는 꼬르륵꼬르륵 켁켁 대며 물을 뱉었다가 더 많이 삼켰다. 공기가 없었다. 공기가 사라졌다. 공기는 추억의 명곡, 과거의 진한 기억이었다. 그는 물에 빠져 죽어 가고 있었다.

핀은 몸부림쳤다. 물이 계속 자루 사이로 쏟아졌다. 둥실둥실 떠내려가는 느낌도 평화도 없었다. 끝없이 쏟아지는 물의 공포만 있을 따름이었다. 그는 기절의 세계를 향해 버둥거렸지만 닿을 수가 없었다. 계속 물만 있었다.

마침내 그것이 멎었다. 그들이 핀을 옆으로 굴렸다. 그는 자루에 대고 토악질을 했다. 그들 중 한 명이 그걸 토닥토닥거리며 사방으로 문댔다. "오바이트 마사지!" 그가 외쳤다. "우리는 돈도 안 받고 해 줘!"

그들이 그를 똑바로 눕도록 굴려서 자루를 홱 벗겼다. 그는 한 손을 빼서 얼굴을 닦을 수 있었다. 그는 기침을 하고 또 하며 얼굴을 닦았다. 마침내 시야가 트이자 그를 빤히 내려다보는 러들럼 씨가 보였다. 벤치 맨 앞에 있어서 거꾸로 보였다.

"너는 보비 피니냐 핀 머리냐?" 러들럼 씨가 물었다.

핀은 기침을 심하게 하느라 대답할 수가 없었다. 잠시 후에 기침이 조금 잦아들자 그는 말했다. "어느 쪽이든 마음대로 생각하세요. 그거라고 할게요. 아까 그것만 다시 하지 말아 주세요. 제발요, 더는 하지 말아 주세요."

"조사를 해 보니 네가 피니가 아니라 머리라는 만족스러운 결론에 도달했다고 하던데. 그자는 어디 있나?"

"누구요?"

러들럼 씨가 고개를 끄덕였다. 남자들 중 한 명(닥도 판도도 아니었다. 그들은 여기 없었다)이 그의 뺨을 어마어마하게 후려쳤다. 토사물과 물이 한데 섞여서 튀었다.

"피니, 피니, 피니! 그자는 어디 있나?"

"몰라요!"

"폭탄 공장은 어디야? 아가, 다시 침례의 기쁨을 누리고 싶지 않으면 이번이 마지막 기회인 줄 알아."

핀은 기침하고 캑캑대고 고개를 옆으로 돌려서 헛구역질을 하고 침을 뱉었다. "전에는…… 문서라면서요. 서류 가방에 든 문서."

"문서는 됐고. 폭탄 공장은 어디야?"

"저는 아무것도 몰라……"

러들럼 씨가 고개를 끄덕였다. 젖은 천이 핀의 얼굴을 덮었다. 물이 흐르기 시작했다. 얼마 안 있어 그는 죽고 싶어졌다. 죽고 싶은 마음이 굴뚝같았다. 그런데 죽어지질 않았다. 마침내 그는 토사물로 얼룩진 자루를 다시 한번 뒤집어쓰고 반쯤 정신을 잃은 상태로 감방으로 돌려 보내졌다. 이제 더는 배가 고프지 않았다. 적어도 그런 소득은 있었다.

러들럼 씨가 문을 닫기 전에 마지막으로 한 말이 있었다. "이럴 필요 없잖아, 핀. 피니가 청사진을 어떻게 했는지 말하면 이걸 끝낼 수 있어."

음악 소리가 쩌렁쩌렁 울려 퍼지지는 않았지만 그래도 핀은 한참 동안 잠을 이룰 수가 없었다. 정신이 가물가물해지려고 할 때마다 다시금 기침 발작이 터져서 잠이 달아났다. 마지막 발작은 워낙 격해서 이러다 기절하는 게 아닐까 싶을 정도였는데, 그러면 고마울 것 같았다. 이 악몽에서 탈출할 수만 있다면 뭐든 좋았다. 높이 달린 천창에서 철벅철벅 아무렇게나 바른 검은색 페인트 사이로 희미한 햇빛 몇 조각이 들어왔다. 더는 그의 것이 아닌 바깥세상은 지금 해가 떠 있는 시각이었다. 이른 아침일 수도 늦은 오후일 수도 있었다. 어느 쪽이 됐건 바깥에서 볼일을 보고 있는 사람들은 운이라고는 지지리도 없는 청년이 이 감방에서 기침을 하며 폐로 들어간 물을 뱉어 내고 있다는 사실을 전혀 모를 것이었다.

하느님은 재수 없는 일을 한 번 내리실 때마다 좋은 일은 두 번 선물하신다. 그의 할머니는 이렇게 말했다.

"안 믿어." 핀은 쉰 목소리로 꺽꺽대고는 마침내 잠이 들었다.

그는 페팅길 공원 꿈을 꾸었다. 콜린은 회전무대를 타고 있었다. 메리는 구름사다리에 거꾸로 매달려 코를 파고 있었다(고치지 못한 습관이었다). 할머니가 말하길 메리는 죽는 순간에도 코를 팔 거라고 했다. 뜨개를 무릎 위에 올려놓고 근처 벤치에 앉아서 낱말 찾기를 내려다보며 미간을 찌푸리던 그 노파. 핀은 트위스티를 빙글빙글 기어 올라가 타고 내려오고 타고 내려오기를 반복했다.

이 행복한 꿈을 방해하는 음악 소리는 들리지 않았고 대부분의 꿈이 그렇듯 이것 역시 의식 속에 남지 않고 사라졌다. 얼마나 지났는지 모를 시간 뒤에 닥과 남들보다 훨씬 나이가 많은 다른 남자가 그를 깨웠다. 그들은 그를 침대에서 휙 끌어내려 뒤에서 밀치며 주방과 식당을 지나 러들럼 씨가 기다리는 서재로 데려갔다. 백발의 러들럼 씨는 오늘 아침에(적어도 핀에게는 아침이었다) 조금 초췌해 보였고 눈 가장자리가 빨갰고 셔츠에는 머스터드 얼룩 같은 것이 묻어 있었다. 손은 다시 깍지를 껴서 책상 위에 올려놓았는데, 핀이 보기에 흉터로 덮인 손마디가 부은 것 같았다. 무슨 얼룩도 있었다. 피인가?

러들럼 씨가 그를 빤히 쳐다봤다. 핀도 마주 보며 텔레비전에서 본 다른 것을 떠올렸다. 재미도 없고 끝도 없는 BBC 패널 토론이었다. 어머니가 그런 프로그램을 좋아하는 이유는 그도 여동생들도 할머니(「코로네이션 스트리트」, 「이스트엔더스」, 「닥터 후」를 좋아했다)도 절대 이해할 수 없었다. 이 패널은 고도의 신문 기술(즉, 고문)에 대해 이야기하고 있었는데, 다른 패널 중 한 명(턱살이 늘어졌고 앤드루 왕자가 1년 동안 암실에서 밀크셰이크와 더블 버거를 먹으면 그렇게 되지 않을까 싶게 생긴 남자였다)이 그런 방법은 절대 효과를 볼 수 없다고 했다.

"왜냐하면 그 딱한 사람은 그의…… 음…… 질문자가 원하는 정보가 뭔지 모르면…… 음…… 없는 사실을 지어내게 되거든요. 그럴 수밖에요!"

정말이지 그럴 수밖에 없었고 핀은 창의적인 아이였다. 집과 학교와 동네에서 웬만한 사고는 무사히 넘어갈 수 있을 만큼 창의적이었다. 하지만 창의적이거나 말거나 러들럼 씨를 만족시키고 익사 체험을 모면할 수 있을 만한 그럴듯한 스토리가 떠오르질 않았다. 서류 가방은 잃어버렸다고 하고 여기에 청사진을 끼워 넣을 수도 있었지만, 잃어버린 청사진이 폭탄 공장에 두고 온 서류 가방에 들어 있었다고 해야 할까? 마치 클루 보드게임에서나 나옴 직한 이야기였다. 그럼 그다음 차례는 뭐가 될까? 도난당한 잠수함 부품? 러시아 부호의 해킹당한 은행 계좌 암호?

이러는 동안 러들럼 씨는 계속 쳐다보기만 했다.

"배고파요." 핀은 불쑥 내뱉었다. "뭐 좀 먹을 수 있을까요?"

러들럼 씨는 계속 쳐다보기만 했다. 핀이 그걸 보고 아무 말도 하지 않으려나 보다, 일종의 무아지경인가 보다 결론을 내리려던 찰나에 러들럼 씨가 말했다. "아일랜드 정식 어떻습니까, 헐리히 씨?"

핀은 입을 떡 벌렸다. 러들럼 씨는 웃음을 터뜨렸다.

"하관을 꽉 다물도록 해, 핀. 지금도 핀, 영원히 핀. 풀코스 어때? 달걀, 베이컨, 버섯, 거기에 알차고 뚱뚱한 소시지. 토마토는 장식으로!"

핀의 뱃속에서 천둥소리가 났다. 그걸 듣고 러들럼 씨는 다시 웃음을 터뜨렸다. "답을 들은 셈이로군그래. 내 턱, 턱, 턱수염을 걸고 맹세해. 내 피니, 핀, 핀은 말할 것도 없고 말이지. 응? 응?"

"괜찮으세요, 러들럼 씨?" 상황을 감안했을 때 핀이 묻기에는 이상한 질문이었지만, 퀴즈 프로그램에 나온 출연자가 정답이 생각나지 않아 끙끙대는 동안 시간만 째깍째깍 흘러가고 있을 때 할머니가 쓰는 표현을 빌자면 이 남자는 살짝 핀투가 나간 것처럼 보였다.

"나는 아주 *짱짱해*." 러들럼 씨가 말했다. "짱짱한 인간, 그게 바로 나지. 고인이 된 엘비스 프레슬리가 부른 노래를 세 곡 대면 핀, 너는 아침을 먹을 수 있다."

핀은 이유를 물을 생각도 하지 않고(이 남자는 누가 봐도 맛이 갔다) 할머니의 광범위한 음반 컬렉션을 떠올렸다. 할머니가 LP판 홈이 분필 가루를 뒤집어쓴 것처럼 희끗희끗해질 정도로 즐겨 들었던 음반 중 하나가 「5천만 명의 엘비스 팬이 틀릴 리 있나」였다. 콜린과 메리는 수천만 명이라는 그 팬들 숫자가 틀렸을 수 있다고 했다. 그들은 할머니가 그걸 틀면 인상을 쓰며 손으로 귀를 막았다. 하지만 할머니가 그러거나 말거나 신경 썼을까? 그럴 리가.

그는 말했다. "정말로 아침 주실 거예요?"

러들럼 씨는 한 손을 그의 가슴에 얹었는데, 그렇다, 그의 손마디에 묻은 것은 핏자국인 것이 거의 100퍼센트 확실했다. "맹세할게."

핀은 말했다. "좋아요. 1번. 「아이 갓 스텅」. 2번. 「원 나이트 오브 신」. 그리고 3번. 「어 비거 비거 헝커 러브」."

"아주 훌륭해!" 나이 지긋한 남자가 치노 바지 앞으로 손깍지를 끼고서 구석에 서 있었다. 러들럼 씨가 그를 돌아보며 말했다. "우리 친구 핀에게 아침을 차려 주게, 맘! 이 아이가 벨을 울렸어!"

맘은 밖으로 나갔다. 닥은 남았다. 핀은 닥이 피곤해 보이고 (또 어쩌면) 슬퍼 보인다는 생각이 들었다.

"네가 엘비스의 노래는 잘 안다만." 러들럼 씨가 말했다. 그는 몸을 앞으로 숙이고 가장자리가 빨간 데다 충혈이 된 눈으로 핀을 바라보았다. "하지만 엘비스를 아니? 로큰롤의 황제를 아니?"

핀은 고개를 저었다. 그가 엘비스에 대해 아는 거라고는 변기 위에서 죽은 옛날 사람이라는 것뿐이다. 그리고 할머니가 사랑해 마지않는다는 것. 할머니는 젊었을 때 엘비스가 보이면 소리를 질렀을지 모른다.

"그는 *쌍둥이였어*." 러들럼 씨가 나직이 속삭이자 술 냄새(스카치일 수도 위스키일 수도 있었다)가 책상을 가로질러 핀에게 전해졌다. "쌍둥이였지만 단독 출생이었지.* 그 역설을 어떤 식으로 설명할래?"

"모르겠는데요."

"그럼 내가 알려주마. 미래의 로큰롤의 황제는 *태내에서* 쌍둥이 형제를 흡수했어. 그를 먹음으로써 태아 포식 행위를 저지른 거야!"

핀은 충격으로 잠시 자신의 처지를 잊었다. 그는 엘비스의 쌍둥이 형제가, 훔친 문서가 가득 담긴 서류 가방이나 이른바 폭탄 공장처럼 가상의 존재일 거라고 확신했는데 (*상당히* 확신했는데) 태아 포식이라는 발상에서 묘한 매력을 느꼈다.

"정말 그런 일이 벌어질 수 있어요?"

"벌어질 수 있고 벌어졌지." 러들럼 씨는 말했다. "내 사랑하는 어머니는 아주 고지식하고 고상한 분이었지만 프레슬리 씨를 두고서는 저질스러운 농담을 하셨단다. 그는 엘비스 펠비스였고 쌍둥이 형제는 이노스 페니스였을 거라고 말이다.** 무슨 뜻인지 알겠니, 핀?"

핀은 고개를 끄덕이며 생각했다. 나를 포로로 붙잡아 놓고 고문하

---

* 쌍둥이 형제가 사산된 걸 두고 하는 말.
** 펠비스는 골반을, 페니스는 남자의 성기를 가리킨다.

는 남자는 폭탄 공장이 어디 있는지 내가 알고, 엘비스 프레슬리가 엄마 뱃속에서 자기 쌍둥이 형제를 먹어 치웠다고 생각해.

"나는 전부터 엘비스를 하찮은 *게이*로 여겼지." 러들럼 씨가 생각에 잠긴 투로 말했다. "어떤 노래들을 들어 보면…… 「테디 베어」도 그렇고 「우든 하트」도 그렇고…… 그가 속삭이는 듯한 가성으로 부를 때가 있어. 아마도 에나멜 구두를 신고 두 팔을 벌리고 손가락을 가볍게 흔들고 노래하며 녹음실을 으스대며 걷는 그의 모습이 거의 그려질 것만도 같단 말이지. 나는 엘비스와 닉 애덤스에 얽힌 이야기를 절대 믿지 않았고 완전 헛소리로 간주했지만, 그가 막판에 입고 다닌 그…… 라인석 달린 의상과…… 스카프…… 그리고 거들을 입었다는 소문을 생각해 보면…… 그래, 뭔가가 있어, *잠재적이라고* 부를 만한 뭔가가, 그리고……." 그는 말을 멈추고 한숨을 쉬더니 잠깐 얼굴을 가렸다. 그러다 다시 손을 내리고 말했다. "내 부하 중 둘이 나를 떠났다, 핀. 도망쳤어. 내뺐어. 튀었다고. 내가 설득하려고 했지만 적들이 점점 다가오고 있음을 느낀 거지. 말하자면 부탱 드 부놀***이랄까."

그는 충혈된 한쪽 눈으로 윙크를 날렸다.

"그러니까 우리에게 남은 시간이 얼마 없어. 이제 아침 식사를 할 수 있도록 너를 숙소로 돌려보내 주겠지만 잘 생각하기 바란다. 불쾌한 일은 더 이상 겪고 싶지 않겠지. 우리가 알고 싶은 건 네가 그 번역본을 어디에 숨겼느냐는 거야. 그리고 두말하며 잔소리지만 암호를 푸는 열쇠, 그 자체도. 그걸 알려 주기 바란다. 닥, 우리 젊은 친구를 에스코트해 주겠나?"

닥이 문 앞으로 가서 손짓하자 핀은 자리에서 일어나 그의 옆으로

*** 북아프리카계 아랍인을 비하하는 심한 욕.

갔다. "말 잘 들을 거냐?" 닥이 물었다.

버섯을 곁들인 베이컨과 달걀, 여기에 뚱뚱한 소시지를 상상하고 있던 핀은 잘 듣겠다고 했다. 절대 잘 듣겠다고 했다. 그가 닥과 나란히 주방에 가 보니 나이 지긋한 남자(맘)가 집게로 완벽하게 구워진 듯한 소시지를 이미 달걀 두 개(핀이 딱 좋아하는 완숙이었다), 베이컨 네 조각, 아직까지 버터 범벅으로 지글거리는 버섯 그리고 토마토 한 조각이 담긴 접시에 얹고 있었다. 북쪽을 가리키는 나침반 바늘처럼 핀의 몸이 접시 쪽으로 방향을 홱 틀었다. 그러자 닥이 뒤에서 그를 잡아당겼다.

"잠깐." 그가 말했다. "손으로 집어먹으면 안 되지, 꼬맹아." 그러고는 맘에게. "여기서부터는 내가 할게. 그분이 자네를 찾으실 테니까."

맘은 고개를 끄덕이고 핀에게 윙크를 한 뒤 러들럼 씨의 서재 쪽으로 향했다.

닥은 콜레스테롤 범벅인 진수성찬 접시를 집었다가 맘이 사라지자마자 다시 내려놓고 핀을 오른쪽, 그러니까 식료품 저장실과 그 너머에 있는 방과 반대편으로 끌고 갔다.

"저기요!" 핀은 외쳤다. "내 아침은요!"

닥은 핀의 팔꿈치를 아플 정도로 세게 쥐고 개수대와 냉장고 사이 문 쪽으로 끌고 갔다. 문을 지나자 골목길이 나왔다. 싸한 석유 냄새가 섞인 상쾌한 공기가 핀을 맞았다. 시동이 켜진 검은색 승합차가 거기 있었다. 족제비처럼 생긴 남자가 운전석에 앉아 있었다. 그들이 보이자 그는 운전석과 조수석 사이를 지나 뒷자리로 넘어갔다. 뒷문이 벌컥 열렸다.

"젠장, 서둘러." 판도가 말했다.

"걱정할 것 없어. 그 인간 지금 뒷간에 있어." 닥이 말했다.

"그래도 요즘은 거기 오래 있지 않잖아. 아직 완전히 바보가 되지도 않았고. 타라, 꼬맹아."

핀은 골목길 사이로 보이는 얇은 조각 같은 파란 하늘을 놀란 눈으로 한 번 쳐다보고 승합차 뒷자리로 휘청휘청 들어갔다. 다리가 뻣뻣해서 절반은 안에, 절반은 밖에 걸친 채 대자로 넘어졌다. 판도가 그를 잡고 안으로 끝까지 당겼다. 그러더니 뒷주머니에서 검은색 자루를 꺼냈다.

"이거 머리에 뒤집어써라. 군소리 말고. 그럴 때가 아니니까."

핀은 자루를 머리에 썼다. 손이 벌벌 떨렸다. 둘 중 한 명이(닥인 것 같았다) 어깨로 밀치자 그는 엉덩방아를 찧으며 승합차 옆면에 머리를 세게 부딪쳤다. 자루 안에서 별이 보였다. 문이 쾅 하고 닫혔다.

"출발해." 닥이 으르렁거렸다. "사고 안 나게 조심하고."

판도가 운전석으로 돌아가서 앉자 스프링이 삐걱거리는 소리가 들렸다. 승합차가 움직이기 시작했다. 차는 골목길 끝에서 잠깐 멈추었다가 오른쪽으로 급커브를 틀었다.

닥은 핀의 옆에 털썩 주저앉으며 한숨을 쉬었다. "나를 범죄자 취급하고 지랄이야."

흠. 핀은 생각했다. 범죄자가 아니면 뭔데?

"저 죽이려고 다른 데로 데려가는 거예요?" 그것도 별로 나빠 보이지 않았다. 축축한 수건을 얼굴에 덮고 물 고문대에 똑바로 누워 있는 것보다는 나았다.

닥은 짧게 끙 하는 소리를 냈다. 웃는 소리 같기도 했다. "네가 죽길 바랐다면 아침을 먹게 했겠지. 그 버섯에 독이 들었거든."

"그게……"

"독, 독! 한 번도 못 들어 봤냐, 돌대가리야?"

"지금 어디로……"

"입 닥치고 있어."

차는 좌회전을 했다가 우회전을 했고 양쪽 모두를 해 가며 로터리를 최소 두 번 돌았다. 한참 동안 서 있다가(신호등에 걸린 모양이었다) 차량 행렬이 움직이는 속도가 성에 차지 않았는지 판도가 클랙슨을 울렸다.

"그만해, 이 바보야." 닥이 외쳤다.

그들은 계속 갔다. 좌회전과 우회전을 좀 더 했다. 잠시 후 차가 속도를 낸 걸 보면 더 빠른 도로로 진입한 모양이었지만 소리가 거의 들리지 않아서 핀은 고속도로인지 어딘지 분간할 수가 없었다. 시간이 지났다. 찰칵하는 라이터 소리에 이어 담배 냄새가 났다.

"그 인간은 근무 중에는 담배를 못 피우게 하는데 말이지." 닥이 말했다.

핀은 잠자코 있었다. 독이 든 버섯에 대해 생각했다. 정말 독이 들었는지는 알 수 없었지만.

잠시 후(15분 아니면 20분쯤 지났을 것이다) 닥이 담배에 또다시 불을 붙이며 말했다. "그 인간은 두 명만 잃은 줄 알지만 간밤에 나머지가 빠져나갔어. 나하고 판도가 마지막이었지. 맘을 제하면 그렇다는 건데, 맘은 그 인간의 곁을 떠나지 않을 거야."

앞자리에서 판도가 말했다. "맘도 그 인간 못지않은 또라이니까."

"우리는 목숨을 걸고 너를 빼낸 거다, 핀." 닥이 말했다. "고맙다는 인사를 바라는 건 아니지만 진짜야."

핀은 그래도 고맙다고 했다. 목소리가 떨리고 다리가 후들거렸다. 흔들어, 흔들어, 허니, 하지만 나를 흔들 수는 없어. 엘비스가 부른 「스턱 온 유」 가사였다. 핀은 엘비스가 자기 쌍둥이 형제 이노스를 먹어 삼킨 걸 할머니도 아는지 궁금했다.

"정말 고맙습니다."

"네가 코딱지만큼이라도 쓸모 있는 녀석인지는 모르겠지만, 그 인간이 지금 그런 상태라고 해서 네가 죽어 마땅한 건 아니지. 그 인간이 어마어마하게 자랑스러워하는 그 팸플릿 봤냐? 그 인간이 직접 쓴 거야. 하지만 그 인간이 예전부터 줄곧 그랬던 건 아니야. 아니지. 한때는 우리도 잘나갔는데, 그치, 판도?"

"17년에 우라질 세상을 구했지." 판도가 말했다. "그런데 그걸 아는 사람이 열몇 명밖에 안 됐어. 하지만 우리는 알았다, 꼬맹아. 우리는 알았어."

"피니가 수작을 부리고 있어." 닥이 말했다. "그것만큼은 확실해. 너는 그 일과 상관없었는데, 그 인간이 인정하지 않으려는 거야. *개뿔도 기억하지 못하면서.*"

"혹시……"

"입 닥쳐." 닥이 말했다. "얌전하게 그 망할 입 다물고 있어라, 아가. 더 큰 일 당하기 싫으면."

앞자리에서 판도가 말했다. "맞아, 그 인간이 예전부터 줄곧 그랬던 건 아니지. 내가 기억하기로는…… 아, 됐다. 내가 반 크라운을 받고 네 그 망할 대가리에 직접 총알을 박을 수도 있어."

2시간 뒤에(최소 그 정도는 됐다) 그들은 다른 도시에 진입했다. 자동차와 대형 트럭과 신호등 앞에서 나는 소리를 들어 보니 규모가 어느 정도 되는 도시인 듯했다. 핀에게는 낯선 사람들의 음성과 웃음소리가 들렸다.

마침내 승합차가 멈추어 섰고 닥이 핀의 머리에서 자루를 홱 잡아당겼다. "여기서 내려라, 꼬맹아. 그리고 이건 고생한 값." 그가 뭔가를 핀의 청바지 앞주머니에 쑤셔 넣었다. 그러더니 갑자기(막상 닥도 자기가 그럴 줄 몰랐던 듯했다) 핀의 이마에 입을 맞췄다. "기도할 때 나를 생각해 주라. 우라질 기도가 앞으로 많이 필요하거든."

그가 뒷문을 열었다. 핀은 비틀거리며 내렸다. 닥이 문을 제대로 닫지도 않았는데 승합차가 출발했다. 핀은 생생한 꿈을 꾸고 일어난 사람처럼 주위를 두리번거렸다. 자전거를 탄 사람이 벨을 울리며 외쳤다. "왼쪽, 왼쪽 조심!"

핀은 흰 콧수염을 길렀고 코가 구축함 머리처럼 생긴 노인에게 옆을 들이받히지 않게 연석으로 올라갔다. 오른쪽에 랜돌프가(街)의 신문 가판대가 있었다. 그가 할머니에게 낱말 찾기 책을, 그리고 가끔 선심 쓰고 싶으면 동생들에게 「OK!」나 「히트」를 사다 주는 곳이었다. 그 옆은 요 베스트 패스트푸드점이었다. 그는 지난 10년 동안 거기서 가진 돈의 절반 이상을 탕진했다. 여기서 집까지는 1.5킬로미터도 안 됐다.

그는 주위를 두리번거리고, 다른 행인들과 눈을 맞추고(대부분 정신 나간 노숙자와 눈이 마주쳤다고 생각하며 얼른 시선을 돌렸다), 하늘을 쳐다보고, 모든 창문을 들여다보며 집 쪽으로 천천히 걸었다. *살아 있어.* 그는 생각했다. *살아 있어, 살아 있어, 살아 있어.* 그는 어깨 너머도 여러 번 흘끗거리며 검은색 승합차가 보이지 않는지 확인했.

피크가 모퉁이가 나오자 핀은 걸음을 멈추고, 보비 피니가 비밀문서나 청사진을 들고 오는지, 아니면 폭탄 공장에 가느라 정면에서 달려오지는 않는지 고개를 내밀고 확인했다. 아무도 없었다. 그는 주머니에서 지폐 뭉치를 꺼냈다. 초록색 유로였고 마흔 장이 넘었다. 그는 지폐 뭉치를 다시 주머니에 넣었다.

하느님은 재수 없는 일을 한 번 내리실 때마다 좋은 일은 두 번 선물하신다. 할머니는 이렇게 말했다. 최소 4000유로가 생겼으니 그게 한 번이었다. 그리고 목숨을 구했으니 그게 다른 한 번이었다.

이제 두 블록을 더 걸어가서 길 하나만 건너면 집이었다. 가족들이 걱정하고 있을 테고 어머니는 중요한 출장을 일찍 끝내고 돌아왔을 테지만 다들 좀 더 기다려도 됐다. 그는 다시 피크가를 되짚어 엠벌리로, 엠벌리에서 다시 제인가(街)로 갔다. 제인가 중간에 페팅길 공원이 있었다. 평일 이른 오후였는지, 어머니 아니면 베이비시터가 천천히 돌려 주는 회전무대를 타고 있는 어린애 둘밖에 없었다. 핀은 벤치에 앉았다.

트위스티를 보자 섬뜩한 기억이 떠올랐다. 졸업반 때 에드거턴 선생님이 앰브로즈 비어스의 단편 소설을 숙제로 내 준 적이 있었다. 모두 읽어 오자(핀의 반 친구 모두가 책을 좋아하지는 않았으니 다들 읽었다고 치고) 에드거턴 선생님은 그 소설을 원작으로 제작된 단편 영화를 보여 주었다. 미국 남북전쟁 때 어느 노예주의 교수형을 담은 작품이었다. 그 노예주는 떠밀려 다리 아래로 떨어지지만 밧줄이 끊겨서 안전한 곳으로 헤엄쳐 간다. 반전은 이거다. 행운의 탈출은 그의 상상, 그러니까 실제로 다리 아래로 떠밀려 처형되기 전에 꾼 일종의 짧은 꿈이었다는 것.

내가 지금 그런 걸 수도 있어. 핀은 생각한다. 그 사람들이 물고문을 너무 심하게 해서 내가 죽어 가고 있는 건지 몰라. 다만 다른 사람들처럼 주마등이 눈앞에서 펼쳐지는 게 아니라 닥이 나를 데리고 나왔고 판도가 우리를 차에 태우고 도망쳐서 어렸을 때 끔찍이 좋아했던 여기 이 공원에 앉아 있다고 상상하고 있는 거지. 왜냐하면 생각해 봐, 내가 탈출했을 리 있겠어? 그게 현실성이 있어? 소설이라면 모를까, 현실에서?

그런데 지금 이게 현실일까? 그럴까?

핀은 닥이 (웨일로) 생각을 바꾸기 전에 그의 손에 여러 번 맞아서 아직까지 쓰린 한쪽 뺨을 집었다. 세게 비틀었다. 아팠고 잠깐 페팅길 공원이 신기루처럼 흔들렸다. 하지만 그건 아파서 흘린 눈물 때문이었다.

아닌가?

이상했던 건 닥의 변심뿐만이 아니었다. 전에는 데이턴 씨였다가 개명한 러들럼 씨…… 조잡하게 인쇄된(그리고 맞춤법도 틀렸다, 그걸 잊지 말자) 팸플릿…… 엘비스의 쌍둥이 형제 이야기…… 이게 다 꿈에 나올 법한 것들 아닌가? 보비 피니 때문에 그가 엉덩방아만 찧은 게 아니라 머리를 세게 부딪쳤다면? 핀이 번개를 가까스로 피한 잊지 못할 날 (그는 기억하지 못하지만) 금이 갔던 머리의 바로 그 부위를 부딪쳤다면? 핀 머리의 운수라면 딱 그렇지 않았을까? 그는 지금 혼수상태로 어딘지 모를 병원에 누워 있고, 망가진 그의 머리가 괴상한 대체 현실을 만들어 내고 있는 거라면?

핀은 일어나 천천히 트위스티 쪽으로 걸어갔다. 한참 동안, 할머니의 표현에 따르면 키가 메뚜기 무릎 높이였던 시절 이후로 거기에 올라간 적이 없었다. 그는 이제 튀어나온 옆면을 잡고 거꾸로 올라갔다. 꼭 꼈지만 용케 성공했다.

엄마인지 베이비시터인지가 아이들을 태운 회전무대를 밀다 말고, 손차양으로 햇빛을 가리며 말했다. "너 지금 뭐 하는 거니? 그러다 그거 무너지겠어, 이 바보 떡대야!"

핀은 대꾸하지 않았고 그걸 무너뜨리지도 않았다. 꼭대기까지 올라가서 몸을 돌리고 첫 번째 커브에 다리를 올려놓고 앉았다. 그는 생각했다. 바닥까지 내려갔을 때 나는 계속 여기 있든지 없든지 둘 중 하나겠지. 간단해.

그는 여자를 쳐다보고 말했다. "엘비스는 이제 공연장에 없어요.*" 그러고는 미끄럼틀을 타고 내려갔다.

---
* 어떤 상황이나 일이 끝났다는 뜻.

옮긴이 | 이은선

연세대학교에서 중어중문학을, 국제학대학원에서 동아시아학을 전공했다. 편집자, 저작권 담당자를 거쳐 전문 번역가로 활동 중이다. 옮긴 책으로는 스티븐 킹의 『11/22/63』, 『닥터 슬립』, 『리바이벌』, 빌 호지스 3부작 (『미스터 메르세데스』, 『파인더스 키퍼스』, 『엔드 오브 왓치』), 『악몽을 파는 가게』, 『자정 4분 뒤』, 『악몽과 몽상』, 『아웃사이더』, 『인스티튜트』, 『피가 흐르는 곳에』를 비롯하여 『실크하우스의 비밀』, 『모리어티의 죽음』, 『맥파이 살인 사건』, 『그레이스』, 『도둑 신부』, 『아킬레우스의 노래』, 『키르케』 등이 있다.

더 어두운 걸 좋아하십니까 상

1판 1쇄 찍음 2025년 7월 18일
1판 1쇄 펴냄 2025년 7월 25일

지은이 | 스티븐 킹
옮긴이 | 이은선
발행인 | 박근섭
편집인 | 김준혁
책임편집 | 정미리
펴낸곳 | 황금가지

출판등록 | 2009. 10. 8 (제2009-000273호)
주소 | 06027 서울 강남구 도산대로 1길 62 강남출판문화센터 5층
전화 | 영업부 515-2000 **편집부** 3446-8774 **팩시밀리** 515-2007
홈페이지 | www.goldenbough.co.kr

도서 파본 등의 이유로 반송이 필요할 경우에는 구매처에서 교환하시고
출판사 교환이 필요할 경우에는 아래 주소로 반송 사유를 적어 도서와 함께 보내주세요.
06027 서울 강남구 도산대로 1길 62 강남출판문화센터 6층 민음인 마케팅부

©황금가지, 2025. Printed in Seoul, Korea
ISBN 979-11-7052-637-7 04840
ISBN 979-11-7052-644-5 04840(세트)

㈜민음인은 민음사 출판 그룹의 자회사입니다.
황금가지는 ㈜민음인의 픽션 전문 출간 브랜드입니다.